Rien que la vie

Du même auteur

Les Lunes de Jupiter
Albin Michel, 1989
Points n° 3021

Amie de ma jeunesse
Albin Michel, 1992
Points n° 3212

Secrets de polichinelle
Rivages, 1995
Points n° 2874

L'Amour d'une honnête femme
Rivages, 2001
Points n° 2873

La Danse des ombres heureuses
Rivages, 2002

Un peu, beaucoup, pas du tout
Rivages, 2004

Loin d'elle
Rivages, 2007

Fugitives
Éditions de l'Olivier, 2008
Points n° 2205

Du côté de Castle Rock
Éditions de l'Olivier, 2009
Points n° 2441

Trop de bonheur
Éditions de l'Olivier, 2013
Points n° 3286

ALICE MUNRO

Rien que la vie

traduit de l'anglais (Canada)
par Jacqueline Huet et Jean-Pierre Carasso

ÉDITIONS DE L'OLIVIER

L'édition originale de cet ouvrage
a paru chez Knopf en 2012,
sous le titre : *Dear Life.*

ISBN 978.2.8236.0238.8

Jusqu'au Japon

Une fois que Peter eut apporté la valise dans le train, il n'eut, aurait-on dit, rien de plus pressé que de débarrasser le plancher. Mais pas de s'en aller. Il lui expliqua que c'était parce qu'il craignait vaguement de se faire surprendre par le départ du train. Sur le quai, la tête levée vers leur fenêtre, il faisait des signes de la main. Sourires, gestes du bras. Son sourire pour Katy était épanoui, ensoleillé, dépourvu du moindre doute, comme s'il était convaincu qu'elle continuerait d'être une merveille pour lui – et lui pour elle – à jamais. Le sourire pour sa femme semblait plein d'espoir et de confiance, avec une espèce d'aura de détermination. Quelque chose qu'il n'était pas facile d'exprimer avec des mots et qui d'ailleurs ne le serait peut-être jamais. Si Greta avait évoqué ce genre de choses il aurait dit : Sois pas bête. Et elle lui aurait donné raison, dans l'idée qu'il n'était pas naturel pour des gens qui se voyaient tous les jours, constamment, d'avoir à s'expliquer quoi que ce soit.

Quand Peter était bébé, il avait traversé dans les bras de sa mère des montagnes dont Greta ne cessait d'oublier le nom, afin de sortir de la Tchécoslovaquie soviétique pour passer en Europe de l'Ouest. Il y avait d'autres gens avec eux bien sûr. Le père de Peter avait eu l'intention de partir en même temps mais avait été envoyé dans un sanatorium juste avant la date prévue pour le départ secret. Il les suivrait dès qu'il le pourrait, mais il mourut avant.

« J'ai lu des histoires de ce genre-là », dit Greta quand Peter lui en parla pour la première fois. Elle expliqua que dans ces récits le bébé se mettait à pleurer et qu'il fallait immanquablement l'étouffer ou l'étrangler afin d'éviter que le bruit mette en danger tout le groupe de clandestins.

Peter dit qu'il n'avait jamais entendu une telle histoire et refusa de dire ce que sa mère aurait fait en pareille circonstance.

Ce qu'elle fit, en revanche, c'est qu'elle alla en Colombie-Britannique où elle améliora son anglais et trouva un emploi de professeur dans un lycée où elle enseignait ce que l'on appelait alors la pratique des affaires. Elle avait élevé seule son fils et l'avait envoyé à l'université, et à présent il était ingénieur. Quand elle venait en visite dans leur appartement et, par la suite, dans leur maison, elle restait toujours assise au salon, ne mettant jamais le pied à la cuisine à moins que Greta ne l'y invite. Elle était ainsi. Elle poussait l'art de ne rien remarquer jusqu'à l'extrême. Ne pas remarquer, ne pas s'ingérer, ne pas suggérer, alors que, dans tous les domaines des compétences ménagères et de l'art de tenir une maison, elle battait sa belle-fille à plate couture.

On ajoutera qu'elle s'était débarrassée de l'appartement dans lequel Peter avait grandi pour emménager dans un logement plus petit, sans chambre à coucher, avec tout juste assez de place pour un canapé convertible. Histoire que Peter ne puisse pas me dire : Je retourne chez ma mère ? avait taquiné Greta. Mais cela avait semblé l'interloquer. Les plaisanteries lui faisaient de la peine. Peut-être un problème de langue. Pourtant l'anglais était devenu sa langue usuelle à présent, et d'ailleurs la seule que Peter connaissait. Il avait appris la pratique des affaires – mais pas avec sa mère – quand Greta elle-même apprenait *Le Paradis perdu*. Elle évitait comme la peste tout ce qui pouvait être utile. Apparemment, il faisait le contraire.

Avec la vitre entre eux, et Katy qui ne permettait pas aux grands gestes d'adieu de ralentir un seul instant, ils se laissèrent aller à des mimiques d'une bonne volonté comique, voire carrément folle. Elle se dit qu'il était vraiment joli garçon et semblait n'en avoir aucune conscience. Il portait les cheveux en brosse, c'était la mode à l'époque – surtout quand on était ingénieur ou quoi que ce soit d'équivalent –

et sa peau au teint clair ne rougissait jamais comme sa peau à elle, n'était jamais marbrée par le soleil, mais s'ornait d'un hâle régulier en toute saison.

Ses opinions étaient assez semblables à son teint. Quand ils allaient au cinéma, il n'avait jamais envie de parler du film après la séance, il disait qu'il était bon, ou plutôt bon, ou pas mal. Il ne voyait pas l'intérêt d'aller plus loin. Il regardait la télévision, il lisait un livre un peu de la même façon. Il était plein de tolérance pour ces choses. Les gens qui les concevaient faisaient probablement de leur mieux. Au début, Greta discutait, elle s'emportait et demandait s'il aurait dit la même chose d'un pont. Les gens qui l'avaient construit avaient fait de leur mieux mais, ce mieux n'étant pas suffisant, le pont s'était écroulé.

Plutôt que de discuter, il se contentait de rire.

Ce n'était pas la même chose, disait-il.

Ah non ?

Non.

Greta aurait dû se rendre compte que cette attitude – détachée, indulgente – était pain bénit pour elle, parce qu'elle était poète, et qu'il y avait des choses dans ses poèmes qui n'étaient nullement joyeuses ou faciles à expliquer.

(La mère de Peter et les gens avec lesquels il travaillait – du moins ceux qui étaient au courant – disaient encore poétesse. À lui elle avait appris à ne pas le faire. Elle n'avait pas eu à l'apprendre à d'autres. Les membres de sa famille qu'elle avait laissés derrière elle dans sa vie, et les gens qu'elle connaissait à présent dans son rôle de ménagère et de mère n'avaient pas eu à apprendre parce qu'ils ne savaient rien de cette particularité.)

Il deviendrait difficile d'expliquer, plus tard dans sa vie, ce qui au juste était acceptable à l'époque et ce qui ne l'était pas. On pourrait dire, eh bien, que le féminisme ne l'était pas. Mais alors il faudrait expliquer que le mot féminisme ne faisait pas partie du vocabulaire des gens. Après quoi on s'enferrerait immanquablement en disant que le fait d'avoir une quelconque idée sérieuse, pour ne rien dire d'une quelconque ambition, ou peut-être même que le simple fait de lire un vrai livre risquaient d'être considérés comme suspects, comme n'étant pas étrangers à la pneumonie qu'avait attrapée votre enfant, et qu'une remarque politique lors d'une fête entre collègues de bureau aurait pu coûter sa promotion à votre mari. Et ce quelle qu'en soit la couleur politique. Ce qui ne passait pas, c'était qu'une femme ose l'ouvrir.

Sur ce, les interlocuteurs éclateraient de rire en disant : Oh, vous plaisantez ! Et on devrait répondre : Ma foi, pas tant que ça. Puis elle ajouterait : Je dois dire toutefois que si l'on faisait de la poésie, c'était un peu moins risqué d'être une femme qu'un homme. C'était là que le mot poétesse devenait bien pratique, comme un voile de sucre filé. Tels n'étaient pas les sentiments de Peter, disait-elle, mais il faut se rappeler qu'il était né en Europe. Il aurait d'ailleurs compris le sentiment que ses collègues de travail étaient censés éprouver à propos de ces choses.

Cet été-là, Peter devait passer un mois, et peut-être plus, à diriger des travaux à Lund, loin au nord, et, de fait, aussi loin au nord qu'on pouvait aller sans quitter le continent. Il n'y avait pas de logement possible pour Katy et Greta.

Mais Greta était restée en contact avec une jeune femme qui avait été sa collègue à la bibliothèque de Vancouver et qui, mariée à présent, vivait à Toronto. Son mari et elle allaient passer un mois en Europe pendant l'été – il était prof – et elle avait écrit à Greta pour demander si cette dernière et sa famille accepteraient de leur rendre un service – elle était très polie – en s'installant dans leur maison de Toronto pendant une partie de leur absence, afin d'éviter qu'elle reste vide. Greta avait répondu en évoquant le travail de Peter mais en acceptant l'offre pour elle-même et Katy.

C'était la cause de cet échange de grands gestes d'adieu entre le quai et le train, entre le train et le quai.

Il existait alors à Toronto un magazine à la parution irrégulière, intitulé *The Echo Answers*. Greta était tombée dessus à la bibliothèque et avait envoyé des poèmes à la rédaction. Deux d'entre eux avaient été publiés, si bien que, lors d'une visite du rédacteur en chef à Vancouver, l'automne précédent, elle avait été invitée à une réception, avec d'autres auteurs, afin de le rencontrer. La réception avait lieu chez un auteur dont, semblait-il, le nom lui était familier depuis toujours. Elle avait lieu en fin d'après-midi, quand Peter était encore au travail, de sorte qu'elle avait appelé une baby-sitter et pris l'autobus du nord de Vancouver pour franchir le Lions Gate Bridge et traverser Stanley Park. Après quoi elle avait dû attendre devant La Baie d'Hudson un autre autobus pour un long trajet jusqu'au campus de l'université où l'auteur habitait. Descendue au terminus de la ligne, elle avait trouvé la rue et la longeait en examinant le numéro des maisons. Elle portait des chaussures à talons qui la ralentissaient considérablement. Ainsi que sa robe noire la plus élégante, fermeture à glissière dans le dos, ajustée à la taille et toujours un peu trop serrée sur les hanches. Cela lui donnait une allure assez ridicule, songeait-elle en longeant d'une démarche à peine chancelante les rues sinueuses dépourvues de trottoirs, où elle était la seule passante en cette fin d'après-midi. Maisons modernes, baies vitrées, comme dans toutes les banlieues résidentielles, pas du tout le genre de quartier auquel elle s'était attendue. Elle commençait à se demander si elle s'était trompée en notant le nom de la rue, et n'en aurait d'ailleurs pas été malheureuse. Elle pourrait ainsi retourner à l'arrêt du bus où il y avait un banc. Elle pourrait ôter ses chaussures et s'installer pour le long trajet solitaire jusque chez elle.

Mais quand elle vit les voitures garées, puis le numéro, il était trop tard pour faire demi-tour. Du bruit s'échappait par la porte close et elle dut sonner à deux reprises.

Elle fut accueillie par une femme qui semblait s'être attendue à voir quelqu'un d'autre. Et accueillie n'est pas le mot – la femme ouvrit la porte et Greta dit que ce devait être là qu'avait lieu la réception.

« D'après vous ? » dit la femme, en s'appuyant contre le chambranle. Le chemin était donc barré jusqu'à ce qu'elle – Greta – dise : « Je peux entrer ? » À la suite de quoi il y eut un mouvement qui sembla causer une douleur considérable. Elle ne demanda pas à Greta de la suivre mais Greta ne l'en suivit pas moins.

Personne ne lui adressa la parole, personne ne la remarqua, mais au bout d'un temps assez court une adolescente lui présenta un plateau sur lequel il y avait des verres de ce qui semblait être une limonade rose. Greta en prit un et le vida d'un trait assoiffé, puis elle en prit un autre. Elle remercia la jeune fille et tenta d'entamer une conversation à propos de la longue marche et de la chaleur mais cela n'éveilla pas le moindre intérêt chez la fille qui tourna les talons pour continuer à s'acquitter de sa tâche.

Greta se remit à circuler. Elle souriait sans arrêt. Personne ne semblait la reconnaître ou éprouver le moindre plaisir à la voir, et pourquoi en aurait-il été autrement ? Les yeux des gens lui glissaient dessus et chacun retournait à sa conversation. Les gens riaient. Tout le monde en dehors de Greta était pourvu d'amis, de plaisanteries, de demi-secrets, tout le monde semblait avoir trouvé quelqu'un pour l'accueillir. À l'exception des adolescents qui passaient et repassaient, offrant d'un air morne leur boisson rose.

Elle ne renonça pourtant pas. La boisson l'aidait et elle résolut d'en prendre encore un verre dès que le plateau reviendrait vers elle. Elle était à la recherche d'un cercle présentant un espace vide dans lequel elle pourrait s'insérer pour participer à la conversation. Elle crut en avoir trouvé un quand elle entendit mentionner des titres de films. De films européens, du genre de ceux qu'on commençait à projeter à Vancouver à l'époque. Elle entendit le titre d'un film qu'elle et Peter étaient allés voir, *Les Quatre Cents Coups*. « Ah, celui-là je l'ai vu. » Elle l'avait dit d'une voix forte et pleine d'enthousiasme, toutes la regardèrent et l'une d'entre elles, une espèce de porte-parole à l'évidence, lança : « Non, vraiment ? »

Greta était ivre, bien sûr. Pimm's N° 1 et jus de pamplemousse rose avalés à la hâte. Elle ne prit pas à cœur cette moquerie méprisante comme elle aurait pu le faire dans son état normal. Elle se contenta de passer son chemin, consciente d'avoir vaguement perdu le nord mais commençant à éprouver le sentiment qu'il régnait dans la pièce une atmosphère insouciante de permissivité et que peu importait qu'elle ne se fasse pas d'amis, rien ne l'empêchait de continuer de se promener entre des gens au sujet desquels elle pouvait former son propre jugement.

Entre deux portes s'était assemblé un petit groupe de personnes importantes. Elle vit parmi elles leur hôte, cet écrivain dont le nom et le visage lui étaient connus depuis si longtemps. Il parlait très fort et avec véhémence et on aurait dit qu'il était dangereux de les approcher, lui et deux autres hommes, qui semblaient plus disposés à lancer des injures que des regards. C'étaient leurs épouses, ainsi qu'elle crut le constater peu à peu, qui formaient le cercle dans lequel elle avait tenté de faire irruption.

La femme qui était venue lui ouvrir la porte n'appartenait à aucun des deux groupes, étant écrivaine elle-même. Greta la vit se retourner quand on prononça son nom. Elle le reconnut pour celui d'une des contributrices au magazine dans lequel elle avait été publiée. En s'appuyant là-dessus, n'eût-il pas été possible d'aller la trouver pour se présenter ? Elle était son égale, malgré la froideur manifestée à la porte.

Mais la femme avait à présent appuyé la tête sur l'épaule de l'homme qui l'avait appelée et ils n'auraient pas apprécié d'être interrompus.

Cette réflexion convainquit Greta de s'asseoir, et comme il n'y avait pas de sièges, elle s'assit sur le sol. Il lui vint une pensée. Elle pensa que dans les fêtes d'ingénieurs où elle allait avec Peter, l'atmosphère était agréable alors que les conversations étaient ennuyeuses. C'était parce que l'importance de tous les participants était établie et fixe, du moins pendant la durée de la soirée. Tandis qu'ici personne n'était en sécurité. On pouvait juger les gens dans leur dos, même les plus connus d'entre eux, ceux qui étaient déjà publiés. Il suffisait d'avoir l'air malin ou culotté pour l'emporter, qui qu'on puisse être.

Et ici, elle avait désespérément attendu que quelqu'un, n'importe qui, veuille bien lui lancer comme un os à un chien n'importe quelle amorce de conversation.

Quand elle eut mis au point sa théorie du caractère désagréable de la soirée, elle en éprouva du soulagement et ne se soucia plus guère que quiconque lui parle ou pas. Elle ôta ses chaussures et le soulagement redoubla. Adossée à un mur, elle étendit les jambes en travers d'un des itinéraires les moins empruntés par les invités. Ne voulant pas risquer de renverser son verre sur la moquette, elle se hâta de le vider.

Un homme vint se pencher sur elle. Il l'interrogea. Il voulait savoir comment elle était arrivée là.

Elle plaignait ses pauvres pieds à l'étroit dans les chaussures qu'il n'avait pas ôtées. Elle plaignait quiconque devait se tenir debout[1].

Elle dit qu'elle était invitée.

« Oui. Mais vous êtes venue en voiture ?

– À pied. » Comme cette réponse était manifestement insuffisante, au bout d'un moment elle s'efforça de la compléter.

« Je suis venue en bus, et après j'ai marché. »

Un des membres du cercle des personnalités se tenait à présent derrière l'homme aux chaussures. Il dit : « Excellente idée. » À croire qu'il semblait décidé à lui adresser la parole.

Le premier n'apprécia guère cette intervention. Il avait récupéré les chaussures de Greta mais elle les refusa, expliquant qu'elles lui faisaient trop mal.

« Prenez-les à la main. Sans quoi, je le ferai. Pouvez-vous vous lever ? »

1. Au Canada il est fréquent (mais pas toujours obligatoire) qu'on se déchausse à l'entrée des appartements. *(Toutes les notes sont des traducteurs.)*

Elle chercha des yeux le plus important des deux hommes afin qu'il l'aide à se lever mais il n'était plus là. Elle se rappela alors ce qu'il avait écrit. Une pièce sur les Doukhobors[1] qui avait fait beaucoup de bruit. Parce que les Doukhobors devaient être nus. Ce n'étaient évidemment pas de vrais Doukhobors, mais des acteurs. Et on avait fini par leur interdire de se produire nus.

Elle tenta d'expliquer cela à celui qui l'aidait à se relever mais il ne dissimula pas son absence d'intérêt. Elle lui demanda ce qu'il écrivait. Il répondit qu'il n'était pas écrivain mais journaliste. Il était en visite avec son fils et sa fille, petits-enfants du maître de maison. C'étaient eux – les enfants – qui avaient servi à boire.

« Redoutable, dit-il, parlant de la boisson. Criminelle. »

Ils se retrouvèrent dehors. Elle foulait l'herbe avec ses bas, évita de peu une flaque.

« Il y a quelqu'un qui a vomi là, fit-elle remarquer à son cavalier.

– C'est le moins qu'on puisse dire », commenta-t-il avant de l'installer dans une voiture. L'air du dehors avait altéré son humeur, le trouble de sa griserie avait fait place à un état proche de la gêne, voire de la honte.

« Le nord de Vancouver », dit-il. C'était elle qui avait dû le lui dire. « Alors ? On y va. Lions Gate. »

Pourvu qu'il ne lui demande pas ce qu'elle faisait à cette réception. Si elle devait dire qu'elle était poète, son état présent, le fait qu'elle avait trop bu, ne manquerait pas d'être jugé tristement caractéristique. Il ne faisait pas nuit, mais c'était le soir. Ils roulaient apparemment dans la bonne direction, longeant l'eau puis franchissant un pont. Le pont de Burrard Street. Puis de nouveau dans la circulation, elle ne cessait d'ouvrir les yeux sur des arbres qui défilaient, puis de les refermer malgré elle. Elle sut quand la voiture s'arrêta qu'il était trop tôt pour qu'ils soient parvenus à destination. C'est-à-dire chez elle.

1. Secte chrétienne iconoclaste d'origine russe, implantée notamment au Canada à partir du début du XXe siècle.

De grands arbres feuillus les dominaient. On n'apercevait aucune étoile. Mais il y en avait quelques-unes qui brillaient au-dessus de l'eau, entre l'endroit (mais lequel ?) où ils se trouvaient et les lumières de la ville.

« Ça mérite réflexion », dit-il.

Cette phrase la transporta.

« Réflexion.

– Comment allez-vous entrer chez vous, par exemple. Serez-vous capable de dignité ? Mais n'en faites pas trop. De nonchalance ? Je présume que vous avez un mari.

– Il faudra d'abord que je vous remercie de m'avoir raccompagnée, dit-elle. Vous allez donc m'apprendre votre nom. »

Il dit qu'il l'avait déjà fait. Peut-être deux fois. Mais va pour une fois de plus. Harris Bennett. Bennett. Il était le gendre du couple qui donnait la réception. C'étaient ses enfants qui avaient servi à boire. Il était venu avec eux en visite de Toronto. Savait-elle ce qu'elle voulait savoir ?

« Ont-ils une mère ?

– Certes. Mais elle est à l'hôpital.

– J'en suis navrée.

– Mais non. C'est un hôpital tout à fait agréable. On y traite les problèmes mentaux. On pourrait dire émotionnels. »

Elle s'empressa de lui apprendre que son mari s'appelait Peter, qu'il était ingénieur et qu'ils avaient une fille qui s'appelait Katy.

« Voilà qui est tout à fait sympathique », répondit-il en enclenchant la marche arrière.

En franchissant Lions Gate Bridge, il dit : « Pardon si vous m'avez trouvé désagréable tout à l'heure. Je me demandais si j'allais ou non vous embrasser et j'ai décidé que non. »

Elle crut qu'il disait qu'il y avait en elle quelque chose qui ne la rendait pas digne d'être embrassée. Elle reçut cette mortification comme une gifle qui la dégrisa sur-le-champ.

« Quand nous aurons franchi le pont, faudra-t-il tourner à droite dans Marine Drive ? poursuivit-il. Je compte sur vous pour me le dire. »

Au long de l'automne et de l'hiver et du printemps qui suivirent, il n'y eut presque pas de jour où elle ne pensa pas à lui. C'était comme avoir le même rêve toujours parfaitement identique à la minute où l'on s'endormait. À la renverse sur le canapé, la tête appuyée sur le coussin, elle songeait qu'elle était entre ses bras. On aurait eu tendance à croire qu'elle ne se rappellerait pas son visage, mais il surgissait en détail, visage ridé et semblant assez fatigué, d'un homme d'intérieur, plutôt sarcastique. Et son corps n'était pas absent non plus, il présentait une usure raisonnable qui ne l'empêchait pas d'être apte et fonctionnel, et éminemment désirable.

Elle se consumait de manque, en sanglotait presque. Tout ce déploiement imaginaire disparaissait pourtant, se mettait en hibernation quand Peter rentrait à la maison. Les affections quotidiennes surgissaient alors au premier plan, avec une constance sans faille.

De fait, la rêverie ressemblait beaucoup au climat de Vancouver – une espèce d'aspiration lugubre, une tristesse pluvieuse et rêveuse, un poids en mouvement dans la région du cœur.

Et ce refus du baiser qui aurait pu passer pour une attaque peu galante ?

Elle s'interdisait simplement d'y penser. L'avait oublié entièrement.

Et sa poésie ? Pas une ligne, pas un mot. Pas trace du fait qu'elle ait un jour compté pour elle.

Et bien sûr, elle faisait place à ces épisodes surtout pendant les siestes de Katy. Parfois elle prononçait son nom à haute voix, optant pour l'idiotie. Qui était suivie d'un épisode de honte brûlante au cours duquel elle se méprisait. Oui, l'idiotie. Idiote.

Puis elle reçut comme une décharge électrique la possibilité puis la certitude de ce chantier à Lund, l'offre de la maison de Toronto. Une embellie manifeste dans le climat, un accès d'audace.

Elle se retrouva occupée à écrire une lettre. Elle ne commençait par rien de classique. Pas de Cher Harris. Pas de Vous vous souvenez de moi.

Écrire cette lettre c'est comme mettre un message dans une bouteille –
Dans l'espoir
Qu'elle puisse aller jusqu'au Japon.

Ce qu'elle avait écrit de plus proche d'un poème depuis un bout de temps.

Elle n'avait pas la moindre idée de son adresse. Elle poussa l'audace et la sottise jusqu'à téléphoner aux gens qui avaient donné cette réception. Mais quand la femme répondit, elle eut, quant à elle, la bouche sèche et comme aussi vaste qu'une toundra et elle dut raccrocher. Elle emmena alors Katy dans sa poussette jusqu'à la bibliothèque publique où elle trouva l'annuaire téléphonique de Toronto. Il y avait des tas de Bennett mais pas un seul Harris ni même un H. Bennett.

Elle eut alors, non sans que cela lui cause un choc, l'idée de chercher dans les rubriques nécrologiques. Ce fut plus fort qu'elle. Elle attendit que celui qui avait demandé l'exemplaire de la bibliothèque eût fini la lecture du journal. Elle ne voyait pas le journal de Toronto d'ordinaire parce qu'il fallait aller de l'autre côté du pont pour l'acheter, et que Peter rapportait toujours le *Vancouver Sun* à la maison. Feuilletant le journal elle finit par tomber sur le nom de Bennett au-dessus d'un article. Donc il n'était pas mort. Responsable d'une rubrique dans le journal. Il n'avait naturellement pas envie d'être dérangé par des gens qui lui téléphoneraient et l'appelleraient par son nom, chez lui.

Sa rubrique traitait de politique. Ce qu'il écrivait semblait intelligent mais n'éveillait pas en elle le moindre intérêt.

Ce fut là qu'elle lui envoya sa lettre : au journal. Elle ne pouvait pas être sûre qu'il ouvrait lui-même son courrier et jugea imprudent d'écrire « Personnel » sur l'enveloppe. Elle ne mentionna donc que le jour de son arrivée et l'heure du train après les trois lignes à propos de la bouteille. Pas de nom. Elle se dit que la personne qui ouvrirait l'enveloppe penserait qu'il s'agissait d'un parent âgé adepte de tournures de phrases fantaisistes. Rien qui soit de nature à l'impliquer lui, même à supposer qu'on fasse suivre à son domicile un courrier aussi bizarre et que sa femme l'ouvre, étant elle-même sortie de l'hôpital.

Katy n'avait manifestement pas compris que Peter se tenait à l'extérieur sur le quai parce qu'il ne ferait pas le voyage avec elles. Quand le train se mit en mouvement et pas lui et que, accélérant, il le laissa sur place, elle prit terriblement mal cette désertion. Mais elle se calma au bout de quelque temps, disant à Greta qu'il serait là le lendemain matin.

Quand ce moment arriva, Greta l'accueillit avec appréhension mais Katy ne fit aucune allusion à cette absence. Greta lui demanda si elle avait faim, elle répondit par l'affirmative puis entreprit d'expliquer à sa mère – comme Greta le lui avait expliqué avant même de prendre place dans le train – qu'il allait leur falloir enlever leurs pyjamas et s'enquérir du petit déjeuner dans un autre endroit du train.

« Qu'est-ce que tu veux pour ton petit déjeuner ?

– Du rat crispé » – elle appelait ainsi les Rice Krispies.

« Je vais demander s'il y en a. »

Il y en avait.

« Et maintenant, on va chercher papa ? »

Il y avait une aire de jeux pour les enfants mais elle était assez exiguë. Un petit garçon et une petite fille – frère et sœur à en juger par leurs combinaisons à queue de lapin assorties – occupaient les lieux. Leur jeu consistait à faire rouler à toute vitesse des petites voitures les unes contre les autres en s'évitant au dernier moment. BANG BING BANG.

« Elle, c'est Katy, dit Greta. Je suis sa maman. Vous vous appelez comment ? »

Les collisions se firent plus véhémentes mais ils ne levèrent pas les yeux.

« Mon papa est pas là », annonça Katy.

Greta décida que mieux vaudrait retourner chercher le *Winnie l'Ourson* de Katy pour l'emporter dans le wagon panoramique et le lire. Elles ne risquaient guère de déranger qui que ce soit parce que le petit déjeuner n'était pas fini et qu'on n'avait pas encore atteint les montagnes qui offraient un spectacle saisissant.

L'ennui c'est qu'une fois terminée la lecture des aventures de Jean-Christophe, Katy voulut la recommencer aussitôt. Pendant cette première lecture elle s'était tue mais voilà qu'elle se mit à répéter chaque fin de phrase d'une voix claironnante. La fois suivante, elle psalmodia tous les mots en écho sans toutefois consentir à essayer de lire elle-même. Greta imaginait sans mal que cela dérangerait les gens quand le wagon panoramique serait rempli. Les enfants de l'âge de Katy s'accommodent bien de la monotonie. De fait ils la recherchent, s'y plongent, enroulant les mots familiers autour de leur langue comme s'il s'agissait d'un bonbon qui durerait toujours.

Un jeune homme et une jeune femme montèrent les marches et vinrent s'asseoir de l'autre côté du couloir, dans la même rangée que Greta et Katy. Ils les saluèrent d'un bonjour joyeux que Greta leur rendit. Katy sembla plutôt réprouver l'attention qu'elle leur accordait et continua quant à elle de déclamer doucement, les yeux rivés sur le livre.

Alors, de l'autre côté du couloir, leur parvint la voix du jeune homme, presque aussi peu audible que celle de Katy :

C'est la relève de la garde à Buckingham Palace –
D'y aller avec Jean-Christophe, jamais Alice ne se lasse

Quand il eut terminé celle-là, il en entonna une autre. « Si ça m'amuse ça me va, moi c'est Sam, Sam c'est moi. »

Greta se mit à rire mais pas Katy. Greta vit même qu'elle était un peu scandalisée. Elle pouvait comprendre les bêtises sortant d'un livre mais pas celles qui sortaient de la bouche d'une personne en l'absence de livre.

« Pardon, dit le jeune homme à Greta. On est en maternelle. C'est notre littérature. » Penché en travers du couloir il s'adressa doucement et sérieusement à Katy :

« Il est bien ce livre, n'est-ce pas ?

– Il veut dire par là qu'on travaille avec des petits de maternelle, dit la jeune femme à Greta. Mais par moments on ne sait plus trop, c'est vrai. »

Le jeune homme continuait de parler à Katy.

« Peut-être que je pourrais deviner ton nom, là, comme ça. Comment tu t'appelles ? Médor ? Ou alors Rover ? »

Katy se mordit les lèvres mais ne put se retenir longtemps de répliquer vertement.

« Je suis pas un chien, dit-elle.

– Non. Je n'aurais pas dû faire la bête. Je suis moi-même un garçon et je m'appelle Greg. Cette jeune fille s'appelle Laurie.

– Il te taquine, dit Laurie. Faut-il que je lui en retourne une ? »

Katy y réfléchit, puis dit : « Non. »

« "Alice épouse un des gardes", poursuivit Greg. "La vie de soldat est terriblement dure, dit Alice." »

Katy répéta en chantonnant doucement le deuxième Alice.

Laurie raconta à Greta qu'ils avaient fait une tournée dans les jardins d'enfants en y interprétant des saynètes. Cela s'appelait un travail de préparation à la lecture. Ils étaient comédiens, en fait. Elle allait descendre à Jasper où l'attendait pour l'été un emploi de serveuse agrémenté de quelques petits sketches comiques. Pas vraiment de la préparation à la lecture. Du divertissement pour adultes, comme on disait.

« Dieu sait », dit-elle. Elle se mit à rire. « Il faut prendre ce qu'on trouve. »

Greg était libre, et descendait à Saskatoon, où demeurait sa famille.

Ils étaient assez beaux tous les deux, songea Greta. Grands, souples, d'une minceur quasi surnaturelle, lui avec une tignasse brune frisée, elle, les cheveux noirs et un teint lisse de madone. Quand elle évoqua leur ressemblance, un peu plus tard, ils dirent qu'ils en avaient parfois profité dans leurs recherches de logement. Cela leur simplifiait considérablement les choses mais ils devaient se rappeler de demander des lits jumeaux et s'assurer que les deux soient défaits le lendemain matin.

Et pour l'heure, lui expliquèrent-ils, ils n'avaient plus à s'en faire. Plus de raison de se scandaliser. Ils se séparaient, après trois années de vie commune. Ils étaient chastes depuis des mois, du moins l'un avec l'autre.

« Et maintenant, fini Buckingham Palace, dit Greg à Katy, je dois faire mes exercices. »

Greta pensait que ça voulait dire qu'il allait redescendre ou du moins s'installer dans le couloir pour quelques mouvements de gymnastique. Au lieu de quoi, rejetant la tête en arrière, Laurie et lui, pour s'étirer la gorge, se mirent à roucouler et caqueter et produire d'étranges gazouillis. Katy était aux anges, convaincue que tout cela lui était offert comme une représentation à son seul bénéfice. Elle se conduisit d'ailleurs en public convenable – se tenant coite jusqu'à la fin, puis éclatant de rire.

Des voyageurs qui avaient eu l'intention de monter les marches s'étaient immobilisés au pied de l'escalier, moins charmés que Katy et ne sachant trop que penser de la situation.

« Pardon », dit Greg, sans autre explication mais avec une note d'amitié intime. Il tendit la main à Katy. « Allons voir s'il y a une aire de jeux. »

Laurie et Greta leur emboîtèrent le pas. Greta espérait qu'il n'était pas l'un de ces adultes qui se lient d'amitié avec les enfants afin de mettre à l'épreuve leur propre charme, puis commencent à s'ennuyer et deviennent grincheux quand ils se rendent compte que l'affection enfantine peut être infatigable.

Vers l'heure du déjeuner, voire avant, la tournure des événements lui permit de comprendre qu'elle n'avait pas à s'en faire. Les attentions de Katy ne risquaient pas de lasser Greg, car plusieurs autres enfants étaient entrés dans la course et il n'avait pas donné le moindre signe de lassitude.

Il ne les avait pas mis en concurrence. Sa gestion des choses lui permettait de détourner l'attention d'abord attirée sur sa personne vers les enfants eux-mêmes, leur faisant ainsi prendre conscience les uns des autres, et organisant ensuite des jeux vifs, voire déchaînés, mais exempts de toute manifestation de mauvais caractère. Pas de caprices, disparition des comportements d'enfants gâtés, pour cela le temps manquait, tout simplement – parce qu'il se passait des choses tellement plus intéressantes. C'était miracle de voir déployer une telle aisance face à des enfants surexcités dans un espace aussi retreint. Et l'énergie ainsi dépensée promettait des siestes pendant l'après-midi.

« Il est remarquable, dit Greta à Laurie.

– Et surtout, il se donne tout entier, répondit cette dernière. Il ne se ménage pas. Vous savez ? Des tas de comédiens le font. Les hommes, en particulier. Dès qu'ils ne sont plus en scène ils se ménagent. »

Greta se dit : C'est ce que je fais. Je me ménage, la plupart du temps. Je marche sur des œufs avec Katy, avec Peter.

Dans la décennie qui avait déjà débuté, bien qu'elle s'en fût, quant à elle, à peine aperçue, c'était le genre de choses sur lequel se concentrerait beaucoup d'attention. Être « présent » revêtirait une signification nouvelle. Aller avec le courant. Donner. Il y avait des gens qui donnaient et d'autres qui ne donnaient pas grand-chose. Les barrières entre l'intérieur et l'extérieur de la tête devaient être franchies allègrement. L'authenticité était à ce prix. Les poèmes de Greta, comme tout ce qui ne coulait pas spontanément, étaient suspects, et même méprisés. Elle ne changea évidemment pas de démarche, continua de faire des chichis et des essais, se livrant dans son for intérieur à une critique acerbe de la contre-culture. Mais pour l'heure, son enfant s'était laissé conquérir par Greg, et par tout ce qu'il faisait ; elle n'en éprouvait que gratitude.

Dans l'après-midi, ainsi que Greta l'avait prévu, les enfants allèrent dormir. Leurs mères aussi, dans certains cas. D'autres jouèrent aux cartes. Greg et Greta adressèrent des gestes d'adieu à Laurie quand elle descendit à Jasper. Elle leur souffla des baisers depuis le quai. Un monsieur plus âgé surgit, prit sa valise, l'embrassa tendrement, regarda vers le train et fit un signe à Greg. Greg le lui rendit.

« Son petit ami du moment », dit-il.

Encore quelques gestes d'adieu quand le train se remit en marche, puis Greta et lui remmenèrent Katy jusqu'au compartiment, où elle s'endormit entre eux, fauchée par le sommeil au beau milieu d'un saut. Ils ouvrirent le compartiment pour aérer un peu maintenant qu'il n'y avait plus de danger que la petite tombe de sa couchette.

« C'est dément d'avoir un enfant », dit Greg. Encore un mot nouveau à l'époque, du moins nouveau pour Greta.

« C'est des choses qui arrivent, dit-elle.

– Vous êtes si calme. Après vous allez me dire : “C'est la vie.”

– Certainement pas », dit Greta, puis elle soutint son regard jusqu'à ce qu'il secoue la tête en riant.

Il lui raconta qu'il avait commencé à jouer la comédie par le biais de sa religion. Sa famille appartenait à une congrégation chrétienne dont Greta n'avait jamais entendu parler. Peu nombreuse, elle était très riche, du moins certains de ses membres. Ils avaient fait construire une église avec un théâtre dans une ville de la Prairie. C'était là qu'il avait commencé à jouer la comédie, il n'avait pas dix ans. Ils interprétaient des paraboles tirées de la Bible mais aussi d'événements contemporains, au sujet des calamités épouvantables qui arrivaient à ceux qui ne croyaient pas la même chose qu'eux. Sa famille était très fière de lui et lui-même aussi bien sûr. Jamais il ne se serait avisé de leur raconter tout ce qui se passait quand les riches convertis venaient renouveler leurs vœux et retremper leur piété. D'ailleurs il prenait vraiment plaisir à tant d'approbation et il aimait jouer la comédie.

Jusqu'au jour où lui vint l'idée qu'il pouvait jouer la comédie sans subir tout le reste de ce qui avait lieu à l'église. Il s'efforça de rester poli mais on lui dit que c'était l'emprise du démon. Il dit : Ha-ha je sais de qui c'est l'emprise.

À la revoyure.

« Je ne voudrais pas que vous pensiez que tout était moche. Je crois encore aux vertus de la prière et tout et tout. Mais jamais je n'aurais pu raconter à ma famille ce qui se passait. Même la moitié de la vérité aurait suffi à les tuer. Vous devez connaître des gens comme ça, non ? »

Elle lui raconta qu'au moment où elle était partie avec Peter s'installer à Vancouver, sa grand-mère, qui vivait dans l'Ontario, avait contacté un pasteur là-bas. Il était venu leur rendre visite et Greta l'avait traité avec beaucoup d'insolence. Quand il avait dit qu'il prierait pour elle c'était tout juste si elle n'avait pas répondu : Ne vous donnez pas cette peine. Sa grand-mère était mourante à l'époque. Greta se sentait honteuse, et furieuse de l'être, chaque fois qu'elle y pensait.

Peter ne comprenait rien à toute cette histoire. Sa mère n'allait jamais à l'église alors qu'une des raisons pour lesquelles elle lui avait fait franchir les montagnes était sans doute qu'ils puissent être catholiques. Il disait que les catholiques jouissaient probablement d'un avantage, à savoir qu'on pouvait reporter son pari jusqu'à l'instant même de la mort.

C'était la première fois qu'elle pensait à Peter depuis un moment.

Et de fait, Greg et elle n'avaient pas cessé de boire au long de cette conversation anxieuse, mais plutôt réconfortante en même temps. Il avait sorti une bouteille d'ouzo. Elle n'en avait consommé qu'avec la modération prudente qu'elle observait à l'égard de l'alcool depuis la soirée d'écrivains, il n'en avait pas moins produit un certain effet. Assez pour qu'ils se mettent à se caresser les mains, puis à échanger quelques baisers et d'autres caresses. Le tout à côté de l'enfant endormie.

« Nous ferions mieux d'arrêter ça, dit Greta. Autrement, nous allons le regretter.

– C'est pas nous, dit Greg. C'est deux autres voyageurs.

– Dans ce cas, dites-leur d'arrêter. Vous savez comment ils s'appellent ?

– Attendez voir. Reg. Reg et Dorothy. »

Alors Greta : « Arrête ça, Reg. Pense à ma petite fille innocente.

– On pourrait aller à ma couchette. C'est pas très loin.

– Je n'ai pas…

– J'en ai.

– Pas sur vous ?

– Bien sûr que non. Vous me prenez pour un animal ? »

Ils rajustèrent donc ceux de leurs vêtement qu'ils avaient mis en désordre, se glissèrent hors du compartiment, refermant soigneusement chacun des boutons du rideau de la couchette où dormait Katy puis, non sans une certaine nonchalance étudiée, passèrent du wagon de Greta à celui de Greg. C'était se donner du mal pour rien – ils ne croisèrent personne. Ceux qui n'étaient pas dans la voiture panoramique afin de photographier l'interminable chaîne de montagnes étaient au bar ou somnolaient.

Dans le désordre du compartiment de Greg ils reprirent là où ils s'étaient interrompus. Il n'y avait pas assez de place pour que deux personnes puissent réellement s'allonger mais ils se débrouillèrent pour rouler l'un sur l'autre. D'abord une cascade sans fin de rires étouffés, puis les grandes secousses du plaisir, et nulle part où poser leur regard que les yeux grands ouverts l'un de l'autre. Ils se mordaient mutuellement pour contenir des cris féroces.

« Sympa, dit Greg. Bien, bien, bien.

– Il faut que j'y retourne.

– Déjà ?

– Katy risque de se réveiller pendant que je ne serai pas là.

– Bon. Bon. Je dois me préparer pour Saskatoon de toute manière. Imaginons que nous y soyons arrivés en pleine action. Bonjour maman. Bonjour papa. Excusez-moi j'en ai pour une minute il faut que… waouh, la crise ! »

Elle remit de l'ordre dans sa tenue et, redevenue présentable, le quitta. À vrai dire elle ne s'inquiétait guère de croiser d'autres voyageurs. Elle était faible, sous le coup, mais pourtant revigorée, comme quelque gladiateur – elle y pensa effectivement et en sourit – au sortir de l'arène.

De toute façon elle ne rencontra personne.

La fermeture au bas du rideau était défaite. Elle était certaine de l'avoir fermée. D'ailleurs, eût-elle négligé de le faire que Katy n'aurait pas pu sortir et n'aurait certainement pas essayé. Quand elle avait dû s'absenter pour aller aux toilettes, Greta avait expliqué en long et en large à Katy de ne jamais essayer de la suivre, et Katy avait répondu : « Je n'y penserais pas », une telle suggestion revenant à la traiter comme un bébé.

Greta empoigna les rideaux pour les ouvrir entièrement et, l'ayant fait, elle constata que Katy n'était pas là.

Elle s'affola. Elle arracha l'oreiller comme si un enfant de la taille de Katy pouvait trouver le moyen de s'en recouvrir entièrement. Elle tapa des mains la couverture comme si Katy pouvait être cachée dessous. Elle se maîtrisa et essaya de se rappeler où le train s'était arrêté, et même s'il s'était arrêté, pendant qu'elle était avec Greg. Pendant l'arrêt, si arrêt il y avait eu, un ravisseur aurait-il pu monter dans le train et se débrouiller pour en redescendre avec Katy ?

Debout dans l'allée centrale, elle se demanda comment elle devait s'y prendre pour arrêter le train.

Puis elle se dit, se contraignit à se dire, que rien de la sorte ne pouvait s'être produit. Ne sois pas ridicule. Katy devait s'être réveillée et voyant qu'elle n'était pas là était partie à sa recherche. Toute seule, elle était partie la chercher.

Pas loin, elle ne devait pas être loin. Aux deux extrémités du wagon les portes étaient beaucoup trop lourdes pour qu'elle puisse les ouvrir.

Greta pouvait à peine bouger. Son corps entier, son esprit s'étaient vidés. C'était impossible, ce n'était pas arrivé. Faire machine arrière, retourner au moment qui avait précédé son départ avec Greg. S'arrêter là. S'arrêter.

De l'autre côté du couloir central un siège était inoccupé pour le moment. On y avait laissé un chandail de dame et un quelconque magazine pour le réserver. Plus loin, une place aux rideaux entièrement fermés, comme les siens – les leurs – l'avaient été. Elle les saisit et les écarta d'un seul coup. Le vieux monsieur qui y dormait se tourna sur le dos mais ne se réveilla pas. Il ne pouvait manifestement cacher personne.

Quelle idiotie.

Puis une peur nouvelle. À supposer que Katy soit allée jusqu'à l'une des deux extrémités du wagon et ait réussi à ouvrir la porte. Ou qu'elle ait suivi quelqu'un qui l'avait ouverte devant elle. Entre deux voitures, il y avait un court passage où l'on devait marcher sur l'endroit où elles s'attelaient l'une à l'autre. Là on sentait les mouvements du train avec une soudaineté inquiétante. Une lourde porte derrière soi et une autre devant, et des deux côtés du passage, des plaques métalliques qui s'entrechoquaient à grand bruit. Elles recouvraient les marchepieds que l'on abaissait quand le train s'arrêtait.

On se hâtait toujours dans ces passages où le tintamarre et le roulis vous rappelaient, d'une façon dont on se serait en somme bien passé, la manière dont le tout était assemblé. D'un air presque détaché, mais tout de même trop pressé, avec ce tintamarre et ce roulis.

La porte du bout était lourde même pour Greta. À moins que la peur ne l'ait privée de sa force. Elle poussa fort avec l'épaule.

Et là, entre les wagons, sur l'une de ces plaques de métal perpétuellement bruyantes – oui, là, Katy était assise. Les yeux écarquillés et la bouche entrouverte, seule et effarée. Elle ne pleurait pas du tout, mais quand elle vit sa mère, les larmes jaillirent.

Greta la saisit et la hissa sur sa hanche puis tituba jusqu'à la porte qu'elle venait d'ouvrir.

Toutes les voitures avaient un nom, pour commémorer des batailles ou des explorations ou célébrer la mémoire de Canadiens illustres. La leur s'appelait Connaught. Elle ne l'oublierait jamais.

Katy n'avait rien. Ses vêtements ne s'étaient pas pris, comme ils auraient pu le faire, entre les rebords aigus de ces plaques métalliques en perpétuel mouvement.

« Je suis allée te chercher », dit-elle.

Quand ? Voilà quelques instants ou juste après que Greta l'avait laissée ?

Sûrement pas. Quelqu'un l'aurait découverte là, l'aurait prise dans ses bras, aurait donné l'alarme.

C'était une journée ensoleillée mais pas vraiment chaude. Son visage et ses mains étaient très froids.

« J'ai cru que t'étais dans l'escalier », dit-elle.

Greta la couvrit de la couverture de leur couchette et ce fut alors qu'elle-même se mit à trembler, comme si elle avait la fièvre. Elle avait la nausée et, d'ailleurs, le goût du vomi dans la gorge. Katy dit : « Me pousse pas », et se tortilla pour s'écarter d'elle.

« Tu sens mauvais », ajouta-t-elle.

Greta la lâcha pour s'allonger sur le dos.

C'était terrible, quand elle pensait à ce qui aurait pu arriver, si terrible. La petite se raidissait encore dans la protestation, se tenait aussi loin d'elle que possible.

Quelqu'un aurait forcément retrouvé Katy. Une personne respectable, dépourvue de mauvaises intentions, l'aurait remarquée et l'aurait ramenée vers la sécurité. Greta aurait entendu l'annonce consternante dans les haut-parleurs, on avait retrouvé une enfant perdue, seule dans le train. Une enfant qui disait se prénommer Katy. Elle se serait précipitée de l'endroit, quel qu'il fût, où elle se serait trouvée à cet instant, ayant rajusté de son mieux sa tenue, se serait précipitée pour reprendre son enfant et mentir en racontant qu'elle venait d'aller aux toilettes. Elle aurait eu peur, mais se serait épargné l'image qui l'assiégeait à présent, Katy assise dans cet espace bruyant, désemparée, entre les wagons. Pas de larmes, pas de plaintes, comme si elle était condamnée à rester là à jamais, sans avoir droit à une quelconque explication, au moindre espoir. Et ce regard étrangement dénué d'expression, cette bouche entrouverte, avant de comprendre qu'elle était sauvée et pouvait se mettre à pleurer. Alors seulement elle avait pu réintégrer son monde, avec son droit à souffrir et à se plaindre.

Pour l'heure elle dit qu'elle n'avait pas sommeil et voulait se lever. Elle demanda où était Greg. Greta dit qu'il faisait un somme, qu'il était fatigué.

Elles retournèrent au wagon panoramique pour y passer le reste de l'après-midi. Elles l'avaient presque pour elles toutes seules. Les photographes amateurs avaient sans doute fini par se lasser des montagnes Rocheuses. Et pour reprendre un des commentaires de Greg, les grandes plaines ne leur auraient inspiré que des platitudes.

Le train s'arrêta brièvement à Saskatoon et plusieurs voyageurs en descendirent. Greg était du nombre. Greta vit qu'un couple, probablement ses parents, était venu l'accueillir. Il y avait aussi une dame dans une chaise roulante, qui devait être une grand-mère, et plusieurs personnes plus jeunes, qui se tenaient alentour, enjouées mais un peu gênées. Aucun d'entre eux n'avait l'air d'appartenir à une secte ou d'être strict ni en aucune façon désagréable.

Mais à quoi peut-on en juger à coup sûr chez le premier venu ?

Greg se détourna d'eux pour examiner les fenêtres du train. Elle lui fit signe depuis le wagon panoramique, il l'aperçut et lui rendit son geste.

« C'est Greg, dit-elle à Katy. Tu le vois là-bas ? Il nous fait signe. Tu veux lui répondre ? »

Mais Katy jugea trop difficile de chercher à l'apercevoir. À moins qu'elle n'ait même pas essayé. Elle se détourna, prenant un petit air convenable et vaguement offensé, et Greg, après un dernier signe clownesque, se détourna aussi. Greta se demanda si la petite avait décidé de le punir ainsi de sa désertion, refusant de regretter son départ et même de l'apercevoir.

Très bien, puisque c'est ainsi, laissons tomber.

« Greg te faisait des signes, dit Greta tandis que le train s'éloignait.

– Je sais. »

Pendant que Katy dormait à côté d'elle sur la couchette cette nuit-là, Greta écrivit une lettre à Peter. Une longue lettre qu'elle voulait drôle, au sujet des gens de toute sorte qu'on rencontrait dans le train. Des gens qui, pour la plupart, préféraient voir par le truchement de leur appareil photo plutôt qu'en regardant directement de leurs yeux, et ainsi de suite. Et aussi au sujet de Katy qui dans l'ensemble avait été sage et gentille. Pas un mot de la disparition, évidemment, ni de la peur. Elle posta la lettre après que les grandes plaines avaient été dépassées depuis longtemps et remplacées par les sapins noirs qui semblaient s'étendre à l'infini, quand le train fit halte pour on ne sait quelle raison dans la petite ville perdue de Hornepayne.

Tout son temps de veille au long de ces centaines de kilomètres, elle l'avait consacré à Katy, consciente de n'avoir encore jamais fait montre d'un souci aussi exclusif. Certes elle avait entouré l'enfant de soins, l'avait vêtue, nourrie, lui avait parlé, pendant les heures où elles étaient ensemble et Peter au travail. Mais Greta vaquait alors à d'autres choses dans la maison, et elle ne lui accordait donc qu'une attention fractionnée, sa tendresse relevant souvent d'une tactique.

Et pas uniquement à cause des tâches ménagères. D'autres pensées avaient empiété sur le souci de l'enfant dans son esprit. Avant même l'inutile, épuisante, idiote préoccupation de l'homme de Toronto, il y avait une autre tâche, sa tâche de poète, à laquelle elle n'avait presque jamais cessé de travailler par l'esprit. Elle y voyait à présent une autre trahison – de Katy, de Peter, de la vie. Et désormais, à cause de cette image dans sa tête, l'image de Katy assise toute seule au milieu de ce fracas métallique entre deux wagons – c'était encore une chose à laquelle Greta, mère de Katy, allait devoir renoncer.

Un péché. Avoir dirigé son attention ailleurs. Une attention volontaire, avide, consacrée à autre chose qu'à l'enfant. Un péché.

Elles arrivèrent à Toronto au milieu de la matinée. La journée était sombre. C'était un temps orageux d'été avec du tonnerre et des éclairs. Katy n'en avait jamais vu de semblable sur la côte Ouest mais Greta lui dit qu'il n'y avait aucune raison d'avoir peur et la petite en fut apparemment convaincue. Elle n'eut pas peur non plus de l'obscurité encore plus profonde, trouée d'un éclairage électrique, qu'elles rencontrèrent dans le tunnel où le train s'arrêtait.

Elle dit : « La nuit. »

Greta répondit que non, non, elles n'avaient qu'à marcher jusqu'au bout du tunnel, maintenant qu'elles étaient descendues du train. Qu'ensuite il leur faudrait monter quelques marches, à moins qu'il n'y ait un escalier roulant, et puis qu'elles se retrouveraient dans un vaste bâtiment et puis dehors, où elles prendraient un taxi. Un taxi c'est une voiture, c'est tout, il les emmènerait chez elles. Dans leur nouvelle maison, où elles allaient habiter un moment. Elles allaient y habiter un moment et puis elles retourneraient à la maison, retrouver papa.

Elles remontèrent une rampe et arrivèrent à un escalier roulant. Katy s'arrêta net, Greta en fit donc autant, laissant les gens les dépasser. Puis, soulevant Katy, elle l'installa sur sa hanche et empoigna la valise de son autre main, se penchant pour chercher à la caler, la heurtant contre les marches en mouvement. En haut de l'escalier roulant elle reposa la petite par terre et elles purent de nouveau se tenir par la main, dans l'éclatante lumière, sous la haute voûte d'Union Station.

Là, les gens qui les avaient précédées commencèrent à se disperser, entraînés par ceux qui les attendaient et les hélaient par leur nom ou marchaient simplement à leur rencontre pour prendre leurs valises.

Ainsi que quelqu'un le faisait à présent de la leur. La saisissait, étreignait Greta et l'embrassait pour la première fois, avec détermination, comme pour fêter quelque chose.

Harris.

D'abord un choc, puis un éboulement dans les entrailles de Greta, un immense apaisement.

Elle tentait de s'accrocher à Katy mais au même instant l'enfant s'écarta d'elle et libéra sa main.

Ce n'était pas pour fuir. Car elle demeura figée sur place, attendant la suite, quelle qu'elle fût.

Amundsen

Je m'étais assise pour attendre sur le banc à l'extérieur de la gare. On l'avait ouverte à l'arrivée du train mais à présent elle était fermée. Une autre femme était assise à l'extrémité du banc, tenant entre les genoux un filet plein de paquets enveloppés de papier huilé. De la viande – de la viande crue. On en sentait l'odeur.

De l'autre côté des voies, le train électrique, vide, attendait.

Aucun autre voyageur ne se montra et au bout d'un moment le chef de gare sortit la tête et lança : « Sana ! » Je crus d'abord qu'il appelait quelqu'un. Et d'ailleurs un autre homme, vêtu d'une espèce de tenue réglementaire, déboucha à l'extrémité du bâtiment. Il traversa les voies et monta dans la motrice. La femme aux paquets s'était levée pour lui emboîter le pas, j'en fis donc autant. Dans une grande bouffée de vociférations, de l'autre côté de la rue, les portes d'une construction de rondins marron foncé au toit plat s'ouvrirent, livrant passage à plusieurs hommes qui se recoiffaient d'une casquette enfoncée jusqu'aux yeux ; tous portaient en bandoulière une musette qui leur battait la cuisse. Au bruit qu'ils faisaient on aurait cru que le train allait partir d'un instant à l'autre. Mais quand ils se furent installés à bord il ne se passa rien. Le train attendit pendant qu'ils se comptaient pour voir qui manquait et dire au conducteur de retarder le départ. Puis quelqu'un se rappela que c'était le jour de congé de l'absent. La motrice s'ébranla, mais rien n'indiquait que le conducteur avait écouté quoi que ce soit de cet échange ni même qu'il y avait pris garde.

Toute la bande descendit à une scierie au milieu des bois – cela n'aurait guère fait plus de dix minutes de marche – et peu après le lac parut, couvert de neige. Et devant le lac, toute blanche, une longue construction de bois. La femme mit de l'ordre dans ses paquets de viande et se leva. Je l'imitai. Le conducteur cria de nouveau « Sana », et les portes s'ouvrirent. Deux femmes attendaient pour monter. Elles saluèrent la femme à la viande qui dit que la journée était moche.

Toutes évitèrent de me regarder quand je descendis derrière la femme à la viande.

Il n'y avait personne à attendre à ce terminus de la ligne, selon toute apparence. Les portes se refermèrent à grand bruit et le train repartit en sens inverse.

Puis ce fut le silence, l'air était comme de la glace. Bouleaux aux branches grêles qui semblaient cassantes portant des marques noires sur leur écorce blanche, et une espèce de petits conifères broussailleux roulés en boule comme des ours endormis. Le lac gelé n'était pas lisse mais ondulait le long de la berge, comme si les vagues s'étaient muées en glace à l'instant où elles retombaient. Plus loin, le bâtiment, l'alignement parfait de ses rangées de fenêtres, et ses galeries vitrées aux deux extrémités. Le tout austère, nordique, noir et blanc sous la haute voûte des nuages.

Mais l'écorce des bouleaux n'était pas blanche en définitive à mesure qu'on s'en approchait. Jaune grisâtre, bleu grisâtre, grise.

Un enchantement d'un tel calme, d'une telle immensité.

La femme à la viande m'interpella. « Où allez-vous ? Les visites se terminent à trois heures.

– Je ne suis pas une visiteuse, répondis-je. Je suis la prof.

– Oui, ben ils vous feront quand même pas entrer par la grande porte, dit-elle avec une certaine satisfaction. Vous feriez mieux de venir avec moi. Vous avez pas de valise ?

– Le chef de gare a dit qu'il l'apporterait plus tard.

– À vous voir plantée là comme ça on aurait cru que vous étiez perdue. »

Je dis que je m'étais arrêtée parce que c'était très beau.

« Y en a qui peuvent le penser. À condition d'être ni trop malade ni trop occupé. »

Rien d'autre ne fut dit jusqu'à ce que nous entrions dans la cuisine à l'une des extrémités du bâtiment. Je commençais déjà à avoir besoin de sa chaleur. Je n'eus pas une minute pour regarder autour de moi parce que l'attention se porta aussitôt sur mes chaussures.

« Vous feriez mieux de m'ôter ça avant de laisser des marques sur le plancher. »

M'étant livrée à une gymnastique pour les retirer – il n'y avait nulle part où s'asseoir –, je posai mes chaussures sur le tapis-brosse où la femme avait mis les siennes.

« Ramassez ça et emmenez-les avec vous, je sais pas où ils vont vous mettre. Et vous feriez bien aussi de garder votre manteau, c'est pas chauffé dans le vestiaire. »

Pas de chauffage, pas de lumière, à l'exception de celle que laissait filtrer une petite fenêtre hors de ma portée. C'était comme être punie à l'école. Consignée dans le vestiaire. Oui. La même odeur de vêtements d'hiver qui ne séchaient jamais tout à fait, de chaussures trempées dans lesquelles avaient baigné des chaussettes sales, des pieds pas lavés.

Je grimpai sur un banc mais ne parvins quand même pas à voir à l'extérieur. Sur l'étagère où l'on jetait bonnets et écharpes je découvris un sac contenant des figues et des dattes. Quelqu'un devait les avoir volées et cachées là en attendant de les emporter chez soi. J'eus faim tout à coup. Rien mangé depuis le matin, à l'exception d'un sandwich fromage sans beurre dans l'Ontario Northland. Je me dis qu'il n'y avait peut-être pas d'obstacle éthique à voler un voleur. Mais des restes de figue coincés entre mes dents m'auraient trahie.

Je redescendis juste à temps. On entrait dans le vestiaire. Ce n'était pas une des filles de cuisine mais une écolière enveloppée d'un volumineux manteau d'hiver, un foulard sur les cheveux. Elle entra en trombe – jetant ses livres sur le banc de telle sorte qu'ils s'éparpillèrent sur le plancher, arrachant son foulard pour en faire jaillir une tignasse ébouriffée et en même temps, me sembla-t-il, se débarrassant de ses chaussures l'une après l'autre en les envoyant dinguer à travers le vestiaire. À croire que personne ne l'avait arrêtée pour les lui faire ôter à la porte de la cuisine.

« Dites, j'essayais pas de vous les lancer dessus, dit la fille. Il fait si sombre ici quand on arrive de dehors qu'on ne voit pas ce qu'on fait. Vous êtes pas gelée ? Vous attendez quelqu'un pour rentrer chez vous ?

– Je dois voir le Dr Fox.

– Alors ce ne sera pas long. J'arrive en voiture de la ville avec lui. Vous êtes pas malade, au moins ? Si vous êtes malade vous pouvez pas entrer ici, il faudra le voir en ville.

– Je suis la prof.

– Ah bon ? Et vous êtes de Toronto ?

– Oui. »

Il y eut un bref silence, signe peut-être de respect.

Mais non, c'était pour considérer mon manteau.

« C'est vraiment joli. C'est quoi la fourrure du col ?

– De l'astrakan. Mais en fait c'est de l'imitation.

– J'ai pas vu la différence. Je vois pas pourquoi on vous a collée ici, vous allez vous geler les miches. Pardon, je m'excuse. Si vous devez voir le docteur, je peux vous montrer le chemin. Je connais toute la maison par cœur, je vis ici depuis que je suis née, pour ainsi dire. Ma mère dirige la cuisine. Je m'appelle Mary. Et vous ?

– Vivi. Vivien.

– Si vous êtes prof, ça devrait plutôt être Miss, non ? Miss comment ?

– Miss Cash.

– Poil de vache, fit-elle. Pardon, ça m'est venu comme ça. J'aimerais bien que vous soyez ma prof mais je dois aller à l'école en ville. C'est ce règlement débile. Parce que je suis pas tubarde. »

Elle me conduisait tout en parlant, par la porte du fond du vestiaire, puis au long d'un classique couloir d'hôpital. Linoléum ciré. Peinture d'un vert éteint, odeur d'antiseptique.

« Maintenant que vous êtes là je vais demander à Reddy[1] de me faire changer d'école.

– Qui est Reddy ?

– Reddy Fox. Ça vient d'un bouquin. Anabel et moi on s'est mises à l'appeler comme ça.

– Et qui est Anabel ?

– Plus personne. Elle est morte.

– Ah, pardon.

– Pas votre faute. C'est des choses qui arrivent ici. Je vais au lycée cette année. Anabel est presque pas allée à l'école du tout. Quand j'étais au primaire, Reddy avait convaincu la maîtresse de m'autoriser à rester beaucoup chez moi, pour que je puisse lui tenir compagnie, à Anabel. »

Elle s'arrêta devant une porte à demi ouverte et siffla.

« Hou-hou. J'amène la prof.

– Très bien, Mary. Je t'ai assez entendue pour aujourd'hui.

– Ça va. J'ai compris. »

Elle s'éloigna nonchalamment, me laissant face à un homme mince, de taille moyenne, dont les cheveux blonds tirant sur le roux étaient coupés très court et brillaient dans la lumière artificielle du couloir.

« Vous avez fait la connaissance de Mary, dit-il. Elle est intarissable. Elle ne sera pas dans votre classe et vous n'aurez donc pas à la subir tous les jours. Certains la trouvent attachante, d'autres pas du tout. »

À ma surprise il n'avait que dix à quinze ans de plus que moi et il me parla d'abord exactement comme l'eût fait un homme nettement plus âgé. Un futur employeur soucieux. Il me demanda si j'avais fait

1. Allusion à la couleur rousse du renard. *Les Aventures de Reddy Fox*, célèbre livre pour enfants.

bon voyage, et ce qui avait été décidé pour ma valise. Il voulut savoir ce que cela me ferait de vivre ici dans la nature, après Toronto, et si je risquais de m'ennuyer.

Pas le moins du monde, répondis-je, et j'ajoutai que c'était beau. « C'est… c'est comme habiter dans un roman russe. »

Il me regarda attentivement pour la première fois.

« Vraiment ? Quel roman russe ? »

Il avait les yeux clairs, d'un gris-bleu lumineux. Un sourcil s'était levé, semblable à un petit chapeau pointu.

Ce n'était pas comme si je n'avais lu aucun roman russe. J'en avais lu certains de bout en bout et d'autres en partie. Mais à cause de ce sourcil, et de son expression amusée mais sceptique, je ne parvins à me rappeler aucun titre à l'exception de *Guerre et Paix*. Que je ne voulais précisément pas mentionner parce que c'était ce qui serait revenu à la mémoire de n'importe qui.

« *Guerre et Paix*.

– Sauf qu'ici nous n'avons que la paix, me semble-t-il. Mais si c'était la guerre que vous appeliez de vos vœux, j'imagine que vous vous seriez engagée dans une de ces unités féminines pour vous faire expédier outre-Atlantique. »

J'étais furieuse et humiliée parce que je n'avais pas vraiment cherché à étaler mes connaissances. En tout cas pas seulement. J'avais voulu exprimer l'effet merveilleux que ce paysage produisait sur moi.

C'était manifestement le genre d'homme dont les questions sont autant de pièges dans lesquels il veut vous faire tomber.

« Je crois bien qu'en réalité je m'attendais à voir surgir de nulle part une espèce de vieille institutrice, dit-il en manière de piètre excuse. Comme si toutes les personnes d'un âge et d'une qualification raisonnables avaient déjà réintégré le système à présent. Ce n'est pas dans l'idée d'enseigner que vous avez fait des études, n'est-ce pas ? Qu'est-ce que vous comptiez faire au juste une fois obtenue votre licence ?

– Travailler à ma maîtrise, répondis-je sèchement.

– Alors qu'est-ce qui vous a fait changer d'avis ?
– Je me suis dit qu'il fallait que je gagne de l'argent.
– Excellente idée. Mais je crains que vous ne gagniez pas grand-chose ici. Pardon si vous me trouvez indiscret. Je voulais seulement m'assurer que vous ne risquiez pas de nous laisser en plan du jour au lendemain. Vous n'avez pas de projet de mariage, au moins ?
– Non.
– Parfait. Parfait. Ce sera tout, vous voilà tranquille. Je ne vous ai pas découragée, j'espère ? »

J'avais détourné la tête.

« Non.
– Au bout du couloir vous trouverez le bureau de la gouvernante qui vous dira tout ce que vous avez besoin de savoir. Vous prendrez vos repas avec les infirmières. La gouvernante vous dira où est votre chambre. Essayez de ne pas prendre froid. J'imagine que vous n'avez aucune expérience de la tuberculose ?
– C'est-à-dire que j'ai lu…
– Je sais. Je sais. Vous avez lu *La Montagne magique*. » Encore un piège tendu, et il semblait revigoré. « Il y a eu quelques progrès depuis, j'ose l'espérer. Ici, en tout cas ; j'ai deux, trois choses que j'ai écrites au sujet des enfants ici et ce que je crois qu'on peut essayer de faire avec eux. De temps à autre, je préfère m'exprimer par écrit. La gouvernante vous donnera quelques tuyaux. »

Il ne me fallut pas une semaine dans l'établissement pour que l'ensemble des événements du premier jour paraisse unique et peu vraisemblable. La cuisine, le vestiaire de la cuisine où les employés posaient leurs vêtements et dissimulaient leurs larcins étaient des pièces que je n'avais pas revues et ne reverrais probablement pas. De même le bureau du docteur. C'était dans celui de la gouvernante qu'il convenait d'exprimer toutes ses demandes, ses doléances, et d'évoquer les changements d'organisation qu'on souhaitait. La gouvernante elle-même était une petite femme rondouillarde, au visage rose, qui portait des lunettes sans monture et respirait bruyamment. Ce qu'on lui demandait semblait toujours l'étonner et lui causer des difficultés, mais tout finissait par être pris en compte, ou fourni. Il lui arrivait de prendre ses repas dans la salle à manger des infirmières, où elle avait droit à un menu spécial et où sa présence mettait un froid glacial. Le plus souvent elle ne sortait pas de ses quartiers.

Outre la gouvernante il y avait trois infirmières diplômées, toutes les trois mes aînées d'au moins trente ans. Retraitées, elles avaient repris du service pour faire leur devoir en temps de guerre. Puis il y avait les aides-soignantes, qui avaient mon âge ou même moins, mariées pour la plupart, ou fiancées, ou travaillant à le devenir, en général à des mobilisés. Elles parlaient tout le temps quand la gouvernante et les infirmières n'étaient pas là. Elles ne s'intéressaient pas à moi le moins du monde. N'avaient aucun désir de savoir à quoi Toronto ressemblait, alors que certaines d'entre elles connaissaient des gens qui y avaient passé leur lune de miel, et elles se fichaient bien de savoir comment les choses allaient pour moi en classe ou ce que j'avais fait avant de venir travailler au sana. Ce n'était pas qu'elles étaient grossières – elles me passaient le beurre (ce qu'on appelait beurre mais qui était en réalité une margarine striée d'orange, colorée à la cuisine selon la seule méthode légale à l'époque) et elles me mettaient en garde contre le hachis Parmentier qui, disaient-elles, contenait de la viande de marmotte. Non, c'était simplement que tout ce qui arrivait dans des lieux qu'elles ne connaissaient pas ou à des gens qu'elles ne connaissaient pas ou en un temps qu'elles ne connaissaient pas comptait pour rien. Elles en étaient importunées ; cela leur tapait sur les nerfs. Elles changeaient de station dès qu'elles le pouvaient pour chercher de la musique chaque fois que la radio donnait des informations.

« *Dance with a dolly with a hole in her stockin'*[1]… »

1. « Danser avec une poupée au bas troué », chanson popularisée par le film *Lucky Night*, sorti en 1939.

Les deux infirmières et les aides-soignantes n'aimaient pas la CBC dont on m'avait appris à croire qu'elle apportait la culture dans les campagnes les plus reculées. Elles n'en bavaient pas moins d'admiration devant le Dr Fox, parce que, entre autres raisons, il avait lu des tas de livres.

Elles disaient aussi qu'il n'y avait personne pour vous remonter les bretelles comme lui quand l'envie lui en prenait.

Je n'arrivais pas à décider si elles estimaient qu'il y avait un lien entre la lecture de tas de livres et le remontage de bretelles.

Les notions habituelles de pédagogie n'ont pas leur place ici. Certains de ces enfants réintégreront le monde ou le système et d'autres non. Mieux vaut éviter un niveau trop élevé de stress. C'est-à-dire les compositions, le par cœur, les notes.

Ne tenir strictement aucun compte des classes et du passage de l'une à l'autre. Ceux qui en ont besoin pourront rattraper par la suite ou s'en passer. De fait, des compétences et une série de connaissances, etc., très simples, sont nécessaires pour aborder le monde. Et qu'en est-il des enfants prétendument surdoués ? Un terme répugnant. S'ils sont intelligents au sens scolaire (discutable), ils rattraperont facilement.

Renoncer aux fleuves d'Amérique du Sud, ainsi qu'à la Grande Charte.

Dessin, musique, contes seront préférés.

Les jeux sont possibles mais attention à la surexcitation ou à un excès d'esprit de compétition.

Le grand défi est de se tenir à mi-chemin entre le stress et l'ennui. L'ennui malédiction de l'hospitalisation.

Si la gouvernante n'est pas en mesure de fournir ce dont vous avez besoin, il arrive parfois que le concierge le possède, remisé quelque part.

Bon voyage[1].

1. En français dans le texte.

Le nombre des enfants qui se présentaient en cours variait. De quinze à parfois une demi-douzaine. Les cours avaient lieu uniquement le matin, de neuf heures à midi, y compris les moments de pause. Les enfants étaient écartés en cas d'accès de fièvre ou quand ils devaient subir des examens médicaux. Quand ils étaient présents, ils ne bavardaient pas et se montraient dociles mais pas particulièrement intéressés. Ils avaient compris d'emblée que c'était une école pour de rire où ils n'étaient pas tenus d'apprendre quoi que ce soit, tout comme ils n'étaient pas esclaves de l'emploi du temps et n'avaient rien à savoir par cœur. Cette liberté ne les rendait pas arrogants, elle ne les condamnait pas non plus à s'ennuyer au point de faire naître des chahuts, ils étaient seulement dociles et rêveurs. Ils chantaient en canon sans élever la voix. Jouaient au morpion. Il planait une ombre de défaite sur la salle de classe improvisée.

Je décidai de prendre le docteur au mot. Au moins dans certains domaines, par exemple quand il disait que l'ennui était l'ennemi.

Dans le placard du concierge j'avais vu un globe terrestre. Je demandai qu'on me l'apporte. Je commençai par des notions simples de géographie. Les océans, les continents, les climats. Pourquoi pas les vents et les courants ? Les pays et les grandes villes ? Le tropique du Cancer et le tropique du Capricorne ? Et, en définitive, pourquoi pas les fleuves d'Amérique du Sud ?

Quelques enfants avaient déjà appris certaines de ces choses, mais les avaient presque oubliées. Le monde au-delà du lac et de la forêt était tombé dans le néant. Je pensais qu'ils se réjouiraient, comme d'un retour d'amitié, en renouant avec tout ce qu'ils avaient su autrefois. Je ne leur assenai évidemment pas la totalité de ces connaissances d'un seul coup. Et je devais ménager ceux qui jamais de leur vie n'avaient appris ces choses parce qu'ils étaient tombés malades trop tôt.

Mais ce n'était pas insurmontable. On pouvait en faire un jeu. Je les répartis en équipes, leur demandai d'énoncer les réponses à mesure que je déplaçais rapidement ma baguette d'un point à un autre. Je prenais garde à ne pas trop prolonger l'exercice. Mais un jour le docteur entra dans la classe, sitôt revenu des opérations chirurgicales du matin, et je fus prise sur le fait. Impossible de tout arrêter net, mais je m'efforçai d'atténuer l'aspect compétitif. Il s'assit, l'air vaguement fatigué et lointain. Il ne fit aucune remarque. Au bout de quelques instants, il entra dans le jeu, lançant des réponses tout à fait ridicules, des noms pas seulement erronés mais carrément imaginaires. Puis il baissa peu à peu la voix. Plus bas, encore plus bas, d'abord un murmure, puis un chuchotement, jusqu'à ce qu'enfin on n'entende plus rien du tout. Rien. De cette façon, avec ce comportement absurde, il s'assura la maîtrise de la situation. Toute la classe se mit à articuler les mots en silence, afin de l'imiter. Tous les yeux étaient rivés à ses lèvres.

Soudain il poussa un grondement étouffé qui déclencha leur hilarité à tous.

« Mais nom d'une pipe pourquoi est-ce que tout le monde me regarde ? C'est donc ça que la maîtresse vous apprend ? À regarder fixement les gens qui n'ennuient personne ? »

La plupart rirent encore mais certains ne pouvaient détacher les yeux du docteur malgré ce qu'il disait. Ils attendaient avidement de nouvelles clowneries.

« Allez. Allez-vous-en, allez ailleurs donner libre cours à votre mauvaise éducation. »

Il me présenta ses excuses pour avoir ainsi interrompu mon cours puis y avoir carrément mis fin. J'entrepris de lui expliquer mes raisons de faire que ma classe ressemble plus à une véritable école.

« Alors que je suis tout à fait d'accord avec vous concernant le stress… dis-je avec conviction. Je suis d'accord avec ce que vous dites dans vos instructions. Seulement j'ai pensé…

– Quelles instructions ? Ah, oui, ce n'étaient que des bribes de choses qui me sont passées par la tête. Je n'avais pas l'intention de graver ça dans le marbre.

– C'est-à-dire que du moment qu'ils ne sont pas trop malades…

– Je suis sûr que vous avez raison, j'imagine que ça n'a guère d'importance.

– Autrement, ils avaient l'air un peu agités.

– Il n'y a aucune raison d'en faire tout un plat », dit-il, et il partit.

Puis il se retourna pour présenter des excuses auxquelles il ne croyait qu'à peine.

« Nous pourrons en parler une autre fois. »

Cette autre fois, me dis-je, ne viendrait jamais. Il n'était que trop évident qu'il me jugeait idiote et ennuyeuse.

Je découvris pendant le déjeuner, de la bouche des aides-soignantes, qu'un patient n'avait pas survécu à une opération ce matin-là. De sorte qu'il s'avéra que ma colère n'était pas justifiée, raison de plus de me sentir idiote.

Les après-midi étaient libres. Mes élèves se couchaient pour de longues siestes et j'avais parfois envie de les imiter. Il faisait froid dans ma chambre – comme apparemment dans la totalité du bâtiment –, beaucoup plus froid que dans l'appartement d'Avenue Road, en dépit du fait que mes grands-parents baissaient les radiateurs, par patriotisme. Et les couvertures étaient minces – à coup sûr des tuberculeux avaient besoin de quelque chose de plus douillet.

Certes, je n'avais pas la tuberculose. Peut-être lésinait-on sur le confort des gens comme moi.

J'avais sommeil mais n'arrivais pas à dormir. Au-dessus de ma tête, il y avait le grondement sourd des lits-chariots qu'on roulait jusqu'aux coursives ouvertes pour faire prendre aux patients l'air glacial de l'après-midi.

Le bâtiment, les arbres, le lac ne seraient plus jamais à mes yeux les mêmes que ce premier jour, quand j'avais été saisie par leur mystère imposant. Ce jour-là, je m'étais crue invisible. J'avais à présent le sentiment de ne l'avoir jamais été.

C'est la prof. Qu'est-ce qu'elle manigance ?

Elle regarde le lac.

Pourquoi ?

Elle a rien de mieux à faire.

Y en a qui ont du bol.

Il m'arrivait de m'absenter pour le déjeuner, alors que ce repas faisait partie de mon salaire. J'allais à Amundsen, où je mangeais dans un snack. Le café y était un ersatz, de la marque Postum, et quant aux sandwichs, on avait intérêt à opter pour le saumon en boîte, quand il y en avait. Le poulet qu'un examen attentif permettait de découvrir dans la salade du même nom se résumait à quelques lambeaux de peau et de cartilage. Cela ne m'empêchait pas de me sentir plus à l'aise dans ce boui-boui, comme si personne ne risquait de savoir qui j'étais.

En quoi je me trompais probablement.

L'établissement n'avait pas de toilettes pour dames, de sorte qu'il fallait aller à l'hôtel mitoyen, puis passer devant la porte ouverte de la taverne, perpétuellement sombre et bruyante, d'où émanaient des relents de bière et de whisky et des nuages de fumée de cigare et de cigarette qui auraient suffi à vous assommer. Mais cela n'entamait pas trop mon sentiment de sécurité. Les bûcherons, les employés de la scierie ne vous interpellaient jamais bruyamment, contrairement aux soldats et aux aviateurs à Toronto. Plongés dans leur univers viril, braillant leurs histoires d'hommes, ils n'étaient pas là pour chercher des femmes. Peut-être même cherchaient-ils plutôt à fuir leur compagnie l'espace d'un moment ou à jamais.

Le docteur avait un cabinet dans la grand-rue. Une simple petite construction de plain-pied, il devait donc habiter ailleurs. J'avais appris par les aides-soignantes qu'il n'avait pas d'épouse. Dans l'unique rue adjacente, je découvris la maison qui pouvait peut-être lui appartenir – façade crépie, chien-assis au-dessus de la porte d'entrée, livres empilés au bord de cette fenêtre. L'ensemble avait quelque chose de triste mais d'ordonné, suggérant un confort précis quoique réduit au minimum, tel qu'un homme seul – aux mœurs bien réglées – aurait pu le concevoir.

Au bout de cette unique rue résidentielle, l'école avait un étage. Au rez-de-chaussée les classes jusqu'à la huitième, à l'étage jusqu'à la douzième. Un après-midi, j'y aperçus Mary qui participait à une bataille de boules de neige. L'affrontement opposait apparemment les filles aux garçons. Quand elle me vit, Mary cria d'une voix forte : « Salut, la prof ! » et, lançant au hasard les boules de neige qu'elle tenait, une dans chaque main, elle traversa nonchalamment la rue. « À demain », fit-elle par-dessus son épaule, ce qui revenait plus ou moins à interdire qu'on la suive.

« Vous rentrez ? demanda-t-elle. Moi aussi. Reddy me ramenait en voiture mais il s'est mis à rentrer trop tard. Comment vous faites, vous prenez le tram ? »

Je répondis par l'affirmative et Mary reprit : « Moi, je peux vous montrer un autre chemin, qui vous fera faire des économies. Le chemin des bois. »

Elle m'entraîna par un sentier étroit mais praticable qui s'élevait au-dessus de la ville, puis à travers bois, en passant devant la scierie.

« C'est Reddy qui prend ce chemin, dit-elle. Ça grimpe mais c'est plus court quand on redescend sur le sana. »

Laissant la scierie derrière nous, nous découvrîmes en contrebas d'horribles coupes dans les bois et quelques cabanes, apparemment habitées parce qu'elles possédaient chacune un bûcher et une corde à linge et qu'il en montait de la fumée. De l'une d'entre elles surgit un gros chien aux allures de loup qui courut vers nous avec force grognements et aboiements.

« Tu vas la fermer, oui ! » cria Mary. À toute vitesse, elle façonna et balança une boule de neige qui frappa l'animal entre les yeux. Il fit demi-tour et elle s'apprêtait déjà à lui flanquer une autre boule de neige dans l'arrière-train. Une femme en tablier sortit et se mit à crier : « T'aurais pu le tuer !

– Une sale bête de moins, bon débarras !

– Je vais dire à mon bonhomme de s'occuper de toi.

– Alors là il ferait beau voir. Ton bonhomme il sait même pas viser. »

Le chien suivait à distance respectueuse, avec un faux air menaçant.

« Les chiens, n'importe lesquels, j'en fais mon affaire, vous inquiétez pas, je parie que je viendrais à bout d'un ours si on en rencontrait un.

– J'aurais cru que les ours avaient tendance à hiberner à cette époque de l'année. »

J'avais eu vraiment peur du chien mais j'affectai l'insouciance.

« Ben oui, mais on sait jamais. Il y en a un qui s'est réveillé en avance et qui a fait une descente sur les ordures au sana. Ma mère s'est retournée et hop ! il était là. Reddy a pris son fusil, il l'a tué.

« Reddy nous faisait faire des balades en traîneau, à Anabel et moi, des fois avec d'autres enfants aussi, et il avait un sifflet spécial pour effrayer les ours. Trop aigu pour l'oreille humaine.

– Vraiment ? Tu l'as vu ?

– Non, pas un sifflet. Un sifflement, quoi, qu'il faisait avec la bouche. »

Cela me rappela son petit numéro en classe.

« Je sais pas, peut-être que c'était seulement pour empêcher Anabel d'avoir peur qu'il racontait ça. Elle pouvait pas faire de luge toute seule, il devait la tirer sur une traîne sauvage. Je suivais juste derrière, des fois je sautais sur la traîne sauvage et il disait : Qu'est-ce qui se passe avec ce truc, ça pèse une tonne ? Et puis il essayait de se retourner très vite pour me surprendre mais jamais il y arrivait. Et il demandait à Anabel : Pourquoi c'est si lourd, qu'est-ce que t'as mangé au petit déjeuner ? Mais jamais elle lui disait. Quand il y avait d'autres enfants, je le faisais pas. C'était mieux quand y avait qu'Anabel et moi. C'était la meilleure amie que j'aurai jamais.

– Et ces filles, à l'école ? Ce ne sont pas tes amies ?

– Je reste avec elles seulement quand y a personne d'autre. Elles sont rien du tout.

« Avec Anabel, notre anniversaire tombait le même mois. En juin. Pour nos onze ans, Reddy nous avait emmenées en bateau sur le lac. Il nous avait appris à nager, enfin, à moi. Anabel il devait la tenir sans jamais la lâcher, elle pouvait pas apprendre pour de bon. Une fois qu'il était allé nager très loin tout seul, on avait rempli ses chaussures de sable. Et puis, pour l'anniversaire de nos douze ans, on pouvait plus aller nulle part comme ça, mais on est allées chez lui, y avait un gâteau. Elle a pas pu en manger, même pas un petit morceau, alors il nous a emmenées dans sa voiture et on en jetait des bouts par la fenêtre, pour les mouettes. Elles se battaient en criant comme des folles. Nous, on riait, mais on riait, à plus pouvoir s'arrêter. Et il a dû se ranger pour prendre Anabel dans ses bras et l'empêcher d'avoir une hémorragie.

« Et après ça, poursuivit-elle, après ça j'ai plus eu le droit de la voir. De toute manière ma mère voulait pas que je traîne avec les tubards. C'était Reddy qui l'avait convaincue, il avait dit qu'il y mettrait fin quand il le faudrait. Alors c'est ce qu'il a fait et j'étais folle de rage. Mais on n'aurait plus pu s'amuser toutes les deux, elle était trop malade. Je vous montrerais bien sa tombe mais y a encore rien dessus pour la marquer. Reddy et moi on va faire quelque chose quand il aura le temps. Si on avait continué tout droit au lieu de tourner là où on l'a fait, on serait arrivées à son cimetière. Il est réservé à ceux qui ont personne pour venir les chercher et les remmener chez eux. »

Nous étions redescendues en terrain plat et nous approchions du sana.

Elle dit : « Ah, j'ai failli oublier », en sortant quelques billets.

« Pour la Saint-Valentin. On monte une pièce à l'école, ça s'appelle *Pinafore*. Je dois vendre tous ces billets-là et vous pouvez être ma première cliente. Je joue dedans. »

J'avais vu juste pour la maison d'Amundsen qui était bien celle où demeurait le docteur. Il m'y emmena dîner. L'invitation sembla naître de l'inspiration du moment quand il me croisa dans le couloir.

Peut-être se rappelait-il avec un certain malaise m'avoir dit que nous nous réunirions pour parler de nos idées sur l'enseignement.

Elle tomba le soir où j'avais acheté une place pour *Pinafore*. Je le lui dis et lui : « Bah, moi aussi. Ça ne veut pas dire que nous devons y aller.

– J'ai plutôt l'impression de le lui avoir promis.

– Bien. Alors il faut plutôt le lui dépromettre. Ce sera une horreur, croyez-moi. »

Je fis ce qu'il me disait, mais je ne vis pas Mary pour le lui apprendre directement. Conformément à ses instructions, j'allai l'attendre sur la galerie près de la porte d'entrée. J'avais revêtu ma plus belle robe de crêpe vert foncé avec de petits boutons de nacre et un col de vraie dentelle et mes pieds étaient à l'étroit dans des escarpins de daim à talons hauts à l'intérieur de mes snow-boots. J'attendis au-delà de l'heure fixée – inquiète, d'abord, à l'idée que la gouvernante allait sortir de son bureau et me repérer et, en deuxième lieu, qu'il ait peut-être oublié.

Mais il arriva, boutonnant son pardessus, et s'excusa.

« Il reste toujours deux ou trois petites choses à faire à la dernière minute », dit-il, et il me conduisit, sous les étoiles qui brillaient, de l'autre côté du bâtiment jusqu'à sa voiture. « Vous tenez bien sur vos jambes ? » demanda-t-il, et comme je répondis oui – alors que j'avais mes doutes sur les escarpins en daim –, il ne m'offrit pas son bras.

Sa voiture était vieille et ne payait pas de mine comme la plupart de celles de l'époque. Elle n'avait pas de chauffage. Quand il dit que nous allions chez lui, je fus soulagée. Je ne voyais pas comment nous nous en serions tirés avec les patrons et la clientèle de l'hôtel et j'avais espéré que nous n'allions pas devoir nous contenter des sandwichs du snack.

Chez lui, il me dit de ne pas ôter mon manteau tant que la pièce ne se serait pas un peu réchauffée. Il s'affaira aussitôt à faire du feu dans le poêle à bois.

« Je suis votre homme à tout faire, votre cuisinier et votre serveur, dit-il. La pièce sera bientôt confortable et le repas ne sera pas long à préparer. Ne proposez pas de m'aider, je préfère travailler seul. Où voudriez-vous attendre ? Si cela vous dit vous pourriez aller regarder les livres au salon. Ça ne devrait pas être insupportable avec votre manteau. La maison est chauffée par des poêles et je ne chauffe pas une pièce quand elle n'est pas occupée. L'interrupteur est juste à gauche de la porte. Ça ne vous dérange pas que j'écoute les informations ? C'est une habitude que j'ai prise. »

Je passai au salon, ayant le sentiment d'en avoir plus ou moins reçu l'ordre, laissant la porte de la cuisine ouverte. Il vint la fermer en disant : « Seulement pour attendre qu'il fasse un peu plus chaud dans la cuisine », et il retourna vers la voix solennellement théâtrale, presque religieuse, qui débitait sur la CBC les nouvelles de cette dernière année de la guerre. Je n'avais pas entendu cette voix depuis que j'avais quitté l'appartement de mes grands-parents et j'aurais préféré rester à la cuisine. Mais il y avait une quantité de livres à regarder. Pas seulement sur les rayons de la bibliothèque mais sur des tables et des chaises et des rebords de fenêtre et même empilés sur le plancher. Après en avoir examiné plusieurs, je conclus qu'il préférait acheter les livres par lots entiers et devait être membre de plusieurs clubs de lecteurs. Les Harvard Classics. Les Histoires de Will et Ariel Durant – exactement les mêmes que sur les rayonnages de mon grand-père. Œuvres de fiction et poésie ne semblaient guère représentées, mais on était surpris de constater la présence de quelques classiques pour enfants.

Des volumes sur la guerre de Sécession, la guerre des Boers, les guerres napoléoniennes, les guerres du Péloponnèse, les campagnes de Jules César. *Exploration de l'Amazonie et de l'Arctique. Shackleton prisonnier des glaces. La Tragique Expédition Franklin. L'Expédition Donner. Les Tribus perdues : Cités enfouies d'Afrique Centrale. Newton et l'alchimie. Les Secrets de l'Hindu Kush.* Tous livres dénotant une avidité de savoir, une urgence à posséder de gros blocs de connaissances hétéroclites. Peut-être pas une personnalité au goût affirmé et exigeant.

Donc, quand il m'avait demandé : « Quel roman russe ? », ce n'était peut-être pas sur une base aussi établie que je l'avais cru.

Quand il lança : « C'est prêt », et que j'ouvris la porte, j'étais armée de ce nouveau scepticisme.

Je dis : « Avec qui êtes-vous en accord, Naphta ou Settembrini ?

– Je vous demande pardon ?

– Dans *La Montagne magique* votre préférence va à Naphta ou à Settembrini ?

– À vrai dire, j'ai toujours trouvé qu'ils étaient aussi vides l'un que l'autre. Et vous ?

– Settembrini est plus humain mais Naphta plus intéressant.

– C'est ce qu'on vous raconte à l'école ?

– Je ne l'ai jamais lu à l'école », répondis-je froidement.

Il me lança un bref regard, sourcil levé.

« Pardonnez-moi. S'il y a quoi que ce soit là-dedans qui vous intéresse, ne vous gênez pas. Sentez-vous libre de venir lire ici quand vous n'êtes pas en service. Il y a un radiateur électrique que je pourrais installer, puisque j'imagine que vous n'avez guère l'expérience des poêles à bois. Peut-on envisager ça ? Je dois pouvoir vous dégoter une clé.

– Merci. »

Au menu du dîner, côtes de porc, purée de pommes de terre, pois en boîte. Pour dessert une tarte aux pommes de la boulangerie, qui eût été meilleure s'il avait songé à la réchauffer.

Il m'interrogea au sujet de ma vie à Toronto, de mes cours à l'université, de mes grands-parents. Il imaginait, dit-il, que j'avais été élevée dans une morale stricte et rigoureuse.

« Mon grand-père est un pasteur libéral un peu dans le genre de Paul Tillich.

– Et vous ? Une bonne petite chrétienne libérale comme grand-père ?

– Non.

– Pardon, pardon. Vous me trouvez grossier ?

– Ça dépend. Si c'est comme employeur que vous m'interrogez, non.

– Alors je continue. Vous avez un petit ami ?

– Oui.

– Militaire, j'imagine. »

Je dis : Dans la marine. Je trouvais que c'était un choix judicieux, expliquant que je ne sache jamais où il était et que nous n'entretenions pas de correspondance régulière. Il m'était possible de justifier qu'il ne descende jamais à terre en permission.

Le docteur se leva pour aller chercher le thé.

« Sur quel genre de bâtiment est-il affecté ?

– Une corvette. » Autre choix judicieux. Après quelque temps je pourrais le faire torpiller, cela ne cessait d'arriver aux corvettes.

« Un brave. Lait ou sucre dans votre thé ?

– Ni l'un ni l'autre, merci.

– Cela tombe bien parce que je n'en ai pas. Vous savez, ça se voit quand vous mentez, la chaleur vous monte aux joues. »

Si elle ne l'avait pas encore fait, la chaleur me monta alors aux joues. Le rouge me monta depuis les pieds jusqu'à la tête et la sueur me dégoulina sous les bras. J'espérais que ma robe ne serait pas fichue.

« La chaleur me monte toujours au visage quand je bois du thé.

– Ah c'est donc ça. »

Comme les choses ne pouvaient pas aller plus mal je résolus de lui tenir tête. Changeant de sujet, je lui demandai comment il opérait les gens. Enlevait-il des poumons, comme je l'avais entendu dire ?

Il aurait pu répondre à cette question par de nouvelles taquineries, une nouvelle manifestation de supériorité – c'était peut-être l'idée qu'il se faisait du flirt – mais je crois que, s'il s'y était risqué, j'aurais remis mon manteau pour le planter là quitte à affronter le froid du dehors. Et peut-être le savait-il. Il se mit à parler thoracoplastie, expliquant que c'était toutefois moins facile pour le patient que le simple fait de provoquer la détente et l'affaissement d'un poumon. Opération, on le notera avec intérêt, qui était déjà connue du temps d'Hippocrate. Et bien sûr la résection du lobe avait de plus en plus de partisans depuis un certain temps.

« Mais est-ce qu'on n'en perd pas quelques-uns ? » dis-je.

Il dut juger que le moment était venu de plaisanter de nouveau. « Mais si, bien sûr. Ils fuient se cacher dans les bois, nous ne savons pas où – peut-être sautent-ils dans le lac –, à moins que vous n'ayez voulu dire, y en a-t-il qui meurent ? Il y a des cas où ça ne fonctionne pas. Oui. »

Mais de grandes choses s'annonçaient, ajouta-t-il. La chirurgie qu'il pratiquait allait devenir aussi obsolète que la saignée. Une nouvelle drogue se profilait à l'horizon. La streptomycine. Déjà en cours d'essai. Des problèmes, naturellement qu'il y aurait des problèmes. La toxicité sur le système nerveux. Mais on trouverait le moyen d'y remédier.

« Pour les charcutiers comme moi, ce sera le chômage. »

Il lava la vaisselle et je l'essuyai. Il m'entoura la taille d'un torchon pour protéger ma robe. Quand il en eut, d'un geste efficace, noué les extrémités, il me posa la main dans le haut du dos. Une pression si ferme, les doigts ouverts – on aurait presque dit qu'il jaugeait mon corps dans un but professionnel. En me couchant ce soir-là, je sentais encore cette pression. J'avais le sentiment que son intensité se déployait du petit doigt jusqu'à la dureté du pouce. J'y prenais plaisir. C'était à vrai dire plus important que le baiser déposé sur mon front par la suite, juste avant que je sorte de sa voiture. Un baiser de lèvres sèches, bref et guindé, un baiser rapide, posé sur moi avec autorité.

La clé de sa maison parut sur le plancher de ma chambre, glissée sous la porte pendant mon absence. Mais pour finir je fus incapable de m'en servir. Si cette offre était venue de n'importe qui d'autre, j'aurais sauté sur l'occasion. Et plus encore si elle comportait un radiateur. Mais en l'occurrence, sa présence passée et future aurait vidé la situation du moindre confort, le remplaçant par un plaisir éprouvant pour les nerfs, concentré plutôt que diffus. J'aurais été incapable de maîtriser mes frissons même quand il n'aurait pas fait froid, et je doute que j'aurais pu lire un seul mot.

Je pensais que Mary allait probablement se montrer, me reprocher d'avoir manqué *Pinafore*. Je pensais lui dire que j'avais été souffrante, que j'avais eu un rhume. Puis je me rappelai que les rhumes n'étaient pas une mince affaire dans cet établissement, ils entraînaient le port d'un masque, l'usage de désinfectant et la mise à l'écart. Et je ne tardai pas à comprendre qu'il ne fallait pas espérer dissimuler ma visite chez le docteur, de toute manière. Ce n'était un secret pour personne, et à n'en pas douter pas même pour les infirmières, qui ne dirent rien, soit par discrétion et parce qu'elles voyaient tout cela de haut, soit parce que ce genre d'inconduite avait cessé de les intéresser. Mais les aides-soignantes me taquinèrent.

« C'était bien, ce dîner, l'autre soir ? »

Le ton était amical, elles semblaient approuver. Cela donnait l'impression que ma propre bizarrerie s'était jointe à la bizarrerie qu'elles connaissaient et respectaient chez le docteur, et qu'elles n'y voyaient que des avantages. Ma cote avait monté. À présent, quoi que je sois par ailleurs, j'avais au moins une chance de me révéler femme avec un homme.

Mary ne se montra pas de la semaine.

« Samedi prochain » étaient les mots qu'il avait prononcés, juste avant de m'administrer le baiser. J'attendis donc de nouveau sur la galerie et cette fois il ne fut pas en retard. Nous roulâmes jusque chez lui et je passai au salon tandis qu'il allumait le poêle. Là, je remarquai le radiateur électrique poussiéreux.

« Vous n'avez pas profité de mon invitation, dit-il. Avez-vous cru que je ne parlais pas sérieusement ? Mes invitations sont toujours sérieuses. »

Je répondis que je n'étais pas venue en ville de peur d'y rencontrer Mary.

« Parce que je lui ai fait faux bond.

– Si vous comptez organiser votre vie pour faire plaisir à Mary », dit-il.

Le menu était assez semblable au précédent. Côtes de porc, purée de pommes de terre, maïs en grains à la place des pois. Cette fois il accepta mon aide à la cuisine, me demanda même de mettre le couvert.

« Autant que vous appreniez où sont les choses. Tout est assez logique, je crois. »

Cela veut dire que je pus le regarder s'affairer devant la cuisinière. Sa concentration détendue, son économie de mouvements, déclenchant en moi une suite d'étincelles et de frissons.

À peine avions-nous entamé le repas qu'on frappa à la porte. Il se leva pour ouvrir et Mary entra en trombe.

Elle portait une boîte en carton qu'elle déposa sur la table. Puis elle se débarrassa de son manteau et apparut dans un costume rouge et jaune.

« Je fête la Saint-Valentin avec un peu de retard, dit-elle. Vous n'êtes jamais venus me voir dans le spectacle, alors je vous livre le spectacle à domicile. Et un cadeau dans la boîte. »

Son excellent sens de l'équilibre lui permit de se tenir debout sur une jambe tandis que, d'une secousse, elle se déchaussait d'un de ses caoutchoucs, puis de l'autre. Elle les repoussa afin de les écarter de son chemin et se mit à se dandiner autour de la table, tout en chantant, d'une jeune voix plaintive mais vigoureuse :

I'm called Little Buttercup,
Poor Little Buttercup,
Though I can never tell why.

But still I'm called Buttercup
Poor Little Buttercup
Dear Little Buttercup[1]*...*

Le docteur s'était levé avant même qu'elle commence à chanter. Il se tenait devant la cuisinière, occupé à gratter la poêle dans laquelle avaient cuit les côtes de porc.

J'applaudis. Je dis : « Quel somptueux costume. »

Il l'était en effet. Jupe rouge, pourpoint d'un jaune lumineux, tablier blanc vaporeux, corsage brodé.

« C'est ma mère qui l'a fait.

– Même la broderie ?

– Bien sûr. Elle ne s'est pas couchée avant quatre heures du matin, la veille du spectacle, pour le terminer. »

Nouveaux dandinements et quelques pas martelés afin de mettre le costume en valeur. Les assiettes tintaient sur les étagères. J'applaudis encore un peu. Nous ne désirions qu'une chose toutes les deux. Nous désirions que le docteur se retourne et cesse de nous ignorer. Qu'il prononce, même à contrecœur, un mot de compliment.

« Et c'est pas tout, regardez, dit Mary. Pour la Saint-Valentin. » Elle ouvrit la boîte en carton en la déchirant et on vit qu'elle contenait des petits gâteaux de circonstance, tous découpés en forme de cœur et garnis d'un épais glaçage rouge.

« Quelle merveille », dis-je, et Mary recommença à se pavaner.

Je suis le commandant du Pinafore
Et comme commandant je suis très fort !
Vous-même êtes excellents et on aura compris
Que je commande un équipage qui n'a pas de prix...

1. On m'appelle Petit Bouton-d'Or,/ Pauvre Petit Bouton-d'Or,/ Mais je ne dirai jamais pourquoi./ N'empêche qu'on m'appelle Bouton-d'Or/ Pauvre Petit Bouton-d'Or/ Cher Petit Bouton-d'Or qui...

Le docteur se tourna enfin et elle lui adressa un salut militaire.

« Très bien, dit-il. Ça suffit. »

Elle l'ignora.

Alors un ban, et un ban encore
Pour le hardi commandant du Pinafore.

« J'ai dit : Ça suffit.

– "Pour le brave commandant du…"

– Mary. Nous sommes en train de dîner. Et tu n'es pas invitée. Comprends-tu ce que je te dis ? Pas invitée. »

Elle se tut enfin. Mais pas pour longtemps.

« Alors honte à vous, si c'est comme ça. Vous n'êtes pas très gentil.

– Et tu ferais bien de ne plus manger un seul de ces petits gâteaux. Tu devrais renoncer une fois pour toutes à manger des petits gâteaux. Tu es en bonne voie de devenir aussi grasse qu'un goret. »

Mary avait le visage tout gonflé comme si elle allait se mettre à pleurer, au lieu de quoi elle dit : « Vous vous êtes pas regardé. Vous êtes biglouche.

– Ça suffit.

– C'est vrai, quoi, vous avez un œil qui tourne. »

Le docteur récupéra les caoutchoucs de Mary et les posa devant elle.

« Mets-les. »

Elle obéit, les yeux pleins de larmes et la goutte au nez. Elle renifla très fort. Il lui apporta son manteau et ne l'aida pas à l'endosser ni à le boutonner.

« Voilà. Dis-moi… Comment es-tu venue jusqu'ici ? »

Elle refusa de répondre.

« À pied ? Vraiment ? Où est ta mère ?

– À sa partie de cartes.

– Bon, je peux te ramener chez toi. Pour ne pas te laisser l'occasion de te jeter dans une congère et d'y mourir gelée à force de t'apitoyer sur ton sort. »

Je ne dis pas un mot. Mary ne me regarda pas une seule fois. Nous étions trop abasourdies pour nous dire au revoir.

Quand j'entendis la voiture démarrer, je me levai pour débarrasser. Nous n'en étions pas encore au dessert, de nouveau une tarte aux pommes. Peut-être ignorait-il qu'il en existait d'autres. À moins que ce ne fût le seul que confectionnait la boulangerie. Je pris l'un des petits gâteaux en forme de cœurs et le mangeai. Le glaçage en était horriblement sucré. Sans le moindre parfum de baie ou de cerise, rien que du sucre et un colorant alimentaire rouge. J'en mangeai un autre, et encore un autre.

Je savais que j'aurais au moins dû lui dire au revoir. J'aurais dû dire merci. Mais cela n'aurait rien changé. Je me disais que cela n'aurait rien changé. Son numéro n'était pas à mon intention. Ou peut-être en partie seulement, une toute petite partie.

Lui s'était conduit brutalement. J'étais profondément choquée d'une telle brutalité à l'encontre d'un être en si grand besoin. Mais il l'avait fait pour moi, en un sens. Afin que le temps qu'il passait avec moi ne nous soit pas dérobé. Cette pensée me flattait et j'avais honte d'en être flattée. Je ne savais pas ce que j'allais lui dire quand il rentrerait.

Il ne voulait pas que je dise quoi que ce soit. Il m'emmena au lit. L'avait-il envisagé depuis le début, ou était-ce presque aussi surprenant pour lui que pour moi ? En tout cas ma virginité, elle, ne parut pas le surprendre – il fournit une serviette et un préservatif – et il poursuivit, avec toute la douceur possible. Ma passion fut peut-être ce qui nous surprit autant l'un que l'autre. L'imagination s'avéra une préparation de la même qualité que l'eût été l'expérience.

« J'ai bien l'intention de t'épouser », dit-il.

Avant de me reconduire chez moi, il jeta tous les petits gâteaux, tous ces cœurs rouges, dans la neige, pour nourrir les oiseaux de l'hiver.

Ce fut donc décidé. Nos soudaines fiançailles – il se méfiait un peu de ce mot – furent décidées dans la plus grande intimité. Je ne devais rien en dire à mes grands-parents. La noce aurait lieu quand il pourrait prendre deux jours de congé consécutifs. Un mariage squelettique, disait-il. Je devais comprendre que l'idée d'une cérémonie, célébrée en présence de gens dont il ne respectait pas les idées et qui nous infligeraient leurs ricanements et leurs grimaces, dépassait ce qu'il était prêt à supporter.

Il n'était pas non plus partisan des bagues de fiançailles. Je lui dis que je n'en avais jamais désiré, ce qui était vrai, puisque je n'y avais jamais pensé. Il dit que c'était bien, qu'il avait vu que je n'étais pas le genre d'idiote esclave des convenances.

Mieux valait cesser de dîner ensemble, pas seulement à cause des ragots mais parce qu'il était difficile de se procurer suffisamment de viande pour deux avec une seule carte de rationnement. La mienne n'était pas disponible, ayant été remise aux autorités de la cuisine – à la mère de Mary – dès que j'avais commencé à prendre mes repas au sana.

Autant ne pas attirer l'attention.

Tout le monde se doutait évidemment de quelque chose. Les vieilles infirmières devinrent cordiales et la gouvernante elle-même m'adressait un sourire douloureux. Je me pavanais modestement, presque malgré moi. Je pris l'habitude de me refermer sur moi-même, dans une immobilité de velours, de préférence les yeux baissés. Je ne m'avisais pas tout à fait de ce que ces femmes âgées guettaient la tournure que prendraient ces relations, prêtes à se muer en mères-la-vertu si le docteur décidait de me laisser tomber.

C'étaient les aides-soignantes qui avaient de tout cœur pris parti pour moi et me taquinaient en disant qu'elles voyaient tinter les cloches du mariage au fond de ma tasse de thé.

Le mois de mars fut lugubre et une activité frénétique régna derrière les portes de l'hôpital. C'était toujours le pire mois, celui où le malheur s'abattait, disaient les aides-soignantes. On ne savait pour quelle raison les gens se mettaient en tête de mourir après avoir survécu tout au long des attaques de l'hiver. Quand un enfant ne se présentait pas en classe, je ne pouvais savoir s'il s'agissait d'une terrible et subite aggravation ou d'une simple recommandation de garder le lit pour un soupçon de rhume. Je m'étais procuré un tableau noir à roulettes tout autour duquel j'avais inscrit les noms des élèves. Désormais je n'avais même plus à effacer les noms de ceux dont l'absence devait se prolonger. D'autres enfants le faisaient pour moi, sans qu'on en dise un mot. Ils comprenaient l'étiquette que j'avais encore à apprendre.

Cependant, le docteur trouva le temps de prendre quelques dispositions. Il glissa un mot sous la porte de ma chambre, me disant d'être prête pour la première semaine d'avril. À moins que ne survienne alors une quelconque crise grave, il pourrait s'absenter deux jours pendant cette période.

Nous allons à Huntsville.

Aller à Huntsville – notre code pour se marier.

Nous avons entamé la journée dont je suis sûre que je me souviendrai le restant de mes jours. J'ai fait nettoyer à sec ma robe verte et l'ai soigneusement roulée dans mon baise-en-ville. C'est une astuce que ma grand-mère m'a enseignée autrefois, comment rouler un vêtement très serré, ce qui vaut mieux que le pliage pour éviter de le froisser. J'imagine que je devrai me changer dans les toilettes des dames quelque part. Je cherche à voir s'il a déjà poussé quelques fleurs des champs le long de la route, des fleurs que je pourrais cueillir pour en faire un bouquet. Serait-il d'accord pour que j'aie un bouquet ? Mais il est trop tôt même pour les iris jaunes des marais. Le long de la route déserte et sinueuse on ne voit rien que de maigres sapins noirs et des taches de genévriers et de tourbières qui s'étalent. Et là où l'on a creusé la roche pour faire passer la route, la paroi présente le méli-mélo chaotique qui m'est devenu familier ici, le fer comme des mares de sang entrecoupées en biais de lames de granite.

La radio est allumée et diffuse une musique triomphale, parce que les Alliés s'approchent de plus en plus de Berlin. Le docteur – Alister – dit qu'ils temporisent afin de laisser les Russes entrer les premiers. Il dit qu'ils le regretteront.

Maintenant que nous sommes loin d'Amundsen, je découvre que je peux l'appeler Alister. C'est le plus long trajet que nous ayons jamais fait ensemble et mes sens sont mis en éveil par sa mâle indifférence à ma présence – dont je sais désormais qu'elle peut vite se muer en son contraire – et par son experte décontraction de conducteur. Je trouve excitant qu'il soit chirurgien, ce que je n'avouerais pour rien au monde. En attendant, je crois que je pourrais me coucher pour lui dans la première tourbière, le premier trou boueux venu, ou sentir mon échine plaquée contre la paroi de roche au bord de la route, s'il lui venait l'envie de me prendre debout. Je sais aussi que je dois garder de tels sentiments pour moi.

Je me tourne donc vers l'avenir. Une fois à Huntsville, je m'attends à ce que nous trouvions un pasteur devant qui nous nous tiendrons côte à côte dans un salon présentant, comme tous les salons que j'ai connus depuis toujours, quelques traits du modeste décorum bourgeois qui régnait chez mes grands-parents. Je me souviens des fois où l'on venait demander à mon grand-père de procéder à un mariage même après sa retraite. Ma grand-mère se mettait un peu de rouge aux joues et sortait le gilet de dentelle bleu foncé qu'elle gardait afin d'être témoin dans ce genre d'occasion.

Mais je découvre qu'il y a d'autres façons de se marier et encore une aversion de mon promis qui m'avait échappée. Pas question pour lui d'approcher un pasteur. À la mairie de Huntsville, nous remplissons des formulaires où nous déclarons sous serment être célibataires et nous prenons rendez-vous afin d'être mariés par un juge de paix plus tard dans la journée.

C'est l'heure de déjeuner. Alister s'arrête devant un restaurant qui pourrait être le cousin germain du snack d'Amundsen.

« Ça te va ? »

Mais il lui suffit de voir ma tête pour changer d'avis.

« Non ? dit-il. D'accord. »

Nous finissons par déjeuner dans le salon glacial d'une des anciennes demeures aristocratiques qui affichent « Ici on sert du poulet ». Les assiettes sont gelées, il n'y a pas d'autres clients, pas de musique, mais seulement le cliquetis de nos couverts avec lesquels nous tentons de couper des morceaux d'un poulet à la chair fibreuse. Je suis convaincue qu'il pense que nous aurions probablement mieux mangé dans l'établissement qu'il avait d'abord suggéré.

Je n'en rassemble pas moins le courage de m'enquérir des toilettes des dames et là, dans l'air froid plus décourageant encore que celui de la salle, je déroule ma robe verte en la secouant puis l'enfile, remets du rouge à lèvres et rajuste ma coiffure.

Quand je sors, Alister se lève pour m'accueillir, sourit, me presse la main et dit que je suis jolie.

Nous regagnons la voiture d'une démarche raide, en nous tenant par la main, il ouvre pour moi la portière du véhicule, en fait le tour, y monte, s'installe, met le contact, puis le coupe.

L'auto est garée devant une quincaillerie. On y vend des pelles à neige soldées à moitié prix. Il y a encore un écriteau dans la vitrine disant qu'on peut faire aiguiser la lame des patins à glace à l'intérieur.

De l'autre côté de la rue il y a une maison en bois peinte d'un jaune huileux. Les quelques marches qui y mènent sont devenues dangereuses, on les a condamnées de deux planches clouées en X.

La camionnette stationnée devant la voiture d'Alister est un modèle d'avant guerre, avec un marchepied et des garde-boue au bord rongé de rouille. Un homme vêtu d'une combinaison sort de la quincaillerie et monte dans la camionnette. Après quelques râles plaintifs du moteur, suivis d'un claquement métallique et de petits tressautements, elle s'ébranle et s'éloigne. C'est maintenant un fourgon de livraison portant le nom du magasin qui tente de se garer dans l'espace ainsi libéré. Il n'y parvient pas. Le chauffeur descend et vient toquer à la fenêtre d'Alister. Ce dernier est surpris – s'il n'avait pas mis autant de cœur dans la conversation, il aurait remarqué qu'il gênait. Il baisse la vitre et l'autre lui demande si nous nous sommes garés là dans l'intention d'acheter quelque chose au magasin. Dans le cas contraire, aurions-nous l'amabilité de lui faire de la place ?

« Tout de suite », dit Alister. Cet homme assis à côté de moi qui allait m'épouser mais qui à présent ne va pas m'épouser. « Nous allions partir. »

Nous. Il a dit nous. L'espace d'un instant, je m'accroche à ce mot. Puis je pense que c'est la dernière fois. La dernière fois que je suis incluse dans son nous.

Ce n'est pas le « nous » qui compte, ce n'est pas ce qui me dit la vérité. C'est son ton d'homme à homme quand il s'adresse au chauffeur, sa façon calme et raisonnable de s'excuser. Je regretterais presque qu'on ne puisse retourner à ce qu'il disait avant, quand il n'avait même pas remarqué le fourgon qui cherchait à se garer. Ce qu'il était en train de dire alors était terrible mais ses mains crispées sur le volant, cette crispation et sa distraction et sa voix avaient de la douleur en elles. Quoi qu'il dise, et quoi qu'il veuille dire, il parlait alors du même lieu profond d'où il parlait quand il était au lit avec moi. Mais ce n'est plus ainsi à présent, après qu'il s'est adressé à un autre homme. Il remonte la vitre et concentre son attention sur la voiture, sur le créneau ultra-serré qu'il doit effectuer en évitant d'entrer en contact avec le fourgon.

Et quelques instants plus tard, je serais contente de revenir même à ce moment-là, où il se démanchait le cou pour voir derrière lui. Préférable à la façon dont il conduit – dont il conduit à présent – dans la grand-rue de Huntsville, comme s'il n'y avait plus rien à dire ou faire.

Il a dit : Je ne peux pas.

Il a dit qu'il ne peut pas faire ça jusqu'au bout.

Il ne peut pas l'expliquer.

Seulement que c'est une erreur.

Je crois que je ne pourrais plus jamais voir de majuscules sinueuses comme celles de l'écriteau « Ici On Aiguise La Lame Des Patins » sans entendre sa voix. Ni des planches mal équarries clouées en X comme celles qui condamnent les marches de la maison jaune en face du magasin.

« Maintenant je vais te conduire à la gare. J'achèterai ton billet pour Toronto. Je suis à peu près sûr qu'il y a un train pour Toronto en fin d'après-midi. Je trouverai une quelconque histoire très plausible à raconter et je demanderai à quelqu'un d'emballer tes affaires. Il faut que tu me donnes ton adresse à Toronto, je ne crois pas l'avoir gardée. Ah, et puis je te ferai une lettre de référence. Tu as bien travaillé. Tu n'aurais pas terminé le trimestre de toute manière – je ne te l'avais pas encore dit mais les enfants vont déménager. Il y a toutes sortes de grands changements en cours. »

Un nouveau ton de voix, presque cavalier. Le ton d'un soulagement renversant. Il s'efforce de le contenir, de ne pas exprimer ce soulagement jusqu'à ce que je sois partie.

Je considère les rues. On se croirait en route pour l'échafaud. Pas encore. Encore un petit moment. Je n'entends pas encore sa voix pour la dernière fois. Pas encore.

Il n'a pas besoin de demander son chemin. Je m'interroge à voix haute – a-t-il déjà conduit des filles au train ?

Il dit : « Ne sois pas comme ça. »

À chaque tournant c'est comme si l'on m'enlevait une couche de ce qui reste de ma vie.

Il y a un train pour Toronto à cinq heures. Il m'a dit d'attendre dans l'auto pendant qu'il va se renseigner. Il sort avec le billet dans la main et, ce me semble, d'une démarche plus légère. Il a dû s'en rendre compte parce que, à mesure qu'il s'approche de la voiture, il ralentit.

« Il fait bien chaud, dans la gare. Il y a une salle d'attente réservée aux dames. »

Il m'a ouvert la portière.

« À moins que tu ne préfères que j'attende avec toi jusqu'au départ ? Il y a peut-être un buffet où on pourrait se faire servir une part de tarte mangeable. C'était infect, ce déjeuner. »

Cela me tire de mon engourdissement. Je sors de l'auto et le précède jusqu'à la gare. Il m'indique la salle d'attente des dames. Il me regarde en levant le sourcil et s'essaie à une dernière plaisanterie.

« Peut-être qu'il viendra un moment où tu estimeras avoir vécu là un des plus grands jours de chance de ta vie. »

Je choisis dans la salle d'attente des dames une banquette d'où l'on voit l'entrée de la gare. C'est dans l'idée de le voir s'il revient. Il me dira que tout cela n'était qu'une plaisanterie. Ou une épreuve, comme dans un drame médiéval.

Ou peut-être a-t-il soudain changé d'avis. Roulant sur la grand-route, à la vue du pâle soleil printanier sur les rochers, que nous avons, voilà si peu encore, regardé ensemble. Prenant tout à coup conscience de sa folie, il fait demi-tour au milieu de la route et revient à toute vitesse.

Il s'écoule une heure au moins avant que le train de Toronto entre en gare, mais elle semble passer en un rien de temps. Et maintenant encore mon imagination ne cesse de travailler. Je monte dans le train comme si j'avais des chaînes aux chevilles. J'appuie mon visage contre la vitre pour regarder aussi loin que possible sur le quai quand le sifflet annonce notre départ. Maintenant encore il n'est peut-être pas trop tard pour que je saute du train. Que je me libère et que je traverse la gare en courant jusqu'à la rue où il viendrait de garer l'auto et grimperait les marches en songeant qu'il n'est pas trop tard, en priant pour qu'il ne soit pas trop tard.

Moi-même courant à sa rencontre, pas trop tard.

Et qu'est-ce que ce soudain tumulte, ces cris, ces vociférations, ce n'est pas un seul retardataire, mais toute une bande qui s'avance tapant des pieds entre les sièges. Des lycéennes en tenue de sport, riant aux éclats de l'incident qu'elles ont causé. Le contrôleur mécontent leur faisant presser le pas tandis qu'elles gagnent leurs sièges dans la pagaille.

Parmi elles, et peut-être la plus bruyante, Mary.

Je détourne la tête et ne leur jette plus un regard.

Mais la voilà qui crie mon nom et me demande d'où je viens.

Je lui réponds que je suis allée voir une amie.

Elle se laisse tomber à côté de moi et me raconte qu'elles sont allées jouer au basket contre Huntsville. Une catastrophe. Elles ont perdu.

« Hein qu'on a perdu ? » lance-t-elle apparemment enchantée, et les autres gloussent et ricanent. Elle annonce le score qui est effectivement honteux.

« Tu t'es mise sur ton trente et un », dit-elle. Mais elle s'en fiche un peu, ne semble guère intéressée par mon explication.

Elle relève à peine ce que je dis quand je lui raconte que je vais à Toronto voir mes grands-parents. Se contente de faire remarquer qu'ils doivent être vraiment vieux. Pas un mot au sujet d'Alister. Pas même une rosserie. Elle ne peut pas avoir oublié. Elle aura simplement arrangé la scène comme on plie un vêtement, pour la serrer dans un placard avec ses personnalités passées. À moins qu'elle ne soit vraiment une personne capable d'affronter sans broncher toutes les humiliations.

Je lui en suis reconnaissante aujourd'hui, alors que j'étais incapable d'éprouver un tel sentiment à l'époque. Livrée à moi-même, qui sait ce que j'aurais pu faire en arrivant à Amundsen ? Me lever d'un bond, descendre du train, courir chez lui et exiger de savoir pourquoi, pourquoi. Quelle honte sur moi à jamais. En l'occurrence, l'arrêt laissa à peine le temps aux filles de l'équipe de se rassembler et de cogner sur les fenêtres pour attirer l'attention des gens venus les chercher, tandis que le contrôleur les prévenait que si elles n'accéléraient pas un peu le mouvement elles allaient se retrouver à Toronto.

Pendant des années j'ai pensé que je risquais de le rencontrer. Je vivais, et je vis encore, à Toronto. J'avais l'impression que tout le monde finit par se retrouver à Toronto au moins quelque temps. Bien sûr ça ne signifie pas qu'on rencontrera forcément cette personne, à supposer qu'on en ait la moindre envie.

Cela finit par se produire. Traversant une rue encombrée d'une telle foule qu'on ne pouvait même pas ralentir. Marchant l'un vers l'autre. Écarquillant les yeux, en même temps, le simple choc de constater les méfaits du temps sur le visage l'un de l'autre.

Il a lancé : « Comment vas-tu ? » et j'ai répondu : « Très bien. » Avant d'ajouter, pour faire bonne mesure : « Je suis heureuse. »

À l'époque ce n'était qu'en partie vrai. J'avais une espèce de dispute qui traînait en longueur avec mon mari – fallait-il que nous remboursions une dette contractée par un de ses enfants ? J'étais allée cet après-midi-là voir une exposition dans une galerie, histoire de me changer les idées et de me rasséréner.

Il m'a fait encore une réponse :

« Tant mieux. »

Il semblait encore possible de s'extraire de cette foule, encore possible qu'en un instant nous nous retrouvions ensemble. Mais tout aussi certain que nous allions poursuivre sans changer de trajectoire. Ce que nous avons fait. Pas d'appel hors d'haleine, pas de main sur mon épaule quand j'ai atteint le trottoir d'en face. Rien que cet éclair, que j'avais entrevu, quand l'un de ses yeux s'était ouvert plus grand. C'était l'œil gauche, toujours le gauche, si je me souviens bien. Et cela semblait toujours si étrange, sur le qui-vive et perplexe, comme s'il s'était avisé soudain d'une totale impossibilité, au point qu'il en riait presque.

Quant à moi, je ressentis à peu près la même chose qu'en quittant Amundsen, dans ce train qui m'emportait, encore estourbie et débordante d'incrédulité.

Rien ne change jamais vraiment dans l'amour.

Quitter Maverley

Du temps où il y avait une salle de cinéma dans chaque ville, il y en avait une aussi dans la nôtre, Maverley, et elle s'appelait Le Capitole, comme beaucoup d'autres salles de sa catégorie. Morgan Holly en était le propriétaire et le projectionniste. Il n'aimait pas les contacts avec le public – il préférait se confiner dans le local de projection exigu du premier étage et gérer ce qui passait sur l'écran – de sorte qu'il fut naturellement bien embêté quand la fille qui déchirait les tickets lui dit qu'elle allait devoir s'arrêter parce qu'elle attendait un enfant. Il aurait pu s'en douter – elle était mariée depuis six mois et, à l'époque, on n'était plus censée se montrer en public quand la grossesse devenait visible – mais le changement et l'idée que les autres avaient une vie privée lui déplaisaient tant qu'il fut pris par surprise.

Heureusement, elle trouva quelqu'un qui pouvait peut-être la remplacer. Une jeune fille qui habitait dans sa rue avait dit en passant qu'elle aimerait bien travailler le soir. Elle ne pouvait pas travailler pendant la journée parce qu'elle devait aider sa mère à s'occuper de ses cadets. Elle était assez intelligente pour se débrouiller, encore que timide.

Morgan dit que c'était d'autant mieux – il n'engageait pas d'ouvreuses pour papoter avec les clients.

La jeune fille se présenta donc. Elle s'appelait Leah et Morgan lui posa une question et une seule, qu'est-ce que c'était que ce nom-là ? Elle dit qu'il venait de la Bible. Il remarqua alors qu'elle ne portait aucun maquillage et que sa chevelure lisse était plaquée d'une façon peu seyante sur son crâne et fixée à l'aide d'épingles. Il eut quelques secondes d'inquiétude – avait-elle vraiment seize ans et le droit de travailler ? – mais de plus près il constata que c'était vraisemblablement la vérité. Il lui dit qu'elle devrait assurer une séance, commençant à huit heures du soir, en semaine, et deux séances, commençant à sept heures, le samedi soir. Après la fermeture, elle devait compter la recette et la mettre sous clé.

Il n'y avait qu'une difficulté. Elle dit qu'elle pourrait rentrer chez elle à pied les soirs de semaine mais qu'elle n'en aurait pas la permission le samedi et que son père ne pourrait pas venir la chercher, parce que lui-même avait un emploi de nuit à l'usine.

Morgan dit qu'il n'imaginait pas ce qu'on pouvait avoir à craindre dans un bourg comme Maverley et il était sur le point de l'envoyer promener quand il se souvint du policier de nuit qui interrompait souvent ses rondes pour venir assister à un petit bout du film. Peut-être pourrait-on le charger de raccompagner Leah.

Elle dit qu'elle allait demander à son père.

Ce dernier donna son accord mais souleva d'autres obstacles. Leah ne devait pas regarder l'écran ni écouter le moindre dialogue. La religion de sa famille ne le permettait pas. Morgan répondit qu'il n'engageait pas d'ouvreuses pour leur permettre d'assister gratuitement à la séance. Quant aux dialogues, il mentit en disant que la salle était insonorisée.

Ray Elliot, le policier de nuit, avait pris cet emploi de façon à pouvoir être avec sa femme et lui venir en aide pendant une partie au moins de la journée. Il pouvait se contenter de cinq heures de sommeil dans la matinée et d'un somme en fin d'après-midi. Il arrivait souvent que cette sieste n'ait pas lieu, à cause d'une corvée ou d'une autre dont il fallait s'acquitter ou simplement parce que sa femme – elle s'appelait Isabel – et lui se mettaient à bavarder. Ils n'avaient pas d'enfants et pouvaient se lancer dans une conversation à tout moment et à tout propos. Il lui rapportait les nouvelles de la ville, qui la faisaient souvent rire, et elle lui parlait des livres qu'elle était en train de lire.

Ray s'était engagé pour aller faire la guerre dès qu'il avait eu dix-huit ans. Il avait choisi l'armée de l'air, qui promettait, disait-on, le plus d'aventures et la mort dans les délais les plus brefs. Il avait été mitrailleur dorsal – poste qu'Isabel n'avait jamais réussi à se représenter clairement – et il avait survécu. Peu avant la fin de la guerre, on l'avait muté, et moins de quinze jours après, les hommes avec lesquels il avait volé si souvent, son ancien équipage, furent abattus et portés disparus. Il revint au pays avec la vague idée que son devoir était de faire quelque chose d'utile de la vie qui lui avait été si inexplicablement laissée, mais quoi, il ne le savait pas.

D'abord, il devait terminer ses études secondaires. Dans la ville où il avait grandi, un établissement fut créé pour permettre aux anciens combattants de faire précisément cela, dans l'espoir d'aller ensuite à l'université aux frais de leurs concitoyens reconnaissants. La prof de lettres était Isabel. Elle avait trente ans et était mariée. Son mari était lui aussi un ancien combattant d'un grade très supérieur à celui des élèves de sa classe d'anglais. Elle avait le projet de consacrer cette seule année à l'enseignement, guidée par un certain patriotisme, après quoi elle démissionnerait pour avoir des enfants. Elle en parlait ouvertement avec ses élèves, qui se disaient ensuite, quand elle ne pouvait pas les entendre, que c'étaient toujours les mêmes qui avaient du bol.

Ray n'aimait pas entendre ce genre de remarques, et ce pour la raison qu'il était tombé amoureux d'elle. Et elle de lui, ce qui semblait infiniment plus surprenant. Cela semblait aberrant au reste du monde, mais pas à eux. Il y eut un divorce – scandale pour sa respectable famille et rude coup pour son mari, qui avait toujours voulu l'épouser depuis leur enfance à tous deux. Ce fut plus facile pour Ray que pour elle parce qu'il n'avait pas beaucoup de famille et le peu de parents qu'il avait proclamèrent qu'à leur avis ils ne seraient plus assez bien pour lui une fois qu'il aurait épousé une personne d'une condition si élevée et qu'ils garderaient désormais leurs distances afin d'éviter de le déranger. S'ils s'étaient attendus à être contredits et rassurés en réponse à ces déclarations, leur attente fut déçue. Excellente idée, voilà plus ou moins ce qu'il répondit. C'était le moment de repartir de zéro. Isabel dit qu'elle pouvait continuer d'enseigner jusqu'à ce que Ray ait obtenu son diplôme et se soit établi dans l'activité qu'il choisirait d'exercer.

Mais il fallut changer de projets. Elle n'allait pas bien. Au début ils crurent que c'étaient les nerfs. Le bouleversement. Tant de sotte agitation.

Puis vinrent les douleurs. Une douleur chaque fois qu'elle prenait une profonde inspiration. Une douleur sous le sternum et une dans l'épaule gauche. Elle les ignora. Elle dit en manière de plaisanterie que Dieu la punissait de son aventure amoureuse mais qu'il perdait son temps puisqu'elle ne croyait même pas en lui.

Elle souffrait de ce qu'on appelle une péricardite. C'était grave et elle l'avait ignorée à ses risques et périls. C'était une maladie dont elle ne guérirait pas mais qu'elle pourrait gérer, difficilement. Elle ne pourrait plus jamais enseigner, la moindre infection l'aurait mise en danger et n'est-ce pas dans une salle de classe que les risques d'infection sont les plus élevés ? C'était à Ray désormais de l'entretenir et il prit un emploi de policier dans la petite ville de Maverley, aux confins des comtés de Grey et de Bruce. Il s'accommodait de son travail et elle s'accommoda, après quelque temps, de sa condition de semi-recluse.

Il y avait un sujet qu'ils n'abordaient pas, dans leurs conversations. Ils se demandaient, chacun de son côté, si l'autre souffrait de l'impossibilité d'avoir des enfants. Ray songea que cette déception n'était peut-être pas étrangère au fait qu'Isabel désirait tout savoir de la jeune fille qu'il devait raccompagner chez elle le samedi soir.

« C'est lamentable », dit-elle en apprenant l'interdit qui frappait les films, et elle fut encore plus troublée quand il lui dit qu'elle n'avait pas été inscrite au lycée pour pouvoir aider à la maison.

« Et tu dis qu'elle est intelligente. »

Ray ne se rappelait pas l'avoir dit. Il avait dit qu'elle était extraordinairement timide, de sorte qu'en la raccompagnant il se torturait la cervelle à la recherche d'un sujet de conversation. Certaines des questions qui lui venaient à l'esprit n'auraient pas fait l'affaire. Ainsi : Quelle est votre matière préférée à l'école ? Il aurait fallu mettre la phrase au passé, et d'ailleurs savoir ce qu'elle préférait ou pas était devenu sans intérêt. Ou ce qu'elle voulait faire quand elle serait grande. Parce que grande, elle l'était désormais, en tout et à tout point de vue, et son emploi était déterminé, qu'il lui plaise ou pas. Ainsi que la question de savoir si elle aimait ce petit bourg et si elle regrettait l'endroit, quel qu'il fût, où elle vivait auparavant – à quoi bon. Et ils avaient déjà examiné, sans trop s'y étendre, les noms et les âges des enfants les plus jeunes de sa famille. Quand il s'était enquis d'un chien ou d'un chat, elle avait répondu qu'elle n'en avait pas.

Ce fut elle qui finit par trouver une question à lui poser à lui. Elle lui demanda ce qui, dans le film, avait fait rire les gens ce soir-là.

Il ne songea pas à lui rappeler qu'elle était censée n'avoir rien entendu. Mais il avait oublié ce qui pouvait bien avoir été drôle. Il dit donc qu'il devait s'agir d'une quelconque bêtise – on ne savait jamais ce qui faisait rire le public. Il dit qu'il n'approfondissait guère sa connaissance des films étant donné la façon dont il les voyait – par petits bouts. Il était rare qu'il suive l'intrigue.

« L'intrigue », répéta-t-elle.

Il dut lui expliquer ce que cela signifiait – que les films racontaient une histoire. À compter de ce moment-là, ils n'eurent plus aucune difficulté à faire la conversation. Et il n'eut pas besoin non plus de l'avertir qu'elle serait malavisée d'en répéter quoi que ce soit chez elle. Elle comprenait. Il ne s'agissait pas pour lui de raconter telle histoire particulière – ce qu'il aurait eu du mal à faire, de toute façon – mais plutôt d'expliquer que les histoires réunissaient souvent des fripouilles et des gens innocents et que les fripouilles s'en tiraient d'ordinaire assez bien au début, commettant leurs crimes et dupant les gens en chantant dans des boîtes de nuit (des espèces de salles de bal) ou parfois, Dieu sait pourquoi, à la cime de montagnes et dans d'autres décors extérieurs parfaitement invraisemblables, ce qui retardait l'action. Parfois les films étaient en couleurs. Avec de somptueux costumes si l'histoire se déroulait dans le passé. Comédiens en tenue d'apparat s'entretuant en des massacres à grand spectacle. Larmes de glycérine ruisselant sur les joues des dames. Animaux de la jungle, probablement empruntés à des zoos, qu'on excitait pour leur faire adopter un comportement féroce. Et les victimes de meurtres de toute sorte se relevaient sitôt que la caméra n'était plus sur elles. Indemnes et bien vivantes alors qu'on venait de les voir criblées de balles ou décapitées par le bourreau, leur tête roulant du billot dans le panier.

« Tu devrais faire attention, dit Isabel. Tu risques de lui donner des cauchemars. »

Il répondit que cela le surprendrait. En effet la jeune fille avait l'air de chercher à comprendre les choses plutôt que d'en être heurtée ou troublée. Par exemple, elle n'avait jamais demandé ce qu'était le billot du bourreau ni semblé surprise à l'idée qu'on y pose la tête. Il y avait quelque chose en elle, expliqua-t-il à Isabel, quelque chose qui faisait qu'elle voulait s'imprégner de tout ce qu'on lui disait, plutôt que de se contenter d'en être émoustillée ou intriguée. D'une certaine façon, pensait-il, elle s'était déjà fermée à ses parents. Ni par mépris envers eux, ni par sécheresse de cœur. C'était, au fond, une nature essentiellement méditative.

Mais ensuite il dit quelque chose qui l'attristait plus encore qu'il n'en comprenait le pourquoi.

« Elle n'a pas grand-chose à espérer, d'un côté comme de l'autre.

– Alors, on pourrait l'enlever », dit Isabel.

Sur quoi il la mit en garde. Sois sérieuse.

« Il ne faut pas y songer un seul instant. »

Peu avant Noël (alors que le froid ne s'était pas encore installé pour de bon), Morgan alla au commissariat vers minuit en milieu de semaine, pour dire que Leah avait disparu.

Elle avait vendu les billets comme d'habitude et fermé son guichet, rangé l'argent là où il devait être avant de partir chez elle, autant qu'il sache. Lui-même avait fait la fermeture après la séance mais quand il était sorti une femme qu'il ne connaissait pas avait surgi pour lui demander où était passée Leah. C'était sa mère – la mère de Leah. Le père était encore à l'usine, et Morgan avait émis l'hypothèse que la jeune fille s'était peut-être mis en tête d'aller le voir à son travail. La mère n'avait pas semblé comprendre un traître mot de ce qu'il disait et il lui avait donc proposé d'aller à l'usine voir si la fille y était mais elle – la mère – avait fondu en larmes et l'avait supplié de ne pas faire une chose pareille. Aussi Morgan l'avait-il raccompagnée chez elle en voiture, songeant que la fille y serait peut-être, mais non, et il s'était dit que mieux valait informer Ray. Il ne goûtait guère l'idée d'avoir à annoncer la nouvelle au père.

Ray estima qu'il fallait aller aussitôt à l'usine – il y avait une chance assez mince qu'elle y soit. Mais quand ils eurent trouvé le père, ce dernier n'avait évidemment rien vu et il se mit en rage que sa femme ait pu sortir ainsi alors qu'elle n'avait pas la permission de quitter la maison.

Ray s'enquit d'amis éventuels et ne fut pas surpris d'apprendre que Leah n'en avait aucun. Puis il dit à Morgan de rentrer chez lui et se rendit à la maison, où il trouva la mère dans l'état de détresse que Morgan avait décrit. Les enfants étaient encore debout, ou du moins certains d'entre eux, et se révélèrent eux aussi frappés de mutisme. Ils tremblaient, soit de frayeur, redoutant les conséquences de l'intrusion d'un étranger dans la maison, soit de froid, car Ray remarqua qu'il était manifestement en train de s'installer, même à l'intérieur. Peut-être que le père avait également établi des règles concernant le chauffage.

Leah portait son manteau d'hiver – ce fut tout ce qu'il put tirer d'eux. Il connaissait le gros vêtement à carreaux marron et songea qu'il la protégerait du froid pendant un certain temps au moins. Entre la première apparition de Morgan et le moment présent, la neige avait commencé à tomber assez dru.

Son service terminé, Ray rentra pour raconter à Isabel ce qui s'était passé. Puis il ressortit sans qu'elle tente de l'arrêter.

Une heure plus tard, il était de retour sans résultat, et porteur de la nouvelle que les routes allaient vraisemblablement être coupées par la première grosse tempête de neige de l'hiver.

Le lendemain matin, c'était bien le cas, la ville était isolée pour la première fois de l'année et la grand-rue était la seule que les chasse-neige s'efforçaient de maintenir ouverte. Presque tous les commerces avaient fermé et, dans le quartier où vivait la famille de Leah, l'électricité était coupée sans qu'on y puisse rien, à cause du vent qui courbait et ployait les arbres au point qu'on aurait pu croire qu'ils allaient balayer le sol.

Le policier qui était de service dans la journée eut une idée qui n'était pas venue à Ray. Fidèle de l'Église unie, il savait – ou son épouse savait – que Leah faisait du repassage une fois par semaine pour la femme du pasteur. Ray et lui se rendirent au presbytère afin de voir si quelqu'un là-bas avait une quelconque idée qui expliquât la disparition de la jeune fille mais on ne put leur donner aucun renseignement, et après ce bref sursaut d'espoir la situation sembla encore plus désespérée qu'avant.

Ray était un peu surpris que la jeune fille, ayant trouvé un deuxième emploi, ne lui en ait pas parlé. Bien que, comparé avec le cinéma, cela ne semblât guère constituer une plongée très aventureuse dans le monde.

Il essaya de dormir dans l'après-midi et y parvint pendant une heure à peu près. Isabel fit des tentatives pour lancer une conversation au cours du dîner mais rien de durable. Ray ne cessait de revenir à sa visite chez le pasteur, et au fait que son épouse s'était montrée inquiète et disposée à les aider autant qu'elle le pourrait, alors que lui – le pasteur – n'avait pas eu le comportement qu'on attendrait d'un religieux. En venant leur ouvrir il avait manifesté de l'impatience, à croire qu'on l'interrompait en pleine rédaction de son sermon ou autre tâche urgente. Il avait appelé son épouse, laquelle, en arrivant, avait dû lui rappeler qui était la jeune fille en question. Tu te rappelles la jeune fille qui vient aider au repassage ? Leah ? Alors seulement il avait dit qu'il espérait qu'on aurait bientôt des nouvelles tout en s'efforçant de refermer peu à peu la porte parce qu'il y avait du vent.

« Mais qu'aurait-il pu faire d'autre ? dit Isabel. Prier ? »

Ray pensait que ça n'aurait pas pu faire de mal.

« Ça n'aurait pu que gêner tout le monde et montrer que ça ne servait à rien », dit Isabel. Avant d'ajouter que c'était probablement un de ces pasteurs tout à fait à la page, plus intéressé par l'aspect symbolique des choses.

Il fallut entreprendre des recherches, malgré le mauvais temps. On ouvrit et mit sens dessus dessous de vieilles cabanes et une écurie désaffectée depuis des années parce qu'elle aurait pu s'y abriter. On ne trouva rien. La station de radio locale, alertée, diffusa une description de la disparue.

Si Leah avait fait de l'auto-stop, songea Ray, un conducteur l'avait peut-être prise à son bord avant la tempête de neige, ce qui pouvait être bon ou mauvais signe.

La description disait qu'elle était d'une taille un peu inférieure à la moyenne – Ray, quant à lui, aurait plutôt dit un peu supérieure – et qu'elle avait les cheveux raides et châtains. Lui aurait dit châtain très foncé, presque noirs.

Le père de Leah ne participa pas aux recherches, ni aucun de ses frères. Il est vrai que les garçons étaient plus jeunes qu'elle et ne se seraient d'ailleurs jamais risqués hors de la maison sans l'autorisation paternelle. Quand Ray se rendit à pied jusqu'à la maison et parvint à atteindre la porte, ce fut à peine si on lui ouvrit, et le père lui dit sans perdre de temps qu'il s'agissait très vraisemblablement d'une fugue. Ce n'était plus à lui désormais de la punir, elle était entre les mains de Dieu. Ray ne fut pas invité à entrer pour se réchauffer un peu. Peut-être n'y avait-il pas de chauffage dans la maison.

La tempête se calma effectivement le lendemain en milieu de journée. Les chasse-neige sortirent afin de dégager les rues de la ville. Ceux du comté se chargèrent de la grand-route. On dit aux chauffeurs d'ouvrir l'œil parce qu'ils risquaient de découvrir un cadavre gelé dans une des congères.

Le jour suivant, le fourgon de la poste put passer et une lettre arriva. Elle n'était pas adressée à un membre de la famille de Leah mais au pasteur et à son épouse. Elle venait de Leah, annonçant qu'elle s'était mariée. L'élu était le fils du pasteur, saxophoniste dans un orchestre de jazz. Il avait ajouté les mots « Surprise Surprise » au bas de la page. Ce fut du moins ce qu'on raconta, mais Isabel demanda comment on pouvait le savoir, à moins que l'informateur n'ait l'habitude d'ouvrir les enveloppes à la vapeur dans le bureau de poste.

Le saxophoniste n'avait pas vécu dans le bourg quand il était enfant. Son père était affecté ailleurs à l'époque. Ses visites étaient très rares. La plupart des gens n'auraient même pas pu le décrire physiquement. Il n'assistait jamais à l'office. Il était venu avec une femme, il y avait de cela deux ou trois ans. Très maquillée, trop bien habillée. On racontait que c'était son épouse, mais apparemment il n'en était rien.

Combien de fois la jeune fille s'était-elle trouvée chez le pasteur, occupée à repasser, quand le saxophoniste lui-même y était ? Certains s'étaient évertués à le calculer. Cela avait dû se produire une fois seulement. Voilà ce que Ray entendit raconter au commissariat, où les ragots prospéraient autant qu'au sein de la gent féminine.

Isabel jugea que c'était une très belle histoire. Et que ce n'était pas la faute des amants clandestins. Car enfin, ils n'avaient pas pu organiser la tempête de neige.

Il s'avéra qu'elle connaissait vaguement le saxophoniste. Elle l'avait rencontré à la poste autrefois, lors d'une de ses visites à ses parents qui avait coïncidé avec un des intervalles où elle-même se sentait brusquement assez bien pour sortir. Elle avait commandé un disque mais il n'arrivait pas. Le saxophoniste lui avait demandé de quoi il s'agissait et elle le lui avait dit. Elle ne se le rappelait plus à présent. Il lui avait alors parlé de ses propres activités dans un genre musical différent. Quelque chose l'avait déjà convaincue qu'il n'était pas du coin. La façon qu'il avait eue de lui parler sous le nez et le fort parfum de chewing-gum Juicy Fruit qu'il dégageait. Il n'avait pas fait allusion au presbytère mais quelqu'un d'autre lui avait parlé de sa situation de famille après qu'il avait pris congé d'elle en lui souhaitant bonne chance.

Rien qu'un petit flirt en passant, un garçon sûr de son charme. Qu'elle l'invite à venir écouter le disque si jamais elle le recevait, une ou deux bêtises comme ça. Elle avait espéré qu'elle était censée n'y voir qu'une plaisanterie.

Pour taquiner Ray, elle se demanda si ce n'était pas à cause des descriptions du vaste monde qu'il lui avait faites à travers les films que la jeune fille s'était mis cette idée en tête.

Ray n'avoua pas – et avait lui-même du mal à croire – la désolation qu'il avait ressentie pendant le temps où la jeune fille avait été portée disparue. Il fut, bien sûr, fort soulagé quand il découvrit ce qui s'était passé.

N'empêche, elle n'était plus là. Ce n'était ni tout à fait inhabituel ni tout à fait sans espoir, mais elle n'était plus là. C'était absurde mais il était vexé. Comme si elle avait pu, au moins, lui laisser entrevoir qu'il existait une autre partie de sa vie.

Ses parents et tous les autres enfants ne tardèrent pas à s'en aller aussi et selon toute apparence nul ne savait où.

Le pasteur et son épouse ne quittèrent pas la ville quand il prit sa retraite.

Ils purent conserver la maison que l'on continuait souvent d'appeler le presbytère, malgré le fait que ce n'était plus le cas. La jeune épouse du nouveau pasteur avait trouvé à redire à divers aspects de l'habitation, et les autorités ecclésiastiques, plutôt que de la rénover, avaient décidé d'en faire bâtir une autre afin qu'elle cesse de se plaindre. L'ancien presbytère fut alors vendu à bas prix à l'ancien pasteur. Il était assez vaste pour loger le fils musicien et sa femme quand ils venaient en visite avec leurs enfants.

Il y en avait deux, le journal avait publié leurs prénoms dans le carnet rose. Un garçon puis une fille. Ils venaient de temps à autre en visite, d'ordinaire avec Leah seulement ; le père était occupé à se produire dans des bals ou allez savoir quoi. Ni Ray ni Isabel ne les avaient rencontrés à ces diverses occasions.

Isabel allait mieux ; elle était presque normale. Elle faisait si bien la cuisine qu'ils prirent tous deux du poids et qu'elle dut s'arrêter, ou du moins faire moins souvent les plats les plus élaborés. Elle se réunissait avec d'autres femmes de la ville pour lire et discuter les Grands Livres[1]. Certaines, n'ayant pas vraiment prévu la tournure que prendraient ces soirées, cessèrent d'assister aux réunions, mais ceci mis à part, ce fut un succès retentissant. Isabel riait du remue-ménage qui ne manquerait pas de se produire dans les cieux quand elles s'attaquèrent à ce pauvre vieux Dante.

Puis elle commença à être prise d'évanouissements ou de quasi-évanouissements mais elle se refusa à aller consulter jusqu'à ce que Ray se mît en colère, sur quoi elle prétendit que c'était sa mauvaise humeur qui l'avait rendue malade. Elle s'excusa et ils se rabibochèrent mais l'état du cœur d'Isabel empira au point qu'il leur fallut engager une garde-malade pour rester avec elle quand Ray devait s'absenter. Heureusement, quelques sous – provenant pour elle d'un petit héritage et pour lui d'une légère augmentation – se matérialisèrent alors même que, par choix, il continua d'assurer le service de nuit.

Un matin d'été, rentrant chez lui, il alla à la poste voir si le courrier était prêt. Le tri était parfois terminé à cette heure-là, et parfois pas. Ce matin-là, il ne l'était pas.

Et voilà que sur le trottoir, marchant à sa rencontre dans la vive lumière du matin, il vit Leah. Elle poussait une poussette dans laquelle était assise une petite fille d'environ deux ans, qui agitait les jambes sur le repose-pied métallique. Un autre enfant qui semblait moins agité s'accrochait à la jupe de sa mère. Ou

1. Collection des livres considérés comme fondamentaux de la culture occidentale depuis l'Antiquité.

plutôt à ce qui semblait bien un pantalon plus ou moins orange, avec lequel elle portait un haut blanc flottant, évocateur d'une espèce de maillot de corps. Sa chevelure brillait plus qu'autrefois, et son sourire, qu'en fait il n'avait encore jamais vu, l'enchanta positivement.

On aurait presque pu la prendre pour une des nouvelles amies d'Isabel qui étaient pour la plupart plus jeunes ou récemment arrivées en ville, bien qu'il y en eût quelques-unes plus âgées, autrefois plus réservées, mais qui s'étaient laissé emporter dans cette nouvelle période éclatante, ayant renoncé à leurs anciennes manières de voir et changé leur langage, dans un effort tendant à la concision et à la crudité.

Il avait été déçu au bureau de poste en apprenant qu'il n'était pas arrivé de nouveaux magazines. Alors que cela comptait moins pour Isabel désormais. Elle vivait autrefois pour ses magazines, qui étaient tous sérieux et donnaient matière à réflexion mais comportaient des dessins humoristiques subtils qui la faisaient rire. Même les encarts publicitaires pour des fourrures et des bijoux la faisaient rire autrefois et il espérait encore qu'ils lui donnent un regain de vie. Du moins aurait-il à présent quelque chose à lui raconter. Leah.

Leah le salua d'une voix nouvelle et fit semblant d'être effarée qu'il l'ait reconnue dans la mesure où elle était devenue – pour reprendre ses termes – quasiment une petite vieille. Elle présenta la fillette, qui refusa de lever les yeux et continua de battre la mesure sur le repose-pied de métal, et le jeune garçon, dont le regard se perdit dans le vague et qui marmonna. Elle le taquina parce qu'il s'accrochait encore à ses vêtements.

« Tu sais, on a traversé la rue, maintenant, mon bonhomme. »

Il s'appelait David et la petite, Shelley. Ray ne se rappelait pas avoir lu ces prénoms-là dans le journal. Il avait comme une impression que les deux étaient à la mode.

Elle dit qu'ils étaient installés chez ses beaux-parents.

Pas en visite, non. Installés. Il ne s'en avisa qu'un peu plus tard et ça ne voulait peut-être rien dire.

« Nous allons à la poste. »

Il lui dit qu'il en revenait mais que le tri n'était pas terminé.

« Oh, dommage. Nous pensions qu'il y aurait peut-être une lettre de papa, n'est-ce pas, David ? »

Le garçon était de nouveau agrippé au vêtement de sa mère.

« On va attendre la fin du tri, dit-elle. Peut-être qu'il y en aura une. »

On sentait qu'elle n'avait guère envie de quitter Ray si vite, et ce dernier n'en avait pas envie non plus, mais pas facile de trouver autre chose à dire.

« Moi, je vais à la pharmacie, dit-il.

– Ah oui ?

– Oui, une ordonnance pour ma femme.

– J'espère qu'elle n'est pas malade. »

Il eut alors le sentiment d'avoir commis une trahison et répliqua assez brusquement : « Non, pas grand-chose. »

Elle regardait un peu au-delà de Ray, à présent, et disait bonjour à quelqu'un de la même voix empreinte de plaisir avec laquelle elle l'avait salué lui quelques instants plus tôt.

C'était le pasteur de l'Église unie, le nouveau, ou plutôt nouveau, celui dont l'épouse avait exigé une maison moderne.

Elle leur demanda s'ils se connaissaient et tous deux répondirent oui. Mais leur ton indiquait qu'il ne s'agissait que d'une vague connaissance avec peut-être en sus une certaine satisfaction qu'il en fût ainsi. Ray remarqua que le bonhomme ne portait pas son col de clergyman.

« Il n'a pas encore eu l'occasion de m'arrêter pour une quelconque infraction », dit le pasteur, s'avisant peut-être qu'il convenait de se montrer un peu plus enjoué. Il serra la main de Ray.

« Quelle chance, dit Leah. Je voulais justement vous poser quelques questions et vous voilà.

– Me voilà, confirma le pasteur.

– À propos de l'école du dimanche, dit Leah. Je me demandais.

Mes deux petits grandissent et je me demandais d'ici combien de temps, et la marche à suivre, et tout ça.

– Ah oui, oui », dit le pasteur.

Ray voyait bien qu'il était de ceux qui n'aiment pas particulièrement s'acquitter de leur ministère en public. Qui ne souhaitent pas qu'on aborde le sujet chaque fois, pour ainsi dire, qu'ils sortent dans la rue. Mais le pasteur dissimula sa gêne du mieux qu'il put et il devait trouver une certaine compensation dans le fait de parler à une jeune femme qui avait le physique et l'allure de Leah.

« Il va falloir que nous en parlions, dit-il. Prenons rendez-vous à l'heure qu'il vous plaira. »

Ray déclara qu'il devait y aller.

« Je suis content de vous avoir rencontrée », dit-il à Leah, et il adressa une inclination de tête au religieux.

Il se remit en chemin, ayant appris deux choses. Elle allait séjourner en ville un certain temps puisqu'elle prenait des dispositions concernant l'école du dimanche. Et elle ne s'était pas entièrement débarrassé l'esprit de toute la religion que son éducation y avait introduite.

Il anticipait avec plaisir une nouvelle rencontre mais elle ne se produisit pas.

En rentrant, il raconta l'aventure à Isabel, soulignant combien la jeune femme avait changé, et elle répondit : « Tout ça m'a l'air assez banal, en définitive. »

Elle semblait un peu irritée, peut-être parce qu'elle l'avait attendu pour qu'il lui fasse du café. Sa garde-malade ne devait venir qu'à neuf heures et on lui avait interdit à elle, après qu'elle s'était accidentellement ébouillantée, de chercher à se débrouiller seule.

Les choses allèrent en se dégradant pour eux et ils eurent plusieurs frayeurs au cours des mois qui suivirent, jusqu'à Noël, et puis Ray se vit accorder un congé. Ils partirent pour la grande ville où l'on pouvait trouver certains spécialistes. Isabel fut hospitalisée aussitôt et Ray put s'installer dans une des chambres mises à la disposition des parents de patients venus de loin. Du jour au lendemain, il n'eut plus d'autre responsabilité que de rendre quotidiennement visite à Isabel pendant des heures et de surveiller ses réactions à divers traitements. Au début, il essayait de la distraire par des évocations hautes en couleur du passé, ou par le récit de ce qu'il avait pu observer dans l'hôpital et sur les autres patients qu'il avait entrevus. Il partait marcher presque tous les jours, quel que fût le temps, et lui racontait tout sur ces promenades aussi. Il apportait un journal et lui faisait la lecture des nouvelles. Elle finit par lui dire : « C'est tellement gentil de ta part, mon chéri, mais j'ai l'impression d'être au-delà de tout ça. »

Au-delà de quoi ? rétorqua-t-il, mais elle répondit : « Oh, je t'en prie », et sur ces entrefaites, il se mit à lire en silence un livre emprunté à la bibliothèque de l'hôpital. Elle lâcha dans un souffle : « Ne t'inquiète pas si je ferme les yeux. Je sais que tu es là. »

On l'avait transférée depuis quelque temps des soins intensifs dans une chambre où se trouvaient quatre femmes dont l'état était plus ou moins le même que le sien hormis qu'il y en avait une qui de temps en temps s'asseyait brusquement pour vociférer à l'adresse de Ray : « Faites-nous un bisou. »

Puis un jour en entrant il découvrit une autre femme dans le lit d'Isabel. L'espace d'un instant il se dit qu'elle était morte et que personne ne l'avait prévenu. Mais la patiente volubile qui occupait le lit situé à la diagonale de celui-là s'écria : « En haut ! » Non sans quelque chose de joyeux, voire de triomphal.

Et voilà ce qui s'était passé. Isabel ne s'était pas réveillée ce matin-là et on l'avait transférée à un autre étage, où l'on remisait apparemment ceux dont l'état n'avait aucune chance de s'améliorer – moins encore de chances que pour les patientes de la chambre précédente – mais qui refusaient de mourir.

« Vous feriez aussi bien de rentrer chez vous », lui dit-on. On ajouta qu'on le contacterait s'il y avait le moindre changement.

C'était raisonnable. D'une part, il avait atteint le temps de séjour maximum prévu dans les chambres réservées aux accompagnants et il avait largement outrepassé la durée du congé accordé par la police de Maverley. Il ne lui restait plus qu'à y retourner, c'était la seule chose à faire.

Au lieu de quoi, il resta dans la grande ville. Il prit un emploi d'homme de ménage dans l'équipe d'entretien de l'hôpital. Il loua un petit logement meublé du strict nécessaire, à peu de distance.

Il y retourna cependant, mais seulement pour un bref séjour. Il n'était pas sitôt arrivé qu'il commença à prendre ses dispositions pour vendre la maison et tout ce qu'elle contenait. Il en chargea les gens de l'agence immobilière dont il prit congé au plus vite, ne voulant rien avoir à expliquer à quiconque. Rien de ce qui s'était passé en ces lieux ne l'intéressait. Les années pendant lesquelles il avait vécu dans le bourg et la connaissance qu'il en avait semblaient lui échapper pour se perdre loin de lui.

Il entendit pourtant évoquer quelque chose pendant son séjour, une espèce de scandale auquel était mêlé le pasteur de l'Église unie qui s'efforçait d'obtenir que son épouse divorce, pour cause d'adultère. Comme si avoir commis l'adultère avec une paroissienne n'était pas assez grave, le pasteur, au lieu de se faire le plus discret possible et de s'éclipser afin de subir une forme de rééducation, ou d'aller prendre en charge une paroisse oubliée au fin fond de l'arrière-pays, avait apparemment choisi d'affronter l'opprobre du haut de la chaire. Il était allé au-delà de la confession. Tout n'avait été que grimaces, disait-il. Sa bouche avait formé les paroles de l'Évangile et les commandements auxquels il ne croyait pas tout à fait, et la plupart de ce qu'il avait prêché concernant l'amour et la sexualité, ses recommandations évasives, timides et convenues : grimaces que tout cela. Il était à présent un homme libre, libre de leur dire le soulagement que c'était de célébrer la vie du corps en même temps que celle de l'esprit. La femme qui lui avait ainsi ouvert les yeux était, apparemment, Leah. Son mari, le musicien, avait-on raconté à Ray, était revenu la chercher quelque temps auparavant mais elle avait refusé de partir avec lui. Il en avait rendu le pasteur responsable mais c'était un ivrogne – lui, le mari – de sorte que personne n'avait su s'il fallait le croire ou non. Sa mère devait l'avoir cru, pourtant, parce qu'elle avait mis Leah à la porte et gardé les enfants.

Pour Ray, tous ces ragots étaient répugnants. Les adultères et les ivrognes et les scandales – qui avait raison et qui avait tort ? Qui s'en souciait ? Cette jeune femme avait fini par apprendre à aguicher et à négocier, comme les autres.

Quelle perte de temps, quel gaspillage de vie pour ces gens qui s'excitaient là-dessus sans accorder d'attention à ce qui comptait vraiment.

Bien sûr, tant qu'il avait pu parler avec Isabel, tout était différent. Pas parce que Isabel aurait cherché des réponses – plutôt parce qu'elle lui aurait donné le sentiment qu'il existait de nombreux aspects du sujet auxquels lui-même n'avait pas pris garde. Puis elle aurait fini par un éclat de rire.

Les choses se passaient plutôt bien pour lui au travail. On lui demanda s'il souhaitait intégrer une équipe de bowling et il remercia en disant qu'il n'avait pas le temps. Il en avait beaucoup, en réalité, mais devait le passer avec Isabel, guettant le moindre changement, la moindre explication. Sans rien laisser lui échapper. « Elle s'appelle Isabel », rappelait-il aux infirmières, dans les débuts, quand elles disaient : « Écoutez, ma p'tite dame » ou « Bon alo', on va vous 'etou'ner là, madame. »

Puis il s'habitua à les entendre s'adresser à elle de cette façon. Il se produisait donc des changements, en définitive. Pas en Isabel, peut-être, mais en lui-même.

Pendant assez longtemps, il était allé la voir une fois par jour. Puis il passa à un jour sur deux. Puis à deux fois par semaine.

Quatre ans. Il songeait que cela ne devait pas être loin d'un record. Il demanda à ceux qui la soignaient s'il en était ainsi et ils répondirent : « Ma foi… On s'en approche. » Ils avaient l'habitude de faire des réponses vagues sur tous les sujets.

Il avait fini par surmonter l'idée persistante qu'elle continuait de penser. Il avait cessé d'attendre qu'elle ouvre les yeux. C'était seulement qu'il ne pouvait pas s'en aller et la laisser là toute seule.

D'une femme très mince elle avait changé pour devenir non pas une enfant mais un assemblage disgracieux d'os mal assortis, surmonté d'une crête évoquant celle d'un oiseau, prêt à mourir d'une minute à l'autre, avec cette respiration si irrégulière.

Il y avait, attenantes à l'hôpital, quelques vastes salles utilisées pour la rééducation et les exercices. D'ordinaire il ne les voyait que vides, quand on avait remisé tout le matériel et éteint les lumières. Mais un soir, en partant, il emprunta un chemin différent à travers le bâtiment et vit une lumière oubliée.

Quand il s'approcha pour vérifier de quoi il retournait, il constata qu'il y avait encore quelqu'un. Une femme. Elle était assise à califourchon sur un des gros ballons d'exercice, elle s'y reposait, ou cherchait peut-être à se rappeler l'endroit où elle était censée se rendre ensuite.

C'était Leah. Il ne la reconnut pas aussitôt, mais alors il regarda de nouveau et oui, c'était Leah. Il ne serait pas entré, peut-être, s'il avait vu de qui il s'agissait, mais à présent il avait parcouru la moitié du chemin pour accomplir sa mission d'extinction des feux. Elle le vit.

Elle glissa à bas de sa monture. Elle était vêtue d'une tenue de sport et avait pris pas mal de poids.

« Je pensais que j'allais peut-être te rencontrer un jour, dit-elle. Comment va Isabel ? »

Il fut un peu surpris de l'entendre appeler ainsi Isabel par son prénom ou tout simplement parler d'elle, comme si elle l'avait connue.

Il lui dit brièvement comment allait Isabel. On ne pouvait l'évoquer désormais que brièvement.

« Est-ce que tu lui parles ? demanda-t-elle.

– Plus guère.

– Ah, mais tu devrais. Tu ne devrais pas renoncer à lui parler. »

Comment en était-elle venue à penser qu'elle en savait beaucoup sur à peu près tout ?

« Tu n'es pas surpris de me voir, hein ? Tu dois avoir appris ? » dit-elle.

Il ne sut pas trop quoi répondre.

« Ben… dit-il.

– Y a un bout de temps que j'ai appris que tu étais ici et tout ça, alors j'ai dû me dire comme ça que tu saurais forcément que j'étais ici moi aussi. »

Il dit que non.

« J'organise des activités, lui expliqua-t-elle. Pour les cancéreux. Pour ceux dont l'état le permet, en somme. »

Il dit que l'idée lui semblait bonne.

« Encore mieux que ça. Je veux dire pour moi, aussi. Je vais plutôt bien, mais par moments il y a des choses qui m'atteignent. Surtout à l'heure du dîner, je veux dire. C'est là que je commence à me sentir drôle. »

Elle vit qu'il ne savait pas de quoi elle parlait et elle se proposa – avait même grande envie, peut-être – de l'expliquer.

« Je veux dire sans les enfants et tout ça. Tu ne savais pas que leur père avait eu la garde ?

– Non, dit-il.

– Ah, bah. C'est parce qu'ils ont pensé que sa mère pourrait s'en occuper, en fait. Lui, il est chez les Alcooliques anonymes et tout, mais le jugement n'aurait pas été celui-là s'il n'y avait pas eu sa mère. »

Elle renifla et chassa des larmes avec une brusquerie presque méprisante.

« Sois pas gêné – c'est pas aussi grave que ça en a l'air. C'est machinal, je pleure à tous les coups. C'est pas mauvais de pleurer, non plus, du moment qu'on ne fait pas que ça. »

Celui qui était aux Alcooliques anonymes devait être le joueur de saxo. Mais le pasteur ? Et qu'avait-il bien pu se passer ?

Exactement comme s'il avait posé les questions à haute voix, elle dit : « Ah, et puis il y a Carl. Cette affaire a fait une telle histoire et tout ça, hein ? J'avais complètement perdu la boule.

« Carl s'est remarié, poursuivit-elle. Du coup il s'est senti mieux. Je veux dire, parce qu'il a surmonté en somme ce qu'il éprouvait pour moi. En fait c'était plutôt drôle. Il a épousé un autre pasteur. Tu sais qu'on autorise des femmes à l'être aujourd'hui ? Eh ben voilà, c'est le cas de celle-là. Alors en gros c'est lui la femme du pasteur. Je trouve que c'est à hurler de rire. »

Les yeux secs à présent, elle souriait. Il savait qu'elle allait en dire plus long, mais n'avait pas la moindre idée de ce qui s'annonçait.

« Ça doit faire un bout de temps que tu es ici. Tu as un logement ?

– Oui.

– C'est toi qui fais la cuisine et tout ?

– Oui, répondit-il, ct tel était bien le cas.

– Je pourrais faire ça pour toi de temps en temps. Ce serait pas une bonne idée ? »

Ses yeux s'étaient mis à briller, rivés sur ceux de Ray.

Peut-être, concéda-t-il, mais à vrai dire il n'y avait pas assez de place chez lui pour la liberté de mouvement de plus d'une personne à la fois.

Puis il dit qu'il n'était pas allé voir Isabel depuis deux jours et que le moment était venu qu'il le fasse.

Elle approuva d'un imperceptible signe de tête. Elle ne semblait ni blessée ni découragée.

« On se reverra.

– C'est ça. »

On l'avait cherché partout. Isabel avait fini par s'en aller. On lui dit qu'elle était « partie », comme si elle s'était levée pour sortir. Quand quelqu'un était passé la voir une heure plus tôt, rien dans son état n'avait changé, et maintenant elle était partie.

Il s'était souvent demandé ce que cela changerait.

Mais le vide qui la remplaçait était renversant.

Il restait à regarder l'infirmière, effaré. Elle pensa qu'il lui demandait ce qu'il devait faire et entreprit de le lui dire. De le mettre au courant. Il la comprit très bien mais demeura préoccupé.

Il croyait que cela avait eu lieu depuis longtemps, dans le cas d'Isabel, mais non. Pas jusqu'à présent.

Elle avait existé, elle n'existait plus. Plus du tout, comme si elle n'avait jamais existé. Et les gens s'affairaient alentour, comme si ce fait scandaleux, on pouvait le surmonter, en prenant des dispositions raisonnables. Lui aussi se plia à la coutume, signa là où on lui dit de signer, disposant de ce qu'il convenait de faire des « restes » – comme on dit.

Quel excellent mot – « restes ». Comme quelque chose qui se dessécherait et tomberait en poussière, oublié au fond d'un placard.

Et il ne tarda pas à se retrouver dehors, à faire semblant d'avoir une raison aussi bonne, aussi ordinaire que quiconque, de mettre un pied devant l'autre.

Ce qu'il emportait avec lui, tout ce qu'il emportait avec lui, était un manque, quelque chose comme un manque d'air, un manque du fonctionnement normal au-dedans de ses poumons, une difficulté dont il pouvait penser qu'elle se prolongerait à jamais.

La jeune femme avec laquelle il venait de parler, qu'il avait connue autrefois – elle avait parlé de ses enfants. De la perte de ses enfants. De s'y habituer. Un problème à l'heure du dîner.

Une experte de la perte, voilà comment on aurait pu la désigner – lui-même n'étant qu'un novice par comparaison. Et voilà qu'il ne se rappelait plus son nom. Qu'il avait perdu son nom, alors qu'il l'avait bien connu. Perte, perdu. Farce dont il était le dindon, s'il en fallait un.

Il montait les marches de son logement quand il lui revint.

Leah.

Un soulagement hors de toute proportion, de se la rappeler.

La gravière

À l'époque nous habitions à côté d'une gravière. Pas une de ces carrières creusées par d'énormes engins, rien qu'une petite gravière avec laquelle un paysan devait s'être fait un peu d'argent des années auparavant. De fait, elle était assez peu profonde pour vous amener à croire qu'on l'avait creusée dans une autre intention – jeter les fondations d'une maison, peut-être, qui n'était jamais allée plus loin.

C'était ma mère qui s'ingéniait à attirer l'attention sur ce voisinage. « Nous habitons à côté de la vieille gravière sur la route de la station-service », expliquait-elle aux gens, et elle riait, tant elle était heureuse de s'être débarrassée de tout ce qui allait avec la maison, la rue – le mari – avec la vie qu'elle avait menée avant.

Cette vie c'est tout juste si je me la rappelle. C'est-à-dire que je me rappelle clairement certains fragments, mais pas les liens dont on a besoin pour former une image cohérente. Tout ce que je retiens dans ma tête de la maison en ville, c'est le papier peint à nounours des murs de mon ancienne chambre. Dans notre nouvelle maison, qui était en réalité un mobil-home, ma sœur, Caro, et moi avions d'étroites couchettes superposées. Au début de notre emménagement, Caro me parlait beaucoup de notre ancienne maison, cherchant à me faire souvenir de ci et ça. C'est quand nous étions couchées qu'elle parlait ainsi, et généralement la conversation se terminait parce que je n'arrivais pas à me souvenir et qu'elle se fâchait. Parfois je croyais me rappeler mais, par esprit de contradiction ou craignant de me tromper, je prétendais le contraire.

C'est pendant l'été que nous avions emménagé dans le mobil-home. Nous avions notre chienne, Blitzee, avec nous. « Blitzee adore sa nouvelle maison », disait ma mère, et c'était vrai. Quel chien n'adorerait pas échanger une rue de la ville, même agrémentée de pelouses et de grandes maisons, contre les vastes espaces de la campagne ? Elle prit l'habitude d'aboyer chaque fois que passait une voiture, comme si elle était propriétaire de la route, et de temps à autre elle rapportait à la maison un écureuil ou une marmotte qu'elle avait tués. Au début, Caro en était bouleversée, et Neal eut une conversation avec elle pour lui expliquer ce qu'étaient la nature canine et la chaîne de la vie dans laquelle certains êtres devaient en manger d'autres.

« Elle a sa pâtée pour chien », arguait Caro, mais Neal répondait : « Et si elle n'en avait pas ? Imagine qu'un jour nous disparaissions tous et qu'elle doive subvenir à ses besoins, hein ?

– Je ne ferais jamais ça, disait Caro. Je ne vais pas disparaître, et je m'occuperai toujours d'elle.

– Tu crois ça ? » reprenait Neal, et notre mère intervenait pour qu'il arrête. Neal était toujours prêt à se lancer dans des tirades au sujet des Américains, de la bombe A et du champignon atomique, et notre mère estimait que nous étions encore trop petites pour en parler. Elle ne savait pas que chaque fois qu'il abordait le sujet je pensais qu'il parlait d'un chignon atomique. Je me doutais que quelque chose clochait dans mon interprétation mais je me gardais bien de poser des questions pour qu'on se moque de moi.

Neal était comédien. En ville, il y avait une compagnie professionnelle qui animait un théâtre d'été, une nouveauté à l'époque, pour laquelle certains s'enthousiasmaient tandis que d'autres s'inquiétaient, craignant que cela n'attire un tas de gens douteux. Ma mère et mon père comptaient au nombre des partisans, ma mère encore plus activement, parce qu'elle disposait de plus de temps. Mon père était placier en assurances et voyageait beaucoup. Ma mère s'était impliquée dans diverses campagnes destinées à collecter des fonds pour le théâtre, où elle travaillait comme ouvreuse bénévole. Elle était jolie et assez jeune pour qu'on la croie comédienne. Ajoutons qu'elle s'était mise à s'habiller comme une comédienne, s'enveloppant de châles et portant des jupes longues et des sautoirs. Elle ne se coiffait et ne se maquillait plus. Je n'avais évidemment pas compris ni même particulièrement remarqué ces changements à l'époque. Ma mère, c'était ma mère. Mais il ne fait pas de doute que Caro s'en était avisée. Et mon père aussi forcément. Cependant, si j'en juge par tout ce que je sais de sa nature et de ses sentiments pour ma mère, je pense qu'il était sans doute fier de la belle allure qu'elle avait dans ce style libéré, comme de la voir si bien intégrée dans le milieu des gens de théâtre. Quand il parlait de cette époque, par la suite, il disait qu'il avait toujours été partisan des arts. Je peux imaginer, aujourd'hui, combien ma mère aurait été gênée, se serait crispée et aurait ri pour déguiser sa crispation, s'il avait fait une telle déclaration devant ses amis du théâtre.

Toujours est-il qu'il se produisit ensuite ce qui était à prévoir et qu'avaient probablement prévu certains, mais pas mon père. Je ne sais pas si cela arriva à d'autres bénévoles. Ce que je sais, bien que je ne me le rappelle pas, c'est que mon père pleura et passa une journée entière à suivre ma mère à travers la maison, sans jamais la quitter des yeux et en refusant de la croire. Et que, au lieu de lui dire quoi que ce soit pour qu'il se sente mieux, elle lui dit une chose qui le fit se sentir encore plus mal.

Elle lui dit que l'enfant était de Neal.

En était-elle sûre ?

Absolument. Elle avait fait le calcul.

Qu'arriva-t-il ensuite ?

Mon père sécha ses larmes. Il devait retourner au travail. Ma mère emballa nos affaires et nous emmena vivre avec Neal, dans le mobil-home qu'il avait trouvé, à la campagne. Elle dit par la suite qu'elle aussi avait pleuré. Mais elle ajouta qu'elle s'était sentie vivante. Peut-être pour la première fois de sa vie, vraiment vivante. Elle avait le sentiment de s'être vu offrir une deuxième chance ; sa vie avait pris un nouveau départ. Elle avait abandonné son argenterie et ses porcelaines et ses projets de décoration intérieure et les fleurs de son jardin et jusqu'aux livres de sa bibliothèque. Elle allait vivre désormais, au lieu de lire. Elle avait abandonné ses vêtements aux cintres de la penderie et ses chaussures à talons à leurs embauchoirs. Le brillant de ses fiançailles et son alliance sur la commode. Ses nuisettes de soie dans leur tiroir. Elle avait l'intention de se promener nue une partie au moins du temps à la campagne, pendant la saison chaude.

Cela resta une intention, parce que, quand elle s'y essaya, Caro courut se cacher dans sa couchette et que Neal se déclara loin d'être emballé par cette idée.

Que pensait-il de tout cela, Neal ? Sa philosophie, ainsi qu'il la présenta par la suite, était d'accueillir sans restriction tous les événements. Chacun d'entre eux est un don. Nous donnons et nous prenons.

Je me méfie des gens qui parlent ainsi bien que je ne puisse pas dire que j'en aie acquis le droit.

Il n'était pas vraiment comédien. Il s'était lancé dans le théâtre, disait-il, à titre d'expérience. Pour voir ce qu'il pourrait découvrir sur lui-même. À la fac, avant d'abandonner ses études, il avait joué au sein du chœur dans *Œdipe roi*. Ça lui avait plu – le don de soi, la fusion avec d'autres. Puis un jour, dans une rue de Toronto, il avait rencontré un copain qui se rendait à une audition dans l'espoir de décrocher un emploi d'été dans la compagnie théâtrale nouvellement formée d'une petite ville. Il l'avait accompagné, n'ayant rien de mieux à faire, et pour finir c'était lui qui avait décroché l'emploi, pas le copain. Il allait jouer Banquo. On opte parfois pour un spectre de Banquo visible, et parfois pas. Cette fois-là, on souhaitait une version visible et Neal avait la carrure adéquate. La taille optimale. Un spectre massif.

Il avait envisagé de passer l'hiver dans notre ville quoi qu'il arrive, avant que ma mère ne révèle sa surprise. Il avait déjà repéré le mobil-home. Il avait acquis une expérience suffisante de la menuiserie pour se charger de la rénovation du théâtre, qui lui permettrait de tenir jusqu'au printemps. Il n'aimait pas penser à plus long terme.

Caro n'eut même pas à changer d'école. Le car scolaire passait la prendre à l'extrémité de la courte allée qui longeait la gravière. Il lui fallut nouer des amitiés avec les petites campagnardes, et fournir peut-être quelques explications aux jeunes citadines qui avaient été ses amies l'année d'avant, mais si cela lui causa la moindre difficulté, je n'en entendis jamais parler.

Blitzee allait toujours guetter au bord de la route le retour de Caro à la maison.

Je ne fus pas inscrite en maternelle parce que ma mère n'avait pas de voiture. Mais la compagnie d'autres enfants ne me manquait pas. Caro, quand elle rentrait, me suffisait. Et ma mère était souvent d'humeur joueuse. Dès qu'il se mit à neiger cet hiver-là, nous fîmes ensemble, elle et moi, un bonhomme de neige et elle me demanda : « Si on l'appelait Neal ? » Je dis que j'étais d'accord et nous collâmes divers trucs dessus pour le rendre rigolo. Puis nous décidâmes que quand sa voiture arriverait je sortirais en courant de la maison et en criant : Voilà Neal, voilà Neal ! mais en montrant du doigt le bonhomme de neige. Ce que je fis, mais Neal descendit de voiture très en colère, vociférant qu'il aurait pu m'écraser.

Ce fut l'une des rares fois où je le vis agir comme un père.

Ces courtes journées d'hiver devaient me sembler bizarres – en ville, les lumières s'allumaient au crépuscule. Mais les enfants s'habituent aux changements. De temps à autre, je m'interrogeais au sujet de notre autre maison. Ce n'était pas exactement qu'elle me manquait ou que j'avais envie d'y habiter de nouveau – je me demandais simplement où elle était passée.

Ma mère et Neal batifolaient assez avant dans la nuit. Si je m'éveillais avec l'envie de faire pipi, j'appelais maman. Elle venait joyeusement mais sans se presser, enveloppée d'un tissu ou d'une écharpe – et aussi d'une odeur que j'associais avec la lumière des bougies et la musique. Et l'amour.

Il se produisit quelque chose de moins rassurant mais je n'essayai pas d'en trouver la signification à l'époque. Blitzee, notre chienne, n'était pas très grande mais ne semblait pas assez petite pour tenir sous le manteau de Caro. Je ne sais pas comment cette dernière se débrouilla pour l'y cacher. Pas une mais deux fois. Elle emporta la chienne dissimulée sous son manteau dans le car scolaire puis, au lieu d'aller directement à l'école, ramena Blitzee à notre ancienne maison en ville, à moins d'une rue de là. Ce fut ainsi que mon père trouva la chienne dans la véranda d'hiver qui n'était pas fermée à clé, quand il rentra pour son déjeuner solitaire. La surprise fut grande qu'elle ait pu arriver là, retrouver le chemin du foyer, comme dans ces histoires qu'on lit à propos des chiens. Caro fit tout un cinéma, et prétendit qu'elle n'avait pas vu la chienne de la matinée. Mais elle commit ensuite l'erreur d'essayer de récidiver, peut-être une semaine plus tard et, cette fois, si personne dans le car et à l'école ne s'aperçut de rien, elle éveilla les soupçons de ma mère.

Je ne me rappelle pas si notre père nous ramena Blitzee. Je n'arrive pas à l'imaginer dans le mobil-home ou à la porte du mobil-home, ni même sur la route qui y menait. Ce fut peut-être Neal qui alla la récupérer à la maison, en ville. Ce qui n'est d'ailleurs pas plus facile à imaginer.

Si j'ai donné à penser que Caro était malheureuse ou ne cessait de manigancer, telle n'est pas la vérité. Comme je l'ai dit, elle essayait bien de me faire parler des choses, le soir, quand nous étions couchées, mais elle ne passait pas son temps en doléances. Elle n'était pas boudeuse de nature. Elle était bien trop attachée à faire bonne impression. Elle aimait qu'on l'aime ; elle aimait mettre dans l'atmosphère d'une pièce un mouvement prometteur – disons le mot – d'amusement. Elle y pensait plus que moi.

De nous deux, c'était elle qui ressemblait le plus à notre mère, je le crois à présent.

On dut forcément la sonder au sujet de ce qu'elle avait fait avec la chienne. Je crois même en avoir retenu quelque chose.

« C'était pour faire une blague.

– Tu as envie d'aller habiter avec ton père ? »

Je crois qu'on le lui demanda et je crois qu'elle répondit non.

Moi, je ne lui demandai rien. Je ne trouvais rien de bizarre à ce qu'elle avait fait. Il en va probablement ainsi avec les cadets – rien de ce que l'aîné peut faire avec l'étrange puissance dont il est investi ne semble sortir de l'ordinaire.

Notre courrier était déposé dans une boîte en fer-blanc sur un piquet plus bas au bord de la route. Ma mère et moi y allions chaque jour, sauf pendant les fortes tempêtes, voir ce qu'on y avait déposé pour nous. Nous le faisions après ma sieste. C'était parfois le seul moment de la journée où nous mettions le nez dehors. Le matin, nous regardions les programmes pour enfants de la télévision – à moins qu'elle ne lise pendant que moi je regardais. (Elle ne renonça pas à la lecture très longtemps.) Nous déjeunions d'une soupe en boîte puis je me couchais pour ma sieste tandis qu'elle reprenait sa lecture. Elle commençait à s'arrondir beaucoup à cause du bébé, lequel remuait dans son ventre, de sorte que je pouvais l'y sentir. On allait l'appeler Brandy – on l'appelait déjà Brandy –, que ce soit un garçon ou une fille.

Un jour que nous allions chercher le courrier, alors que nous n'étions plus très loin de la boîte, ma mère s'arrêta et se tint parfaitement immobile.

« Chut, me fit-elle alors que je n'avais pas dit un mot, ni même joué à traîner bruyamment mes caoutchoucs dans la neige.

– Je faisais pas de bruit, dis-je.

– Chut. Demi-tour.

– Mais… on n'a pas pris le courrier.

– Ça ne fait rien. Dépêche-toi. »

Puis je m'avisai que Blitzee, qui était toujours avec nous, nous suivant ou nous précédant de quelques pas, n'était plus là. Mais il y avait un chien inconnu, de l'autre côté de la route, près de la boîte aux lettres.

Sitôt de retour à la maison, ma mère téléphona au théâtre après avoir fait rentrer Blitzee, qui nous attendait. Personne ne répondit. Elle téléphona à l'école pour demander qu'on dise au chauffeur du car de déposer Caro devant la porte. Il s'avéra que c'était infaisable, parce qu'il avait neigé de nouveau depuis que Neal avait dégagé le passage, mais le chauffeur ne la quitta pas des yeux jusqu'à ce qu'elle soit arrivée à la maison. Aucun loup ne se montra à ce moment-là.

Neal était d'avis qu'il ne s'en était jamais montré aucun. Et s'il y en avait eu un, ajouta-t-il, il n'aurait représenté aucun danger pour nous, affaibli comme il devait l'être par l'hibernation.

Caro dit que les loups n'hibernent pas. « On les a étudiés à l'école. »

Notre mère voulait que Neal achète un fusil.

« Tu crois que je vais aller acheter un fusil pour abattre une pauvre mère louve qui doit avoir une ribambelle de bébés dans les bois et qui essaye simplement de les protéger, comme toi tu essayes de protéger les tiens ? » dit-il tranquillement.

Caro dit : « Deux seulement. Ils n'en ont que deux à la fois.

– Très bien, ça va. C'est à ta mère que je parle.

– Qu'est-ce que tu en sais ? dit ma mère. Tu ne sais pas si elle a des petits affamés ni quoi que ce soit d'autre. »

Je n'aurais jamais cru qu'elle puisse lui parler sur ce ton.

Il répondit : « Ne t'emballe pas. Essayons de réfléchir un peu. C'est épouvantable, les fusils. Si j'allais acheter un fusil, qu'est-ce que ça voudrait dire ? Qu'on n'a rien contre la guerre du Vietnam ? Que j'aurais aussi bien pu partir la faire ?

– Tu n'es pas américain.

– N'essaye pas de me mettre en rogne. »

Voilà plus ou moins ce qu'ils disaient et la conclusion fut que Neal ne devait pas se procurer de fusil. Nous ne revîmes jamais le loup, si c'en était un. Je crois que ma mère cessa d'aller chercher le courrier mais l'état avancé de sa grossesse l'aurait de toute façon peut-être empêchée de le faire confortablement.

La neige diminua comme par magie. Les arbres étaient encore dépouillés et ma mère exigeait que Caro mette son manteau le matin, mais quand elle rentrait de l'école, elle le traînait derrière elle.

Ma mère disait que le bébé devait être des jumeaux mais le docteur disait que non.

« Super. Super, disait Neal, soutenant à fond l'idée des jumeaux. Qu'est-ce qu'ils en savent, les toubibs ? »

La gravière s'était remplie à ras bord de neige fondue et d'eau de pluie, de sorte que Caro devait la contourner soigneusement quand elle partait prendre le car scolaire. C'était devenu un petit lac, immobile et miroitant sous le ciel clair. Caro demanda sans grand espoir si nous pouvions jouer dedans.

Notre mère dit que ç'aurait été de la folie. « Ça doit bien faire cinq ou six mètres de profondeur, dit-elle.

– Plutôt trois, intervint Neal.

– Mais tout au bord, dit Caro, ça doit pas être aussi profond. »

Notre mère dit que si. « Ça descend à pic. Ce n'est pas comme entrer dans l'eau à la plage, bordel. T'en approche pas. »

Elle s'était mise à jurer beaucoup, plus peut-être que Neal lui-même, et d'un ton de voix plus exaspéré.

« Crois-tu qu'on devrait aussi empêcher la chienne de s'en approcher ? » lui demanda-t-elle.

Neal dit qu'il n'y avait pas à s'inquiéter pour ça. « Les chiens savent nager. »

Un samedi, Caro regardait *Le Gentil Géant* avec moi en faisant des commentaires qui me gâchaient le plaisir. Neal était étendu sur le canapé qui se dépliait pour donner leur lit, à ma mère et lui. Il fumait ses espèces de cigarettes qu'on ne pouvait pas fumer au travail et dont il fallait profiter le plus possible pendant les week-ends. Caro le tannait parfois en lui demandant de lui en faire goûter. Il l'avait fait une fois en lui disant de ne rien dire à notre mère.

Mais j'étais là, alors moi, je l'avais dit.

Elle s'était inquiétée mais n'avait pas fait de drame.

« Tu sais qu'il retirerait les petites d'ici en moins de deux, avait dit notre mère. Ne refais jamais ça.

– Jamais, d'accord, avait dit Neal, conciliant. Mais lui peut les empoisonner avec ses saloperies de Rice Krispies ? »

Au début nous ne voyions plus notre père du tout. Puis, après Noël, un arrangement avait été trouvé pour les samedis. Notre mère demandait toujours après si on s'était bien amusées. Et toujours je répondais oui, et j'en étais sûre, parce que je pensais que si on allait au cinéma, ou regarder le lac Huron, ou manger au restaurant, ça voulait dire qu'on s'était amusées. Caro disait oui, elle aussi, mais d'un ton qui donnait à penser que ma mère se mêlait de ce qui ne la regardait pas. Puis mon père alla passer des vacances d'hiver à Cuba (ma mère en parla avec une certaine surprise et peut-être une nuance d'approbation) et en revint avec un genre de grippe interminable, qui fit que les visites s'interrompirent. Elles étaient censées reprendre au printemps mais ne l'avaient pas encore fait.

Après avoir éteint la télévision, on nous envoya courir un peu dehors, comme disait notre mère, pour respirer le bon air. Nous emmenâmes la chienne avec nous.

Une fois dehors, notre premier geste fut de défaire, pour les laisser flotter librement, les écharpes que notre mère nous avait soigneusement enroulées autour du cou. (Le fait est, encore que nous-mêmes n'aurions pas forcément pu faire le rapprochement, que plus sa grossesse avançait, plus elle revenait tout naturellement au comportement d'une mère ordinaire, du moins en ce qui concerne les écharpes dont nous n'avions pas besoin et la régularité des repas. Elle se faisait moins l'avocate des comportements libérés que pendant l'automne précédent.) Caro me demanda ce que j'avais envie de faire, je répondis que ne savais pas. Ce n'était, de sa part, qu'une formalité mais, de la mienne, la pure vérité. Quoi qu'il en soit, nous nous laissâmes guider par la chienne et l'idée de Blitzee fut d'aller regarder la gravière de plus près. Le vent fouettait l'eau qui formait des vaguelettes et nous ne tardâmes pas à avoir froid, de sorte que nous enroulâmes de nouveau notre écharpe autour du cou.

Je ne sais pas combien de temps nous passâmes à flâner au bord de l'eau, sachant qu'on ne pouvait pas nous voir depuis le mobil-home. Au bout d'un moment, je me rendis compte que j'étais en train de recevoir des instructions.

Je devais retourner au mobil-home pour raconter quelque chose à Neal et à notre mère.

Que la chienne était tombée à l'eau.

La chienne était tombée à l'eau et Caro avait peur qu'elle se noie.

Blitzee. Noyée.

Noyée.

Mais Blitzee n'était pas dans l'eau.

Elle aurait pu y être. Et Caro aurait pu s'y jeter pour la sauver.

Je crois avoir encore un peu argumenté, répétant que la chienne n'était pas tombée à l'eau, et Caro non plus, ç'aurait pu mais ça n'est pas. Je me rappelais aussi ce que Neal avait dit : les chiens ne se noient pas.

Caro m'ordonna de faire ce qu'elle disait.

Pourquoi ?

Je l'ai peut-être dit, à moins que je ne sois simplement restée là au lieu d'obéir, m'efforçant de trouver les arguments d'une nouvelle discussion.

Par l'esprit, je vois Caro prendre Blitzee et la lancer, alors que la chienne essayait de se raccrocher à son manteau. Puis reculer, prendre son élan pour courir vers l'eau. Courir, sauter, se précipiter tout à coup dans l'eau. Mais je ne me rappelle pas le bruit qu'elles firent, l'une après l'autre, en tombant dans l'eau. Ni un petit splatch, ni un grand splatch. Peut-être m'étais-je déjà tournée vers le mobil-home – c'est ce que je dois avoir fait.

Quand j'en rêve, je suis toujours en train de courir. Et dans mes rêves, je ne cours jamais vers le mobil-home mais au contraire pour retourner vers la gravière. Je vois Blitzee barboter et Caro nager vers elle, vigoureusement, en chemin pour la sauver. Je vois son manteau à carreaux marron clair et son écharpe écossaise et son fier visage tendu vers la réussite et ses cheveux aux reflets roux dont l'eau assombrissait l'extrémité des boucles. Je n'ai rien d'autre à faire que regarder et me réjouir – rien n'est exigé de moi, en définitive.

Dans la réalité, je grimpai la courte pente qui menait au mobil-home. Et arrivée au bout je m'assis. Exactement comme s'il y avait eu une galerie, ou un banc, alors qu'en fait le mobil-home ne possédait ni l'une ni l'autre. Je m'assis pour attendre la suite des événements.

Je le sais parce que c'est un fait. Tandis que je ne sais pas ce que je comptais faire ni ce que j'avais dans la tête. J'attendais, peut-être, l'acte suivant du drame de Caro. Ou du drame de la chienne.

Je ne sais pas si je demeurai là cinq minutes. Plus ? Moins ? Il ne faisait pas très froid.

Je suis allée consulter à ce sujet et la psy m'a convaincue – convaincue pendant un certain temps – que j'avais dû essayer d'ouvrir la porte du mobil-home et constater qu'elle était fermée à clé. Fermée à clé parce que ma mère et Neal étaient en train de coucher ensemble et s'étaient enfermés pour éviter d'être interrompus. Si j'avais cogné à la porte, ils se seraient fâchés. La thérapeute était satisfaite de m'avoir amenée à cette conclusion, et je l'étais, moi aussi. Pendant un certain temps. Mais j'ai cessé de penser que c'était vrai. Je ne crois pas qu'ils auraient fermé à clé, parce que je sais qu'une fois ils ne l'avaient pas fait et que, Caro étant entrée, ils avaient ri de l'expression qui s'était peinte sur son visage.

Peut-être me rappelais-je que Neal avait dit que les chiens ne se noient pas, et qu'il n'y avait donc pas de raison que Caro aille au secours de Blitzee. De sorte qu'elle ne pourrait pas mener son petit jeu jusqu'au bout. Il y avait tant de petits jeux, avec Caro.

Est-ce que je croyais qu'elle savait nager ? À neuf ans, beaucoup d'enfants savent nager. Et de fait il s'avéra qu'elle avait pris une leçon, l'été précédent, mais ensuite nous avions emménagé dans le mobil-home et elle avait cessé d'en prendre. Peut-être se croyait-elle capable de se débrouiller. Et je devais, quant à moi, être tout à fait convaincue que, pour ma sœur aînée, vouloir c'était pouvoir.

La thérapeute ne suggéra pas que j'aie pu en avoir marre d'obéir aux ordres de Caro, mais cette idée m'effleura. Ça ne semble pas juste, pourtant. Si j'avais été un peu plus âgée, peut-être. À l'époque, je m'attendais encore à ce qu'elle représente le monde entier pour moi.

Combien de temps suis-je restée assise ? Vraisemblablement pas longtemps. Et il est possible que j'aie frappé. Après quelques instants. Une minute ou deux. Quoi qu'il en soit, ma mère ouvrit effectivement la porte à un moment, comme ça, sans raison. Un pressentiment.

Après quoi, je suis à l'intérieur du mobil-home. Ma mère hurle en essayant de faire comprendre quelque chose à Neal. Il est en train de se lever et, debout, se met à lui parler, à la toucher, avec tant de douceur et de gentillesse, tant de consolation dans la voix. Mais ce n'est pas du tout ce dont ma mère a besoin et elle s'arrache à lui pour sortir en courant. Il secoue la tête et baisse les yeux sur ses pieds nus. Ses gros orteils qui semblent si désemparés.

Je crois qu'il me dit quelque chose d'une voix où la tristesse met comme une balade triste. Bizarre.

Au-delà, je n'ai aucun autre détail.

Ma mère ne se précipita pas dans l'eau. Elle n'accoucha pas sous l'effet du choc. Mon frère, Brent, ne naquit qu'une semaine ou dix jours après l'enterrement, ce fut un enfant né à terme. Où était-elle en attendant cette naissance, je ne le sais pas. Peut-être resta-t-elle hospitalisée et sous sédatif autant que possible dans de telles circonstances.

Je me rappelle parfaitement le jour de l'enterrement. Une femme très sympathique et rassurante que je ne connaissais pas – elle s'appelait Josie – m'emmena dans une véritable expédition. Nous allâmes visiter des balançoires et une espèce de maison de poupée qui était assez grande pour que j'y entre, et nous déjeunâmes de toutes mes friandises préférées, mais pas assez pour me donner mal au cœur. Josie, je devais apprendre à la connaître fort bien par la suite. C'était une amie que mon père s'était faite à Cuba, et après le divorce elle devint ma belle-mère, sa deuxième épouse.

Ma mère guérit. Il fallait bien. Brent avait besoin qu'on s'occupe de lui et, la plupart du temps, moi aussi. Je crois que j'étais chez mon père et Josie pendant que ma mère s'installait dans la maison où elle projetait de vivre le restant de ses jours. Je ne me rappelle pas y avoir été avec Brent jusqu'à ce qu'il soit assez grand pour tenir assis bien droit dans sa chaise de bébé.

Ma mère retourna à ses anciennes occupations au théâtre. Au début, il se peut qu'elle ait repris sa place d'ouvreuse bénévole, mais quand je commençai l'école, elle avait un véritable emploi, avec salaire, et des responsabilités tout au long de l'année. Elle était administratrice. Le théâtre survécut, avec des hauts et des bas, et fonctionne encore aujourd'hui.

Neal ne croyait pas aux obsèques, il n'assista donc pas à celles de Caro. Il ne vit jamais Brent. Il écrivit une lettre – je ne l'ai su que beaucoup plus tard – pour dire que, n'ayant nullement l'intention d'agir comme un père, il valait mieux qu'il tire sa révérence dès le début. Je n'ai jamais parlé de lui à Brent, parce que je pensais que cela ferait de la peine à ma mère. Et aussi parce que Brent présentait si peu de ressemblances avec lui – Neal – et ressemblait en fait tellement plus à mon père que je me suis vraiment demandé comment les choses se passaient à l'époque de sa conception. Mon père n'a jamais rien dit à ce propos et n'en dira jamais rien. Il traite Brent exactement comme il me traite moi, mais c'est le genre d'homme qui le ferait de toute manière.

Josie et lui n'ont pas eu d'enfants ensemble, mais je crois que ça ne les ennuie pas. Josie est la seule personne à qui il arrive de parler de Caro, et même elle ne le fait pas très souvent. Ce qu'elle dit bien, c'est que mon père ne tient pas ma mère pour responsable. Et lui ajoute qu'il devait être un vrai rabat-joie quand ma mère désirait une vie un peu plus passionnée. Il avait besoin d'être secoué, et il le fut. Il est inutile de s'en désoler. Sans ce choc, il n'aurait jamais trouvé Josie et ni l'un ni l'autre n'auraient été aussi heureux à présent.

« Quelle autre ? » Il m'arrive de le demander histoire de le taquiner et il répond fermement : « Josie. Josie, évidemment. »

Il est impossible d'amener ma mère à se rappeler quoi que ce soit de ces temps révolus et je ne l'ennuie pas avec ça. Je sais qu'elle est allée en voiture rouler dans l'allée où nous vivions et qu'elle l'a trouvée entièrement changée, avec les maisons tendance qu'on voit de nos jours, bâties sur les terres non agricoles. Elle en a parlé avec le léger dédain que ce genre de maison suscite en elle. J'ai été moi aussi revoir l'allée mais n'en ai parlé à personne. Toutes ces autopsies auxquelles on se livre dans les familles aujourd'hui me semblent une erreur.

Même à l'emplacement de la gravière se dresse à présent une maison, le terrain sur lequel elle est bâtie a été nivelé.

J'ai une compagne, Ruthann, qui est plus jeune que moi mais je la crois un peu plus avisée. Ou du moins plus optimiste quant à ce qu'elle appelle le besoin d'expulser mes démons. Je n'aurais jamais contacté Neal si elle ne m'y avait pas poussée. Et bien sûr, pendant longtemps, je n'avais pas plus de moyens que d'envie de le contacter. C'est lui qui a fini par m'écrire. Deux mots pour me féliciter, disait-il, après avoir vu ma photo dans le magazine de la Western University, *Alumni Gazette*. De ce qui pouvait l'amener à feuilleter la *Gazette*, je n'avais pas idée. On m'avait attribué une de ces récompenses universitaires qui n'ont de sens qu'à l'intérieur d'un cercle restreint et ne soulèvent aucun intérêt en dehors.

Il vit à une soixantaine de kilomètres de l'université où j'enseigne, qui se trouve être aussi celle où j'ai fait mes études. Je me suis demandé s'il y était déjà à cette époque-là. Tout près. Était-il devenu universitaire ?

Au début je n'avais pas la moindre intention de répondre à son mot, mais j'en ai parlé à Ruthann et elle a dit que je devrais penser à une réponse. Pour finir je lui ai envoyé un courriel et nous nous sommes fixé rendez-vous. J'irais le rencontrer dans sa ville, dans le décor inoffensif d'une cafèt' universitaire. Je me disais que s'il semblait insupportable – sans trop savoir ce que j'entendais par là – je n'aurais qu'à traverser l'établissement sans m'arrêter.

Il était plus petit qu'autrefois, ainsi que le sont d'ordinaire les adultes dont on n'a gardé qu'un souvenir d'enfance. Il avait le cheveu clairsemé et coupé très court.

Il est allé me chercher une tasse de thé. C'était ce qu'il buvait lui-même.

Comment gagnait-il sa vie ?

Il a dit qu'il joue le rôle de répétiteur auprès d'étudiants qui préparent leurs examens. Et aussi qu'il les aide à rédiger leurs travaux. Dans certains cas, on pourrait dire qu'il les rédige carrément à leur place. C'est évidemment moyennant finance.

« Ce n'est pas comme ça qu'on devient millionnaire, j'aime mieux te le dire. »

Il habite un taudis. Enfin, un taudis à demi respectable. Ça lui convient. Il s'habille au décrochez-moi-ça de l'Armée du Salut. Ça ne fait pas de difficulté non plus.

« C'est conforme à mes principes. »

Rien de tout cela ne lui a valu mes félicitations mais, à vrai dire, je doute qu'il les ait attendues.

« Bref, je ne pense pas que mon style de vie soit très intéressant. Je crois que tu préférerais savoir comment cela s'est passé. »

Je n'ai rien trouvé à lui répondre.

« J'étais défoncé, dit-il. Et en plus je ne nage pas très bien. Il n'y avait pas beaucoup de piscines dans le coin où j'ai grandi. Je me serais noyé aussi. C'était ce que tu avais envie de savoir ? »

J'ai dit que ce n'était pas vraiment sur lui que je m'interrogeais.

Ensuite il est devenu la troisième personne à qui j'ai posé la question : « D'après toi, qu'est-ce que Caro pensait faire ? »

La thérapeute avait dit que nous ne pouvions pas le savoir. « Elle-même ne savait vraisemblablement pas ce qu'elle désirait. De l'attention ? Je ne crois pas qu'elle comptait se noyer. Attirer l'attention sur sa détresse ? »

Ruthann avait dit : « Pour obliger votre mère à faire ce qu'elle voulait ? La faire revenir à la raison et voir qu'elle devait retourner vivre avec votre père ? »

Neal a dit : « Ça n'a pas d'importance. Peut-être qu'elle se croyait capable de nager mieux qu'elle ne l'a fait. Peut-être qu'elle ne savait pas ce que des vêtements d'hiver trempés peuvent peser. Ou qu'il n'y avait personne capable de lui porter secours. »

À moi, il a dit : « Perds pas ton temps. Tu ne te demandes pas ce qui se serait passé si tu t'étais dépêchée de venir tout raconter, j'espère ? Tu n'essayes pas de ruminer ta culpabilité ? »

J'ai répondu que j'y avais pensé, mais non.

Il a dit : « Le truc, c'est d'être heureux. Quoi qu'il arrive. Essaye, c'est tout. Tu en es capable. Ça devient de plus en plus facile. Ça n'a rien à voir avec les circonstances. Tu n'arriverais pas à croire le bien que ça fait. Il suffit de tout accepter et la tragédie disparaît. Ou s'atténue, en tout cas, et toi t'es là, tu fais ton chemin tranquille dans le monde. »

Et maintenant, au revoir.

Je vois ce qu'il a voulu dire. C'est réellement ce qu'il y a de mieux à faire. Mais, dans ma tête, Caro continue de courir vers l'eau et de se jeter dedans, triomphalement pour ainsi dire, et moi je reste coincée, dans l'attente de l'explication qu'elle va me donner, dans l'attente du splatch.

Havre

Tout ce qui suit s'est produit dans le courant des années soixante-dix, encore que dans la ville en question et dans d'autres petites villes qui lui ressemblent, les années soixante-dix n'aient pas été à l'image que nous nous en faisons aujourd'hui, ni même à celle que je leur ai connue à Vancouver. Les garçons portaient les cheveux plus longs mais ils ne leur cascadaient pas jusqu'au milieu du dos et il ne semblait pas que l'atmosphère fût plus qu'à l'ordinaire à la libération et à la rébellion.

Mon oncle commença par me taquiner à propos de la prière d'avant le repas. Ou plutôt à propos du fait que je ne la disais pas. J'avais treize ans, j'allais vivre chez ma tante et lui pendant l'année que mes parents passaient en Afrique. Jamais de ma vie je n'avais encore incliné la tête au-dessus de mon assiette pour dire une prière.

« Seigneur, bénissez ce repas que nous allons prendre et nous-mêmes qui sommes vos serviteurs », dit oncle Jasper tandis que je demeurais la fourchette en l'air, me retenant de mastiquer la viande et les pommes de terre que j'avais déjà en bouche.

« Surprise ? » demanda-t-il, après son « pour l'amour de Jésus. Amen ». Mes parents disaient-ils une prière différente, peut-être à la fin du repas ? questionna-t-il.

« Ils ne disent rien, voilà ce que je lui répondis.

– Rien, vraiment ? reprit-il, feignant l'ébahissement. Tu veux vraiment me faire croire ça ? Des gens qui ne remercient pas le Seigneur iraient en Afrique pour évangéliser les païens – réfléchis un peu ! »

Au Ghana, où mes parents étaient enseignants, ils n'avaient apparemment rencontré aucun païen. Le christianisme s'épanouissait à un point déconcertant tout autour d'eux, et jusque sur des affiches à l'arrière des autobus.

« Mes parents sont unitariens », dis-je, en m'excluant moi-même pour je ne sais quelle raison.

Oncle Jasper secoua la tête et me demanda d'expliquer ce mot. Ne croyaient-ils pas au Dieu de Moïse ? Au Dieu d'Abraham ? À coup sûr ils devaient être juifs. Non ? Ni mahométans ? Si ?

« C'est surtout que chacun a sa propre idée de Dieu », répondis-je avec peut-être plus de fermeté qu'il ne s'y était attendu. J'avais deux frères à l'université et rien n'indiquait qu'ils allaient devenir eux-mêmes unitariens, de sorte que j'avais l'habitude des discussions passionnées à propos de la religion – ainsi que de l'athéisme – autour de la table.

« Mais ils croient au devoir de faire le bien et de vivre dans le bien », ajoutai-je.

Erreur. Non seulement une expression incrédule se peignit sur le visage de mon oncle – sourcils levés, hochement de tête émerveillé – mais les mots qui sortirent de ma bouche avaient l'air déplacés, à mes propres oreilles, prétentieux et manquant de conviction.

Je n'avais pas approuvé le départ de mes parents pour l'Afrique. Je n'étais pas d'accord pour qu'on me dépose comme un colis – c'étaient mes mots – chez ma tante et mon oncle. Il se pourrait même que je leur aie dit, à mes parents martyrs, que leurs bonnes œuvres n'étaient qu'un tas de conneries. Chez nous, on nous permettait de nous exprimer à notre guise. Mais je ne crois pas que mes parents eux-mêmes auraient jamais parlé de « bonnes œuvres » ou de « faire le bien ».

Mon oncle se contenta de cette réponse, provisoirement. Il dit qu'il nous fallait en rester là, parce que lui-même devait retourner à son cabinet faire le bien à partir de treize heures.

Ce fut probablement le moment que choisit ma tante pour prendre sa fourchette et se mettre à manger. Elle avait nécessairement attendu la fin de l'échange. Peut-être par la simple force de l'habitude, plutôt que par inquiétude devant mon franc-parler. Elle était accoutumée à se retenir jusqu'à ce qu'elle soit assurée que mon oncle avait dit tout ce qu'il avait à dire. Même si je m'adressais directement à elle, elle attendait, les yeux tournés vers lui, afin de voir s'il désirait se charger de la réponse. Elle s'exprimait toujours avec bonne humeur, et souriait sitôt qu'elle savait que le sourire serait recevable, de sorte qu'il était difficile de la considérer comme opprimée, difficile aussi de penser qu'elle était la sœur de ma mère, parce qu'elle avait l'air tellement plus jeune, plus fraîche, plus soignée, et pas seulement portée à ces sourires radieux.

Ma mère n'hésitait pas à parler en même temps que mon père ou à lui couper la parole si elle avait quelque chose qu'elle tenait à dire, ce qui était souvent le cas. Mes frères, même celui qui disait songer à se faire musulman afin de pouvoir remettre les femmes à leur place, l'écoutait toujours en la considérant comme investie d'une autorité égale à celle de mon père.

« La vie de Dawn est consacrée à son mari », avait dit ma mère en s'efforçant de garder un ton neutre. Ou, plus acrimonieusement : « Sa vie entière tourne autour de cet homme. »

C'était une chose que l'on disait à l'époque, et qui n'était pas toujours péjorative. Mais je n'avais encore jamais vu de femme pour qui cela semblait plus vrai que pour tante Dawn.

Bien sûr, ç'aurait été tout différent, disait ma mère, s'ils avaient eu des enfants.

Imaginez un peu. Des enfants. Toujours dans les jambes d'oncle Jasper, pleurnichant pour avoir droit à une parcelle de l'attention de leur mère. Vomissant, boudant, mettant la maison sens dessus dessous, réclamant de manger des choses que lui n'aimait pas.

Impossible. La maison était à lui, le choix des menus lui appartenait, comme celui des programmes de radio et de télévision. Même quand il était à son cabinet, juste à côté, ou absent pour une visite, tout devait être à tout moment prêt à recevoir son approbation.

Ce que je compris peu à peu fut qu'un tel régime pouvait être tout à fait agréable. Éclat des cuillers et des fourchettes en argent, sombres parquets luisant d'encaustique, confort des draps de lin – ce ménage tenu à la perfection sous le règne de ma tante était l'œuvre de Bernice, la bonne. Bernice faisait la cuisine sans aucun ingrédient tout préparé et repassait jusqu'aux torchons. Tous les autres médecins de la ville confiaient leur linge de maison à la blanchisserie chinoise, tandis que Bernice et tante Dawn en personne mettaient la lessive à sécher sur la corde à linge. Blanchis au soleil, rafraîchis par le vent, draps et bandages de qualité supérieure répandaient un parfum suave. Mon oncle était d'avis que les Chinetoques n'y allaient pas de main morte avec l'amidon.

« Les Chinois, disait ma tante d'une voix douce et taquine comme si elle devait s'excuser à la fois auprès de mon oncle et des blanchisseurs.

– Les Chinetoques », répétait mon oncle d'une voix de stentor.

Seule Bernice était capable de le dire avec un parfait naturel.

Progressivement, je devins de moins en moins loyale envers mon propre foyer, son sérieux intellectuel et son désordre matériel. Certes, cela mobilisait toute l'énergie d'une femme, d'entretenir un havre tel que celui-là. On ne pouvait dactylographier des manifestes unitariens ou filer en Afrique. (Au début, je reprenais : « Mes parents sont allés tra-vail-ler en Afrique », chaque fois que quelqu'un s'avisait de dire qu'ils y avaient filé. Puis je me lassai de faire cette correction.)

Havre était le mot. « La tâche la plus importante d'une femme est de faire un havre pour son homme. »

Tante Dawn l'avait-elle dit réellement ? Je ne le crois pas. Elle s'abstenait par timidité de faire des déclarations. Je le lus probablement dans un des magazines féminins que je trouvais dans la maison. Du genre de ceux qui auraient donné des haut-le-cœur à ma mère.

Au début je me mis à explorer la ville. Je découvris une antique et lourde bicyclette au fond du garage et la sortis sans songer à demander la permission. Dans une descente sur une route qu'on venait de gravillonner, au-dessus du port, je perdis la maîtrise. M'étant assez gravement écorché le genou, je dus aller voir mon oncle dans son cabinet mitoyen à la maison. Il traita d'une main experte ma blessure. Son comportement fut celui d'un médecin, efficace, objectif, avec une douceur parfaitement impersonnelle. Aucune plaisanterie. Il dit qu'il avait oublié comment cette bicyclette était arrivée là – c'était un vieux clou auquel on ne pouvait se fier, et si je tenais à faire du vélo, on verrait à m'en trouver un convenable. Quand j'eus fait plus ample connaissance avec ma nouvelle école et avec les règles gouvernant le comportement des filles à leur entrée dans l'adolescence, je me rendis compte que la bicyclette était hors de question et les choses en restèrent là. Ce qui me surprit fut que mon oncle lui-même n'avait soulevé aucune question de convenances ni évoqué ce qu'une jeune fille pouvait ou ne pouvait pas faire. Comme s'il avait oublié, dans son cabinet, que j'avais besoin d'être corrigée dans bien des domaines et qu'il fallait me presser, particulièrement à la table du dîner, d'imiter la conduite de ma tante Dawn.

« Tu es allée te promener là-haut toute seule ? dit-elle quand elle entendit parler de cette escapade. Mais que cherchais-tu ? Bah, ne t'en fais pas, tu auras bientôt des amies. »

Elle avait raison, et même deux fois raison : je me fis quelques amies et cela suffit à limiter le nombre de choses que je pouvais faire.

Oncle Jasper n'était pas n'importe quel médecin ; c'était LE docteur. On avait bâti l'hôpital de la ville sous son impulsion, et il avait dû refuser avec insistance que l'établissement porte son nom. Il avait grandi dans la pauvreté mais, étant intelligent, était devenu enseignant en attendant d'avoir les moyens de s'offrir des études médicales. Il avait mis des enfants au monde et opéré des appendicites dans des cuisines de ferme où il était arrivé au volant de sa voiture en bravant des tempêtes de neige. Jusque dans les années cinquante et même soixante, on avait vu se produire ces choses-là. On comptait sur lui, sachant qu'il ne renonçait jamais, pour soigner les cas de septicémie et de pneumonie et sauver ses patients à l'époque où les nouveaux remèdes étaient encore inconnus.

Pourtant, dans son cabinet, il semblait si détendu, si accessible, loin de son comportement à la maison. Comme si chez lui il convenait de monter une garde perpétuelle mais qu'à son cabinet aucune surveillance n'était nécessaire, alors qu'on aurait pu croire que c'était tout le contraire. L'infirmière qui y travaillait ne le traitait même pas avec une déférence particulière – son attitude ne ressemblait en rien à celle de tante Dawn. Passant la tête par la porte entrebâillée de la salle où il était occupé à soigner mon genou écorché, elle dit qu'elle rentrait chez elle plus tôt que d'ordinaire.

« Il faudra que vous répondiez au téléphone, docteur Cassel. Vous vous rappelez, je vous l'avais dit.

– Mmm-hmm », fit-il.

Bien sûr elle était vieille, la cinquantaine peut-être, et les femmes de cet âge prennent parfois des habitudes d'autorité.

Mais je ne parvenais pas à imaginer que tante Dawn puisse le faire un jour. Elle semblait à jamais arrêtée dans une jeunesse fraîche et timorée. Dans les premiers temps de mon séjour, quand je croyais avoir le droit de visiter à ma guise, j'étais allée dans la chambre de ma tante et mon oncle regarder une photo d'elle sur la table de chevet de son mari.

La douceur de ses traits, les courbes de sa silhouette et les ondulations de sa chevelure noire, elle les avait conservées. Mais un disgracieux calot rouge dissimulait en partie cette chevelure et elle portait une cape violette. En redescendant, je lui demandai ce que c'était que cette tenue et elle dit : « Quelle tenue ? Ah. C'était mon uniforme d'élève infirmière.

– Vous étiez infirmière ?

– Oh non. » Elle rit comme si c'eût été une absurde effronterie. « J'ai abandonné.

– Est-ce ainsi que vous avez rencontré oncle Jasper ?

– Non, non. Il était déjà médecin depuis des années, je l'ai connu quand j'ai eu l'appendicite. J'étais chez une amie – c'est-à-dire, dans la famille d'une amie, ici en ville –, je suis tombée malade et je ne savais pas ce que j'avais. Il l'a diagnostiquée et m'a opérée. » À ces mots elle rougit un peu plus que d'habitude et dit que peut-être je devrais m'abstenir d'aller dans la chambre à coucher sans demander la permission. C'était une façon évidente de dire jamais, qui ne m'échappa pas, même à moi.

« Elle vit encore ici, votre amie ?

– Oh tu sais. Les relations avec les amies changent une fois qu'on est mariée. »

À côté de ce que j'avais appris en fouinant un peu partout, je découvris aussi que mon oncle Jasper n'était pas tout à fait sans famille comme je me l'étais imaginé. Il avait une sœur. Elle aussi avait connu la réussite, du moins à mon point de vue. Elle était musicienne, violoniste. Elle s'appelait Mona. Ou plutôt elle avait adopté ce prénom de scène alors que son nom de baptême était Maud. Mona Cassel. Quand je m'avisai de son existence, j'avais déjà passé dans la ville la moitié d'une année scolaire. Un jour, en rentrant de l'école, je vis une affiche annonçant un concert à l'hôtel de ville une quinzaine de jours plus tard, placardée à l'une des fenêtres du journal local. Trois musiciens de Toronto. Mona Cassel était la dame de haute taille aux cheveux blancs qui tenait un violon. À la maison, je parlai à tante Dawn de cette coïncidence de noms et elle dit : « Mais oui. Ça doit être la sœur de ton oncle. »

Puis elle ajouta : « Je te demande de ne pas en dire un seul mot ici, à la maison. »

Après quelques instants, elle se sentit, sembla-t-il, obligée d'en dire plus.

« Ton oncle n'est pas amateur de ce genre de musique, tu sais. La musique symphonique. »

Et puis davantage encore.

Elle dit que cette sœur avait quelques années de plus qu'oncle Jasper et qu'il s'était produit une chose quand tous deux étaient jeunes. Des parents avaient pensé qu'il fallait emmener cette jeune fille afin de lui donner sa chance, parce qu'elle était très musicienne. Elle avait donc été élevée d'une manière différente, si bien que le frère et la sœur n'avaient rien en commun et c'était à peu près tout ce qu'elle – tante Dawn – savait à ce sujet. Outre le fait que mon oncle n'apprécierait pas qu'elle m'ait dit ces quelques mots.

« Il n'aime pas cette musique ? demandai-je. Quel genre de musique aime-t-il ?

– Disons un peu plus vieillotte. Mais sûrement pas de la musique classique en tout cas.

– Les Beatles ?

– Juste ciel.

– Pas Lawrence Welk[1], tout de même ?

– Il ne nous appartient pas d'en discuter, voyons. Je n'aurais pas dû me lancer là-dedans. »

Je n'en tins aucun compte.

« Et vous, qu'est-ce que vous aimez ?

– À peu près tout.

– Vous devez bien préférer certaines musiques à d'autres. »

Elle refusa de m'accorder plus que l'un de ses petits rires. En l'occurrence le rire nerveux, assez semblable, en un peu plus soucieux, au rire, par exemple, avec lequel elle demandait à l'oncle Jasper si le dîner lui avait plu. Il répondait presque toujours par l'affirmative, non sans assortir sa réponse de commentaires nuancés. Ça pouvait aller, mais un peu trop épicé, ou un peu fade. Peut-être un petit peu trop cuit – ou parfois pas assez. Je l'entendis une fois déclarer « Pas du tout » et refuser d'en dire plus, et le sourire s'effaça, laissant place aux lèvres pincées et à la stoïque retenue de ma tante.

En quoi ce dîner pouvait-il avoir consisté ? Je serais tentée de dire

1. Musicien américain né en 1903, il anima à partir de 1951 une émission de télévision, *The Lawrence Welk Show*. On associe son style musical à la « musique champagne ».

un curry, mais c'est peut-être parce que mon père n'aimait pas le curry, sans d'ailleurs en faire toute une histoire. Mon oncle, lui, se leva pour aller confectionner un sandwich au beurre de cacahuète, et ce avec une telle ostentation que cela revenait à faire une histoire. Quoi que tante Dawn ait pu servir, il ne pouvait s'agir d'une provocation délibérée. Peut-être un plat sortant vaguement de l'ordinaire et qui lui avait fait bon effet dans un magazine. Dans mon souvenir, il avait d'ailleurs mangé tout le contenu de son assiette avant de prononcer son verdict. Son geste n'avait donc pas été dicté par la faim, mais par le besoin d'exprimer puissamment une pure réprobation.

Il me vient à l'esprit à présent que quelque chose avait peut-être mal tourné à l'hôpital ce jour-là. Peut-être le décès d'un patient qui n'était pas censé mourir – peut-être que le véritable désagrément n'avait rien à voir avec le repas. Mais je ne crois pas que tante Dawn s'en soit avisée – ou, dans le cas contraire, elle n'en laissa rien paraître. Elle était toute pétrie de contrition.

Au même moment, tante Dawn se heurtait à une autre difficulté, que je comprendrais seulement par la suite. Cela tenait aux voisins. Le couple avait emménagé à peu près en même temps que moi. Il était inspecteur des écoles du comté, elle enseignait la musique. Ils étaient à peu près du même âge que tante Dawn, plus jeunes qu'oncle Jasper. Eux non plus n'avaient pas d'enfants, ce qui leur laissait tout loisir d'entretenir des relations mondaines. Et ils en étaient à cette étape de la découverte d'une nouvelle communauté où tout semble ouvert, l'avenir radieux, les relations faciles. Dans cet esprit ils avaient invité tante Dawn et oncle Jasper à boire un verre chez eux. La vie mondaine de ma tante et de mon oncle, personne en ville ne l'ignorait, était si restreinte que ma tante n'avait pas appris à dire non. Ils se retrouvèrent donc en visite, à boire des verres en bavardant, et si je peux imaginer que mon oncle se montra à la hauteur de l'occasion, cela ne le conduisit pas à pardonner la gaffe que ma tante avait commise en acceptant l'invitation.

Ainsi fut-elle confrontée à un dilemme. Elle comprenait que si des gens vous invitaient chez eux et qu'on acceptât leur invitation, on était censé la leur rendre. Verre pour verre, tasse pour tasse. Pas besoin de repas. Mais même du minimum requis, elle ne savait comment s'acquitter. Mon oncle n'avait rien trouvé à reprocher aux voisins – seulement il n'aimait pas avoir des gens chez lui, sous aucun prétexte.

Puis, avec cette nouvelle que je venais de lui apporter, s'ouvrit la possibilité d'une résolution de son dilemme. Le trio de Toronto – Mona comprise, évidemment – devait se produire une seule fois à l'hôtel de ville. Et le hasard voulut que ce soir-là fût précisément celui où oncle Jasper devait s'absenter de la maison et n'y revenir qu'assez tard. C'était l'assemblée générale annuelle des médecins du comté, suivie d'un dîner. Pas un banquet – les épouses n'étaient pas invitées.

Les voisins projetaient d'assister au concert. Ils y étaient pour ainsi dire obligés, étant donné sa profession à elle. Mais ils acceptèrent de passer sitôt après, pour boire un café et grignoter. Et pour rencontrer – ce fut là que ma tante voulut en faire un peu trop – pour rencontrer les membres du trio, qui viendraient eux aussi passer un moment.

Je ne sais pas ce que ma tante révéla aux voisins des relations avec Mona Cassel. Le bon sens lui dictait de n'en rien dire du tout. Or, du bon sens, ma tante en avait à revendre, ainsi qu'elle en faisait preuve la plupart du temps. Elle expliqua, j'en suis sûre, que le docteur ne pourrait pas être présent ce soir-là, mais jamais elle n'aurait été jusqu'à leur dire que cette petite réunion devait être tenue secrète. Et qu'en fut-il du secret à préserver vis-à-vis de Bernice, qui rentrait chez elle vers l'heure du dîner et ne manquerait pas de subodorer quelque chose de ces préparatifs ? Je ne sais pas. Et, plus important que tout, j'ignore comment tante Dawn fit parvenir son invitation aux concertistes. Avait-elle été en contact avec Mona depuis toujours ? J'ai du mal à le croire. Elle n'aurait certainement pas été capable de tromper mon oncle dans la durée.

Je l'imagine tout émoustillée, rédigeant un mot qu'elle porta à l'hôtel où le trio était descendu. Elle ne devait pas connaître d'adresse à Toronto.

Même en entrant à l'hôtel, elle devait se demander quels regards la suivaient et prier pour ne pas tomber sur le directeur, qui connaissait son mari, mais sur la nouvelle jeune femme qui était une espèce d'étrangère et ne savait peut-être même pas qu'elle était l'épouse du docteur.

Elle dut probablement préciser aux musiciens qu'elle ne les retiendrait pas longtemps. Les concerts sont fatigants et ils devaient se remettre en route pour une autre ville tôt le lendemain matin.

Pourquoi prit-elle ce risque ? Pourquoi ne pas recevoir seule les voisins ? Difficile à dire. Peut-être se sentait-elle incapable de mener une conversation par ses propres moyens. À moins qu'elle n'ait voulu un peu crâner devant lesdits voisins. Peut-être – mais j'ai beaucoup de mal à le croire – voulut-elle adresser un petit geste d'amitié ou de bonne volonté en direction de sa belle-sœur, qu'à ma connaissance elle n'avait jamais rencontrée.

Elle dut se griser de sa propre duplicité. Pour ne rien dire du nombre de fois où elle dut croiser les doigts et implorer la chance au cours des quelques jours qui précédèrent, tant qu'il y avait un risque qu'oncle Jasper découvre accidentellement le pot aux roses. S'il rencontrait la prof de musique dans la rue, par exemple, et si cette dernière l'inondait de remerciements pour la joie qu'elle se faisait à l'avance.

Les musiciens n'étaient pas aussi fatigués après le concert qu'on s'y serait attendu. Ni dépités par le petit nombre de spectateurs présents à l'hôtel de ville, dont ils n'avaient probablement pas été surpris. L'enthousiasme des voisins invités et la chaleur du salon (à l'hôtel de ville il avait fait frisquet), ainsi que le doux éclat des rideaux de velours cerise qui étaient d'un bordeaux terne pendant la journée mais revêtaient une allure festive après la tombée de l'obscurité – tout cela devait les avoir ravis. Le temps maussade à l'extérieur fournissait un contraste et le café réchauffa ces inconnus exotiques mais battus par les éléments. Pour ne rien dire du sherry qui succéda au café. À moins que ce n'ait été du porto servi dans des verres de cristal dont la forme et la taille convenaient parfaitement, et aussi les petits gâteaux parsemés de noix de coco râpée, les sablés en forme de losanges ou de croissants, les gaufrettes au chocolat. Personnellement je n'avais jamais rien vu de semblable. Les fêtes que donnaient mes parents étaient de celles où l'on mange du chili con carne dans des écuelles de terre cuite.

Tante Dawn avait revêtu une robe d'une coupe discrète, faite de crêpe couleur chair. C'était le genre de robe qu'une femme plus âgée aurait pu porter en lui conférant une allure convenable et un peu chichiteuse, mais ma tante ne pouvait s'empêcher d'avoir l'air de participer à on ne sait quelle célébration un peu coquine. La femme du voisin était sur son trente et un elle aussi, plus peut-être que ne le demandait l'occasion. Petit homme épais, le violoncelliste portait un costume noir qui, sans le nœud papillon, l'aurait fait ressembler à un entrepreneur de pompes funèbres, et la pianiste, qui était sa femme, portait une robe noire ornée de trop de fanfreluches pour son imposante silhouette. Mais Mona Cassel brillait comme la lune, avec sa robe droite taillée dans une étoffe argentée. Elle était solidement charpentée avec un gros nez qui ressemblait à celui de son frère.

Tante Dawn devait avoir fait accorder le piano, sans quoi ils n'auraient pas passé autant de temps dessus. (Et s'il peut paraître étrange qu'il y ait un piano dans cette maison, étant donné l'opinion que mon oncle n'allait pas tarder à révéler au sujet de la musique, je peux seulement dire que tous les foyers un peu stylés de cette période en possédaient un.)

La voisine demanda *Eine Kleine Nachtmusik* et j'appuyai sa demande pour faire mon intéressante. De fait, je ne connaissais pas l'air, mais seulement son titre, parce que j'avais étudié l'allemand à l'école de ma ville.

Puis le voisin demanda un morceau, qui fut exécuté, et quand il fut terminé il présenta ses excuses à tante Dawn de la grossièreté avec laquelle il avait impulsivement réclamé son morceau préféré sans laisser à l'hôtesse une chance de demander le sien.

Tante Dawn dit que non, mais non, qu'on ne s'en fasse pas pour elle, elle aimait tout. Puis elle s'empourpra des pieds à la tête. Je ne sais pas si elle éprouvait le moindre sentiment pour la musique mais elle donnait sans aucun doute l'impression que quelque chose la surexcitait. Peut-être le simple fait d'être personnellement responsable de ces précieux moments, de cet éventail de délices ?

Pouvait-elle avoir oublié – comment pouvait-elle avoir oublié ? L'assemblée des médecins du comté, dîner annuel et élection du bureau, se terminait normalement vers dix heures trente. Et il était onze heures.

Trop tard, nous nous en avisâmes trop tard l'une et l'autre.

Voilà que la contre-porte s'ouvre à présent, puis la porte du vestibule et, sans le temps d'arrêt habituel pour se débarrasser des caoutchoucs et du manteau d'hiver ou de l'écharpe, mon oncle pénètre à grands pas au salon.

Les musiciens, au milieu d'un morceau, ne s'interrompent pas. Les voisins saluent joyeusement mon oncle mais à voix basse, par respect pour la musique. Il est deux fois plus imposant avec son lourd manteau, son écharpe et ses caoutchoucs. Ses yeux lancent des éclairs, sans se fixer sur quiconque en particulier, pas même son épouse.

Et elle ne le regarde pas. Elle s'est mise à récupérer les assiettes sur la table à côté d'elle, les plaçant l'une au-dessus de l'autre sans même remarquer qu'il reste sur certaines d'entre elles des petits gâteaux qui seront donc réduits en miettes.

Sans hâte et sans s'arrêter, il traverse le double salon, puis la salle à manger, et franchit les portes battantes menant à la cuisine.

La pianiste a laissé ses mains muettes sur les touches, et le violoncelliste s'est arrêté. La violoniste continue seule. J'ignore encore à ce jour si le morceau était écrit ainsi ou s'il s'agissait d'une provocation délibérée. Elle n'a pas levé un instant les yeux, si ma mémoire est fidèle, pour faire face à cet homme qui grimace. Sa grosse tête blanche, qui ressemble à celle de l'homme, en plus marquée par l'âge, tremble un peu, mais peut-être n'a-t-elle pas cessé de trembler depuis le début.

Le voilà de retour, avec une assiette pleine de ragoût de porc aux haricots. Il a dû se contenter d'en ouvrir une boîte et d'en verser le contenu froid dans l'assiette. Il n'a pas pris la peine d'ôter son manteau d'hiver. Et toujours sans regarder quiconque, mais avec de sonores claquements de fourchette, il dévore comme s'il était seul, et affamé. On pourrait croire qu'il n'y avait rien à manger au dîner de la réunion annuelle.

Je ne l'ai jamais vu manger de cette façon. Ses manières de table ont toujours été impérieuses, mais convenables.

La musique qu'interprète sa sœur se termine, probablement comme le prévoit la partition. Cette fin précède de peu celle du ragoût de porc. Les voisins sont passés dans le vestibule où ils ont endossé leurs vêtements d'extérieur et glissent la tête dans l'entrebâillement pour se répandre en remerciements, au milieu de leur désespoir d'avoir à quitter les lieux.

Et maintenant les musiciens s'en vont, encore qu'avec un peu moins de précipitation. Les instruments doivent être correctement rangés dans leur étui, n'est-ce pas ; on ne se contente pas de les y jeter. Les musiciens mènent les choses de la manière qui doit leur être habituelle, méthodiquement, et puis eux aussi disparaissent. Je ne me rappelle rien de ce qui fut dit, et pas même si tante Dawn se reprit suffisamment pour les remercier ou les raccompagner à la porte. Je ne peux y faire attention parce que mon oncle Jasper s'est mis à parler, avec beaucoup de puissance dans la voix, et que je suis la personne à laquelle il s'adresse. Je crois me rappeler la violoniste lui lançant un regard, à l'instant où il se met à parler, regard qu'il ignore totalement, ou ne voit peut-être même pas. Ce n'est pas un regard de colère, comme on aurait pu s'y attendre, ni même un regard effaré. Elle est terriblement fatiguée, c'est tout, et la pâleur de son visage dépasse peut-être tout ce qu'on peut imaginer.

« Alors, dis-moi un peu, commence mon oncle, s'adressant à moi comme s'il n'y avait personne d'autre dans la pièce, dis-moi, est-ce que tes parents sont clients de ce genre de choses ? Ce que je veux dire c'est : de ce genre de musique ? Les concerts et le reste ? Leur arrive-t-il de donner du bon argent pour s'asseoir pendant deux heures et s'user le derrière à écouter un machin qu'ils ne reconnaîtront plus au bout d'une demi-journée ? De payer simplement pour perpétrer cette imposture ? As-tu jamais su qu'ils aient fait une chose pareille ? »

Je répondis non et c'était la vérité. Je ne les avais jamais vus aller à un concert, bien qu'ils fussent favorables aux concerts en général.

« Tu vois ? Ils ont trop de bon sens, tes parents. Trop de bon sens pour se joindre à tous ces gens qui s'extasient et tapent dans les mains et font cent grimaces comme s'il s'agissait de la merveille du monde. Tu vois le genre de gens que je veux dire ? Des menteurs. Tout ça c'est des bobards. Uniquement dans l'espoir de se donner des airs d'appartenir à la classe supérieure. Ou, plus vraisemblablement, en cédant à l'espoir de leurs épouses d'avoir l'air d'appartenir à la classe supérieure. Rappelle-toi ça quand ton tour viendra de te lancer dans la vie. D'accord ? »

Je promis de me rappeler. Je n'étais pas vraiment surprise de ce qu'il disait. Bien des gens pensaient de cette façon. Surtout des hommes. Les hommes haïssaient une quantité de choses. Ou n'en avaient rien à faire, comme ils disaient. Et c'était exactement ça. Comme ils n'en avaient rien à faire, ils les haïssaient. Peut-être était-ce à l'image des sentiments que m'inspirait l'algèbre – je doutais très profondément d'en avoir un jour quoi que ce soit à faire.

Mais quant à souhaiter, pour cette seule raison, qu'on la fasse disparaître de la surface de la Terre, je n'allais pas aussi loin.

Quand je descendis le lendemain matin, l'oncle Jasper avait déjà quitté la maison. Bernice faisait la vaisselle à la cuisine et tante Dawn rangeait les verres de cristal dans le buffet. Elle me sourit, mais elle n'avait pas la main très ferme, de sorte que les verres émirent un petit tintement comme une mise en garde.

« Le foyer d'un homme est son château fort, dit-elle.

– D'autant plus quand on s'appelle Cassel[1] », dis-je pour lui mettre un peu de baume au cœur.

Elle sourit de nouveau mais je ne crois pas qu'elle ait eu la moindre idée de ce que j'avais voulu dire.

« Quand tu écriras à ta mère, au Ghana… dit-elle. Quand tu lui écriras, je crois que tu ne devrais pas parler – enfin, je me demande s'il faut que tu parles – du petit incident que nous avons eu ici hier soir. Elle qui voit tant de drames bien réels, tant de gens qui meurent de faim, et toutes ces choses-là, je veux dire, cela risque de lui paraître un peu dérisoire et égoïste. »

Je comprenais. Je ne pris pas la peine de dire que je n'avais pas entendu parler de famine au Ghana jusque-là.

C'était d'ailleurs seulement pendant le premier mois que j'avais envoyé à mes parents des lettres pleines de descriptions sarcastiques et de plaintes. Désormais, tout était devenu beaucoup trop compliqué pour que je cherche à l'expliquer.

Après notre conversation au sujet de la musique, oncle Jasper m'accorda désormais une attention un peu plus empreinte de respect. Il m'écoutait exposer mes vues sur la nécessité d'instaurer une politique sociale de santé publique comme si elles m'appartenaient au lieu de dériver de celles de mes parents.

À une occasion, il dit que c'était un plaisir d'avoir à sa table une interlocutrice intelligente. Ma tante renchérit. Elle l'avait fait seulement pour être agréable mais mon oncle rit d'un rire particulier et le sang lui monta au visage. La vie était dure pour elle, mais quand arriva la Saint-Valentin, elle était pardonnée et se vit offrir un pendentif de jaspe rouge qui la fit en même temps sourire et se détourner pour verser quelques larmes de soulagement.

1. Phonétiquement, Cassel ne se distingue pas de *castle*, le château.

La pâleur de cierge de Mona, ses os saillants, que ne suffisait pas à adoucir sa robe argentée, étaient peut-être des signes de maladie. Sa mort fut annoncée dans le journal local, au printemps, en même temps qu'un rappel du concert à l'hôtel de ville. La nécrologie publiée par un journal de Toronto fut reprise, avec une brève évocation d'une carrière qui semblait avoir suffi, sans être particulièrement brillante, à lui assurer une certaine aisance matérielle. Oncle Jasper exprima sa surprise – causée non par ce décès mais par le fait qu'elle ne serait pas enterrée à Toronto. Les obsèques et l'inhumation devaient avoir lieu à l'église des Hosannas à quelques kilomètres au nord de la ville, dans la campagne. C'était l'église de la famille, quand oncle Jasper et Mona/Maud étaient petits, et elle était alors anglicane. Oncle Jasper et tante Dawn étaient à présent des fidèles de l'Église unie comme la plupart des notables de la ville. Fermes dans leur foi, les paroissiens de l'Église unie ne pensaient pas qu'on doive se présenter tous les dimanches et ne croyaient pas que Dieu trouvât à y redire si on buvait un verre de temps en temps. (Bernice, la bonne, allait à une autre église encore, où elle tenait l'orgue. C'était une congrégation peu nombreuse et bizarre – ses membres déposaient des brochures sur le seuil des maisons de la ville, comportant des listes de gens qui iraient en enfer. Pas des gens du coin, des personnalités bien connues, comme Pierre Trudeau.)

« L'église des Hosannas n'est même plus ouverte pour les offices, dit oncle Jasper. À quoi ça rime de la transporter là-bas ? Je n'aurais même pas cru que c'était permis. »

Mais il s'avéra que l'église était ouverte régulièrement. Des gens qui l'avaient connue dans leur jeunesse aimaient y célébrer des obsèques et parfois même y marier leurs enfants. Elle était bien entretenue à l'intérieur, ayant bénéficié d'un legs généreux, et le chauffage y était moderne.

Tante Dawn et moi y allâmes dans sa voiture. Oncle Jasper était occupé jusqu'à la dernière minute.

Je n'avais jamais assisté à des obsèques. Mes parents ne pensaient sans doute pas qu'une enfant devait faire l'expérience de ce genre de choses, alors même que dans leur cercle – je crois me le rappeler – on en parlait comme d'une célébration de la vie.

Tante Dawn n'était pas vêtue de noir comme je m'y étais attendue. Elle portait un tailleur d'une douce nuance lilas et une veste d'astrakan assortie d'une petite toque de la même fourrure. Elle était très jolie et semblait être d'une excellente humeur qu'elle ne parvenait guère à contenir.

C'était une souffrance en moins. Une souffrance en moins pour oncle Jasper et cela ne pouvait que la rendre heureuse.

Certaines de mes idées avaient changé pendant le temps que j'avais vécu chez mon oncle et ma tante. Par exemple, je n'accordais plus une indulgence plénière aux gens comme Mona. Ni à Mona elle-même, à sa musique et à sa carrière. Je ne croyais pas qu'elle était – ou avait été – une femme dénaturée, mais je pouvais comprendre en quoi certaines personnes risquaient de le penser. Ce n'était pas seulement sa charpente imposante et son gros nez blanc, et le violon et cette façon un peu ridicule dont il faut le tenir – c'était la musique elle-même et son engagement pour la musique. L'engagement dans quoi que ce soit, quand on était une femme, pouvait vous ridiculiser.

Je n'entends pas par là que j'avais été entièrement gagnée à la façon de penser d'oncle Jasper – seulement qu'elle me semblait moins étrangère à moi qu'elle ne l'avait été autrefois. Passant sur la pointe des pieds devant la porte close de la chambre de mon oncle et ma tante tôt un dimanche matin, pour aller me chercher un des scones à la cannelle que tante Dawn préparait le samedi soir, j'avais entendu des bruits comme je n'en avais jamais entendu de mes parents ou de quiconque – une espèce de grondement de plaisir, accompagné de petits cris aigus dans lesquels il y avait une complicité et un abandon, qui m'avait troublée et plongée dans un obscur désarroi.

« Ça m'étonnerait que beaucoup de gens de Toronto viennent en voiture jusqu'ici, dit tante Dawn. Les Gibson ne pourront pas venir non plus. Il a une réunion et elle ne peut pas changer les horaires de ses élèves. »

Les Gibson étaient les voisins. Leur amitié ne s'était pas démentie mais elle avait perdu en intensité, elle ne comportait plus de visites des uns chez les autres.

À l'école une fille m'avait dit : « Attends qu'ils te fassent le coup du dernier regard. Moi, j'ai dû regarder ma grand-mère et j'ai tourné de l'œil. »

Je n'avais pas entendu parler de ce dernier regard mais je comprenais de quoi il devait s'agir. Je décidai que j'allais plisser les yeux et faire semblant.

« Pourvu que l'église ne sente pas le moisi, dit tante Dawn. Ça pénètre dans les sinus de ton oncle. »

Pas d'odeur de moisi. Pas d'affligeante humidité suintant des pierres du mur et du sol. Quelqu'un avait dû se lever tôt ce matin-là pour allumer le chauffage. Les bancs étaient presque tous occupés.

« Un bon nombre des patients de ton oncle sont venus, dit tante Dawn à voix basse. C'est gentil. Il n'y a pas un seul autre médecin en ville pour qui ils feraient ça. »

L'organiste jouait un morceau que je connaissais fort bien. Une fille qui était une amie à moi, à Vancouver, l'avait joué à un concert de Pâques. « Jésus, que ma joie demeure. »

La femme à l'orgue était la pianiste du petit concert avorté à la maison. Le violoncelliste avait pris place sur l'un des sièges du chœur, non loin. Il allait probablement jouer par la suite.

Alors que nous étant installées nous écoutions depuis un petit moment, il y eut un discret remue-ménage à l'arrière de l'église. Je ne me retournai pas pour regarder parce que je venais de remarquer la caisse de bois sombre et luisant déposée à la perpendiculaire et en contrebas de l'autel. Le cercueil. Il y avait des gens qui appelaient ça une bière. Il était fermé. À moins qu'il ne soit prévu de l'ouvrir à un moment donné, je n'avais pas à m'en faire à propos du dernier regard. Je ne m'en représentais pas moins Mona à l'intérieur. Son gros nez osseux faisant saillie, sa chair affalée, les paupières étroitement closes. Je me contraignis à regarder fixement cette image obsédante dans mon esprit, jusqu'à me sentir assez forte pour qu'elle ne me soulève pas le cœur.

Comme moi, tante Dawn ne se retourna pas pour voir ce qui se passait dans notre dos.

La source de cette petite perturbation s'avançait le long de l'allée centrale et se révéla être oncle Jasper. Il ne s'arrêta pas à la hauteur du banc où tante Dawn et moi lui avions gardé une place. Il passa sans ralentir, d'une démarche respectueuse bien qu'entreprenante, et il était accompagné de quelqu'un.

La bonne, Bernice. Elle portait une tenue habillée. Un tailleur bleu marine et un chapeau assorti, orné d'un petit nid de fleurs. Elle ne regardait ni nous ni personne. Elle avait le sang au visage et les lèvres serrées.

Tante Dawn non plus ne regardait personne. Elle s'était mise en devoir, à cet instant, de feuilleter le livre de cantiques qu'elle avait tiré de la poche accrochée au dossier du banc devant sa place.

Oncle Jasper ne s'arrêta pas au cercueil ; il menait Bernice jusqu'à l'orgue. Il y eut une bizarre espèce de choc, comme un sursaut de surprise, dans la musique. Puis un grondement, un couac, un silence, troublé seulement par les gens assis sur les bancs qui remuaient les pieds et s'efforçaient de voir ce qui se passait.

À présent la pianiste qui avait tenu l'orgue et le violoncelliste avaient disparu. Il devait y avoir une porte latérale pour leur permettre de s'éclipser. Oncle Jasper avait fait asseoir Bernice à la place de l'autre femme.

Tandis qu'elle commençait à jouer, mon oncle s'avança et adressa un geste à la congrégation. Levez-vous et chantez, disait ce geste, et quelques membres de l'assistance le firent. Puis d'autres. Puis tous.

Ils tournaient les pages de leur livre de cantiques mais la plupart étaient capables de commencer à chanter avant d'avoir trouvé les paroles : « Sur le mont du Calvaire ».

La tâche d'oncle Jasper est accomplie. Il peut revenir occuper la place que nous lui avons gardée.

Il subsiste un problème cependant. Une chose dont il n'a pas tenu compte.

Nous sommes dans une église anglicane. À l'Église unie à laquelle oncle Jasper est habitué, les membres du chœur entrent par une porte qui ouvre derrière la chaire et s'installent avant que le pasteur paraisse, de sorte qu'ils peuvent aisément considérer l'ensemble de la congrégation, comme pour dire « Nous voici tous réunis ». Ensuite, l'arrivée du pasteur donne le signal que les choses peuvent commencer. Mais dans le rite anglican, les choristes remontent l'allée centrale depuis le fond de l'église en chantant, se donnant ainsi en spectacle, encore qu'avec sérieux et dans l'anonymat. Ils ne lèvent les yeux de leur livre que pour considérer l'autel devant eux et semblent avoir subi une petite transformation, s'être éloignés de leur identité quotidienne, tout en n'étant pas tout à fait conscients de la présence de leurs parents ou de leurs voisins, ou de qui que ce soit, dans la congrégation.

Ils sont en train de remonter l'allée centrale à présent, chantant « Sur le mont du Calvaire », comme tout le monde – oncle Jasper doit leur en avoir touché un mot avant l'office. Peut-être a-t-il prétendu qu'il s'agissait du cantique favori de la défunte.

Le problème est un problème de corps dans l'espace. Le chœur remplissant l'allée, oncle Jasper n'a aucun moyen de revenir jusqu'à notre banc. Il est coincé.

Il reste une seule chose à faire et à faire très vite, il la fait donc. Le chœur n'a pas encore atteint le tout premier banc, aussi s'y glisse-t-il. Au premier rang on est surpris mais on lui fait de la place. Du moins, autant de place que possible. Heureusement, ce sont des gens corpulents tandis que lui, s'il est large d'épaules, est un homme mince.

Cette croix me sera toujours chère
Elle est gloire et victoire pour moi

Et par elle en la maison du Père
La couronne est offerte à ma foi.

C'est ce que chante mon oncle, avec autant de cœur qu'il peut en mettre dans l'espace exigu qui lui est ménagé. Il ne peut se tourner face à l'autel mais doit regarder de côté, voyant défiler de profil le chœur qui remonte l'allée. Il n'en peut mais, il a l'air un peu pris au piège. Tout s'est bien passé quoique, tout de même, pas exactement comme il l'avait imaginé. Et après la fin du chant, il demeure au même endroit, se rassied en se faisant aussi petit que possible, coincé parmi ces gens. Peut-être songe-t-il que ce serait retomber dans la plus plate banalité que de se lever à présent pour redescendre l'allée centrale et nous rejoindre.

Tante Dawn n'a pas pris part au chant, parce qu'elle n'a jamais trouvé la bonne page dans le livre de cantiques. Et il semble que, contrairement à moi, elle n'ait pas été capable de suivre les autres en improvisant.

À moins qu'elle n'ait aperçu une ombre de déception sur le visage d'oncle Jasper, avant que ce dernier en ait lui-même pris conscience.

Ou encore s'est-elle peut-être rendu compte que, pour la première fois, elle s'en moquait. Elle s'en moquait, éperdument.

« Prions », dit le pasteur.

Fierté

Il y a des gens qui font tout de travers. Comment puis-je l'expliquer ? Je veux dire qu'il y en a qui peuvent tout avoir contre eux – trois fautes éliminatoires, voire vingt fautes éliminatoires, si on va par là – et qui s'en sortent à merveille. Commettent très tôt des erreurs – font dans leur culotte au cours élémentaire, par exemple – et puis vivent toute leur vie dans une ville comme la nôtre où rien n'est jamais oublié (n'importe quelle ville, de fait, toutes les villes sont comme ça) et ils se débrouillent, se montrent braves et joviaux, proclament sans mentir qu'ils ne voudraient pour rien au monde vivre ailleurs qu'ici.

Pour d'autres, c'est différent. Ils ne s'en vont pas alors qu'on aurait voulu qu'ils le fassent. Dans leur propre intérêt, pourrait-on dire. Quel que soit le trou qu'ils ont commencé à se creuser quand ils étaient jeunes – pas par des moyens aussi évidents que de faire dans sa culotte, non plus –, ils continuent sans relâche, ils creusent avec entrain, exagérant, même, s'il y a le moindre risque qu'on ne l'ait pas remarqué.

Les choses ont changé, bien sûr. Il y a des psys sur le qui-vive. Gentillesse et compréhension. La vie est plus dure pour certains, nous dit-on. Ce n'est pas leur faute, même si les coups sont purement imaginaires. Aussi profondément ressentis par celui qui les reçoit, ou ne les reçoit pas, selon les cas.

Mais on peut tirer parti de tout, avec un peu de bonne volonté.

Oneida n'est pas allée à l'école avec le reste d'entre nous, en l'occurrence. Je veux dire que rien n'aurait donc pu s'y produire qui la marque à vie. Elle est allée dans une école de filles, une école privée dont je ne me rappelle plus le nom, à supposer que je l'aie connu. Même l'été, on ne la voyait pas beaucoup. Je crois que sa famille avait une maison sur le lac Simcoe. Des gens riches, ils avaient énormément d'argent – tellement, en fait, qu'ils n'entraient dans aucune catégorie avec quiconque en ville, même les plus aisés.

Oneida était un prénom inhabituel – il l'est encore – et qui n'avait pas pris par ici. Indien, je l'ai découvert par la suite. Vraisemblablement le choix de sa mère. Sa mère était morte quand elle, Oneida, était adolescente. Je crois que son père l'appelait Ida.

J'avais tous les journaux autrefois, des monceaux de journaux pour l'histoire de la ville à laquelle je travaillais. Mais avec certains trous béants même là. Il n'y avait aucune explication satisfaisante de la façon dont l'argent avait disparu. De toute manière, on n'en avait pas besoin. Le bouche-à-oreille suffisait amplement à l'époque. Ce qui n'est pas pris en compte, c'est que bouches et oreilles finissent par disparaître, avec le temps.

Le père d'Ida dirigeait la banque. À cette époque déjà, les banquiers repartaient comme ils étaient venus, politique destinée, j'imagine, à les empêcher de devenir trop proches de la clientèle. Mais les Jantzen avaient fait ce qu'ils voulaient dans la ville depuis trop longtemps pour se soucier d'un quelconque règlement, du moins semblait-il en être ainsi. Horace Jantzen avait sans aucun doute l'apparence d'un homme né pour le pouvoir. Épaisse barbe blanche, bien qu'à en croire les photographes les barbes aient cessé d'être à la mode à compter de la Première Guerre mondiale, stature et corpulence imposantes et visage empreint de gravité.

Pendant les temps difficiles des années trente, certains continuaient d'avoir des idées. On avait ouvert les prisons afin d'offrir un abri aux déracinés qui suivaient les voies de chemin de fer, mais même parmi eux, on peut être sûr qu'il y en avait quelques-uns qui berçaient un projet destiné à leur rapporter à coup sûr un million de dollars.

Un million de dollars, à l'époque, c'était un million de dollars.

Ce ne fut cependant pas un vagabond du rail qui entra à la banque pour parler avec Horace Jantzen. Qui sait s'il était seul ou en bande. Peut-être un inconnu ou quelques amis d'amis. Bien vêtu et l'air crédible, soyez-en sûr. Horace se laissa séduire par les apparences, et ce n'était pas un imbécile, encore que pas aussi prompt qu'il aurait dû l'être à flairer un coup fourré.

L'idée était la résurrection de l'auto à vapeur, telle qu'elle avait existé au tout début du siècle. Horace Jantzen en avait peut-être possédé une, d'où son faible pour ces engins. Ce nouveau modèle serait une version améliorée et posséderait le double avantage d'être économique et moins bruyant.

Je ne suis pas familier des détails, puisque j'étais lycéen à l'époque. Mais j'imagine très bien les fuites et les railleries et l'enthousiasme et la nouvelle se répandant que quelques entrepreneurs de Toronto, de Windsor ou de Kirchener s'apprêtaient à s'installer chez nous. Des huiles, devaient dire les gens. Tandis que d'autres demandaient s'ils avaient les reins solides.

Solides, on pouvait le dire, parce que la banque avait consenti le prêt. C'était Jantzen qui avait pris la décision mais avait-il engagé son propre argent, la chose n'était pas avérée. Peut-être l'avait-il fait, mais il fut révélé par la suite qu'il avait aussi puisé en toute irrégularité dans les fonds de la banque, convaincu, sans l'ombre d'un doute, qu'il aurait le temps de rembourser avant que quiconque s'en aperçoive. Les lois n'étaient peut-être pas aussi strictes à l'époque. Il y eut effectivement des embauches et l'ancienne écurie de louage fut mise en état d'accueillir les ateliers. C'est là que ma mémoire devient mal assurée parce que, ayant obtenu mon diplôme de fin d'études secondaires, il me fallut penser à gagner ma vie si c'était possible. Mon infirmité, même avec la lèvre recousue, rayait de ma liste tous les emplois exigeant qu'on parle beaucoup, je choisis donc la comptabilité et cela signifiait qu'il me faudrait quitter la ville pour faire mon apprentissage dans une boîte de Goderich. Vers le moment où je rentrai au bercail, l'entreprise qui devait produire les voitures à vapeur n'était plus évoquée qu'avec des commentaires méprisants par ceux qui avaient pris parti contre le projet, tandis que ceux qui l'avaient promu n'en parlaient plus du tout. Quant aux étrangers à la ville qui en avaient été les plus chauds partisans, ils avaient disparu.

La banque avait perdu beaucoup d'argent.

On parlait non de fraude mais de mauvaise gestion. Il fallait trouver quelqu'un à châtier. Un directeur ordinaire aurait été viré avec perte et fracas, mais étant donné qu'il s'agissait de Horace Jantzen, cela fut évité. Ce qui lui arriva fut presque pire. Il fut muté pour diriger la banque du bourg de Hawksburg, à une dizaine de kilomètres au nord sur la grand-route. Avant sa nomination il n'y avait tout simplement pas eu de directeur, parce que la fonction était inutile. Il y avait une personne à la caisse et une autre au guichet – deux femmes.

Certes, il aurait pu refuser, mais sa fierté, pensait-on, avait mené à un autre choix. Sa fierté avait voulu qu'on lui fasse parcourir chaque jour ces dix kilomètres en voiture avec chauffeur pour aller s'asseoir derrière une demi-cloison de mauvaises planches vernies, même pas un vrai bureau. Assis là, il passait le temps à ne rien faire en attendant l'heure que la voiture le remmène chez lui.

La personne qui conduisait était sa fille. Ce fut au cours des années qu'elle passa à faire le chauffeur qu'elle changea un jour Ida en Oneida. Elle avait enfin quelque chose à faire. Mais elle ne tenait pas la maison parce qu'ils ne pouvaient pas donner congé à Mrs. Birch. C'était une façon de voir les choses. Il y en avait une autre consistant à dire qu'ils n'avaient jamais payé Mrs. Birch suffisamment pour lui éviter l'asile de vieux, si tant est qu'on ait un jour envisagé de lui donner congé.

Si je me représente Oneida et son père au cours de ces trajets vers Hawksburg et retour, je le vois, lui, installé sur la banquette arrière, et elle à l'avant, comme un chauffeur. Peut-être était-il trop corpulent pour s'asseoir avec elle à l'avant. À moins que la barbe n'ait nécessité de l'espace. Je n'imagine pas que la façon dont ils prenaient place dans la voiture faisait naître une expression d'abattement ou de mécontentement chez Oneida, et je n'imagine pas non plus que son père avait l'air mécontent ou malheureux. De la dignité, il avait de la dignité à revendre. Elle, c'était différent, quand elle entrait dans un magasin, ou même quand elle marchait dans la rue, on aurait dit qu'il y avait un petit espace libre autour d'elle, prêt pour ce qu'elle pourrait vouloir ou pour les salutations qu'elle souhaiterait dispenser. Dans ces moments-là, elle semblait un rien troublée mais gracieuse, prête à rire un peu d'elle-même ou de la situation. Bien sûr, elle avait les traits réguliers de son visage et son allure radieuse, toute cette blondeur éblouissante du teint et de la chevelure. Alors n'est-il pas légèrement bizarre que j'aie pu éprouver de la pitié pour elle, pour cette façon qu'elle avait d'être tout à la surface des choses, pleine de confiance ?

Moi, de la pitié – inimaginable.

La guerre arriva et on aurait dit que les choses avaient changé du jour au lendemain. Les vagabonds ne suivaient plus les lignes de chemin de fer, des emplois se libérèrent et les jeunes gens avaient cessé d'en chercher ou de faire de l'auto-stop, on les voyait partout dans leurs uniformes gris-bleu ou kaki. Ma mère dit que j'avais de la chance d'être comme j'étais et je la crus et lui demandai de ne pas dire ça hors de chez nous. J'étais rentré de Goderich, ayant terminé mon apprentissage, et je fus engagé aussitôt pour tenir les livres du grand magasin Krebs's. Bien sûr on aurait pu dire, et l'on dit probablement, que j'avais eu le poste parce que ma mère y travaillait au rayon nouveautés, mais il y eut aussi la coïncidence de Kenny Krebs, le jeune directeur, parti s'enrôler dans l'aviation et qui trouva la mort pendant un vol d'entraînement.

On était frappé de plein fouet par des coups tels que celui-là et pourtant il y avait partout une énergie bienvenue, et des gens allaient et venaient avec de l'argent dans les poches. Je me sentais coupé des hommes de mon âge, mais en un sens ce fait n'avait rien de si nouveau. Et je n'étais pas seul dans ma situation. Les fils de paysans étaient exemptés de service pour s'occuper des récoltes et des bêtes. J'en connaissais quelques-uns qui avaient profité de l'exemption alors qu'il y avait un valet de ferme. Je savais que si on s'avisait de me demander pourquoi je n'étais pas à l'armée, ce serait une blague. Et je tenais ma réponse toute prête, à savoir qu'il fallait bien quelqu'un pour s'occuper des livres. Ceux de Krebs's et bientôt d'autres. Il fallait s'occuper des chiffres. On n'était pas encore tout à fait convaincu que les femmes en étaient capables. Et même à la fin de la guerre, quand des femmes se furent acquittées d'une partie de ce travail pendant un temps. Pour un travail vraiment fiable, on croyait encore qu'il fallait un homme.

Il m'arrive de me demander : Pourquoi un bec-de-lièvre, convenablement, sinon astucieusement, corrigé, et une voix à la sonorité un peu particulière mais tout à fait compréhensible ont été considérés comme suffisants pour me faire réformer ? Je dois avoir reçu ma convocation, je dois être allé chez le médecin pour obtenir une exemption. Je ne me le rappelle pas, tout simplement. Était-ce que j'avais une telle habitude d'être exempté de ci et de ça que je l'ai accepté, ainsi que tant d'autres choses, comme une évidence ?

Il est possible que j'aie fait taire ma mère sur certains sujets, mais ce qu'elle disait n'avait d'ordinaire pas beaucoup de poids à mes yeux. Elle regardait invariablement le bon côté des choses. Je savais qu'il en existait d'autres mais je ne les tenais pas d'elle. Je savais qu'à cause de moi elle avait eu peur de mettre au monde d'autres enfants et avait perdu un homme qui s'intéressait à elle autrefois, quand elle le lui avait dit. Mais je ne m'avisais pas de m'apitoyer sur elle ou sur moi. Mon père mort avant que j'aie pu le voir ne me manquait pas, non plus que la petite amie que j'aurais pu avoir sans ce physique, et je ne regrettais pas non plus la brève bouffée de vanité qui accompagne un départ pour la guerre.

Nous avions, ma mère et moi, des choses que nous aimions manger pour le dîner, et des émissions de radio que nous aimions écouter, et toujours les informations d'outre-mer de la BBC avant d'aller nous coucher. Les yeux de ma mère brillaient quand le roi faisait une allocution, ou Winston Churchill. Je l'emmenai au cinéma voir *Madame Miniver* et ce film l'affecta aussi. Les drames emplissaient notre vie, ceux de la fiction comme ceux de la réalité. L'évacuation de Dunkerque, le comportement courageux de la famille royale, le bombardement de Londres nuit après nuit, et Big Ben, qui continuait de sonner pour annoncer ses sombres nouvelles. Navires de guerre perdus en mer et puis, comble de l'horreur, un bateau civil, un ferry, coulé entre le Canada et Terre-Neuve, si près de nos rivages.

Cette nuit-là, je ne pus dormir et me mis à parcourir les rues de la ville. Il fallait que je pense à ces gens au fond de la mer. De vieilles femmes, ou presque vieilles, comme ma mère, refusant de lâcher leur tricot. Un gamin tourmenté par une rage de dents. D'autres gens qui avaient passé leur dernière demi-heure avant la noyade à se plaindre du mal de mer. J'éprouvais un sentiment très étrange, fait en partie d'horreur et en partie – pour le décrire de mon mieux – d'une espèce d'exaltation glacée. La disparition de toute chose, l'égalité – il faut que je le dise – l'égalité, tout à coup, entre des gens comme moi, ou pires que moi, et des gens comme eux.

Sentiment qui s'évanouit bien sûr, quand je me fus habitué à voir certaines choses, plus tard, pendant la guerre. Tous ces derrières dénudés, sains et rebondis ou vieux et maigres, poussés en troupeaux vers les chambres à gaz.

Ou du moins, s'il ne s'évanouit pas totalement, j'appris à le réprimer.

J'ai forcément croisé Oneida au cours de ces années et suivi à distance les événements de sa vie. Impossible de faire autrement. Son père mourut juste avant le jour de la victoire, mêlant ainsi ses obsèques aux célébrations d'une façon assez inconfortable. Même genre de chose pour ma mère, qui mourut l'été suivant, au moment précis où tout le monde entendit parler de la bombe atomique. Elle eut une mort plus surprenante et publique, à son travail, juste après avoir dit : « Je vais devoir m'asseoir. »

On ne vit guère le père d'Oneida et on n'entendit même pas parler de lui pendant la dernière année de sa vie. La mascarade de Hawksburg était terminée, mais Oneida semblait plus occupée que jamais. À moins que ce ne fût simplement l'impression qu'on avait alors, que tous ceux qu'on rencontrait étaient occupés, avec la nécessité de gérer les tickets de rationnement et de poster des lettres pour le front et de parler de celles qu'on recevait en retour.

À quoi s'ajoutait, dans le cas d'Oneida, l'entretien de cette vaste maison, qu'elle devait désormais diriger seule.

Elle m'arrêta un jour dans la rue pour me dire qu'elle aimerait avoir mon avis au sujet de sa vente. La vente de la maison. Je répondis que ce n'était réellement pas à moi qu'il fallait demander ça. Elle dit que c'était possible mais qu'elle me connaissait. Elle ne me connaissait évidemment pas plus qu'elle ne connaissait n'importe quel autre habitant de la ville mais elle s'entêta et vint chez moi pour continuer la conversation. Elle exprima son admiration pour les peintures que j'avais refaites, ainsi que la redistribution du mobilier, faisant remarquer que ce changement devait avoir aidé à empêcher que ma mère me manque.

C'était vrai, mais la plupart des gens ne l'auraient pas dit ainsi, sans détour.

Je n'avais pas l'habitude de recevoir, ne lui offris donc pas de rafraîchissements, me contentai de lui conseiller sérieusement la prudence dans cette vente, sans cesser de lui rappeler que je n'étais pas un expert.

Puis elle agit sans tenir aucun compte de ce que j'avais dit. Elle vendit la maison à la première offre, et ce principalement parce que l'acheteur en fit des tonnes, proclamant qu'il adorait la maison et rêvait d'y installer sa famille et d'y élever ses enfants. C'était la dernière personne en ville à qui j'aurais fait confiance, enfants ou pas enfants, et le prix était dérisoire. Je me fis un devoir de le lui dire.

Je dis aussi que les enfants allaient tout casser et elle rétorqua que les enfants étaient faits pour ça. Tout mettre sens dessus dessous, le contraire exact de sa propre enfance. À vrai dire, ils n'en eurent jamais l'occasion, parce que l'acheteur entreprit aussitôt de la faire raser afin de bâtir un immeuble de rapport, de trois étages, avec ascenseur, et transforma le terrain en parking. Ce fut le premier immeuble de ce genre que la ville ait connu. Elle vint me trouver sous le coup de l'émotion quand tout cela commença, cherchant à savoir si elle y pouvait quelque chose – faire classer la maison, ou poursuivre l'acheteur pour avoir rompu sa parole jamais couchée sur le papier, ou quoi que ce soit d'autre. Elle était effarée qu'on puisse agir de cette façon. Quelqu'un qui allait régulièrement à l'église.

« Je n'aurais jamais fait ça, dit-elle, Et j'y vais seulement à Noël. »

Puis elle secoua la tête et éclata de rire.

« Quelle idiote, dit-elle. J'aurais dû vous écouter, vous ne croyez pas ? »

Elle louait la moitié d'une maison bourgeoise à l'époque mais se plaignit que sa seule vue était sur la maison d'en face.

Comme si ça n'était pas la vue dont jouissent la plupart des gens, me gardai-je d'ajouter.

Et quand les appartements furent terminés, elle ne trouva rien de mieux qu'emménager dans l'un d'entre eux, au dernier étage. Je sais qu'elle ne bénéficiait d'aucune réduction sur le loyer, et ne songea même pas à en demander une. Elle avait évacué son ressentiment contre le propriétaire et se répandait en louanges pour la vue et la buanderie du sous-sol où elle payait en pièces de monnaie chaque fois qu'elle faisait sa lessive.

« Cela m'apprend à faire des économies, disait-elle. Au lieu de passer une ou deux choses à la machine chaque fois qu'il m'en prend la fantaisie. »

« Après tout, ce sont les gens comme lui qui font tourner le monde », disait-elle de son margoulin. Elle m'invita à aller voir de mes yeux la vue dont elle jouissait mais je trouvai des excuses.

Cela marqua toutefois le début d'une époque où nous nous vîmes beaucoup, elle et moi. Elle avait pris l'habitude de passer à l'improviste pour parler de ses doléances et décisions immobilières, et elle continua de le faire même quand elle était satisfaite. J'avais acheté un poste de télévision – ce dont elle-même s'était abstenue, parce que, disait-elle, elle redoutait l'addiction.

Quant à moi, je n'avais pas à m'en soucier, étant absent le plus clair de la journée. Et il y avait un tas de bonnes émissions en ce temps-là. Ses goûts correspondaient en général aux miens. Nous étions fans de la télévision publique et particulièrement des feuilletons comiques anglais. Nous en avons vu et revu certains plusieurs fois. C'étaient les situations qui nous séduisaient, plutôt que les seules répliques comiques. J'étais un peu gêné au début par la franchise, je dirais même la grivoiserie, britannique mais Oneida y prenait autant de plaisir qu'au reste. Nous grognions un peu quand un feuilleton était rediffusé depuis le début, mais nous finissions toujours par nous laisser tenter et par le regarder. Nous notions même la dégradation progressive des couleurs. Il m'arrive à présent de tomber parfois sur un de ces vieux feuilletons rafraîchis et restaurés, brillants comme un sou neuf, et je change de chaîne, tant cela m'emplit de tristesse.

Tôt dans ma vie, j'avais appris à être un cuisinier potable, et dans la mesure où certaines des meilleures choses passaient à la télévision juste après le dîner, je nous préparais un repas et elle apportait un dessert qu'elle prenait à la pâtisserie. J'achetai deux de ces petites tables pliantes destinées à cet usage et nous mangions en regardant le journal télévisé, puis nos émissions. Ma mère avait toujours tenu à ce que nous mangions à la table de la salle à manger parce qu'elle estimait que c'était la seule conduite appropriée, mais Oneida semblait n'avoir aucun interdit dans ce domaine.

Il devait être un peu plus de dix heures quand elle partait. Cela ne l'aurait pas dérangée de marcher mais je n'aimais pas trop l'idée, alors je sortais ma voiture pour la raccompagner. Elle n'avait jamais racheté d'autre voiture après s'être débarrassée de celle au volant de laquelle elle faisait office de chauffeur pour son père. Ça ne l'avait jamais gênée qu'on puisse la voir se déplacer à pied en ville, même si les gens en riaient. C'était avant la mode de la marche et de l'exercice qui prévaut de nos jours.

Nous n'allions jamais ensemble nulle part. Il y avait des périodes où je ne la voyais pas, parce qu'elle quittait la ville, ou peut-être, sans la quitter, recevait des gens de l'extérieur. L'occasion ne m'était pas offerte de les rencontrer.

Non. Je donne l'impression que je me sentais snobé. Mais c'est faux. C'était pour moi un calvaire de rencontrer des gens nouveaux, et elle devait l'avoir compris. Et l'habitude que nous avions de manger ensemble, de passer la soirée devant la télévision ensemble – c'était d'une telle décontraction et d'une telle souplesse qu'il semblait impossible que surgisse la moindre difficulté. Bien des gens devaient s'en être aperçus, mais comme il s'agissait de moi, ils n'y faisaient guère attention. On savait aussi que je m'occupais de sa déclaration d'impôts, mais pourquoi pas ? C'était ce que je savais faire et personne n'aurait pu s'attendre à ce qu'elle sache elle-même s'y prendre.

J'ignore si l'on savait qu'elle ne me payait pas. J'aurais pu demander une somme symbolique par respect du qu'en-dira-t-on mais l'occasion ne s'en était pas présentée. Ce n'était pas qu'elle fût pingre, elle n'y pensait pas, voilà tout.

Si je devais mentionner son nom pour une raison ou une autre, je laissais parfois échapper un Ida. Elle me taquinait un peu si cela m'arrivait en m'adressant à elle. Elle faisait remarquer que j'avais toujours préféré appeler les gens par le sobriquet qu'on leur donnait autrefois à l'école, si cela m'était possible. Moi, je ne m'en étais pas aperçu.

« Ça ne dérange personne, dit-elle. C'est vous, vous êtes comme ça. »

Cela me vexa un peu mais je fis de mon mieux pour n'en rien laisser paraître. Quel droit avait-elle d'émettre des commentaires sur la façon dont les gens réagissaient à ce que je faisais ou ne faisais pas ? Cela sous-entendait que je préférais pour on ne sait quelle raison m'accrocher à mon enfance, au point que je souhaitais y rester et y faire rester les autres avec moi.

C'était simpliste. Toutes mes années d'école, je les avais passées, c'était l'idée que je m'en faisais, à m'habituer à mon apparence – à l'apparence de mon visage – et à la réaction des gens à cette apparence. J'imagine que c'était un petit triomphe d'avoir pu gérer cela, de savoir que je pouvais survivre là où nous étions et y gagner ma vie au lieu d'avoir à affronter continuellement la rencontre de gens nouveaux qu'il me faudrait mettre au pas. Mais quant à vouloir nous ramener tous au cours élémentaire, non merci.

Et qui était Oneida pour avoir des opinions ? Elle ne me donnait pas l'impression d'avoir elle-même trouvé sa place. De fait, avec la disparition de la grande maison, c'était une bonne part d'Oneida elle-même qui avait disparu. La ville était en train de changer, la place qu'elle y occupait était en train de changer, et elle ne s'en rendait pas compte. Évidemment il y avait toujours eu des changements, mais dans la période qui précéda la guerre, le changement, c'étaient les gens qui partaient chercher mieux ailleurs. Pendant les années cinquante, et soixante, et soixante-dix, ce qui changea la ville fut au contraire l'afflux de diverses sortes de gens différents. On aurait pu croire qu'Oneida s'en serait rendu compte quand elle alla s'installer dans l'immeuble. Mais dans l'ensemble elle n'avait pas compris. Il y avait encore cette bizarre hésitation, cette légèreté qui émanaient d'elle, comme si elle attendait que la vie commence.

Certes, elle partait en voyage pour d'autres lieux, espérant peut-être que la vie commencerait là-bas. Pas la moindre chance.

Au cours des années pendant lesquelles fut bâti le nouveau centre commercial, aux limites sud de la ville, et où Krebs's fit faillite (aucun souci pour moi, j'avais suffisamment à faire en dehors de cette entreprise), un nombre toujours plus grand de gens de la ville se mirent apparemment à prendre des vacances d'hiver, ce qui signifiait aller au Mexique ou aux Antilles ou ailleurs – tous endroits avec lesquels nous n'avions jamais rien eu à faire. Il en résulta, d'après moi, qu'ils en rapportèrent des maladies avec lesquelles nous n'avions rien eu à faire non plus. Et cela dura un bout de temps. Il y avait la maladie de l'année, on lui donnait un nom particulier. Peut-être ces maladies continuent-elles de sévir çà et là, mais personne ou presque n'y prend plus garde. Il se pourrait aussi que ce soient les gens de mon âge qui aient cessé d'y prendre garde. On peut être sûr qu'on ne sera pas emporté par on ne sait quelle affection dramatique, sans quoi ce serait déjà fait.

Un soir je me levai à la fin d'une émission télévisée pour aller nous faire une tasse de thé avant de raccompagner Oneida chez elle. J'étais en route vers la cuisine quand je me sentis soudain terriblement mal. Je trébuchai et tombai à genoux, puis par terre. Oneida me saisit et me releva pour m'installer dans un fauteuil, et le malaise se dissipa. Je lui dis que j'étais sujet à ce genre d'accès et qu'il ne fallait pas s'en inquiéter. C'était un mensonge, et je ne sais pas pourquoi je le lui racontai mais, de toute façon, elle n'en crut rien. Elle m'aida à descendre à l'étage en dessous, où je dormais, et m'ôta mes souliers. Après quoi, je ne sais comment nous nous débrouillâmes ensemble, non sans quelques protestations de ma part, pour me déshabiller et me mettre en pyjama. Je ne m'avisais des choses que par à-coups. Je lui conseillai de prendre un taxi pour rentrer chez elle mais elle ne m'accorda pas la moindre attention.

Elle dormit cette nuit-là sur le canapé du salon et, après avoir exploré la maison le lendemain, s'installa dans la chambre de ma mère. Elle devait être retournée à l'appartement pendant la journée pour y prendre les effets dont elle avait besoin, et peut-être aussi au centre commercial acheter les provisions qui compléteraient, pensait-elle, les réserves dont je disposais. Elle parla aussi avec le médecin qui délivra une ordonnance qu'elle alla faire exécuter et que j'avalais chaque fois qu'elle en portait une cuillerée à mes lèvres.

Pendant la majeure partie d'une semaine je demeurai fiévreux et nauséeux, perdant et retrouvant alternativement conscience. De temps à autre je lui disais que je me sentais guéri et que je pourrais me débrouiller seul mais c'était absurde. La plupart du temps, je ne faisais que lui obéir et m'en remettais à elle pour tout, avec la tranquille évidence qui préside aux relations entre patient et infirmière à l'hôpital. Elle n'était pas aussi habile que l'aurait été une infirmière à traiter un organisme fébrile et, de temps en temps, quand j'en avais l'énergie, je me plaignais comme aurait fait un enfant de six ans. Elle s'excusait alors sans se vexer. Entre deux moments où je lui disais que j'allais mieux et qu'elle devrait songer à rentrer chez elle, j'étais assez égoïste pour l'appeler sans autre raison que de me rassurer en constatant qu'elle était bien là.

Puis je me mis à aller assez bien pour me faire du souci à l'idée qu'elle risquait d'attraper ce que j'avais.

« Vous devriez porter un masque.

– Ne vous en faites pas, disait-elle. Si je devais l'attraper, je crois que ce serait fait. »

La première fois que je me sentis réellement mieux, j'étais trop paresseux pour reconnaître le fait que je recommençais, par accès, à me comporter en petit enfant.

Mais elle n'était évidemment pas ma mère et je dus me réveiller un matin pour m'en rendre compte. Il me fallut penser à tout ce qu'elle avait fait pour moi et j'en fus excessivement gêné, ainsi que tout homme l'aurait été à ma place, mais moi plus encore, parce que je me rappelais mon apparence physique. Je l'avais plus ou moins oubliée, et il me semblait à présent qu'elle n'avait pas été gênée, qu'elle avait su faire les choses comme si elles allaient d'elles-mêmes, parce que j'étais asexué à ses yeux, ou qu'elle me considérait comme un enfant malheureux.

Je me montrais poli désormais, et travaillais, entre deux protestations de gratitude, à lui faire entendre que je souhaitais pour de bon à présent qu'elle rentre chez elle.

Elle ne tarda pas à le comprendre, sans s'en offusquer. Elle devait commencer à se lasser de toutes ces nuits d'un sommeil fréquemment interrompu comme d'avoir à administrer tant de soins qui ne lui étaient pas familiers. Elle fit une dernière série d'achats pour regarnir mon garde-manger, et prit ma température pour la dernière fois, avant de s'en aller, comme je l'avais pensé, de l'humeur satisfaite de celle qui a fini un travail bien fait. Juste avant cela, elle avait attendu dans le vestibule de voir si j'arrivais à m'habiller sans aide et avait constaté que j'en étais capable. Elle avait à peine quitté la maison que je repris certains comptes et me remis à faire le travail que j'avais en cours le jour où j'étais tombé malade.

J'avais l'esprit plus lent, mais précis, et cela me fut un grand soulagement.

Elle me laissa tranquille jusqu'au jour – ou jusqu'au soir, plutôt – où nous étions accoutumés à regarder la télévision. Ce soir-là, elle apporta une soupe en boîte. Ce n'était pas assez pour constituer un repas entier, et ce n'était pas elle qui l'avait préparée, mais ça n'en était pas moins une contribution au repas. Et elle arriva tôt, prévoyant le temps que cela prendrait. Elle ouvrit la boîte, d'ailleurs, sans m'interroger. Elle avait appris à se servir de ma cuisine. Elle chauffa la soupe et sortit les bols et nous mangeâmes ensemble. Son comportement semblait destiné à me rappeler que j'avais été malade et que j'avais besoin de me nourrir. Et c'était vrai, en un sens. Ce même jour à midi, je n'avais pas pu, parce que mes mains tremblaient, me servir de l'ouvre-boîte.

Il y avait deux émissions que nous regardions l'une après l'autre. Mais ce soir-là nous ne vîmes pas la seconde. Elle n'eut pas la patience d'attendre que la seconde commence avant de lancer une conversation qui fut très perturbante pour moi.

En substance, elle se disait prête à emménager chez moi.

Elle commença par dire qu'elle n'était pas contente de vivre dans son appartement. Ç'avait été une grosse erreur. Elle aimait les maisons. Mais cela ne signifiait pas qu'elle regrettait d'avoir abandonné sa maison natale. Elle serait devenue folle si elle avait vécu seule dans cette maison. L'erreur avait uniquement consisté à croire qu'un appartement était peut-être la solution. Elle n'y avait jamais été, et n'y serait jamais, heureuse. Ce qui lui avait permis de s'en rendre compte, c'était le séjour qu'elle avait fait chez moi. Pendant ma maladie. Il y avait longtemps qu'elle aurait dû le savoir. Autrefois, quand elle était petite et qu'elle regardait certaines maisons, elle souhaitait pouvoir y habiter.

Elle dit aussi que nous n'étions pas tout à fait capables de nous occuper de nous-mêmes. Que se serait-il passé si j'étais tombé malade quand j'étais seul ? Et si cela se reproduisait ? Ou lui arrivait à elle ?

Nous éprouvions un certain sentiment l'un pour l'autre, dit-elle. Un sentiment qui n'était pas seulement ordinaire. Nous pouvions cohabiter comme frère et sœur et nous occuper l'un de l'autre comme frère et sœur et ce serait la chose la plus naturelle du monde. Les gens l'accepteraient ainsi. Comment auraient-ils pu faire autrement ?

Pendant tout le temps qu'elle parla, je me sentis terriblement mal. En proie à la colère, à l'effroi, à l'effarement. Le pire fut vers la fin, quand elle expliqua que personne ne trouverait à y redire. En même temps, je voyais bien ce qu'elle exprimait par là, et j'étais peut-être d'accord avec elle sur le fait que les gens s'y habitueraient. Il nous serait peut-être même épargné d'entendre une ou deux blagues salaces.

Elle avait peut-être raison. Peut-être n'était-ce pas absurde.

Quand nous en fûmes là, j'eus l'impression qu'on m'avait jeté au fond d'un cachot et qu'une trappe s'était refermée bruyamment sur ma tête.

Je ne voulais à aucun prix le lui laisser entrevoir.

Je répondis que c'était une idée intéressante mais qu'une chose la rendait impossible.

Laquelle ?

J'avais négligé de le lui dire. Avec tout ça, ma maladie, le dérangement, et tout. Mais j'avais mis ma maison en vente. Ma maison était vendue.

Oh. Oh. Pourquoi ne le lui avais-je pas dit ?

Je ne me doutais pas le moins du monde, lui dis-je alors, en toute vérité. Je ne me doutais pas qu'elle s'était mis un tel projet en tête.

« Donc cela ne m'est pas venu assez tôt, dit-elle. Comme tant de fois dans ma vie. Il doit y avoir quelque chose qui ne tourne pas rond chez moi. Je n'arrive pas à me mettre à réfléchir aux choses. Je pense toujours que j'ai tout le temps. »

Je m'en étais tiré de justesse, mais à quel prix. Il fallait que je mette la maison – ma maison – en vente, pour la vendre au plus vite. Presque comme elle avait vendu la sienne.

Et je la vendis presque aussi vite, mais sans être contraint d'accepter une offre aussi ridicule que celle qu'on lui avait faite. Et puis, je dus affronter la nécessité de m'occuper de tout ce qui s'était accumulé depuis que mes parents avaient emménagé pendant leur lune de miel, n'ayant pas les moyens de s'offrir un quelconque voyage.

Les voisins étaient ébahis. Ce n'étaient pas des voisins de très longue date, ils n'avaient pas connu ma mère, mais ils dirent qu'ils s'étaient tellement habitués à mes allées et venues, à ma régularité.

Ils voulurent connaître mes projets et je me rendis compte que je n'en avais aucun. En dehors de faire le travail que j'avais toujours fait, et que j'avais déjà commencé à ralentir un peu, en prévision d'une vieillesse prudente.

Je me mis à parcourir la ville à la recherche d'un endroit où m'installer et il s'avéra que, de tous les logements qui correspondaient à peu près à mes besoins, un seul était vacant. Et c'était un appartement dans l'immeuble bâti sur le site de l'ancienne maison d'Oneida. Pas au dernier étage, avec la vue, où elle habitait, mais au rez-de-chaussée. Je n'avais jamais été très friand de vue, de toute manière, et je le pris. Ne sachant ce que j'aurais pu faire d'autre.

Bien sûr j'avais l'intention de le lui dire. Mais la nouvelle se répandit avant que je trouve la force de le faire. Elle avait d'autres projets, d'ailleurs. L'été était venu, nos émissions avaient cessé d'être diffusées. C'était une période pendant laquelle nous ne nous voyions pas régulièrement. Et j'estimais, pour aller au fond des choses, que je n'avais pas à m'excuser ou à solliciter sa permission. Quand j'étais allé visiter les lieux et signer le bail, elle était introuvable.

Il est une chose que j'en vins à comprendre au cours de cette visite, ou quand j'y repensai après coup. Un homme que je ne reconnaissais pas tout à fait se mit à me parler et au bout d'une minute je me rendis compte que c'était quelqu'un que je connaissais depuis des années et que j'avais salué dans la rue pendant la moitié de ma vie. Si je l'y avais vu je l'aurais peut-être reconnu malgré certains ravages de l'âge. Mais dans cet autre cadre, non, et nous en rîmes ensemble et il me demanda si j'allais emménager au cimetière.

Je répondis que je ne savais pas qu'on appelait l'immeuble ainsi mais que, oui, je pensais m'y installer.

Il voulut alors savoir si je jouais aux cartes, à l'euchre, et je répondis que oui, dans une certaine mesure.

« Ça c'est bien », dit-il.

Et je songeai alors : Le simple fait de vivre assez longtemps fait disparaître les problèmes. Nous fait accéder à un club sélect. Quelles qu'aient pu être nos infirmités, le simple fait d'avoir vécu jusqu'au jour présent les efface, dans une bonne mesure. Tous les visages auront souffert, jamais seulement le nôtre.

Cela me fit penser à Oneida, et à son apparence tandis qu'elle me parlait d'emménager avec moi. Elle n'était plus mince, mais décharnée, fatiguée, certes, des nuits où elle devait se relever à cause de moi, mais son âge transparaissait, au-delà de cela. Sa beauté avait toujours été fragile. Les attraits d'une blonde rougissant facilement, sur lesquels était répandu ce bizarre mélange de timidité contrite et d'aristocratique assurance, voilà ce qu'elle avait possédé et perdu. Quand elle s'était lancée pour me faire sa proposition, elle avait l'air tendu et son expression était particulière.

Bien sûr, si jamais j'avais eu le droit de choisir, j'aurais naturellement, vu ma taille, choisi une fille plus petite. Comme l'étudiante, brune et délicate, apparentée aux Krebs, qui avait travaillé au grand magasin un été.

Un jour elle m'avait dit amicalement que j'aurais pu me faire refaire le visage avec de bien meilleurs résultats désormais. Vous seriez étonné, m'avait-elle dit. Et ça ne vous coûterait rien avec l'assurance santé de l'Ontario.

Elle avait raison. Mais comment aurais-je pu lui expliquer qu'il m'était absolument impossible d'entrer dans un quelconque cabinet médical et d'avouer que je souhaitais quelque chose que je n'avais pas ?

Oneida avait meilleure apparence que la fois précédente quand elle vint chez moi alors que j'étais en plein déménagement, occupé à empaqueter et à trier. Elle était allée chez le coiffeur et avait un peu changé, un peu assombri peut-être, sa couleur de cheveux.

« Il ne faut pas que vous jetiez tout sur un coup de tête, dit-elle. Tout ce que vous avez rassemblé pour votre histoire de la ville. »

Je répondis que j'opérais un choix, ce qui n'était pas tout à fait vrai. J'avais l'impression que nous faisions l'un et l'autre semblant d'être plus affectés que nous ne l'étions par ce qui se passait. Quand je pensais à l'histoire de la ville, j'avais l'impression qu'en définitive toutes les villes se ressemblaient beaucoup.

Nous ne fîmes pas allusion à mon emménagement dans l'immeuble. Comme si toute l'affaire avait déjà fait l'objet d'une discussion et allait de soi depuis longtemps.

Elle annonça qu'elle s'apprêtait à partir pour un de ses voyages et, cette fois, nomma l'endroit où elle allait. L'île Savary, comme si cela suffisait.

Je demandai poliment où elle se trouvait et elle répondit : « Oh, non loin de la côte. »

Comme si cela répondait à la question.

« J'ai une vieille amie qui habite là », dit-elle.

Bien sûr, c'était peut-être vrai.

« Elle a une adresse électronique. Elle dit que je devrais en faire autant. Je ne sais pourquoi, je n'y tiens pas trop. Mais je devrais peut-être essayer.

– On ne sait jamais avant d'avoir essayé, c'est vrai. »

J'avais le sentiment de devoir ajouter quelque chose. L'interroger sur le climat, par exemple, de cet endroit où elle se rendait. Mais avant que j'aie pu penser à ce que j'allais dire, elle poussa un petit glapissement, ou un cri, tout à fait inhabituel, puis posa la main sur la bouche et gagna à grands pas précautionneux la fenêtre.

« Attention, attention, dit-elle. Regardez. Regardez. »

Elle riait d'un rire presque silencieux, qu'on aurait même pu prendre pour un signe de souffrance. Elle passa une main derrière son dos pour m'enjoindre le silence à l'instant où je me levai.

Dans le jardin, à l'arrière de la maison, il y avait une vasque où se baignaient les oiseaux. Je l'y avais installée bien des années auparavant afin que ma mère puisse y observer leurs ébats. Elle aimait beaucoup les oiseaux et savait les reconnaître à leur chant aussi bien qu'à leur apparence. Il y avait un bon moment que je ne m'en étais pas occupé et je venais justement de la remplir ce matin-là.

Et alors ?

Elle était pleine d'oiseaux. Noirs et blancs, qui s'ébrouaient, déclenchant une véritable tempête.

Pas des oiseaux. Plus grands que des rouges-gorges, plus petits que des corbeaux.

Elle dit : « Des mouffettes. Des bébés mouffettes. Avec plus de blanc que de noir dans la fourrure. »

Mais qu'elles étaient belles. S'ébattant et dansant sans jamais se heurter les unes aux autres, de sorte qu'on n'aurait pu dire combien elles étaient, ni où commençait et où s'arrêtait chaque corps.

Sous nos yeux, elles se soulevèrent l'une après l'autre et sortirent de l'eau pour traverser prestement le jardin en diagonale. Comme si elles étaient fières d'elles-mêmes mais discrètes. Elles étaient cinq.

« Seigneur, dit Oneida. En ville. »

Son expression était un éblouissement mêlé d'incrédulité.

« Aviez-vous déjà vu un tel spectacle ? »

Je dis que non. Jamais.

Je crus qu'elle risquait de dire autre chose encore, au risque de tout gâcher, mais non, nous n'en fîmes rien, ni l'un ni l'autre.

Nous étions aussi contents qu'on peut l'être.

Corrie

« Ce n'est pas une bonne chose que tout l'argent soit concentré entre les mains d'une seule famille, ainsi que cela se produit dans les villes comme celle-ci, déclara Mr. Carlton. Je veux dire, pour une jeune femme comme ma fille Corrie, que voici. Par exemple, je veux dire, comme elle. Ce n'est pas bon. Personne n'est à son niveau. »

Corrie, assise de l'autre côté de la table en face de leur hôte, le regardait droit dans les yeux. Elle avait l'air de trouver ça drôle.

« Qui va-t-elle épouser ? poursuivit son père. Elle a vingt-cinq ans. »

Corrie leva les sourcils, fit la grimace.

« Tu oublies un an, dit-elle. Vingt-six.

– Vas-y, répondit son père. Ris tant que tu veux. »

Elle rit d'un rire sonore et, assurément, que pouvait-elle faire d'autre ? songea l'hôte. Il s'appelait Howard Ritchie et n'avait que quelques années de plus qu'elle, mais était déjà pourvu d'une épouse et d'une jeune famille, ainsi que le père de Corrie s'en était immédiatement avisé.

Elle changeait très vite d'expression. Elle avait des dents d'un blanc étincelant et une courte chevelure bouclée, presque noire. De hautes pommettes qui prenaient la lumière. Pas une femme douce. Guère de chair sur les os, le genre de choses que son père risquait d'ajouter. Howard Ritchie voyait en elle une de ces jeunes femmes qui consacrent beaucoup de temps à jouer au golf et au tennis. Malgré la vivacité de ses répliques, il s'attendait à lui trouver l'esprit conformiste.

Il était architecte, au tout début de sa carrière. Mr. Carlton tenait à le présenter comme un architecte d'église, parce qu'il était pour l'heure occupé à restaurer le clocher de l'église anglicane de la ville.

Clocher qui avait été bien près de faire la culbute avant que Mr. Carlton vienne à la rescousse. Mr. Carlton n'était pas anglican – il l'avait précisé à plusieurs reprises. Son église à lui était méthodiste, et lui-même, un méthodiste profondément convaincu, ce qui expliquait que l'alcool n'entre pas chez lui. Mais on ne pouvait tolérer qu'un bâtiment aussi beau que cette église anglicane puisse se délabrer et tomber en ruine. On ne pouvait espérer que les anglicans fassent quoi que ce soit – c'étaient des protestants irlandais des classes pauvres qui auraient abattu le clocher pour bâtir on ne savait quelle verrue sur le visage de la ville. Ils n'avaient pas un rond, évidemment, et n'auraient pas compris en quoi on avait besoin d'un architecte plutôt que d'un menuisier. D'un architecte d'église.

La salle à manger était hideuse, du moins aux yeux de Howard. On était au milieu des années cinquante, mais tout semblait avoir été mis en place avant le début du siècle. Le repas était tout juste passable. Et le monsieur qui y présidait, au haut bout de la table, ne cessait jamais de parler. On se serait attendu à ce que la jeune femme en soit excédée, mais elle avait surtout l'air d'être le plus souvent au bord d'un éclat de rire. Avant d'avoir fini son dessert, elle alluma une cigarette. Elle en offrit une à Howard en disant à haute et intelligible voix : « Faites pas attention à papa. » Il prit la cigarette mais l'opinion qu'il se faisait de Corrie n'en fut pas améliorée.

Une enfant gâtée. Mal élevée.

À brûle-pourpoint, elle lui demanda ce qu'il pensait du Premier ministre de la Saskatchewan, Tommy Douglas.

Il dit que sa femme comptait au nombre de ses partisans. En réalité, sa femme jugeait que Douglas n'était pas assez à gauche, mais il n'allait pas se lancer dans ce genre d'explication.

« Papa l'adore. Papa est communiste. »

Cela tira à Mr. Carlton un renâclement sonore qui ne la fit pas taire. « Ben quoi, tu ris de ses blagues », dit-elle à son père.

Peu après, elle emmena Howard faire le tour du propriétaire. La maison se dressait directement en face de l'usine qui produisait des bottes d'homme et des chaussures de travail. Toutefois, derrière la maison, s'étendaient de vastes pelouses et coulait la rivière dont un méandre encerclait la moitié de la ville. Un sentier menait jusqu'à la rive. Elle était passée devant et il put voir ce dont il n'avait pas été sûr jusque-là. Elle était boiteuse.

« La pente n'est pas un peu raide, au retour ? demanda-t-il.

– Je ne suis pas invalide.

– Je vois que vous avez une barque à rames, dit-il, dans l'intention de s'excuser à moitié.

– Je vous emmènerais bien faire un tour mais pas tout de suite. Pour le moment, il faut aller regarder le coucher du soleil. » Elle indiqua du doigt une vieille chaise de cuisine dont elle dit qu'elle était là pour qu'on regarde le coucher du soleil et exigea qu'il s'y asseye. Elle-même s'assit dans l'herbe. Il s'apprêtait à demander si elle n'aurait pas de difficulté pour se relever mais se ravisa à temps.

« J'ai eu la polio, dit-elle. Voilà tout. Ma mère l'a eue aussi et elle est morte.

– C'est terrible.

– Il faut croire. Je ne me souviens pas d'elle. Je vais en Égypte, la semaine prochaine. J'avais vraiment envie d'y aller, mais maintenant j'ai l'impression que j'y tiens moins. Vous croyez que ça pourrait être amusant ?

– Je dois gagner ma vie. »

Il fut effaré de ce qu'il avait dit et bien sûr cela déclencha chez elle un petit rire gloussant.

« Je parlais en général, dit-elle avec emphase, après avoir fini de glousser.

– Moi aussi. »

Un chasseur de dot répugnant lui mettrait forcément le grappin dessus, peut-être égyptien, ou va savoir. Elle semblait à la fois audacieuse et puérile. Au début, elle pouvait intriguer un homme, mais ensuite son franc-parler, son autosatisfaction, si c'est bien de cela qu'il s'agissait, deviendraient fatigants. Certes, il y avait l'argent, et de cela, certains hommes ne se fatiguaient jamais.

« Il ne faut jamais faire allusion à ma jambe devant papa, sinon il fera une crise d'apoplexie, dit-elle. Un jour il a flanqué à la porte non seulement le gamin qui me taquinait, mais toute sa famille. Je veux dire, jusqu'aux cousins. »

D'Égypte, il arriva de curieuses cartes postales, adressées à son atelier, et pas à son domicile. Mais, bien sûr, comment aurait-elle connu son adresse personnelle ?

Pas une seule pyramide sur ces cartes. Pas de sphinx.

Une carte était une photo du rocher de Gibraltar accompagnée d'un mot qui le décrivait comme une pyramide en cours d'effondrement. Sur une autre on voyait des champs plats, brun foncé, Dieu sait où, et elle avait écrit : « Mer de Mélancolie. » Il y avait un autre message en minuscules caractères d'imprimerie : « Pour recevoir loupe, envoyer argent. » Heureusement, à l'atelier, personne ne les vit.

Il n'avait pas eu l'intention de répondre, mais le fit : « Loupe défectueuse, rembourser argent SVP. »

Il se rendit en voiture dans la ville qu'elle habitait pour une inspection superfétatoire du clocher de l'église, sachant qu'elle était forcément rentrée des pyramides mais ignorant si elle serait chez elle ou partie faire une autre balade.

Elle était chez elle, et y demeurerait un certain temps. Son père avait eu une attaque.

En réalité elle n'avait pas grand-chose à faire. Une infirmière venait tous les deux jours. Et une nommée Lillian Wolfe était chargée de s'occuper des feux, toujours allumés quand Howard arrivait. Elle s'acquittait bien sûr d'autres tâches ménagères. Corrie elle-même n'arrivait pas vraiment à faire partir de bons feux ou à préparer un repas, elle ne savait pas taper à la machine, était incapable de conduire une auto, même avec une chaussure orthopédique compensée pour l'y aider. Howard prenait les choses en main quand il venait. Il entretenait les feux et veillait à diverses choses dans la maison et on l'emmenait même rendre une visite au père de Corrie, quand le vieil homme était en état d'en recevoir.

Il s'était demandé comment il réagirait au pied de Corrie quand il serait au lit avec elle. Mais curieusement il lui sembla plus attirant, plus unique, que le reste de sa personne.

Elle lui avait dit qu'elle n'était pas vierge mais cela s'avéra une demi-vérité compliquée, due à l'intervention d'un professeur de piano, quand elle avait quinze ans. Elle s'était laissé guider par les désirs du professeur de piano parce qu'elle prenait en pitié les gens qui voulaient si ardemment quelque chose.

« Ne le prends pas, toi, comme une insulte, dit-elle, expliquant qu'elle n'avait pas continué de prendre en pitié les gens de cette façon.

– J'espère bien », dit-il.

Puis il eut des choses à lui dire à propos de lui-même. Le fait qu'il avait sorti un préservatif de sa poche ne signifiait pas qu'il avait des mœurs de séducteur. En fait, elle n'était que la seconde personne avec laquelle il avait couché, la première étant sa femme. Il avait été élevé dans un foyer farouchement religieux et croyait encore en Dieu, dans une certaine mesure. Il s'était gardé de le révéler à sa femme, qui en aurait fait des gorges chaudes parce qu'elle était très à gauche.

Corrie dit qu'elle était contente que ce qu'ils faisaient – ce qu'ils venaient de faire – n'ait pas l'air de le déranger, malgré sa foi. Elle dit qu'elle n'avait jamais, quant à elle, eu de temps à perdre avec Dieu, parce que son père suffisait largement à l'occuper.

Ce n'était pas difficile pour eux. Le métier de Howard demandait de fréquents voyages d'une journée afin d'inspecter un chantier ou de voir un client. Le trajet depuis Kitchener n'était pas très long. Et Corrie était seule chez elle à présent. Son père était mort, et la fille qui travaillait pour elle était partie chercher du travail en ville. Corrie avait approuvé sa démarche, lui avait même donné de l'argent pour qu'elle prenne des cours de dactylo, afin d'améliorer sa situation.

« Vous êtes trop intelligente pour perdre votre temps en travaux ménagers, avait-elle dit. Faites-moi savoir comment vous vous en sortez. »

Lillian Wolfe dépensa-t-elle l'argent pour prendre des cours de dactylo ou pour autre chose, on l'ignore, mais elle continua de faire des travaux ménagers. Cela fut découvert à l'occasion d'une invitation de Howard et de sa femme, avec quelques autres, à dîner chez des gens qui avaient accédé depuis peu à un statut élevé dans la ville de Kitchener. C'était Lillian qui servait à table, et elle se retrouva nez à nez avec l'homme qu'elle avait vu chez Corrie. L'homme qu'elle avait vu enlacé avec Corrie quand elle entrait débarrasser la table ou entretenir le feu. La conversation du dîner établit à l'évidence que l'épouse présente était déjà l'épouse à cette époque.

Howard dit qu'il n'avait pas parlé tout de suite de ce dîner à Corrie parce qu'il espérait qu'il deviendrait bientôt insignifiant. L'hôte et l'hôtesse de la soirée étaient loin d'être des amis intimes, de lui ou de sa femme. Certainement pas de sa femme, qui s'était moquée d'eux pour des raisons politiques par la suite. Cela n'avait été qu'un dîner à la fois mondain et d'affaires. Et la maison n'était vraisemblablement pas du genre où les bonnes cancanent avec leur patronne.

Absolument pas, même. Lillian dit qu'elle n'en avait pas soufflé mot. Elle le dit dans une lettre. Ce n'était pas avec sa patronne qu'elle le ferait si elle pensait devoir en parler à quelqu'un. C'était avec sa femme à lui. Sa femme serait-elle intéressée par cette information ? Voilà comment elle l'avait exprimé. La lettre était à l'adresse de son atelier, qu'elle avait été assez maligne pour dénicher. Mais elle connaissait également son adresse personnelle. Elle l'avait espionné. Elle y faisait allusion et parlait aussi du manteau de sa femme et de son col de renard argenté. Il mettait sa femme mal à l'aise et elle se sentait souvent obligée de raconter aux gens que c'était un héritage, pas un achat. Ce qui était vrai. N'empêche, elle aimait le porter dans certaines occasions, comme le dîner en question, afin de tenir son rang, semblait-il, même avec des gens dont elle ne se souciait guère.

« J'aurais horreur de devoir briser le cœur d'une dame si sympathique avec un gros col de renard argenté à son manteau », avait écrit Lillian.

« Où Lillian aurait-elle appris à distinguer un col de renard argenté d'un terrain de golf ? dit Corrie quand il se sentit tenu de lui communiquer la nouvelle. Tu es sûr que c'est ce qu'elle a dit ?

– Certain. »

Il avait aussitôt brûlé la lettre, s'étant senti souillé par son contact.

« Elle a appris des choses, alors, dit Corrie. J'ai toujours pensé qu'elle était rusée. J'imagine que la tuer ne figure pas parmi nos options. »

Il ne sourit même pas, de sorte qu'elle dit d'un ton parfaitement neutre : « Je plaisante. »

On était en avril, mais il faisait encore assez froid pour qu'on ait envie d'un bon feu. Elle avait projeté de lui demander d'en allumer un, pendant tout le dîner, mais son attitude bizarre et ombrageuse l'en avait empêchée.

Il lui raconta que sa femme n'avait pas envie d'aller à ce dîner. « C'est vraiment ce qu'on appelle la poisse.

– Tu aurais dû faire ce qu'elle disait, remarqua-t-elle.

– C'est le pire, reprit-il. La pire chose qui pouvait arriver. »

Tous deux regardaient fixement le foyer noir. Il ne l'avait effleurée qu'une seule fois, en lui disant bonjour.

« Ma foi, non, dit Corrie. Pas la pire. Non.

– Non ?

– Non, dit-elle. Nous pourrions lui donner l'argent. Ce n'est pas énorme, en fait.

– Je n'ai pas…

– Pas toi. Moi.

– Ah, non.
– Si. »

Elle se contraignait à parler avec légèreté, mais un froid mortel l'avait envahie. Et s'il disait non ? Non, je ne peux pas te laisser faire. Non, c'est un signe. C'est le signe que nous devons arrêter. Elle était certaine d'avoir perçu quelque chose de ce genre-là dans sa voix, et sur son visage. Toute cette vieille rengaine du péché. Le mal.

« Ce n'est rien pour moi, dit-elle. Et, même si tu pouvais te les procurer facilement, tu ne pourrais pas. Tu aurais le sentiment de les prendre à ta famille – comment pourrais-tu ? »

Famille. Elle n'aurait jamais dû dire cela. Jamais dû prononcer ce mot.

Mais en fait son visage s'éclaira. Il dit : Non, non, mais il y avait du doute dans sa voix. Et alors elle sut que tout irait bien. Au bout d'un moment, il fut capable de parler des aspects pratiques et il se rappela autre chose de la lettre. Il fallait que la somme soit en billets, dit-il. Elle refuserait absolument les chèques.

Il parlait sans lever les yeux, comme de la conclusion d'un accord commercial. Corrie aussi préférait les billets. De cette façon, elle ne serait pas impliquée.

« Parfait, dit-elle. Ce n'est pas une somme exorbitante, de toute manière.

– Mais il ne faut pas qu'elle se doute que c'est notre point de vue », dit-il pour la mettre en garde.

Il fallait prendre une boîte postale au nom de Lillian. Les billets dans une enveloppe à son nom qui serait déposée deux fois par an. C'était elle qui choisirait les dates. Jamais un jour de retard. De crainte, comme elle l'avait dit, qu'elle commence à s'inquiéter.

Il ne touchait toujours pas Corrie, ne le fit que pour un au revoir reconnaissant et presque cérémonieux. Ce sujet doit être entièrement séparé de ce qui existe entre nous, voilà ce qu'il semblait dire. Nous repartons de zéro. Nous serons de nouveau capables d'éprouver le sentiment que nous ne faisons de mal à personne. Que nous ne faisons rien de mal. C'était ainsi qu'il l'aurait exprimé dans son langage muet. Dans son langage à elle, elle fit une demi-plaisanterie, qui ne fut pas comprise.

« Nous avons déjà contribué à l'éducation de Lillian… Elle était moins futée, au départ.

– Nous n'avons pas besoin qu'elle le devienne encore plus. Qu'elle demande encore plus.

– Nous affronterons ce problème quand il se présentera. D'ailleurs, nous pourrions menacer de porter plainte. Et dès aujourd'hui.

– Mais c'en serait fini de nous deux », dit-il. Il avait déjà dit au revoir et détourné la tête. Ils étaient dans le vent, sur la galerie.

« Je ne pourrais pas supporter que c'en soit fini de nous deux.

– Je suis contente de l'entendre », dit Corrie.

Le moment vint vite où ils cessèrent même d'en parler. Elle tendait les billets déjà dans leur enveloppe. Au début, il poussait un petit grognement de dégoût mais par la suite cela se mua en soupir d'acquiescement, comme si on lui rappelait une corvée dont il devait s'acquitter.

« Comme le temps passe vite.

– Oh oui, alors.

– Le bien mal acquis de Lillian », disait parfois Corrie, et si l'expression lui avait déplu la première fois, il finit par s'habituer à l'employer lui-même. Dans les débuts, elle demandait s'il lui était arrivé de revoir Lillian, s'il y avait eu d'autres dîners.

« Ce n'étaient pas de vrais amis », lui rappelait-il. Il ne les voyait pour ainsi dire jamais, ne savait pas si Lillian travaillait encore pour eux.

Corrie ne l'avait pas revue non plus. Ses parents vivaient à la campagne, et si Lillian venait les voir, il n'y avait guère de chances qu'ils aillent faire leurs courses dans le bourg qui avait rapidement décliné. Il n'y avait plus rien dans la grand-rue qu'une supérette où les gens achetaient des billets de loterie et les produits qui venaient à leur manquer, et un magasin de meubles dans les vitrines duquel les mêmes tables et les mêmes sofas semblaient installés à demeure, et dont les portes n'ouvraient apparemment jamais – et resteraient peut-être fermées jusqu'à la mort du propriétaire retiré en Floride.

Après le décès du père de Corrie, l'usine de chaussures avait été reprise par une grande marque qui avait promis – c'était ce qu'elle croyait – de la maintenir en activité. Une année ne s'était pas écoulée, toutefois, que le bâtiment fut vidé, les machines encore utilisables déménagées dans une autre ville, et il ne resta plus que quelques outils désuets, qui étaient autrefois intervenus dans la fabrication de bottes et de chaussures. Corrie se mit en tête d'ouvrir un gentil petit musée pour exposer ces objets. Elle procéderait elle-même à la mise en place et organiserait des visites guidées pour décrire la façon dont les choses se faisaient par le passé. Elle acquit une quantité surprenante de connaissances, aidée par quelques photographies que son père avait fait faire pour illustrer une conférence qu'il avait peut-être donnée en personne – la dactylographie était mauvaise – devant le Women's Institute quand ces dames étudiaient les industries locales. Déjà, vers la fin de l'été, Corrie avait guidé un petit nombre de visiteurs. Elle était sûre que les choses prendraient de l'envergure l'année suivante, quand elle aurait fait installer un panneau au bord de la grand-route et rédigé un article pour un prospectus touristique.

Au début du printemps, regardant par la fenêtre un matin, elle vit des inconnus qui avaient commencé à démolir le bâtiment. Il s'avéra que le contrat, par lequel elle pensait avoir l'usage des lieux aussi longtemps qu'une partie convenue du loyer était versée, ne l'autorisait pas à exposer ni à s'approprier aucun des objets qui se trouvaient à l'intérieur dudit bâtiment, quel que fût le laps de temps au cours duquel on les avait tenus pour dépourvus de valeur. Il était hors de question qu'une parcelle quelconque de cet antique matériel puisse lui appartenir et, en fait, elle avait de la chance de n'avoir pas été traînée en justice une fois que la compagnie – naguère si obligeante en apparence – eut découvert ce qu'elle avait entrepris.

Si Howard n'avait pas emmené sa famille en Europe l'été précédent, quand elle s'était lancée dans ce projet, il aurait pu jeter un coup d'œil à ce contrat pour elle, lui évitant ainsi bien des ennuis.

Tant pis, dit-elle quand elle fut calmée, et elle ne tarda pas à découvrir un nouveau centre d'intérêt.

Cela commença quand elle décida qu'elle en avait plus qu'assez de sa grande maison vide – elle avait envie d'en sortir et elle arrêta ses vues sur la bibliothèque publique, qui se trouvait un peu plus loin dans sa rue.

C'était une belle bâtisse d'une taille raisonnable et, parce que c'était une bibliothèque Carnegie, il n'était pas facile de s'en débarrasser, malgré le peu de public qu'elle attirait encore – en nombre tout à fait insuffisant pour justifier le salaire d'une bibliothécaire.

Corrie s'y rendait deux fois par semaine, ouvrait les portes, et prenait place derrière le comptoir de la bibliothécaire. Elle époussetait les rayonnages quand l'envie lui en prenait, et téléphonait aux gens dont les registres montraient qu'ils avaient conservé des livres depuis des années. Certains de ceux qu'elle appelait prétendaient n'avoir jamais entendu parler du livre en question – il devait avoir été emprunté par une tante ou une grand-mère qui avait l'habitude de lire mais qui était décédée à présent. Elle évoquait alors le droit de propriété de la bibliothèque et le livre réapparaissait parfois dans la corbeille des retours.

L'unique désagrément qu'il y avait à s'installer dans la bibliothèque était le bruit. Celui que faisait Jimmy Cousins, qui tondait le gazon autour du bâtiment, recommençant pour ainsi dire aussitôt qu'il avait terminé parce qu'il n'avait rien d'autre à faire. Elle l'engagea donc pour tondre ses pelouses à elle – ce dont elle s'était chargée elle-même afin de prendre de l'exercice, mais sa ligne n'en avait pas réellement besoin et elle y passait un temps infini à cause de sa claudication.

Howard fut quelque peu désarçonné par le changement intervenu dans la vie de Corrie. Il venait plus rarement, désormais, mais pouvait rester plus longtemps. Il vivait à Toronto, tout en travaillant encore pour le même cabinet. Ses enfants étaient adolescents et certains allaient à l'université. Les filles réussissaient très bien, les garçons un peu moins bien qu'il ne l'aurait souhaité, mais avec les garçons c'était comme ça. Sa femme travaillait à plein temps, et parfois même plus, dans le bureau d'un homme politique de la province. Son salaire était infime, mais elle était heureuse. Plus heureuse qu'il ne l'avait jamais connue.

Au printemps précédent, il l'avait emmenée en Espagne, cadeau-surprise qu'il lui avait fait pour son anniversaire. Corrie était restée sans nouvelles de lui pendant un temps. Il y aurait eu un certain manque de goût de sa part à lui écrire pendant ces vacances cadeau d'anniversaire. Jamais il n'aurait fait une chose pareille et elle n'aurait d'ailleurs pas aimé qu'il la fasse.

« On pourrait croire que ma maison est un sanctuaire, à voir comment tu te comportes », dit Corrie quand il revint, et il répondit : « C'est exactement ça. » Il adorait tout des vastes pièces à présent, avec leurs plafonds à moulures et la sévérité de leurs sombres boiseries. Elles avaient quelque chose de grandiose dans leur absurdité. Mais il voyait bien que c'était différent pour elle, qu'elle avait besoin d'en sortir de temps en temps. Ils se mirent à faire de courtes excursions, puis des excursions un peu plus longues, descendant pour la nuit dans un motel – mais jamais plus d'une nuit –, mangeant dans des restaurants plutôt chic mais sans excès.

Ils ne croisèrent jamais quelqu'un qu'ils connaissaient. Autrefois, cela leur serait arrivé – ils en étaient certains. Mais les choses avaient changé, sans qu'ils puissent dire pourquoi. Était-ce parce qu'ils ne couraient plus un aussi grand danger, au cas où cela se produirait bel et bien ? Le fait est que les gens qu'ils auraient pu rencontrer, mais ne rencontrèrent jamais, ne les auraient pas soupçonnés de former le couple clandestin et immoral qu'ils étaient encore. Il aurait pu la présenter comme une cousine sans éveiller l'attention – une parente éclopée à qui il rendait visite. Il avait d'ailleurs des parents dont sa femme ne voulait jamais entendre parler. Et qui aurait poursuivi de ses assiduités une maîtresse boiteuse d'un certain âge ? Personne ne se serait avisé d'engranger une telle information pour la ressortir à un moment dangereux.

On a croisé Howard à Bruce Beach avec… sa sœur, non ? Il avait l'air en forme. Sa cousine, peut-être ? Une boiteuse ?

Ça ne valait vraiment pas la peine.

Ils faisaient encore l'amour, évidemment. Parfois avec précaution, évitant une épaule meurtrie, un genou fragile. Ils s'étaient toujours montrés conformistes dans ce domaine, et le restaient, se félicitant de ne pas avoir besoin de stimulants pour leur imagination. C'était bon pour les gens mariés. Parfois Corrie, débordante de larmes, enfouissait son visage contre lui.

« C'est simplement de penser à la chance que nous avons », disait-elle.

Elle ne lui demandait jamais s'il était heureux, mais, par des voies détournées, il montrait qu'il l'était. Il disait avoir élaboré des idées plus conservatrices, ou peut-être seulement en avoir un peu rabattu sur ses espérances, dans son travail. (Elle gardait pour elle la pensée qu'il avait toujours été plutôt conservateur.) Il prenait des leçons de piano, à la grande surprise de sa femme et de ses enfants. C'était bon d'avoir un centre d'intérêt qui vous appartienne en propre, dans un ménage.

« J'en suis sûre, disait Corrie.

– Je n'ai pas voulu…

– Je sais. »

Un jour – c'était en septembre – Jimmy Cousins vint à la bibliothèque lui dire qu'il ne pourrait pas tondre le gazon chez elle ce jour-là. Il devait aller au cimetière creuser une tombe. C'était pour quelqu'un qui avait vécu dans le coin, ajouta-t-il.

Corrie, gardant d'un doigt sa page dans *Gatsby le Magnifique*, s'enquit du nom de la personne. Elle jugeait curieux que tant de gens – ou plutôt leurs cadavres – reviennent dans la ville en formulant cette dernière volonté qui n'était qu'un tracas pour leur famille. Ils pouvaient avoir passé leur vie entière dans des villes voisines ou lointaines, semblant parfaitement satisfaits de leur lieu de résidence, sans souhaiter y demeurer après leur mort. Les vieilles gens ont de drôles d'idées.

Jimmy dit que ça n'était pas une personne âgée. Elle s'appelait Wolfe. Le prénom lui échappait.

« Ce n'est pas Lillian ? Ce n'est pas Lillian Wolfe ? »

Il croyait bien.

C'était le nom qui figurait dans l'exemplaire du journal local destiné à la bibliothèque, que Corrie ne lisait jamais. Lillian était décédée à Kitchener à l'âge de quarante-six ans. Elle serait inhumée après le service qui aurait lieu à l'église des Oints du Seigneur, qui serait célébré à deux heures.

Bon.

C'était l'un des deux jours de la semaine où la bibliothèque était censée ouvrir. Corrie ne pourrait pas s'y rendre.

L'église des Oints du Seigneur était nouvelle en ville. Rien n'y prospérait plus d'ailleurs que ce que son père avait baptisé les « religions de cirque ». Elle en voyait les bâtiments par une des fenêtres de la bibliothèque.

Elle s'y posta avant deux heures, et vit une petite foule franchir le portail.

Les chapeaux n'étaient apparemment plus de rigueur, ni pour les femmes ni pour les hommes.

Comment le lui dirait-elle ? Une lettre à l'atelier, il le faudrait bien. Elle pouvait y téléphoner, mais alors sa réaction à lui devrait être si gardée, si professionnellement neutre, que l'émerveillement de leur libération serait à moitié perdu.

Elle retourna à *Gatsby* mais ne déchiffra plus qu'une suite de mots, elle était trop agitée. Elle ferma la bibliothèque et partit arpenter la ville.

Les gens disaient toujours que cette ville ressemblait à un enterrement de première classe, mais en fait, quand il s'y déroulait un véritable enterrement, elle affichait aussitôt son air le plus vivant. Cela lui revint à l'esprit quand elle vit, à une centaine de mètres de distance, les gens sortir de l'église, s'arrêtant pour bavarder et se détendre après la solennité du service funèbre. Et puis, à sa surprise, nombre d'entre eux contournèrent l'église jusqu'à une porte latérale par laquelle ils entrèrent de nouveau.

Ah, mais oui. Elle avait oublié. Après le service, après que le cercueil refermé avait été porté dans le corbillard, tout le monde, à l'exception des intimes qui suivraient la défunte et assisteraient à son inhumation, était convié au buffet. Les rafraîchissements seraient servis dans une autre partie de l'église, où il y avait la salle de l'école du dimanche et une vaste cuisine où l'on servait d'ordinaire des repas aux indigents.

Elle ne vit aucune raison qui l'empêcherait d'y aller.

Mais à la dernière seconde, elle décida de passer son chemin.

Trop tard. Une femme la héla d'une voix provocante – ou, à tout le moins, décidément déplacée dans les circonstances –, depuis le seuil de la porte par laquelle les autres étaient entrés.

Elle s'approcha et cette femme lui parla sous le nez : « Nous avons regretté votre absence pendant le service. »

Qui était-ce, Corrie n'en avait pas la moindre idée. Elle dit qu'elle était désolée de n'avoir pu y assister mais qu'elle devait ouvrir la bibliothèque.

« Oui, bien sûr, dit la femme, mais elle lui avait déjà tourné le dos pour un échange avec une autre, qui portait une tarte.

– Y a de la place dans le frigo, pour ça ?

– Je ne sais pas, chérie, tu n'as qu'à aller voir. »

Corrie avait pensé, en voyant la robe à fleurs de celle qui l'avait ainsi accueillie, que les femmes présentes à l'intérieur seraient toutes vêtues de la même façon. En habit du dimanche à défaut de vêtements de deuil. Mais peut-être que son idée d'habit du dimanche était désuète. Certaines des femmes qu'il y avait là étaient en pantalon, tout simplement, comme elle.

Une femme lui apporta une tranche de gâteau sur une assiette en plastique.

« Vous devez avoir faim, dit-elle. Tout le monde est affamé. »

Une femme, qui avait été la coiffeuse de Corrie autrefois, déclara : « J'ai dit à tout le monde que vous viendriez probablement. J'ai dit que vous ne pourriez pas avant la fermeture de la bibliothèque. J'ai dit que c'était dommage que vous manquiez le service. Voilà ce que j'ai dit.

– C'était très joli, renchérit une autre femme. Vous boirez bien une tasse de thé, quand vous aurez fini ce gâteau. »

Et ainsi de suite. Elle ne parvenait à retrouver le nom de personne. L'église unie et l'église presbytérienne se maintenaient de justesse ; l'église anglicane avait fermé depuis des années. Était-ce pour cette église-ci que tout le monde avait déserté ? Une seule autre dame assistant à la réception faisait l'objet d'autant d'attentions que Corrie et était vêtue comme cette dernière se serait attendue qu'on le soit à des obsèques. Une ravissante robe gris lilas et un discret chapeau d'été gris. On était en train de la conduire vers elle pour la lui présenter. Un collier de perles fines lui encerclait le cou sans ostentation.

« Mais oui. » Elle s'exprimait d'une voix douce, aussi satisfaite que les circonstances le permettaient. « Vous devez être Corrie. La Corrie dont j'ai tellement entendu parler. Sans jamais vous avoir rencontrée, j'avais l'impression de vous connaître. Mais vous devez vous demander qui je suis. » Elle prononça un nom qui ne signifiait rien pour Corrie puis secoua la tête et rit d'un petit rire plein de regret.

« Lillian travaillait chez nous depuis qu'elle était arrivée à Kitchener, dit-elle. Les enfants l'adoraient. Puis les petits-enfants. Une véritable adoration. Dieu sait. Pendant ses congés, je n'étais qu'un ersatz tout à fait insuffisant de Lillian. Nous tous, nous l'adorions, à vrai dire. »

Elle dit cela avec un mélange de stupéfaction et de délices. Ce mélange dont les femmes comme elle étaient capables, signe d'un autodénigrement si charmant. Elle aurait immédiatement repéré en Corrie la seule personne présente qui puisse parler son langage au lieu de le prendre au premier degré.

Corrie dit : « Je ne la savais pas malade.

– Elle est partie si vite, dit celle qui portait la théière, se proposant de resservir la dame aux perles, qui refusa.

– Ça emporte les gens de son âge plus vite que les vieux, reprit la dame au thé. Combien de temps elle est restée à l'hôpital ? demanda-t-elle d'un air vaguement menaçant au collier de perles.

– J'essaie de me souvenir. Dix jours ?

– Moins que ça, à ce que j'ai entendu. Et encore moins que ça quand ils ont fini par prévenir ses parents, chez elle.

– Elle n'en avait parlé à personne. » Commentaire de l'employeuse, qui s'exprimait d'une voix douce mais sans céder un pouce de terrain. « Ce n'était absolument pas le genre de personne à faire une histoire.

– Non, c'est bien vrai », dit Corrie.

À cet instant, une corpulente et souriante jeune femme s'approcha et se présenta comme la ministre du culte.

« Nous parlons de Lillian ? » demanda-t-elle. Elle secoua la tête, pleine d'admiration. « Lillian était bénie. Lillian était une personne rare. »

Toutes approuvèrent. Corrie comprise.

« Je soupçonne la révérende », écrivit Corrie dans la longue lettre à Howard qu'elle composait dans sa tête sur le chemin du retour.

Plus tard dans la soirée, elle s'assit pour commencer à la rédiger, alors qu'elle ne pourrait pas encore l'expédier – Howard passait une quinzaine de jours dans la maison de campagne de Muskoka avec sa famille. Tous en proie à une vague mauvaise humeur, ainsi qu'il l'avait décrit à l'avance – sa femme privée de sa politique, lui de son piano – mais bien décidés à sacrifier au rituel.

« Il est évidemment absurde de penser que le bien mal acquis de Lillian suffirait à bâtir une église, écrivit-elle. Mais je parierais qu'elle a fait bâtir le clocher. Il a l'air idiot, ce clocher, d'ailleurs. Je ne m'étais encore jamais avisée de ce que trahissent ces clochers en forme de cornets de glace renversés. Le déclin de la foi y est inscrit tout entier, n'est-ce pas ? Ils ne le savent pas eux-mêmes, mais ils l'affichent. »

Elle froissa la feuille et recommença, dans un style plus jubilatoire.

« Les jours du Chantage ont pris fin. On entend chanter le coucou par tout le pays. »

Elle ne s'était jamais rendu compte de la façon dont cela pesait sur elle, écrivit-elle, mais désormais elle le voyait. Pas l'argent – ainsi qu'il le savait bien, elle ne se souciait pas de l'argent et, de toute manière, l'inflation en avait réduit la valeur avec le passage des années, quoique Lillian n'ait jamais semblé s'en aviser. C'étaient la sensation de malaise, l'impossibilité perpétuelle de se sentir complètement en sécurité, le fardeau sur leur longue histoire d'amour, qui l'avaient rendue malheureuse. Elle éprouvait ce sentiment chaque fois qu'elle passait devant un bureau de poste.

Elle se demanda s'il existait une chance qu'il apprenne la nouvelle avant que sa lettre lui parvienne. Impossible. Il n'en était pas encore au stade où on lit la rubrique nécrologique.

C'était en février et en août de chaque année qu'elle mettait ces billets-là dans l'enveloppe et qu'il glissait l'enveloppe dans sa poche. Ensuite, il devait probablement recompter les billets et dactylographier le nom de Lillian sur l'enveloppe avant d'aller la déposer dans la boîte.

Une question se posait. Était-il retourné voir si le versement de l'été avait été collecté ? Lillian était encore vivante quand Corrie avait fait l'opération, mais certainement pas capable d'aller jusqu'à sa boîte. Certainement pas.

C'était peu avant le départ de Howard pour la maison de campagne que Corrie l'avait vu pour la dernière fois et que la remise de l'enveloppe avait eu lieu. Elle tenta de se rappeler le moment précis, se demandant si cela lui aurait laissé le temps de repasser vérifier après être allé déposer l'argent. Ou s'il était parti directement pour la maison de campagne. Parfois, dans le passé, il avait trouvé le temps d'écrire à Corrie quand il était à Muskoka. Mais pas cette fois-ci.

Elle va se coucher alors que la lettre n'est pas encore terminée.

Et se réveille tôt, quand le ciel s'éclaire, alors que le soleil n'est pas levé.

Il y a toujours un matin où l'on se rend compte que tous les oiseaux ont disparu.

Elle sait quelque chose. Elle l'a découvert dans son sommeil.

Il n'y a pas de nouvelle à lui apprendre. Pas de nouvelle, parce qu'il n'y en a jamais eu.

Pas de nouvelle concernant Lillian, parce que Lillian ne compte pas et n'a jamais compté. Pas de boîte postale, parce que l'argent va tout droit sur un compte, ou peut-être simplement dans un portefeuille. Frais généraux. Ou petite pelote d'épargnant modeste. Un voyage en Espagne. Qui s'en soucie ? Les gens qui ont des familles, des maisons de vacances, des enfants à élever, des factures à régler – ils n'ont pas à réfléchir à la façon de dépenser ce genre de somme. On ne peut même pas parler d'une aubaine. Aucun besoin d'explication.

Elle se lève et s'habille rapidement et parcourt toutes les pièces de la maison, présentant cette nouvelle idée aux murs et au mobilier. Une cavité partout, particulièrement remarquable dans sa poitrine. Elle fait du café et ne le boit pas. Elle finit par se retrouver dans sa chambre, et découvre qu'il faut reprendre du début et refaire en entier la présentation de la réalité actuelle.

Une note de la plus grande concision, la lettre au panier.

« Lillian est morte, enterrée hier. »

Elle l'envoie à son atelier, c'est sans importance. Par exprès, qu'est-ce que ça peut faire ?

Elle débranche le téléphone, de manière à ne pas souffrir d'attendre. Le silence. Elle risque tout simplement de ne plus jamais entendre.

Mais bientôt une lettre, à peine plus longue que la sienne.

« Tout va bien maintenant, réjouis-toi. À très vite. »

C'est donc ainsi qu'ils vont laisser les choses. Trop tard pour faire quoi que ce soit d'autre. D'ailleurs, ç'aurait pu être pire, bien pire.

Train

De toute façon ce train ne roule pas vite, et il a encore ralenti dans la courbe. Jackson est le dernier voyageur qui reste, le prochain arrêt, Clover, étant encore à une trentaine de kilomètres. Et après, il y a Ripley, et Kincardine et le lac. Il est en veine et il faut en profiter. Il a déjà récupéré le talon de son billet dans l'encoche destinée à le recevoir, au-dessus de sa tête.

Il soulève son sac et le regarde atterrir doucement, juste entre les rails. Il n'a pas le choix à présent – le train ne ralentira pas plus.

Il tente sa chance. Il est jeune, en bonne forme, aussi agile qu'il le sera jamais. Mais le bond, la réception, le déçoit. Il est plus raide qu'il ne le pensait, quand il veut s'immobiliser, l'élan le projette en avant, ses paumes heurtent violemment le ballast entre les traverses, il s'écorche. Les nerfs.

Le train est hors de vue, il l'entend prendre un peu de vitesse, au sortir de la courbe. Il crache sur ses mains meurtries, en ôte les gravillons incrustés. Puis il ramasse son sac et se met à marcher en sens inverse du chemin déjà parcouru dans le train. S'il suivait le train, il arriverait à la gare de Clover longtemps après la tombée de la nuit. Il pourrait encore se plaindre de s'être endormi puis réveillé les idées confuses, croyant à tort avoir manqué sa gare pendant son sommeil. Du coup il a sauté du train et s'est vu obligé de finir à pied.

On l'aurait cru. Revenant chez lui de si loin, revenant de la guerre, ses idées auraient bien pu s'embrouiller dans sa tête. Il n'est pas trop tard, il serait avant minuit là où il était censé être.

Mais pendant tout le temps qu'il y pense, il marche dans la direction opposée.

Il ne connaît pas beaucoup de noms d'arbres. Les érables, que tout le monde connaît. Les pins. Pas grand-chose d'autre. Il a cru sauter au milieu d'un bois, mais non. Les arbres bordent seulement la voie, serrés les uns contre les autres le long du remblai, mais il entrevoit par éclairs les champs derrière eux. Des champs verts, rouille, ou jaunes. Des pâtures, des cultures, des éteules. Il n'en sait pas plus. On est encore en août.

Et une fois que le bruit du train a cessé, avalé par la campagne, il se rend compte que ce n'est pas le parfait silence auquel il se serait attendu qui règne. Beaucoup d'intrusions ici et là viennent troubler cette perfection, un froissement des feuilles sèches d'août qui n'est pas dû au vent, le tapage de quelques oiseaux invisibles l'admonestant.

Sauter du train, croyait-il, c'était procéder à une annulation. Le corps en alerte, les genoux prêts, on allait pénétrer dans un air différent. On espérait le vide. Au lieu de quoi, qu'obtenait-on ? Un attroupement immédiat de décors nouveaux, réclamant l'attention comme ils ne l'avaient jamais fait pendant qu'assis dans le train on se contentait de regarder par la fenêtre. Que fait-on là ? Où va-t-on ? L'impression d'être observé par des choses dont on ne sait rien. D'être un intrus. La vie qui l'entoure aboutissant à des conclusions à son sujet depuis un observatoire pour lui invisible.

Les gens qu'il avait croisés depuis quelques années semblaient croire que si l'on n'était pas de la ville, on était de la campagne. Et ce n'était pas vrai. Il y a des distinctions qui risquent d'échapper à ceux qui ne vivent pas justement dans cette zone, entre la campagne et la ville. Jackson lui-même était le fils d'un plombier. Jamais de sa vie il n'avait mis le pied dans une étable, mené un troupeau de vaches ou lié le blé en gerbes. Jamais non plus il ne s'était trouvé, comme à ce moment-là, suivant d'un pas pesant une voie de chemin de fer qui semblait être retournée de sa vocation première, transporter voyageurs et marchandises, à l'état d'une province envahie de pommiers sauvages et de buissons épineux couverts de baies et de lianes rampantes et de corbeaux – cet oiseau-là au moins il le connaissait – croassant du haut de perchoirs qu'on ne voyait pas. Et à l'instant, une couleuvre ondulant entre les rails, parfaitement assurée qu'il ne sera pas assez rapide pour la tuer d'un coup de pied. Il en sait tout de même suffisamment pour juger qu'elle est inoffensive, mais cette assurance l'irrite.

On pouvait compter sur la petite jersiaise, qui s'appelait Princesse Margaret, pour venir à la porte de l'étable à l'heure de la traite, deux fois par jour, matin et soir. Belle n'avait pas souvent besoin de l'appeler. Mais ce matin-là elle était trop intéressée par quelque chose au creux de la pâture, ou dans les arbres qui cachaient les voies du chemin de fer, de l'autre côté de l'enclos. Elle entendit Belle siffler et puis l'appeler et se mit en marche de mauvaise grâce. Mais ensuite elle décida de retourner jeter un coup d'œil.

Belle posa le seau et le tabouret et entreprit de traverser les hautes herbes mouillées du matin.

« So-boss. So-boss », mi-câlinant, mi-grondant.

Quelque chose bougeait parmi les arbres. Une voix d'homme lança que tout allait bien.

Ben, évidemment que tout allait bien. Est-ce qu'il croyait qu'elle avait peur de lui ? Mieux valait pour lui avoir peur de la vache, dont on n'avait pas coupé les cornes.

Enjambant la barrière, il fit un signe qu'il devait concevoir comme rassurant.

C'en était trop pour Princesse Margaret, il fallait qu'elle exécute une petite démonstration. Bondir d'un côté, puis de l'autre. Secouer les méchantes petites cornes. Pas grand-chose, mais les jersiaises peuvent toujours surprendre d'une façon désagréable, par leur vitesse et leurs accès de colère. Belle se mit à crier, pour gronder la vache et rassurer l'homme.

« Elle vous fera pas de mal. Bougez pas. C'est ses nerfs. »

Elle remarqua alors le sac qu'il tenait. C'était la cause de cet incident. Elle avait cru qu'il marchait seulement le long de la voie, mais il allait quelque part.

« C'est votre sac qui l'inquiète. Si vous pouviez le poser par terre un moment. Il faut que je la fasse revenir vers l'étable pour la traire. »

Il fit ce qu'elle demandait, puis considéra la scène, s'efforçant de ne pas bouger d'un centimètre.

Elle fit reprendre à Princesse Margaret le chemin du seau et du tabouret, qu'elle avait laissés de ce côté-ci de l'étable.

« Vous pouvez le reprendre maintenant », cria-t-elle. Et elle se mit à parler d'un ton plus amical à mesure qu'il approchait. « Du moment que vous le lui agitez pas sous le nez. Vous êtes militaire, hein ? Si vous attendez que j'aie fini de la traire, je pourrai vous faire un peu à manger. C'est un nom idiot quand on doit lui crier dessus. Princesse Margaret. »

C'était un bout de femme costaude aux cheveux raides où le gris se mêlait au blond, avec une frange de petite fille.

« C'est moi qui en suis responsable, dit-elle en s'installant sur le tabouret. Je suis royaliste. Enfin, je l'étais. J'ai fait du porridge que je tiens au chaud sur la cuisinière. J'en ai pas pour longtemps à traire. Si ça vous dérange pas de faire le tour de la grange et d'aller attendre là où elle pourra pas vous voir. Je regrette de pas pouvoir vous offrir d'œuf. On avait des poules avant mais les renards arrêtaient pas de nous les prendre alors on en a eu marre. »

Nous. Nous les prendre. Elle avait donc un homme quelque part dans le coin.

« Le porridge, ça me va très bien. Je vous paierai volontiers.

– Pas la peine. Simplement, allez vous cacher un peu. Elle s'est trop intéressée pour laisser descendre son lait. »

Il s'éloigna donc, contournant la grange. Elle était en mauvais état. Il jeta un coup d'œil entre les planches pour voir le genre d'auto qu'elle avait, mais il ne distingua qu'une vieille carriole et d'autres épaves de machines agricoles.

On voyait qu'on s'était efforcé de mettre un peu d'ordre mais que les affaires ne devaient pas être brillantes. La maison, dont la peinture blanche s'écaillait et virait au gris. Une fenêtre masquée de planches clouées, là où les vitres avaient été cassées. Le poulailler délabré, où elle avait dit que le renard leur prenait les poules. Des bardeaux empilés.

S'il y avait un homme dans la maison, c'était forcément un invalide, ou alors un fieffé paresseux.

Une route passait non loin. Un petit champ enclos devant la maison, un chemin de terre. Et dans le champ, un cheval pommelé paisible. Une vache, il comprenait les raisons pour lesquelles on pouvait l'élever, mais un cheval ? Même avant la guerre les paysans avaient commencé à s'en débarrasser, l'avenir était aux tracteurs. Et elle ne lui avait pas semblé du genre à faire des promenades d'agrément au trot d'un cheval.

Puis la lumière se fit. La carriole dans la grange. Ce n'était pas une relique, c'était tout ce qu'elle avait.

Depuis un moment déjà, il entendait un bruit intrigant. La route s'élevait jusqu'au sommet d'une colline et, de derrière ce sommet, lui parvenait un *clip-clop, clip-clop*. Accompagné d'un frêle tintement ou d'un sifflement.

Voilà autre chose. Au sommet de la colline parut un caisson sur roues, tiré par deux chevaux assez petits. Plus petits que celui du champ mais infiniment plus vifs. Et dans le caisson étaient assis une demi-douzaine de petits bonshommes. Tous vêtus de noir, avec un chapeau noir assorti sur la tête.

C'étaient eux qui faisaient ce bruit. Ils chantaient. D'une voix minuscule, discrète et aiguë, d'une douceur incroyable. Sans un regard pour lui, ils passèrent leur chemin.

Cela le glaça. La carriole dans la grange et le cheval dans le champ n'étaient rien en comparaison.

Il était encore en train de regarder d'un côté puis de l'autre quand il entendit la femme crier : « Ça y est, j'ai fini. » Elle était debout près de la maison.

« C'est par là qu'on entre et qu'on sort, dit-elle, indiquant la porte de derrière. Sur le devant, la porte est bloquée depuis l'hiver dernier, elle refuse de s'ouvrir, on croirait qu'elle est encore gelée. »

Ils marchaient sur des planches jetées par-dessus un sol de terre battue inégal, dans une pénombre dispensée par la fenêtre masquée de planches. Il faisait aussi froid que dans le creux où il avait dormi. Il n'avait pas cessé de se réveiller, essayant de se recroqueviller dans une position qui lui permettrait de conserver la chaleur. La femme, elle, ne frissonnait pas – elle exhalait une odeur de saine dépense physique mêlée à ce qui était vraisemblablement celle du pelage de la vache.

Elle versa le lait frais dans une bassine et la couvrit du carré d'étamine qu'elle rangeait à portée de la main, puis le conduisit dans la pièce principale de la maison. Les fenêtres dépourvues de rideaux y laissaient pénétrer la lumière. Et le poêle à bois y avait été allumé. Il y avait un évier équipé d'une pompe manuelle, une table avec une toile cirée usée en lambeaux par endroits, et un divan recouvert d'un vieil édredon rapiécé.

Et un oreiller qui avait perdu quelques plumes.

Jusque-là, pas si mal, encore que vieux et miteux. Tout ce qu'on voyait avait son utilité. Mais en levant les yeux, on découvrait sur des rayonnages des empilements de journaux ou de magazines, voire d'on ne sait quelle paperasse, jusqu'au plafond.

Il fallait qu'il lui demande. Elle ne craignait donc pas le feu ? Un poêle à bois, par exemple.

« Bah, je suis toujours là. Je veux dire, je dors ici. Il n'y a pas d'autre endroit où je peux empêcher les courants d'air. Je fais attention. Je n'ai même pas eu le moindre feu de cheminée. Une ou deux fois c'est devenu trop chaud et j'ai dû jeter de la levure dessus. Rien de grave.

« De toute manière ma mère devait y être aussi, dit-elle. Il n'y avait aucun autre endroit confortable pour elle. Elle dormait ici dans un petit lit. Je gardais un œil sur tout. J'ai bien pensé à porter tous les papiers dans la salle de devant mais c'est vraiment trop humide là-dedans, ça les aurait mis en bouillie. »

Puis elle dit qu'elle aurait dû lui expliquer. « Ma mère est morte. Elle est décédée en mai. Quand le temps commençait tout juste à s'améliorer. Elle a vécu assez longtemps pour entendre annoncer la fin de la guerre à la radio. Elle comprenait parfaitement. Elle avait perdu la parole depuis longtemps mais elle comprenait. Je m'étais tellement habituée à ce qu'elle parle pas que des fois je pense qu'elle est ici alors qu'elle y est pas, bien sûr. »

Jackson se dit que c'était le moment de présenter ses condoléances.

« Oh vous savez. Ça devait arriver. Une chance que ça n'ait pas été en hiver. »

Elle lui servit la bouillie d'avoine et versa le thé.

« Pas trop fort, le thé ? »

La bouche pleine, il secoua la tête.

« J'économise jamais sur le thé. Si on va par là, pourquoi pas boire de l'eau chaude ? On en a manqué quand le temps est devenu si mauvais l'hiver dernier. Plus d'électricité, plus de radio, plus de thé. J'avais enroulé une corde autour de la porte de derrière pour m'y accrocher quand j'allais traire. J'ai pensé mettre Princesse Margaret dans l'arrière-cuisine mais je me suis dit que la tempête lui ferait tellement peur que j'arriverais pas à la tenir. En tout cas, elle a survécu. On a toutes survécu. »

Profitant d'une pause dans la conversation, il demanda s'il y avait des nains dans le voisinage.

« J'en ai pas remarqué.

– Dans un chariot ?

– Ah. Ils chantaient ? Ça devait être les petits mennonites. Ils vont avec le chariot jusqu'à l'église et ils chantent pendant tout le trajet. Les filles doivent aller dans la carriole avec les parents mais ils autorisent les garçons à y aller avec le chariot.

– Ils ont fait comme s'ils ne me voyaient pas.

– Ils ne doivent pas. Je disais à ma mère qu'on habitait au bord de la bonne route parce qu'on était exactement comme les mennonites. Le cheval, la carriole, et on boit du lait qui n'est pas pasteurisé. La seule différence, c'est qu'on ne sait chanter ni l'une ni l'autre.

« Quand ma mère est décédée ils ont apporté tellement à manger que ça m'a duré des semaines. Ils ont dû croire qu'il y aurait une veillée ou quelque chose dans ce genre-là. C'est une chance de les avoir. Mais je me dis aussi que c'est une chance pour eux. Parce qu'ils doivent faire la charité et moi je suis quasiment à leur porte, et si quelqu'un a besoin de charité, c'est bien moi. »

Il offrit de la payer quand il eut fini mais elle chassa de la main l'argent qu'il lui tendait.

Il y avait bien quelque chose, dit-elle. Si, avant de partir, il pouvait lui réparer l'abreuvoir du cheval.

Cela consistait en réalité à fabriquer un nouvel abreuvoir, et pour ce faire il dut chercher un peu partout les matériaux et les outils dont il pourrait avoir besoin. Cela lui prit toute la journée, et elle lui servit des crêpes avec le sirop d'érable des mennonites pour le dîner. Elle dit que si seulement il était arrivé une semaine plus tard, elle aurait peut-être eu du jambon à lui servir. Elle ramassait les mûres qui poussaient le long du chemin de fer.

Ils étaient assis sur des chaises de cuisine près de la porté de derrière et y restèrent jusqu'après le coucher du soleil. Elle lui racontait comment elle s'était retrouvée là, et il l'écoutait, mais pas très attentivement, parce qu'il parcourait les lieux du regard, songeant qu'ils étaient dans un état de détérioration avancée mais pas absolument désespérée pour peu que quelqu'un accepte de s'installer et de faire des réparations. Il faudrait y investir de l'argent, mais plus encore du temps et de l'énergie. Ce pouvait être un défi à relever. Il parvint presque à se convaincre qu'il regrettait de devoir poursuivre sa route.

Une autre raison pour laquelle il n'écoutait pas très attentivement ce que Belle – elle s'appelait Belle – continuait de lui raconter était qu'elle parlait de sa vie, qu'il avait du mal à imaginer.

Son père – qu'elle appelait son papa – avait acheté la ferme pour leurs vacances d'été, disait-elle, et puis il avait décidé qu'ils pouvaient aussi bien y habiter toute l'année. Lui pouvait travailler n'importe où parce qu'il gagnait sa vie en tenant une chronique dans le *Toronto Evening Telegram*. Le facteur emportait ses écrits, qui étaient ensuite expédiés par le train. Il écrivait sur toutes sortes d'événements. Il avait même inclus Belle dans ses chroniques en la baptisant Pussycat. Il lui arrivait aussi de mentionner la mère de Belle mais en l'appelant Princesse Casamassima, nom tiré d'un livre dont le titre, disait-elle, ne signifiait plus rien. Sa mère était peut-être la raison pour laquelle ils s'étaient installés à demeure. Elle avait attrapé la terrible grippe de 1918 dont tant de gens moururent, et, quand elle en avait réchappé, elle était devenue bizarre. Pas vraiment muette, puisqu'elle pouvait former des mots, mais elle en avait perdu une quantité. À moins que ce ne soient les mots qui l'avaient perdue. Elle avait dû réapprendre à s'alimenter et à aller aux toilettes. Outre les mots, elle dut apprendre à garder ses vêtements par temps chaud. Parce qu'on n'avait pas envie de la voir se promener à travers la ville et faire l'objet de la risée générale.

Belle passait l'hiver en pension. L'école où elle était pensionnaire s'appelait l'école de l'Évêque Strachan et elle fut surprise qu'il n'ait jamais entendu ce nom[1]. Elle le lui épela. C'était à Toronto et l'école était pleine de filles riches mais aussi de filles comme elle, dont les frais de scolarité étaient acquittés par des parents généreux ou par des donations. Elle y avait appris à être plutôt snob, disait-elle. Et l'établissement ne lui avait pas donné la moindre idée de ce qu'elle ferait pour gagner sa vie.

Mais tout fut réglé pour elle par l'accident. En se promenant le long de la voie de chemin de fer, comme il aimait le faire souvent par les soirées d'été, son père avait été heurté par un train. Sa mère et elle étaient allées l'une et l'autre se coucher avant l'accident et

1. John Strachan (1778-1867), premier évêque anglican de Toronto, qui eut une grande influence en particulier dans les politiques éducatives de son temps.

Belle pensa qu'il devait s'agir d'un animal de ferme en fuite sur la voie, mais sa mère s'était mise à gémir horriblement comme si elle l'avait su aussitôt.

De temps à autre, l'une ou l'autre des filles avec qui elle avait été copine à l'école écrivait pour lui demander ce qu'elle pouvait bien trouver à faire là-bas, mais elles auraient été fort surprises. Il y avait la traite et la cuisine et les soins à sa mère et elle avait les poules à cette époque, aussi. Elle apprit à découper les pommes de terre de façon que chaque morceau porte un œil, pour les planter et les récolter l'été suivant. Elle n'avait jamais appris à conduire et quand la guerre arriva elle vendit la voiture de son papa. Les mennonites lui donnèrent un cheval qui n'était plus apte aux travaux des champs, et l'un d'entre eux lui apprit à l'harnacher, à l'atteler et à le mener.

Une de ses anciennes copines, qui s'appelait Robin, lui rendit visite et jugea que sa façon de vivre était ridicule. Elle voulait qu'elle revienne vivre à Toronto, mais que ferait-elle de sa mère ? Sa mère était beaucoup plus tranquille désormais, et gardait ses vêtements, elle aimait écouter la radio, l'opéra du samedi après-midi. Elle aurait évidemment pu le faire à Toronto, mais Belle n'aimait pas l'idée de la déraciner. Robin répondit que c'était d'elle-même qu'elle parlait, elle-même qu'elle avait peur de déraciner. Robin, quant à elle, partit s'enrôler dans ce qu'on appelait l'armée des femmes[1].

La première chose sur sa liste était de rendre habitables d'autres pièces que la cuisine pour qu'on puisse y dormir quand le froid arriverait. Il fallait qu'il se débarrasse des souris et même de quelques rats, réfugiés à l'intérieur à l'approche de l'hiver. Il lui demanda pourquoi elle ne s'était jamais procuré un chat et eut droit à un échantillon de sa logique bien particulière. Elle dit qu'un chat n'arrêterait pas de tuer des petites bêtes et de les apporter pour les lui montrer alors

1. *Women's Army Corps* : branche féminine et non combattante de l'armée canadienne, créée en 1941.

qu'elle n'avait aucune envie de les voir. Il tendait l'oreille pour guetter le claquement des tapettes et en fut débarrassé avant même que Belle s'en aperçoive. Puis il lui fit la leçon à propos des papiers qui remplissaient la cuisine, du risque d'incendie, et elle accepta de les déplacer si la salle du devant était débarrassée de l'humidité. Cela devint sa tâche principale. Il fit l'achat d'un radiateur et remit les murs en état, puis la convainquit de consacrer le plus clair d'un mois à grimper chercher les papiers, pour les relire et les reclasser, avant de les installer sur les rayonnages qu'il avait fabriqués.

Elle lui raconta ensuite que parmi ces papiers il y avait le livre de son père. Parfois elle disait « son roman ». Il ne songea pas à poser la moindre question à ce sujet mais un jour elle lui raconta qu'il parlait de deux personnes, Matilda et Stephen. Un roman historique.

« Vous vous rappelez les leçons d'histoire ? »

Il avait fini ses cinq années de lycée avec des notes honorables et d'excellents résultats en trigonométrie et en géographie mais n'avait pas retenu grand-chose des cours d'histoire. Pendant son année de terminale, d'ailleurs, on ne pensait qu'à une chose, qu'on allait partir à la guerre.

Il répondit : « Pas dans l'ensemble, non.

– Vous vous rappelleriez l'ensemble si vous étiez allé à l'Évêque Strachan. On vous en aurait gavé avec un entonnoir. L'histoire d'Angleterre, en tout cas. »

Elle dit que Stephen était un héros. Un homme d'honneur, d'une grande bonté, une bonté beaucoup trop grande pour son époque. Il était l'une de ces personnes rares qui ne pensent pas qu'à elles-mêmes et ne trahissent pas leurs promesses au profit de leurs intérêts. En conséquence, et en dernière analyse, il n'avait pas connu la réussite.

Et puis Matilda. Descendante directe de Guillaume le Conquérant, elle était aussi cruelle et hautaine qu'on pouvait s'y attendre. Encore qu'il devait se trouver des gens assez bêtes pour prendre sa défense parce que c'était une femme.

« S'il avait pu le terminer, ç'aurait été un très bon roman. »

Jackson savait évidemment que les livres existent parce que des gens s'asseyent pour les écrire. Ils ne surgissent pas de nulle part. Mais pourquoi, telle était la question. Il existait déjà des livres, en très grand nombre. Il y en avait deux qu'il avait dû lire au lycée. *Un conte de deux villes* et *Huckleberry Finn*, rédigés l'un et l'autre dans une langue qui vous épuisait mais de deux manières différentes. Et c'était compréhensible. Ils avaient été écrits dans le passé.

Ce qui le rendait perplexe, sans qu'il ait l'intention de le laisser transparaître, c'était que quiconque puisse avoir envie de s'asseoir pour en rédiger encore un, dans le présent. Maintenant.

Tragique, trancha Belle, et Jackson ne sut pas si c'était de son père qu'elle parlait ou des gens dans le livre que ce dernier n'avait pas terminé.

Quoi qu'il en soit, maintenant que cette salle était habitable, l'esprit de Jackson était déjà sur le toit. À quoi bon rénover une pièce si l'état du toit la rend de nouveau inhabitable en l'espace d'un an ou deux ? Il s'était débrouillé pour la rafistoler de manière à lui assurer deux ou trois hivers supplémentaires, mais il ne pouvait rien garantir au-delà. Et il projetait encore de se remettre en route d'ici la Noël.

Parmi les enfants des familles mennonites de la ferme voisine, les plus âgés étaient tous des filles, et les garçons plus jeunes qu'il avait vus n'étaient pas encore assez forts pour se charger des tâches les plus lourdes. Jackson avait donc pu leur louer ses bras pendant les moissons d'automne. Il avait été invité à manger avec les autres et à sa surprise il découvrit que les filles se comportaient avec insouciance en le servant, et n'étaient pas du tout muettes comme il s'y était attendu. Les mères les tenaient à l'œil, il le remarqua, et c'était lui que les pères tenaient à l'œil. Il fut heureux de constater qu'il pouvait satisfaire les pères comme les mères. Lesquels voyaient bien qu'il n'y avait rien de trouble avec lui. Aucun risque.

Et avec Belle évidemment il n'y avait strictement rien à dire. Elle était – il l'avait découvert – son aînée de seize ans. Y faire allusion, ou en plaisanter tout simplement, aurait tout gâché. Elle était un certain genre de femme, et lui, un certain genre d'homme.

Le bourg où ils faisaient leurs courses, quand ils en avaient besoin, s'appelait Oriole. Il était dans la direction opposée de celui où il avait grandi. Il attachait le cheval dans la remise attenante à l'église unie, puisqu'il ne restait évidemment plus de poteaux destinés à cet usage dans la grand-rue. Au début, il se méfiait de la quincaillerie et du salon de coiffure. Mais il ne tarda pas à comprendre un aspect de la vie des petites villes dont il aurait dû, ayant lui-même grandi dans l'une d'entre elles, prendre conscience plus tôt. Elles n'avaient guère de rapport les unes avec les autres, en dehors des matchs qui les opposaient, au stade, ou à la patinoire de hockey, où ne régnait qu'une hostilité fervente mais fabriquée. Quand on avait besoin d'acheter des choses que les commerçants locaux ne pouvaient fournir, on allait dans une grande ville. De même quand on voulait consulter un autre médecin que ceux qui avaient un cabinet là où on habitait. Il ne croisait jamais personne qu'il avait l'impression de connaître, et personne ne semblait éprouver la moindre curiosité à son endroit, alors que le cheval retenait l'attention d'un grand nombre. Tel n'était plus le cas pendant les mois d'hiver, parce que les chasse-neige ne dégageaient pas les routes secondaires et que les paysans qui apportaient leur lait à la crèmerie ou leurs œufs à l'épicerie devaient s'en remettre à des chevaux, comme Belle et lui le faisaient toute l'année.

Belle s'arrêtait toujours pour voir le film à l'affiche, alors qu'elle n'avait nulle intention d'aller jamais au cinéma. Sa connaissance des films et des vedettes était phénoménale mais remontait à quelques années en arrière, un peu comme Matilda et Stephen. Elle pouvait par exemple vous dire à qui Clark Gable était marié dans la vraie vie avant de devenir Rhett Butler.

Jackson ne tarda donc pas à se faire couper les cheveux quand c'était nécessaire et à acheter du tabac quand il en était à court. Il fumait maintenant comme un paysan, roulant ses cigarettes qu'il n'allumait jamais à l'intérieur de la maison.

Les autos d'occasion restèrent introuvables pendant un certain temps, mais quand il redevint possible de s'en procurer, quand sortirent enfin les nouveaux modèles, et que les cultivateurs qui avaient gagné de l'argent pendant la guerre furent disposés à revendre leurs vieilles guimbardes, il eut une conversation avec Belle. Patchwork avait Dieu seul sait quel âge, c'était un très vieux cheval et il refusait avec opiniâtreté de gravir la moindre pente.

Il découvrit que le marchand d'autos d'occasion l'avait remarqué, mais ne comptait pas sur sa visite.

« J'ai toujours pensé que votre sœur et vous, vous étiez des mennonites qui ne s'habillaient pas comme les autres », lui dit le marchand.

Jackson en fut un peu secoué mais c'était quand même mieux que mari et femme. Du coup, il se rendit compte qu'il devait avoir beaucoup vieilli et changé avec les années, et que celui qui avait sauté du train, ce militaire maigrichon aux nerfs en compote, ne serait guère reconnaissable dans l'homme qu'il était devenu. Tandis que Belle, dans la vision qu'il avait d'elle, s'était arrêtée à un moment de sa vie où elle restait une adulte enfant. Et sa conversation renforçait cette impression, progressant par bonds en avant ou en arrière, retournant dans le passé pour en ressortir, si bien qu'elle semblait ne faire aucune différence entre leur dernier voyage au bourg et le dernier film qu'elle avait vu avec son père et sa mère, ou l'épisode comique au cours duquel Princesse Margaret – morte, à présent – avait couché ses cornes vers un Jackson bigrement inquiet.

Ce fut la deuxième auto qu'ils avaient achetée, d'occasion bien sûr, qui les emmena à Toronto pendant l'été 1962. C'était un voyage qu'ils n'avaient pas prévu et il intervint à un moment malcommode pour Jackson. D'une part, il était en train de bâtir une nouvelle écurie pour les mennonites occupés par la moisson et, de l'autre, sa propre récolte de légumes s'annonçait, qu'il avait vendue d'avance à l'épicerie d'Oriole. Mais Belle avait une grosseur dont elle avait fini par se laisser convaincre qu'il fallait s'en préoccuper, et avait un rendez-vous à Toronto, pour y être opérée.

Comme ç'a changé, ne cessait de dire Belle. Tu es sûr qu'on est encore au Canada ?

Et ce, avant qu'ils aient dépassé Kitchener. Une fois sur la nouvelle autoroute, elle s'angoissa pour de bon, l'implorant de trouver une route secondaire ou de faire demi-tour pour rentrer. Il s'étonna lui-même de sa réponse cinglante – la circulation le surprenait lui aussi. Après quoi elle se tut pendant tout le reste du trajet, et il n'eut aucun moyen de savoir si elle avait fermé les yeux parce qu'elle avait renoncé ou parce qu'elle priait. À sa connaissance, elle n'avait jamais prié.

Le matin même elle avait tenté de le faire changer d'avis. Elle dit que la grosseur rapetissait au lieu de s'agrandir. Depuis que le système d'assurance maladie pour tous était entré en vigueur, dit-elle, les gens se précipitaient chez le médecin et transformaient leur existence en une longue suite dramatique d'hôpitaux et d'opérations, qui avait pour seul effet de prolonger la période pendant laquelle on était inutile, voire nuisible, à la fin de sa vie.

Elle se calma et retrouva sa bonne humeur quand ils empruntèrent la bretelle de sortie et débouchèrent en pleine ville. Ils étaient dans Avenue Road et, bien que s'exclamant sans cesse que tout avait tellement changé, elle semblait en mesure de repérer quelque chose qu'elle connaissait dans chaque pâté de maisons. Là, c'était un immeuble dans lequel une des profs d'Évêque Strachan avait habité. Au sous-sol, il y avait un commerce où l'on pouvait acheter du lait, des cigarettes et le journal. Ce serait drôle, non, dit-elle, qu'on puisse y descendre et y trouver encore le *Telegram*, où il n'y aurait pas seulement le nom de son père mais sa photo à demi effacée, prise quand il avait encore tous ses cheveux ?

Puis un petit cri, au bout d'une rue adjacente, elle avait aperçu l'église – elle aurait juré que c'était l'église même – dans laquelle ses parents s'étaient mariés. Ils l'y avaient emmenée un jour pour la lui montrer, alors que ce n'était pas l'église où ils allaient régulièrement. Ils n'allaient pas à l'église, loin de là. Ça tenait de la farce. Son père disait qu'on les avait mariés au sous-sol mais sa mère disait dans la sacristie.

Sa mère parlait sans difficulté à l'époque, elle était comme tout le monde.

Peut-être existait-il une loi, en ce temps-là, pour vous obliger à vous marier à l'église, sans quoi le mariage n'était pas légal.

À Eglinton elle vit l'entrée du métro.

« Imagine un peu, je n'ai jamais pris le métro. »

Elle le dit avec une espèce de mélange de peine et de fierté.

« Tu te rends compte, rester aussi ignorante. »

À l'hôpital, tout était prêt pour la recevoir. Elle continua de se montrer enjouée, racontant les horreurs de la circulation et tous les changements, se demandant si le grand magasin Eaton's sortait encore le grand jeu pour Noël. Et existait-il encore des lecteurs du *Telegram* ?

« Vous auriez dû passer par Chinatown, en venant, dit une infirmière. Croyez-moi, c'est quelque chose.

– Je suis impatiente d'aller voir ça quand je rentrerai chez moi. » Elle rit, et ajouta : « Si je rentre chez moi un jour.

– Oh, ne dites pas de bêtises. »

Une autre infirmière était en train de demander à Jackson où il avait garé la voiture, et de lui expliquer jusqu'où la déplacer pour éviter la contredanse. Elle s'assura aussi qu'il connaissait l'existence des logements mis à la disposition des parents habitant hors de la ville, solution beaucoup moins coûteuse que l'hôtel.

On allait mettre Belle au lit à présent, dirent-elles. Un médecin passerait la voir et Jackson pourrait revenir lui dire bonne nuit par la suite. Elle aurait déjà reçu une prémédication et il risquait de la trouver un peu abrutie.

Elle entendit, et déclara qu'abrutie, elle l'était tout le temps, et qu'il ne serait donc pas surpris, ce qui déclencha un petit accès d'hilarité générale.

L'infirmière l'emmena pour lui faire signer un papier avant qu'il s'en aille. Là où le formulaire demandait la relation avec le patient, il hésita. Puis il écrivit : « Ami ».

Quand il revint le soir, il constata effectivement un changement, mais il n'aurait pas dit, quant à lui, que Belle semblait abrutie. On l'avait fourrée dans un genre de sac de toile verte qui lui laissait le cou et la quasi-totalité des bras à découvert. Il l'avait rarement vue aussi nue, et n'avait pas remarqué les espèces de cordes qui semblaient à vif, tendues entre ses clavicules et son menton.

Elle était en colère d'avoir la bouche sèche.

« On ne veut rien me donner, rien d'autre qu'une misérable gorgée d'eau. »

Elle voulait qu'il aille lui chercher un Coca, quelque chose qu'elle n'avait jamais bu de sa vie, à la connaissance de Jackson.

« Il y a un distributeur plus loin dans le couloir – forcément. Je vois passer des gens avec une bouteille à la main et ça me donne une soif horrible. »

Il dit qu'il ne pouvait pas contrevenir aux ordres.

Elle en eut les larmes aux yeux et se détourna en un mouvement de colère enfantine.

« Je veux rentrer chez moi.

– Tu rentreras bientôt.

– Tu pourrais m'aider à chercher mes habits.

– Non, je ne pourrais pas.

– Si tu ne veux pas je me débrouillerai toute seule. J'irai à la gare toute seule.

– Il n'y a plus de trains de voyageurs qui desservent notre région. »

Brusquement, elle sembla renoncer à ses projets d'évasion. Quelques instants plus tard, elle se mit à évoquer la maison et toutes les améliorations qu'elle et lui – surtout lui – y avaient apportées. La peinture blanche qui brillait sur les murs extérieurs, et jusqu'à l'arrière-cuisine, blanchie à la chaux et dotée d'un plancher. La couverture de bardeaux refaite, et les fenêtres remises dans l'état où elles étaient autrefois, et, merveille des merveilles, la plomberie, qui était un tel bonheur pendant l'hiver.

« Si tu n'étais pas arrivé, je n'aurais pas tardé à vivre dans un taudis absolument sordide. »

Il se garda d'exprimer l'opinion qu'à son arrivée c'était déjà le cas.

« Quand je sortirai d'ici, je ferai un testament, dit-elle. Tout pour toi. Tu seras dédommagé de ta peine. »

Il y avait pensé évidemment, et on se serait attendu à ce que cette perspective d'héritage lui apporte une modeste satisfaction, alors même qu'il aurait exprimé l'espoir sincère et amical que rien de tout cela n'arrive trop tôt. Mais plus maintenant. Cela n'avait plus l'air de le concerner, c'était loin, très loin.

Elle revint à ce qui la turlupinait.

« Ah, c'est là-bas que je voudrais être, pas ici.

– Tu te sentiras beaucoup mieux quand tu te réveilleras après l'opération. »

Pourtant, d'après tout ce qu'il avait entendu, c'était un énorme mensonge.

Soudain, il se sentit affreusement fatigué.

Sa déclaration était plus proche de la vérité qu'il s'en serait jamais douté. Deux jours après l'exérèse de la grosseur, Belle était assise bien droite au lit, dans une autre chambre, heureuse de l'accueillir et pas du tout troublée par les gémissements de la patiente qui occupait, derrière un rideau, le lit d'à côté. C'étaient plus ou moins les gémissements qu'elle-même – Belle – avait produits la veille, quand Jackson n'avait pas réussi à lui faire ouvrir les yeux pour s'aviser de sa présence.

« Ne fais pas attention à elle, dit Belle. Elle est totalement inconsciente. Elle ne ressent probablement rien du tout. En se réveillant demain matin, elle se sentira comme neuve. Si elle se réveille. »

Elle laissait, avec une certaine satisfaction, percer une autorité quasi professionnelle, la rudesse de celle qui est déjà passée par là. Assise dans son lit, elle buvait une espèce de breuvage à l'orange à l'aide d'une paille commodément recourbée. Elle avait l'air beaucoup plus jeune que la femme qu'il avait amenée à l'hôpital si peu de temps auparavant.

Elle le soumit à un interrogatoire en règle : dormait-il suffisamment ? Avait-il déniché un restaurant où il aimait manger ? N'avait-il pas fait trop chaud pour se promener à pied ? Avait-il trouvé le temps de visiter le Musée royal de l'Ontario, comme elle croyait le lui avoir conseillé ?

Mais elle ne parvenait pas à se concentrer sur les réponses qu'il lui faisait. Elle semblait être dans un état de sidération. Une sidération maîtrisée.

« Ah, il faut que je te raconte, dit-elle, l'interrompant au beau milieu de son explication des raisons pour lesquelles il n'avait pas pu aller au musée. Pas la peine d'avoir l'air si inquiet. Tu vas me faire rire si tu gardes cette tête, et ça me fera mal à mes points de suture. On se demande d'ailleurs ce qui me prend d'avoir envie de rire. En fait c'est quelque chose d'horriblement triste, un drame. Tu sais, pour mon père, ce que je t'ai raconté au sujet de mon père… »

Ce qu'il remarqua fut qu'elle disait père et non plus papa.

« Mon père et ma mère… »

On aurait dit qu'elle avait besoin de descendre en elle-même pour rassembler ses idées avant de reprendre.

« La maison était en meilleur état que la première fois que tu l'as vue. C'était pas difficile. On utilisait la pièce en haut de l'escalier comme salle d'eau. Bien sûr il fallait monter et descendre de l'eau. C'est seulement par la suite, quand tu es arrivé, que je me suis servie de celle du rez-de-chaussée. Avec les étagères, tu sais, qui avait été un garde-manger ?

Comment pouvait-elle ne pas se rappeler que c'était lui qui avait démonté les étagères et installé la salle de bains ?

« Ah, bah, quelle importance ? dit-elle, comme si elle lisait dans les pensées de Jackson. Donc j'avais fait chauffer de l'eau et je l'avais portée à l'étage pour ma toilette. Et j'ai enlevé mes habits. Ben, évidemment. Il y avait un grand miroir au-dessus du lavabo, tu vois, y avait un lavabo comme dans une vraie salle de bains, sauf qu'il fallait ouvrir la bonde pour que l'eau s'écoule dans le seau quand on avait fini. Les toilettes étaient ailleurs. Tu vois le tableau. J'avais donc commencé à me laver et j'étais toute nue, naturellement. Il devait être autour de neuf heures du soir, alors il y avait beaucoup de lumière. C'était l'été, je l'ai dit ? Cette petite pièce, orientée à l'ouest ?

« Et puis j'ai entendu des pas et bien sûr c'était papa. Mon père. Il devait avoir fini de mettre ma mère au lit. J'ai entendu les pas monter l'escalier et j'ai remarqué au son que c'étaient des pas lourds. Pas comme d'habitude. Très décidés. À moins que ça n'ait seulement été mon impression après coup. On dramatise facilement les choses après coup. Les pas se sont arrêtés juste derrière la porte de la salle de bains et si je me suis dit quelque chose, je me suis dit : Oh là là, il doit être fatigué. Je n'avais pas verrouillé la porte, bien sûr, puisqu'il n'y avait pas de verrou. On supposait qu'il y avait quelqu'un dedans quand la porte était fermée, et voilà.

« Donc il était derrière la porte et je n'en pensais rien du tout, et puis il a ouvert la porte et il est resté planté à me regarder. Et il faut que je dise ce que j'entends par là. À me regarder en entier, pas seulement ma figure. Ma figure qui regardait dans le miroir et lui, qui me regardait dans le miroir, et aussi ce qu'il y avait derrière moi, que je ne voyais pas. Ça n'était en aucune façon un regard normal.

« Je vais te dire ce que j'ai pensé. J'ai pensé : Il est somnambule. Je ne savais pas quoi faire parce qu'on ne doit pas réveiller en sursaut quelqu'un qui est somnambule.

« Mais alors il a dit : “Excuse-moi”, et j'ai su qu'il ne dormait pas. Il parlait d'une drôle de voix, je veux dire d'une voix bizarre, tout à fait comme si je le dégoûtais. Ou qu'il était en colère contre moi, je ne savais pas. Et puis il a laissé la porte ouverte et il est parti dans le couloir. Je me suis séchée, j'ai passé ma chemise de nuit et je suis allée me coucher et je me suis endormie tout de suite. Quand je me suis levée le lendemain matin, il y avait encore l'eau que je n'avais pas fait s'écouler, et je n'avais pas envie d'en approcher, seulement il a bien fallu.

« Tout semblait normal et lui était levé, il tapait déjà à la machine. Il m'a juste crié bonjour et puis il m'a demandé comment s'écrivait un mot. Il le faisait souvent, parce que j'étais meilleure en orthographe. Alors je le lui ai épelé et puis je lui ai dit qu'il ferait mieux d'apprendre l'orthographe s'il voulait être écrivain, que c'était lamentable. Mais plus tard dans la journée, j'étais en train de faire la vaisselle, il est venu derrière moi tout près et je me suis figée sur place. Il a seulement dit : “Pardon, Belle.” Et j'ai pensé : Si seulement il avait pas dit ça. Ça m'a terrifiée. Je savais que c'était vrai qu'il regrettait, qu'il me demandait vraiment pardon, mais du coup il mettait tout ça au grand jour d'une façon que je ne pouvais plus ignorer. J'ai simplement dit : “C'est rien”, mais j'ai pas réussi à le dire d'une voix normale, comme si c'était vrai que c'était rien.

« Je pouvais pas. Il fallait que je lui fasse savoir qu'il nous avait changés. Je suis allée jeter l'eau de la vaisselle et puis je suis retournée à ce que je faisais d'autre, et plus un mot. Ensuite, j'ai fait lever ma mère après sa sieste et j'ai préparé le dîner et je l'ai appelé mais il n'est pas venu. J'ai dit à ma mère qu'il devait être allé se promener. Il le faisait souvent quand il était bloqué dans ce qu'il était en train d'écrire. J'ai aidé ma mère à couper ce qu'elle mangeait, mais je n'arrivais pas à m'arrêter de penser à des choses dégoûtantes. Surtout à des bruits que j'entendais parfois venant de leur chambre, et je me collais les mains sur les oreilles pour pas entendre. Et là, je me posais des questions sur ma mère qui mangeait son dîner et je me demandais ce qu'elle en pensait ou même si elle y comprenait quoi que ce soit.

« Je ne savais pas où il pouvait être allé. J'ai préparé ma mère pour son coucher alors que c'était à lui de le faire. Et puis j'ai entendu le train qui arrivait et, d'un seul coup, le choc et le crissement qui était celui des freins du train et j'ai dû savoir ce qui était arrivé alors que je ne sais pas exactement quand j'ai su.

« Je te l'avais dit. Je t'avais dit qu'il s'était fait écraser par le train.

« Mais voilà ce que je te dis. Et je ne te le dis pas seulement pour nous torturer. Au début je ne pouvais pas supporter ça et pendant très longtemps je me suis tout bonnement obligée à penser qu'il se promenait le long des voies en pensant à son travail et qu'il n'a pas entendu le train arriver. C'était l'histoire que je me racontais, oui. Je n'allais pas penser que c'était moi que ça concernait, ni même ce que ça concernait avant tout.

« Le sexe.

« Aujourd'hui je le vois. Aujourd'hui je le comprends réellement et ce n'était la faute de personne. C'était la faute de l'instinct sexuel dans une situation tragique. Moi qui grandissais là, et ma mère qui était comme elle était, et papa, naturellement, comme il allait être. Ni ma faute, ni sa faute.

« Ça devrait être reconnu, c'est tout ce que je veux dire, il devrait y avoir des endroits où les gens peuvent aller s'ils sont dans une situation. Et sans en mourir de honte ni se sentir coupable. Si tu crois que je veux dire des bordels, t'as raison. Si tu penses prostituées, t'as encore raison. Tu comprends ? »

Jackson, fixant un point au-dessus de la tête de Belle, répondit oui.

« Je me sens tellement libérée. Ce n'est pas que je ne ressente pas ce que ç'a de tragique, mais je suis sortie de cette tragédie, c'est ça que je veux dire. Ce sont seulement les erreurs de l'humanité. Ne va pas, sous prétexte que je souris, croire que je n'ai pas de compassion. J'éprouve une profonde compassion. Mais il faut que je dise mon soulagement. Il faut que je dise que, d'une certaine façon, je me sens heureuse. Tu n'es pas gêné d'avoir à entendre tout ça ?

– Non.

– Tu te rends compte que je suis dans un état anormal. Je le sais. Tout est si clair. Et j'en éprouve une telle gratitude. »

La patiente du lit d'à côté n'avait pas une seule fois interrompu son gémissement rythmique, pendant tout cet échange. Jackson avait l'impression que ce refrain lui était entré dans la tête.

Il entendit le chouinement caoutchouteux des chaussures de l'infirmière dans le couloir, se prit à espérer qu'elle allait venir dans la chambre. Ce qu'elle fit.

L'infirmière dit qu'elle lui apportait son cachet pour faire dodo. Il craignit qu'on lui enjoigne d'embrasser Belle pour lui souhaiter une bonne nuit. Il avait remarqué qu'on embrassait beaucoup à l'hôpital. Quand il se leva, il fut content qu'il n'en soit pas question.

« À demain. »

Il s'éveilla tôt et décida d'aller faire une promenade avant le petit déjeuner. Il n'avait pas mal dormi mais se dit qu'il avait besoin d'une coupure avec l'ambiance de l'hôpital. Ce n'était pas tant qu'il soit inquiet du changement de Belle. Il jugeait possible, et même probable, qu'elle redevienne normale, le jour même, ou d'ici un jour ou deux. Elle ne se rappellerait peut-être même pas le récit qu'elle lui avait fait. Ce qui serait une bénédiction.

Le soleil était déjà haut, comme on pouvait s'y attendre à cette époque de l'année, et les bus et les tramways déjà plutôt bondés. Il marcha un petit moment vers le sud, puis tourna vers l'ouest dans Dundas Street et, au bout d'un certain temps, se retrouva dans le quartier de Chinatown dont on lui avait parlé. Des charretées de légumes reconnaissables et d'autres qui l'étaient moins étaient transportées à grand bruit dans les boutiques et de petits animaux écorchés apparemment comestibles étaient déjà suspendus aux étals. Les rues étaient encombrées de camionnettes stationnant n'importe comment, et pleines d'éclats de voix chinoises sonnant comme autant de cris de désespoir. Les Chinois. Toute cette clameur aiguë donnait l'impression qu'ils étaient en guerre, alors que pour eux ce n'était probablement que le train-train quotidien. Il n'en éprouva pas moins le besoin de se mettre à l'abri de cette frénésie, et entra dans un restaurant géré par des Chinois mais qui affichait un petit déjeuner ordinaire d'œufs au bacon. Quand il en ressortit, il avait l'intention de faire demi-tour et rebrousser chemin.

Mais il se retrouva à marcher de nouveau en direction du sud. Il emprunta une rue bordée de maisons de brique, hautes et assez étroites. Leur construction devait remonter à une époque où les habitants du quartier ne souhaitaient pas disposer d'allées individuelles, voire ne possédaient pas encore d'automobile. Automobile qu'on n'avait même pas encore inventée. Il continua de marcher jusqu'à un panneau indiquant Queen Street, dont il avait entendu parler. Il obliqua de nouveau vers l'ouest, mais, au bout de quelques centaines de mètres, tomba sur un obstacle. Devant une boutique de doughnuts, il se heurta à une petite foule.

Elle était composée de gens arrêtés par une ambulance qui s'était garée en marche arrière sur toute la largeur du trottoir, bloquant le passage. Certains se plaignaient de cette perte de temps et s'interrogeaient à haute voix sur le fait de savoir si les ambulances étaient légalement autorisées à se garer de la sorte, tandis que d'autres bavardaient assez paisiblement, se demandant quelle pouvait être la cause de l'incident. On évoqua un décès, quelques-uns des badauds nommant divers candidats, tandis que d'autres avançaient que c'était le seul cas dans lequel le véhicule avait l'autorisation légale de stationner ainsi.

L'homme qu'on vit enfin sortir, attaché par des sangles sur le brancard, n'était certainement pas mort puisqu'on ne lui avait pas recouvert le visage. Cependant il était inconscient et avait la peau grise comme du ciment. On ne lui avait pas fait traverser la boutique de doughnuts, contrairement à ce que quelqu'un avait ironiquement prédit – allusion désabusée à la qualité des doughnuts –, mais le brancard était sorti par l'entrée principale de l'immeuble. C'était une bâtisse de briques de quatre étages en assez bon état, dont une laverie automatique partageait le rez-de-chaussée avec le marchand de doughnuts. Le nom gravé au-dessus du porche d'entrée suggérait un passé mêlé de fierté et d'une certaine sottise.

Bonnie Dundee[1].

Un homme qui ne portait pas la tenue d'ambulancier sortit le dernier. Il s'immobilisa et considéra, d'un regard plein d'exaspération, la petite foule qui commençait à envisager de se disperser. Il ne restait plus à attendre, en effet, que le grand vagissement de l'ambulance qui regagna la chaussée et s'éloigna en trombe.

Jackson fut parmi ceux qui ne prirent pas la peine de repartir. Il n'aurait pas dit qu'il était curieux d'un quelconque aspect de cet incident, mais plutôt qu'il se contentait d'attendre le tournant inévitable qui s'annonçait, pour le ramener là d'où il était venu. L'homme qui était sorti de l'immeuble marcha droit sur lui et lui demanda s'il était pressé.

Non. Pas particulièrement.

C'était le propriétaire de l'immeuble. Celui que l'ambulance avait emmené en était le concierge et l'homme à tout faire.

« Il faut que j'aille à l'hôpital voir ce qu'il a. Il se portait comme un charme hier. Ne s'est jamais plaint. À ma connaissance, il n'a aucun proche que je puisse contacter. Le pire, je n'arrive pas à mettre la main sur les clés. Ni sur lui, ni à l'endroit où il les range d'ordinaire. Du coup il faut que je rentre chez moi chercher mes doubles et donc je me demandais si vous pourriez avoir l'œil sur les choses pendant ce temps-là. Faut que j'aille chez moi, et à l'hôpital. Je pourrais demander à un locataire mais j'aime mieux pas, si vous voyez ce que je veux dire. Je n'ai pas envie qu'ils me bassinent pour savoir ce qui se passe alors que je n'en sais pas plus long qu'eux. »

Il demanda de nouveau si Jackson était sûr que ça ne l'ennuyait pas et Jackson dit non, pas du tout.

« Surveillez bien les entrées et les sorties, demandez à voir leurs clés. Dites-leur que j'ai eu une urgence, je n'en ai pas pour longtemps. »

1. Bonnie Dundee, surnom de John Graham, premier vicomte de Dundee (1648-1689), à qui Walter Scott a consacré un célèbre poème, devenu chanson, et parodié par de nombreux auteurs dont Lewis Carroll et Rudyard Kipling.

Il s'éloignait déjà mais se ravisa.

« Asseyez-vous, vous serez mieux. »

Il y avait un fauteuil que Jackson n'avait pas remarqué. Plié et rangé dans un coin pour faire de la place à l'ambulance. Ce n'était qu'un simple fauteuil de toile, mais assez confortable et solide. Jackson l'installa, tout en remerciant, à un endroit où il ne gênerait ni les passants ni les locataires. Personne ne fit attention à lui. Il avait été sur le point de parler de l'hôpital et du fait que lui-même devait y retourner sans trop tarder. Mais l'autre était pressé, et avait suffisamment de soucis comme ça, sans compter qu'il avait tenu à dire qu'il ferait au plus vite.

Jackson se rendit compte, une fois assis, du temps qu'il avait passé debout, à marcher au hasard.

L'homme lui avait dit de prendre un café ou quelque chose à manger chez le marchand de doughnuts s'il en avait envie.

« Vous n'aurez qu'à leur dire mon nom. »

Mais ce nom, Jackson ne le connaissait même pas.

Quand le propriétaire revint, il s'excusa du retard. De fait, l'homme que l'ambulance avait emporté était mort. Il avait fallu prendre des dispositions. Et faire faire de nouvelles clés. D'ailleurs les voici. Il y aurait un semblant d'obsèques auxquelles assisteraient les locataires les plus anciens dans l'immeuble. Le faire-part du journal en attirerait quelques-uns de plus. Ce serait un moment difficile, jusqu'à ce que tout soit réglé.

Le problème serait résolu. Si Jackson pouvait. Provisoirement. Ce serait seulement à titre provisoire.

Jackson s'entendit dire : Oui, ça lui allait.

S'il voulait prendre un peu de temps, on se débrouillerait. Il entendit ce bonhomme – son nouveau patron – le dire. Aussitôt après l'enterrement et le temps de se débarrasser de quelques objets. Après quoi il pourrait prendre quelques jours, pour mettre de l'ordre dans ses affaires et procéder à l'emménagement proprement dit.

Ce ne serait pas nécessaire, dit Jackson. Ses affaires étaient en ordre et tout ce qu'il possédait était sur son dos.

Naturellement, cela éveilla un vague soupçon. Jackson ne fut pas surpris, deux ou trois jours plus tard, d'apprendre que son nouvel employeur avait rendu une petite visite à la police. Mais tout allait bien, semblait-il. Il était apparu comme un de ces solitaires qui se sont enfoncés d'une façon ou d'une autre mais ne sont pas coupables, n'ayant enfreint aucune loi.

Selon toute évidence, personne ne le recherchait nulle part.

En règle générale, Jackson aimait avoir des gens un peu âgés dans l'immeuble. Et aussi des gens seuls. Pas ce qu'on appellerait des zombies. Des gens possédant des centres d'intérêt, pour certains on pourrait aller jusqu'à dire du talent. Le genre de talent qui les avait fait remarquer autrefois, leur avait permis de gagner leur vie. Mais pas suffisamment pour s'y tenir au long d'une existence entière. Un speaker dont la voix avait été connue à la radio des années auparavant, pendant la guerre, mais dont les cordes vocales étaient délabrées désormais. La plupart des gens le croyaient probablement mort. Mais il était là, dans son petit appartement de célibataire, se tenant au courant des nouvelles, abonné à *The Globe and Mail*, qu'il passait à Jackson au cas où il contiendrait quelque chose d'intéressant pour ce dernier.

Ce qui se produisit un jour.

Marjorie Isabella Treece, fille de Willard, longtemps éditorialiste au *Toronto Evening Telegram*, et de son épouse Helena (née Abbott), amie depuis l'enfance de Robin Ford (née Shillingham), s'est éteinte après une lutte courageuse contre le cancer. Le journal d'Oriole est prié de reproduire cette notice. 18 juillet 1965.

Aucune adresse n'était mentionnée. Elle avait probablement habité à Toronto, d'où le rôle prépondérant de Robin. Peut-être avait-elle survécu plus longtemps qu'on ne s'y serait attendu et peut-être même dans un relatif confort moral et matériel, mais seulement, bien sûr, jusqu'à l'approche de la fin. Elle avait fait preuve d'un certain talent d'adaptation aux circonstances. Plus peut-être qu'il n'en possédait lui-même.

Non qu'il passât son temps à se représenter les lieux qu'il avait partagés avec elle ou le travail accompli dans sa maison. C'était inutile – tout cela lui était souvent rappelé dans ses rêves, et il en ressentait alors plus d'exaspération que de nostalgie, comme s'il lui fallait se mettre au travail aussitôt sur des choses qu'il n'avait pas terminées.

Au Bonnie Dundee, les locataires voyaient en général d'un assez mauvais œil tout ce qui pouvait passer pour une amélioration, à l'idée qu'elle risquait d'entraîner une hausse de leur loyer. Il contournait leurs résistances par un discours plein de respect et de bon sens économique. L'immeuble s'améliora au point de posséder bientôt une liste d'attente de candidats à la location. Le propriétaire se plaignit que son bien soit en train de devenir peu à peu un refuge pour toqués. Mais Jackson répondit qu'ils étaient en général plus ordonnés que la moyenne et assez âgés pour éviter les écarts de conduite. Il y avait une femme qui jouait autrefois dans l'Orchestre symphonique de Toronto et un inventeur qui n'avait pas connu le succès avec ses inventions mais gardait espoir, et un réfugié hongrois, comédien que son accent handicapait mais qui avait joué dans une publicité encore diffusée quelque part dans le monde. Tous menaient une existence rangée et se débrouillaient pour économiser l'argent qui leur permettait d'aller au restaurant Epicure où ils racontaient leur histoire à longueur d'après-midi. Ils avaient aussi quelques amis vraiment célèbres qui, en de rarissimes occasions, venaient leur rendre visite. Et, détail non négligeable, le Bonnie Dundee avait à demeure un ministre évangéliste en assez mauvais termes avec son Église, on ne savait trop laquelle, mais toujours prêt à officier quand on le lui demandait.

Les gens prirent effectivement l'habitude de rester jusqu'à ce qu'il leur administre les derniers sacrements, mais cela valait mieux que de déménager à la cloche de bois.

Il y eut une exception, Candace et Quincy, un jeune couple qui ne régla jamais son loyer et s'esquiva en pleine nuit. Le hasard voulut que ce soit le propriétaire qui les reçoive quand ils étaient venus demander une chambre, et il s'excusa de ce mauvais choix en disant que le besoin d'un frais minois se faisait ressentir dans l'immeuble. Le minois de Candace, pas celui de son petit ami. Le petit ami était un petit con.

Par une chaude journée d'été, Jackson avait ouvert les deux battants de la porte du fond, celle des livraisons, afin de laisser entrer autant d'air que possible pendant qu'il s'affairait à vernir une table. C'était une jolie table qu'il avait eue pour rien, parce que l'usure avait fait disparaître la totalité de son vernis. Il pensait qu'elle irait bien dans le hall d'entrée, pour qu'on y dépose le courrier.

Il avait pu quitter le bureau parce que le propriétaire y était, occupé à vérifier certains loyers.

Quelqu'un effleura la sonnette de la porte d'entrée. Jackson était prêt à se relever, essuyant son pinceau, parce qu'il pensait que le propriétaire, plongé dans les chiffres, n'apprécierait pas d'être dérangé. Au lieu de quoi, il entendit la porte s'ouvrir, et une voix de femme. Une voix au bord de l'épuisement, mais capable pourtant de conserver une partie de son charme, de son absolue conviction que, quoi qu'elle dise, elle gagnerait à sa cause tous ceux qui l'entendraient.

Elle tenait probablement cette voix de son père, ministre du culte. Jackson eut le temps de le penser avant que la compréhension ne le frappe de plein fouet.

C'était la dernière adresse, dit-elle, qu'elle avait pour sa fille. Elle cherchait sa fille. Sa fille, Candace. Laquelle voyageait peut-être avec un ami. Elle, la mère, était venue de Colombie-Britannique. De Kelowna, où elle vivait avec le père de la fille.

Ileane. Jackson reconnaissait sa voix sans l'ombre d'un doute. Cette femme était Ileane.

Il l'entendit demander si elle pouvait s'asseoir. Puis le propriétaire offrit un fauteuil – celui de Jackson.

Il faisait beaucoup plus chaud à Toronto qu'elle ne s'y était attendue, alors qu'elle connaissait l'Ontario, y avait grandi.

Elle demanda s'il serait possible d'avoir un verre d'eau.

Elle devait avoir posé la tête dans ses mains, parce qu'elle s'était exprimée d'une voix étouffée. Le propriétaire sortit dans le hall d'entrée et mit de la monnaie dans le distributeur pour y prendre un Seven Up. Il pensait peut-être que c'était une boisson plus convenable que le Coca pour une dame.

À l'angle du corridor, il vit Jackson qui écoutait, et lui fit signe de prendre le relais, plus habitué qu'il était aux locataires en détresse. Mais Jackson fit violemment non de la tête.

Non.

Elle reprit rapidement ses esprits.

Elle demanda pardon au propriétaire, lequel répondit que la chaleur pouvait vous jouer de ces tours.

Ils en revinrent alors à Candace. Il n'y avait pas un mois qu'ils étaient partis, trois semaines peut-être. Sans laisser d'adresse.

« Dans ces cas-là, c'est le plus fréquent. »

Elle saisit l'allusion.

« Ah, mais bien sûr, je peux régler ce… »

Quelques murmures, quelques froissements de billets, et ce fut fait.

Puis : « J'imagine qu'il ne vous serait pas possible de me montrer l'endroit où ils logeaient…

– Le nouvel occupant n'est pas chez lui pour l'instant. Mais même s'il y était, je ne suis pas sûr qu'il accepterait.

– Bien sûr. Je suis sotte.

– Y avait-il quoi que ce soit qui vous intéressait particulièrement ?

– Mais non. Non. Vous êtes très aimable. Je vous ai fait perdre assez de temps. »

Elle s'était levée à présent et tous deux se déplaçaient. Ils sortirent du bureau, descendirent les deux marches menant à la porte d'entrée. Laquelle fut alors ouverte et les bruits de la rue absorbèrent ses dernières paroles, si elle en prononça pour prendre congé.

Aussi déçue qu'elle avait pu être, Jackson savait qu'elle devait s'être conduite avec grâce.

Il sortit de sa cachette quand le propriétaire retourna vers le bureau.

« Surprise », fut tout ce que dit ce dernier. « Nous avons récupéré notre argent. »

Cet homme était profondément dépourvu de curiosité, au moins en ce qui concernait les questions personnelles. C'était une chose que Jackson appréciait chez lui. Bien sûr, il aurait aimé la voir. Maintenant qu'elle était partie, il regrettait presque d'avoir laissé passer sa chance. Il ne s'abaisserait jamais à demander au propriétaire si elle avait encore les cheveux foncés, presque noirs, si elle était restée longue et mince, avec très peu de poitrine. La fille ne lui avait pas fait forte impression. Sa chevelure était blonde mais très vraisemblablement décolorée. Ne devait pas avoir beaucoup plus de vingt ans, encore que cela devienne difficile à dire de nos jours. Totalement sous la coupe du petit ami. Fuir le foyer familial, partir sans payer le loyer, briser le cœur de ses parents, tout ça pour ce piètre spécimen de petit ami boudeur.

Où était-ce donc, Kelowna ? Quelque part dans l'Ouest. Alberta, Colombie-Britannique. Un grand bout de chemin, pour venir la chercher. Certes, la mère était une femme tenace. Une optimiste. Elle l'était probablement restée. Elle s'était mariée. À moins que la fille ne soit née en dehors des liens du mariage, mais cela lui apparaissait très peu vraisemblable. Elle avait dû se montrer sûre, sûre d'elle-même la fois suivante, elle n'était pas du genre à cultiver le drame. La fille non plus, d'ailleurs. Elle rentrerait à la maison quand elle en aurait assez. Elle rapporterait peut-être un poupon mais c'était bien dans l'air du temps.

Peu avant la Noël de l'année 1940, il s'était produit un énorme tapage au lycée. Il avait même atteint le deuxième étage, où le fracas des machines à écrire et des calculatrices faisait d'ordinaire barrage au bruit des étages inférieurs. C'étaient les filles les plus âgées du lycée qui étaient là-haut – des filles qui, l'année précédente, avaient étudié le latin, et la biologie, et l'histoire européenne, et apprenaient désormais à taper à la machine.

L'une d'entre elles était Ileane Bishop[1], qui par une étrange coïncidence était la fille d'un ministre du culte, bien qu'il n'y ait pas d'évêques dans le clergé de l'Église unie de son père. Ileane était arrivée avec sa famille quand elle était en neuvième, et pendant cinq ans, la coutume étant de faire asseoir les élèves par ordre alphabétique, elle avait pris place derrière Jackson Adams. La timidité phénoménale de Jackson et son silence étaient depuis longtemps acceptés par tous les autres élèves de la classe, mais pour elle ils étaient nouveaux, et, au long des cinq années qui suivirent, son refus de les reconnaître amena un dégel. Elle lui empruntait des gommes et des plumes, des règles, des équerres et des compas, non pas tant pour rompre la glace qu'à cause de sa propre tête de linotte. Ils échangeaient la solution des problèmes et supputaient la note qu'obtiendraient leurs devoirs respectifs. Quand ils se rencontraient dans la rue, ils se disaient bonjour et Jackson ne se contentait pas de grommeler. Adressé à Ileane, son bonjour comportait deux syllabes et ne manquait pas d'emphase. Au-delà, ils ne présumaient pas de grand-chose, en dehors de quelques plaisanteries qu'ils partageaient. Ileane n'était pas timide, elle était intelligente et distante, pas particulièrement aimée de ses pairs, et c'était peut-être ce qui lui convenait à lui.

De là où elle se tenait dans l'escalier, quand tout le monde sortit pour assister à l'incident, Ileane fut surprise de constater que l'un des deux garçons qui causaient tout ce tapage était Jackson. L'autre était Billy Watts. Des jeunes gens qui, l'année dernière encore, se penchaient sur leurs manuels et passaient docilement d'une salle à l'autre à l'interclasse en traînant les pieds au long des couloirs étaient métamorphosés. Sous l'uniforme de fantassin, leur carrure semblait avoir doublé et leurs godillots martelaient le sol à grand bruit au hasard de leurs courses folles. Ils vociféraient que les cours étaient

1. En anglais, « évêque ».

annulés à compter de ce jour, parce que tout le monde devait aller à la guerre. Ils distribuaient des cigarettes un peu partout, les jetant sur le plancher où les ramassaient des garçons qui n'avaient pas encore de poil au menton.

Guerriers insouciants, tonitruants envahisseurs. Bourrés comme des coings.

« Je suis pas un planqué », voilà ce qu'ils ne cessaient de hurler.

Le proviseur s'efforçait de les faire sortir. Mais parce qu'on était au tout début de la guerre, les jeunes engagés volontaires commandaient respect et admiration et il ne pouvait donc faire preuve de la sévérité impitoyable qu'il manifesterait dès l'année suivante.

« Voyons, voyons, disait-il.

– Je suis pas un planqué », lui dit Billy Watts.

Jackson avait la bouche ouverte, probablement pour dire la même chose, mais à cet instant ses yeux rencontrèrent ceux d'Ileane Bishop et une certaine complicité s'établit entre eux.

Ileane comprit que Jackson était vraiment ivre mais que cet état avait pour effet de lui permettre de surjouer son ivresse, ce qui la rendait parfaitement gérable. (Billy Watts quant à lui était soûl, complètement, totalement soûl.) L'ayant compris, Ileane descendit l'escalier en souriant, et accepta une cigarette qu'elle tint entre les doigt sans l'allumer. Bras dessus bras dessous avec les deux héros, elle les entraîna triomphalement vers la sortie du lycée.

Une fois à l'extérieur ils allumèrent leurs cigarettes.

Diverses opinions contradictoires s'exprimèrent par la suite à ce sujet parmi les ouailles du père d'Ileane. Il y en eut pour dire qu'Ileane n'avait pas fumé la sienne pour de bon, mais seulement fait semblant, afin d'apaiser les garçons, tandis que d'autres soutenaient qu'elle l'avait certainement fait. Fumé. La fille de leur ministre du culte. Fumé.

Billy prit effectivement Ileane dans ses bras et tenta de l'embrasser, mais il trébucha et s'assit sur les marches du lycée où il se mit à pérorer d'une voix éraillée.

Dans moins de deux ans il serait mort.

Pour le moment, il fallait le raccompagner chez lui, et Jackson le tira pour le faire lever de façon à pouvoir le soutenir chacun sous une épaule et le traîner. Heureusement il n'habitait pas loin du lycée. Ils le laissèrent devant chez lui, inconscient, sur les marches du perron. Puis ils engagèrent une conversation.

Jackson ne voulait pas rentrer chez lui. Pourquoi ? Parce que sa belle-mère y était, dit-il. Il haïssait sa belle-mère. Pourquoi ? Comme ça.

Ileane savait que sa mère avait été tuée dans un accident de voiture quand il était tout petit – on évoquait parfois ce drame pour expliquer sa timidité. Elle pensa que la boisson lui faisait probablement exagérer les choses, mais elle n'essaya pas de lui en faire dire plus long à ce sujet.

« D'accord, dit-elle. Tu n'as qu'à venir loger chez moi. »

Il se trouvait justement que sa mère s'était absentée, partie soigner la grand-mère d'Ileane qui était malade. C'était donc Ileane qui tenait la maison, dans son style fantasque, pour son père et ses deux frères cadets. Certains jugèrent cette conjoncture malheureuse. Non point tant parce que sa mère, si elle avait été présente, en aurait fait toute une histoire, mais parce qu'elle aurait exigé de connaître les tenants et les aboutissants et demandé qui était ce garçon. À tout le moins elle aurait veillé à ce qu'Ileane continue d'aller normalement au lycée.

Un militaire et une jeune fille, soudain si proches. Là où il n'y avait rien eu au long des années que des logarithmes et des déclinaisons.

Le père d'Ileane ne fit pas attention à eux. Il s'intéressait plus à la guerre qu'il ne convenait, selon certains de ses paroissiens, à un ministre du culte, si bien qu'il était fier d'héberger un militaire chez lui. Outre cela, il était malheureux de ne pas pouvoir envoyer sa fille à l'université. Il devait faire des économies afin d'y envoyer ses frères un jour, lesquels auraient besoin de gagner leur vie. Cela le rendait très indulgent avec Ileane, quoi qu'elle fasse.

Jackson et Ileane n'allaient pas au cinéma. Ils n'allaient pas au bal.

Ils faisaient des promenades, par tous les temps, et souvent après la tombée de la nuit. Parfois ils entraient au restaurant pour y boire du café, mais sans essayer de se lier d'amitié avec quiconque. Qu'est-ce qui n'allait pas chez eux, étaient-ils en train de tomber amoureux ? Pendant leurs promenades, il pouvait arriver que leurs mains se frôlent, et il se contraignit à s'y habituer. Puis, quand elle remplaça ce mode accidentel par le mode délibéré, il se découvrit capable de s'habituer à cela aussi, non sans surmonter un certain désarroi.

Il devenait plus calme, et était même prêt pour les baisers.

Ileane se rendit seule chez Jackson pour y prendre son sac. La belle-mère sourit de toutes ses fausses dents étincelantes et essaya d'adopter l'air de celle qui est disposée à s'amuser.

Elle demanda ce qu'ils fricotaient.

« Vous devriez faire très attention à la chose », dit-elle.

Elle avait la réputation d'être une grande gueule. Et de tenir des propos obscènes, en fait.

« Demandez-lui s'il se rappelle que c'est moi qui lui lavais le derrière », dit-elle.

Ileane, en rapportant ces propos, dit qu'elle-même s'était montrée particulièrement courtoise, et même pincée, parce qu'elle ne supportait pas cette bonne femme.

Mais Jackson devint tout rouge, tout coincé et désespéré, comme au lycée quand on lui posait une question.

« Je n'aurais jamais dû parler d'elle, dit Ileane. On prend l'habitude de caricaturer les gens quand on habite au presbytère. »

Il dit que ce n'était pas grave.

Ce fut juste après cet épisode que Jackson reçut son ordre de route et dut partir. Ils s'écrivirent. Ileane raconta qu'ayant terminé ses cours de dactylo et de sténo, elle avait pris un emploi dans les bureaux du secrétaire de mairie. Elle adoptait un ton résolument satirique à propos de tout, plus encore qu'elle ne l'avait fait au lycée. Peut-être croyait-elle qu'à la guerre une personne a besoin de plaisanter. Elle tenait à dire qu'elle était de tous les secrets. Lorsqu'il fallait organiser d'urgence des mariages précipités par l'intermédiaire du secrétariat de mairie, elle ne manquait pas de faire allusion à la « virginité perpétuelle ».

Et quand elle raconta qu'un ministre du culte en visite au presbytère dormait dans la chambre d'amis, elle ajouta qu'elle se demandait si le matelas lui donnerait des rêves un peu spéciaux.

Ses lettres à lui racontaient les foules à bord de l'*Île-de-France* et les zigzags du paquebot pour éviter les U-boots. Une fois en Angleterre, il acheta une bicyclette et lui racontait les endroits qu'il était allé visiter à vélo, quand ils n'étaient pas situés dans des zones interdites.

Ces lettres, bien que plus prosaïques que celles d'Ileane, se terminaient toujours par la formule « Avec tout mon amour ». Quand le jour J arriva enfin, il y eut ce qu'elle appela un silence atroce mais dont elle comprenait la raison, et quand il se remit à écrire, tout allait bien, si ce n'est qu'il avait l'interdiction formelle de fournir le moindre détail.

Dans cette lettre-là, il abordait, comme elle l'avait fait, le sujet du mariage.

Et enfin ce furent la victoire et la traversée du retour. De partout dans le ciel, écrivit-il, pleuvaient des étoiles filantes.

Ileane avait appris à coudre. Elle était en train de confectionner une robe d'été en l'honneur de son retour. Une robe de rayonne citron vert avec une jupe longue et des mancherons portée avec une étroite ceinture dorée d'imitation cuir. Elle comptait enrouler un ruban du même tissu vert autour de son chapeau d'été.

« Tout cela t'est décrit de façon que tu me distingues et que tu saches que c'est moi au lieu de t'enfuir avec je ne sais quelle autre jolie femme qui se trouvera par hasard à la gare. »

Il lui posta sa lettre d'Halifax, pour lui dire qu'il arriverait par le train du soir, le samedi. Il dit qu'il se la rappelait fort bien et qu'il n'y avait aucun risque qu'il la confonde avec une autre, quand bien même la gare aurait grouillé de femmes ce soir-là.

Pendant leur dernière soirée avant son départ, ils avaient veillé tard dans la cuisine du presbytère où il y avait le portrait du roi George VI qu'on voyait partout cette année-là. Et les mots imprimés en dessous.

Et je dis à l'homme qui se tenait à la porte de l'année :
« Éclaire-moi que je puisse marcher d'un pas sûr dans l'inconnu. »
Et il répondit : « Sors dans les ténèbres et mets ta main dans la main de Dieu. Tu en seras éclairé mieux que par aucune lampe et ton pas sera plus sûr que sur un chemin connu[1]*. »*

Puis ils montèrent à l'étage sans faire de bruit, et il alla se coucher dans la chambre d'amis. Elle le rejoignit, forcément à la suite d'un accord mutuel, mais peut-être n'avait-il pas tout à fait compris de quoi il s'agissait.

Ce fut un désastre. Mais à la façon dont elle se comporta, on pouvait croire qu'elle ne s'en rendait même pas compte. Plus ils s'enfonçaient dans le désastre, plus elle manifestait de frénésie. Il ne trouva aucun moyen de lui faire arrêter ses tentatives, aucun moyen de lui expliquer quoi que ce soit. Était-il possible qu'une fille en sache si peu ? Ils se séparèrent enfin comme si tout s'était bien passé. Et, le lendemain matin, se dirent au revoir en présence du père et des frères. Peu de temps après, leur correspondance commença.

Il se soûla et essaya encore une fois, à Southampton. Mais la femme dit : « Ça suffit, petit, c'est un cas désespéré. »

S'il était une chose qu'il n'aimait pas, c'était les femmes ou les filles trop habillées. Gants, chapeaux, jupes froufroutantes, tant d'exigences et de chichis. Mais comment l'aurait-elle su ? Citron vert. Il n'était même pas sûr de connaître cette couleur. Cela vous avait une sonorité acide.

1. Extrait du poème « The Gate of the Year » écrit par Minnie Louise Haskins. Le roi George VI le cita dans son allocution à l'Empire britannique de Noël 1939.

Puis il s'avisa, en toute tranquillité, qu'on pouvait simplement n'être pas là.

Se dirait-elle, ou dirait-elle à quelqu'un, qu'elle devait s'être trompée de date ? Il put se convaincre qu'elle trouverait un mensonge, à coup sûr. Elle était pleine de ressources, n'est-ce pas ?

Maintenant qu'elle est partie dans la rue, Jackson sent bien qu'il souhaite la voir. Jamais il ne pourrait demander au propriétaire l'allure qu'elle avait, si sa chevelure était brune ou grise, et si elle était restée maigre ou s'était empâtée. Sa voix, malgré sa détresse, était demeurée, merveilleusement, la même. Accaparant le premier rôle dans toute sa musicalité et, en même temps, montant en épingle ses je-vous-demande-pardon.

Elle était venue de loin, mais c'était une femme tenace. On pouvait le dire.

Et sa fille lui reviendrait. Trop enfant gâtée pour persévérer dans l'absence. Une fille d'Ileane était forcément une enfant gâtée, accommodant le monde et la vérité à son intérêt personnel, comme si rien ne pouvait la mettre en échec très longtemps.

Si elle l'avait vu, l'aurait-elle reconnu ? Il le pensait. Malgré tous les changements. Et elle lui aurait pardonné, oui, sur-le-champ. Pour protéger l'idée qu'elle se faisait d'elle-même, une fois pour toutes.

Le soulagement que lui avait procuré Ileane en sortant ainsi de sa vie disparut entièrement le lendemain. Elle connaissait le quartier, elle risquait d'y revenir. Elle risquait de s'y installer un moment, parcourant ces rues en tous sens, cherchant une piste encore chaude. Sollicitant humblement, mais sans humilité réelle, des réponses à ses questions, de cette voix implorante qui était pourtant celle d'une enfant gâtée. Il était possible qu'il la rencontre juste derrière cette porte. Surprise pendant quelques instants seulement, comme si elle n'avait jamais cessé de l'attendre. Figeant les possibilités de la vie, ainsi qu'elle croyait pouvoir le faire.

On pouvait bloquer les choses. Il suffisait d'un peu de détermination. Il n'avait encore que six ou sept ans quand il avait bloqué les gamineries de sa belle-mère, ce qu'elle appelait ses gamineries ou ses taquineries. Il était sorti en courant dans la rue après la tombée de la nuit, et elle l'avait rattrapé et fait rentrer, mais elle avait vu qu'il fuguerait pour de bon si elle n'arrêtait pas, et avait donc arrêté. En disant qu'il n'était pas rigolo, parce qu'elle n'aurait jamais pu dire que quiconque la haïssait.

Il passa encore trois nuits dans cet immeuble appelé Bonnie Dundee. Il rédigea à l'intention du propriétaire un compte rendu décrivant l'état de tous les appartements et indiquant ceux qui avaient besoin de réparations ainsi que la nature de ces réparations. Il dit qu'il était appelé ailleurs, sans préciser ni où ni pourquoi. Il vida son compte en banque et emballa les quelques effets qui lui appartenaient. Le soir, tard le soir, il prit le train.

Il dormit par accès pendant la nuit et, au cours d'un de ces sommes, vit les petits mennonites passer dans leur chariot. Les entendit chanter de leurs petites voix.

Le matin, il descendit à Kapuskasing. Il sentit le parfum des scieries, et fut encouragé par la fraîcheur de l'air. Du travail, il en trouverait sûrement dans une scierie.

Vue sur le lac

Une femme va chez son médecin faire renouveler une ordonnance. Mais la praticienne n'est pas là. C'est son jour de congé. De fait, la femme s'est trompée de jour, elle a confondu lundi et mardi.

C'est précisément ce dont elle souhaitait parler au médecin, en plus de faire renouveler l'ordonnance. Elle s'est demandé si elle ne perdait pas un peu la tête.

« Vous voulez rire ? pensait-elle entendre de la bouche du médecin. Vous qui êtes un cerveau. Vous êtes la dernière personne qui devrait se poser ce genre de questions. »

(Ce n'est pas que le médecin la connaisse si bien, mais elles ont des amis communs.)

Cependant, la secrétaire du cabinet l'appelle au téléphone un jour plus tard pour dire que l'ordonnance est prête et qu'un rendez-vous a été pris pour elle – elle s'appelle Nancy – avec un spécialiste qui testera le fonctionnement de son esprit.

Ce n'est pas l'esprit. Seulement la mémoire.

Si vous voulez. Le spécialiste s'occupe des personnes âgées.

C'est cela, oui. Des personnes âgées qui ont perdu la boule.

La secrétaire éclate de rire. Enfin, quelqu'un qui rit.

Elle dit que le spécialiste a son cabinet dans la bourgade d'Hyman, à une trentaine de kilomètres de l'endroit où vit Nancy.

« Mon Dieu, un spécialiste du mariage », dit Nancy.

La secrétaire ne comprend pas : « Pardon ?

– Non, rien, j'y serai. »

C'est un phénomène qui a commencé il y a quelques années et

s'est répandu. Les spécialistes sont disséminés un peu partout dans la région. Le scanner est dans une ville et le cancérologue dans une autre, le pneumologue dans une troisième et ainsi de suite. C'est censé vous éviter le long voyage jusqu'à l'hôpital de la ville, mais cela risque de durer aussi longtemps, parce que ces bourgades ne possèdent pas toutes un hôpital et qu'une fois sur place il faut dénicher l'endroit où le médecin exerce.

C'est la raison pour laquelle Nancy décide de se rendre en voiture jusqu'au village du Spécialiste Senior – ainsi qu'elle l'a baptisé – la veille du jour de son rendez-vous, dans la soirée. Cela devrait lui laisser tout le temps de débusquer l'endroit où il perche, et supprimer le danger de débouler à son rendez-vous en catastrophe ou, pire, avec un peu de retard, faisant ainsi mauvaise impression dès le début.

Son mari pourrait l'accompagner, mais elle sait qu'il veut voir un match de foot à la télévision. Il est économiste, regarde les émissions sportives pendant la première moitié de la nuit et travaille à son livre pendant la seconde moitié, alors qu'il lui demande de dire qu'il est à la retraite.

Elle déclare qu'elle veut trouver l'endroit toute seule. La secrétaire de son médecin lui a indiqué le chemin de la bourgade.

La soirée est radieuse. Mais quand elle quitte l'autoroute en direction de l'ouest, elle découvre que le soleil est juste assez bas sur l'horizon pour l'éblouir. En s'asseyant bien droite, toutefois, et en levant le menton, elle arrive à garder les yeux dans l'ombre. Et puis elle a de bonnes lunettes de soleil. Elle peut déchiffrer le panneau annonçant qu'elle est encore à dix kilomètres du village de Hyman.

Hyman. C'était donc ça, tout à fait sérieux. Population, 1 553 habitants.

Pourquoi prendre la peine d'inscrire ce 3 ?

Chaque âme compte.

Elle s'est fait une habitude de visiter les petits patelins, comme ça, pour s'amuser, histoire de voir si elle pourrait y vivre. Celui-ci a l'air de répondre à ses besoins. Un marché d'une taille raisonnable, où on doit pouvoir trouver des légumes plutôt frais, encore que ne provenant probablement pas des champs d'alentour, du café buvable. Puis une laverie automatique, et une pharmacie, où l'on pourrait porter ses ordonnances mais apparemment pas acheter les meilleurs magazines.

À certains signes, bien sûr, on voit que le bourg a connu des jours meilleurs. Une pendule qui ne donne plus l'heure préside à une vitrine promettant de la Joaillerie Fine mais ne contenant plus à présent que de vieilles porcelaines dépareillées, des brocs, des seaux et des guirlandes tordues sur leurs entrailles de fil de fer.

S'il lui est donné d'apercevoir ce fatras, c'est qu'elle a choisi de se garer devant la boutique où il est exposé. Elle pense qu'elle fera aussi bien de chercher le cabinet du médecin à pied. Et presque trop tôt pour lui inspirer de la satisfaction, elle voit une construction de briques sombres en rez-de-chaussée, dans le style utilitaire du siècle dernier, et elle est prête à parier que c'est là. Le cabinet des médecins, dans les petites villes d'autrefois, occupait en général une partie de leur maison, mais par la suite il leur fallut avoir un espace où ranger les voitures et ils bâtirent des cabinets dans le genre de celui-là. Briques rougeâtres, et – j'en étais sûre – la plaque : Cabinet médical et Cabinet dentaire. Un parking derrière le bâtiment.

Dans sa poche, elle a le nom du médecin et elle en sort le bout de papier, afin de vérifier. Les noms, sur la porte en verre dépoli, sont : Dr H. W. Forsyth, chirurgien-dentiste, et Dr Donald McMillen, médecine générale.

Ces noms-là ne figurent pas sur le bout de papier de Nancy. Pas étonnant, puisque la seule chose qui y soit inscrite est un chiffre. C'est la pointure de la sœur de son mari, qui est morte. Ce qui est écrit est O 39. Il lui faut quelques instants pour démêler ça, le O est l'initiale d'Olivia, griffonnée à la hâte. Elle se rappelle vaguement avoir dû acheter des pantoufles quand Olivia était à l'hôpital.

En tout cas, ce bout de papier ne lui est d'aucune utilité.

Une solution pourrait être que le médecin qu'elle vient consulter ait récemment emménagé dans ce bâtiment et que le nom sur la porte n'ait pas encore été changé. Il faudrait qu'elle le demande à quelqu'un. Pour commencer, elle devrait sonner à la porte, au cas peu probable où il se trouverait à l'intérieur quelqu'un qui travaillerait à une heure si tardive. Elle le fait, et c'est en un sens une bonne chose que personne ne vienne ouvrir, parce que le nom du docteur qu'elle doit voir s'est momentanément enfoncé dans un recoin inaccessible de son esprit.

Autre idée. Ne se pourrait-il pas que cette personne – le docteur toc-toc, comme elle a choisi de le nommer dans sa tête – ne se pourrait-il pas qu'il (ou elle – comme la plupart des gens de son âge elle ne songe pas automatiquement à cette éventualité), qu'il ou elle reçoive effectivement les patients à son domicile ? Cela ne serait pas absurde et lui reviendrait moins cher. On n'a pas besoin de beaucoup d'appareils pour traiter la démence.

Elle reprend donc sa marche en s'éloignant de la grand-rue. Le nom du docteur qu'elle cherche lui est revenu, ainsi que ce genre de choses tend à se produire quand l'urgence cesse d'exercer sa pression. Les maisons devant lesquelles elle passe ont pour la plupart été bâties au dix-neuvième siècle. Certaines en bois, certaines en brique. Les maisons de brique comportent souvent un vrai premier étage, celles de bois sont un peu plus modestes, et ne possèdent sous le toit que des chambres mansardées. Plusieurs des portes d'entrée ouvrent à quelques mètres seulement du trottoir. D'autres donnent sur de vastes vérandas, dont quelques-unes entièrement vitrées. Voilà un siècle, par une soirée comme celle-ci, les gens auraient été assis sur leur véranda, parfois même sur les marches. Ménagères ayant fini la vaisselle et donné à leur cuisine le dernier coup de balai de la journée, et maris ayant enroulé le tuyau après avoir arrosé la pelouse. Pas de mobilier de jardin comme on le voit à présent, inutilisé, pour la frime. Rien que les marches de bois, ou des chaises de cuisine tirées à l'extérieur. Conversations au sujet du temps, d'un cheval qui s'est enfui, d'une personne contrainte de s'aliter et qu'on ne s'attend pas à voir guérir.

Questions à son sujet à elle, une fois qu'elle se sera éloignée hors de portée de voix.

Mais peut-être aura-t-elle déjà fourni la réponse à leurs questions, en s'arrêtant pour les interroger : Pardon, pourriez-vous m'indiquer la maison du docteur ?

Nouveau sujet de conversation. Qu'est-ce qu'elle lui veut, au docteur ?

(Cela, une fois qu'elle sera hors de portée de voix.)

À présent, tous les habitants jusqu'au dernier sont à l'intérieur, avec leurs ventilateurs ou leur climatisation. On voit des numéros aux maisons, comme dans une grande ville. Rien n'indique la présence d'un docteur.

Là où le trottoir finit, se dresse un imposant bâtiment de brique avec un toit à gables et un petit beffroi. Une école peut-être, avant que les enfants ne soient transportés en autocar jusqu'à un centre d'enseignement plus vaste et plus rébarbatif. Les aiguilles arrêtées sur douze, midi ou minuit, ce qui n'est certainement pas l'heure exacte. Une profusion de fleurs d'été qui semblent avoir été disposées par un professionnel – certaines se déversant d'une brouette et d'autres d'un seau à lait gisant sur le flanc. Un écriteau qu'elle ne peut déchiffrer parce que le soleil tombe droit dessus. Elle grimpe sur la pelouse pour le voir sous un autre angle.

Pompes funèbres. Elle distingue maintenant le garage en appentis où se trouve probablement le corbillard.

Peu importe. Il faut qu'elle s'y mette sérieusement.

Elle s'engage dans une rue latérale bordée de maisons très bien entretenues, preuve que même une simple bourgade comme celle-ci peut posséder une banlieue résidentielle. Les maisons présentent toutes de petites différences et donnent pourtant l'impression d'être identiques. Douce nuance de la pierre, pâleur de la brique, fenêtres en ogives ou en demi-lunes, tout exprime le refus de l'aspect fonctionnel, le style ranch qui prévalait pendant les décennies précédentes.

Ici, il y a des gens. Tous n'ont pas trouvé le moyen de s'enfermer avec la climatisation. Un gamin fait du vélo, décrivant des zigzags sur la chaussée. Il y a quelque chose de bizarre dans sa manière de rouler, et au début elle a du mal à comprendre ce que c'est.

Il est assis à l'envers, tournant le dos à la route. Voilà ce que c'est. Un blouson flottant de telle façon qu'on n'arrivait pas à voir – ou qu'elle n'arrive pas à voir – ce qui cloche.

Une femme peut-être trop âgée pour être sa mère – mais tout de même très pimpante et vive – s'est postée dans la rue pour le surveiller. Elle tient une corde à sauter et parle avec un homme qui ne peut pas être son mari – leurs manières à tous deux sont beaucoup trop cordiales.

La rue s'incurve en impasse. Impossible d'aller plus loin.

Interrompant la conversation des adultes, Nancy s'excuse. Elle dit qu'elle cherche un médecin.

« Non, non, dit-elle. Ne vous inquiétez pas. Seulement son adresse. Je pensais que vous sauriez peut-être. »

Surgit alors le problème de se rendre compte qu'elle n'est toujours pas très sûre de ce nom. Ils sont trop polis pour manifester la moindre surprise devant ce fait mais ne peuvent lui être utiles en rien.

Le gamin, entêté dans ses acrobaties, arrive en trombe, évitant de justesse la collision avec le trio.

Des rires. Pas de réprimande. Un parfait sauvageon, et ils semblent positivement béats d'admiration devant lui. Ils échangent des remarques sur la beauté du soir, puis Nancy tourne les talons et rebrousse chemin.

Sauf qu'elle ne va pas jusqu'au bout, pas jusqu'à l'entreprise de pompes funèbres. Il y a une petite rue adjacente qu'elle a négligée au passage, peut-être parce qu'elle n'est pas asphaltée et qu'elle voyait mal un médecin habiter dans cet environnement.

Il n'y a pas de trottoir, et le terrain autour des maisons est parsemé de diverses épaves. Deux hommes s'affairent sous le capot d'une camionnette, et son petit doigt lui dit que mieux vaut ne pas les interrompre. Sans compter qu'elle a entraperçu quelque chose d'intéressant, un peu plus loin devant elle.

Une haie qui s'avance jusqu'à la rue. Elle est assez haute pour l'empêcher de voir par-dessus, mais elle pense pouvoir regarder à travers.

C'est inutile. Quand elle dépasse la haie, elle découvre que le terrain – qui occupe une surface environ quatre fois plus vaste que la moyenne des parcelles en ville – est entièrement ouvert sur la rue. On dirait une espèce de parc, avec des sentiers dallés traversant en diagonale les pelouses parfaitement entretenues. Entre les sentiers, surgissant du gazon, il y a des fleurs. Elle en connaît certaines – l'or sombre et le jaune clair des gerberas, par exemple, les phlox blancs au cœur rose, ou mauve ou rouge – mais elle n'est pas très versée dans le jardinage et il y a des massifs et des plates-bandes multicolores qu'elle ne pourrait nommer. Il y en a qui grimpent sur des treillis, d'autres s'étalent librement. Tout est disposé avec art mais sans rien de guindé, pas même la fontaine dont le jet s'élève à deux ou trois mètres avant de retomber dans son bassin de rocailles. Quittant la rue, elle est entrée afin de s'exposer un peu à la fraîcheur de son nuage de gouttelettes, et là elle découvre un banc de fer forgé, sur lequel elle peut s'asseoir.

Un homme muni d'un sécateur s'est approché par un des sentiers. On semble exiger ici que les jardiniers travaillent tard. Encore qu'à vrai dire il n'ait pas l'air d'un employé. Il est grand et très mince, vêtu d'une chemise et d'un pantalon noirs très ajustés.

Elle n'a pas pensé un instant qu'il puisse s'agir d'un parc privé.

« C'est vraiment très beau ici, lui lance-t-elle de sa voix la plus assurée et approbatrice. Vous l'entretenez tellement bien.

– Merci, dit-il. Si vous souhaitez vous reposer un moment, ne vous gênez pas. »

Par une certaine sécheresse dans sa voix, il l'informe qu'il ne s'agit pas d'un parc mais d'une propriété privée et que lui-même n'est pas un employé municipal mais le maître des lieux.

« J'aurais dû vous demander la permission.

– Il n'y a pas de mal. »

Il a l'air préoccupé, se penche et taille une plante qui empiétait sur le sentier.

« C'est à vous, n'est-ce pas, tout cela ? »

Après s'être affairé encore quelques instants : « Tout cela.

– J'aurais dû m'en douter. Ça fait preuve de trop d'imagination pour être un jardin public. C'est trop inhabituel. »

Pas de réponse. Elle s'apprête à lui demander s'il aime venir se reposer ici, le soir. Mais mieux vaut n'en rien faire. Il n'a pas l'air d'être d'une compagnie facile. Il semble de ceux qui s'enorgueillissent probablement de cela même. Au bout de quelques instants, elle va le remercier et se lever.

Au lieu de quoi, c'est lui qui, au bout de quelques instants, vient s'asseoir à côté d'elle. Il prend la parole comme s'il répondait à une question qu'on lui aurait posée.

« À vrai dire, je ne me sens bien qu'en m'acquittant de tâches qui nécessitent de l'attention, dit-il. Quand je m'assieds, je dois m'efforcer de ne rien regarder, de peur de découvrir aussitôt quelque chose à faire. »

Elle aurait dû voir d'emblée que ce n'est pas le genre d'homme à se complaire en bavardages. Cependant elle reste curieuse.

Qu'y avait-il ici avant ?

Avant qu'il fasse ce jardin ?

« Une usine de tricot. Tous ces petits patelins possédaient des affaires dans ce genre-là, on pouvait s'en tirer avec des salaires de misère, à l'époque. Mais peu à peu l'entreprise a périclité et un promoteur s'est proposé de la remplacer par une maison de retraite. Cela n'a pas été sans heurt, la ville refusait de lui donner une licence, craignant que cela n'attire trop de personnes âgées, ce qui aurait un effet déprimant. Alors il y a mis le feu ou l'a fait démolir, je ne sais pas. »

Il n'est pas du coin. Elle-même se rend compte que, s'il l'était, il ne parlerait jamais aussi ouvertement.

« Je ne suis pas du coin, dit-il. Mais j'avais un ami qui était d'ici et, quand il est mort, j'ai dû venir, simplement pour liquider sa succession et repartir.

« Et puis, j'ai pu acheter ce terrain pour une bouchée de pain parce que le promoteur n'avait laissé qu'un gros trou dans le sol et que le spectacle était affligeant.

– J'espère que vous ne me trouvez pas trop indiscrète.

– Non, ce n'est rien. Quand je n'ai pas envie d'expliquer, je ne le fais pas.

– Je n'étais encore jamais venue, dit-elle. C'est évident, sans quoi j'aurais déjà vu cet endroit. Je me promenais par ici parce que je cherche une adresse. J'ai pensé que je la trouverais plus facilement si je garais ma voiture et que je continuais à pied. C'est l'adresse d'un cabinet médical, pour tout vous dire. »

Elle explique qu'elle n'est pas malade, simplement elle a rendez-vous demain, et n'a pas envie de se mettre à chercher l'endroit au matin. Puis elle lui raconte qu'elle a garé sa voiture et a été surprise que le nom du médecin qu'elle cherchait ne figure sur aucune liste.

« Je ne pouvais pas non plus compulser l'annuaire, parce que les annuaires et les cabines téléphoniques, de nos jours, vous savez que tout ç'a disparu. Ou celles qui restent sont en ruine, toutes les pages des annuaires ont été arrachées. Vous devez commencer à me trouver idiote. »

Elle lui confie alors le nom du docteur, mais ça ne lui dit rien.

« D'ailleurs je ne vais jamais chez le médecin.

– Vous faites probablement aussi bien.

– Bah, je ne dirais pas ça.

– Quoi qu'il en soit, il vaut mieux que je retourne à la voiture. »

Il se lève en même temps qu'elle et lui dit qu'il va l'accompagner.

« Pour m'éviter de me perdre ?

– Pas tout à fait. J'essaie toujours de me détendre un peu les jambes à cette heure de la soirée. À la longue, le jardinage donne des crampes.

– Je suis certaine qu'il y a une explication rationnelle au sujet de ce médecin. Est-ce qu'il vous arrive de penser qu'autrefois il y avait plus d'explications rationnelles à propos d'un peu tout qu'il n'y en a aujourd'hui ? »

Il ne répond pas. Il pense peut-être à son ami défunt. Ce jardin est peut-être dédié à la mémoire de l'ami défunt.

Au lieu d'être gênée, maintenant, d'avoir parlé et qu'il n'ait pas répondu, elle ressent une fraîcheur, un apaisement, dans la conversation.

Ils déambulent sans croiser âme qui vive.

Ils sont bientôt dans la grand-rue, à une centaine de mètres du cabinet médical et dentaire. Cette vision trouble un peu sa tranquillité d'esprit, sans qu'elle sache pourquoi. Puis au bout de quelques instants, elle comprend. La vue du bâtiment a fait naître en elle une idée absurde mais inquiétante. Et si le nom véritable, le nom qu'elle disait ne plus pouvoir retrouver, l'attendait là-bas depuis le début ? Elle presse le pas, se rend compte qu'elle tremble, et puis son excellente vue lui permet de déchiffrer les deux mêmes noms sans intérêt.

Elle fait semblant d'avoir accéléré pour regarder le bric-à-brac dans la vitrine, les poupées à tête de porcelaine et les vieux patins et les pots de chambre et les édredons déjà en lambeaux.

« C'est triste », dit-elle.

Il ne fait pas attention à elle. Dit qu'il vient d'avoir une idée.

« Ce médecin, dit-il.

– Oui ?

– Je me demande s'il n'aurait pas un lien avec la maison de retraite. »

Ils se sont remis à marcher, passent devant deux jeunes gens assis sur le trottoir, l'un a étendu ses jambes devant lui, si bien qu'ils doivent le contourner. L'homme qui accompagne Nancy n'a pas eu l'air de s'aviser de leur présence mais a brusquement baissé la voix.

« La maison de retraite ? demande-t-elle.

– On ne la voit pas, quand on arrive par l'autoroute. Mais en continuant la route et en sortant de la ville dans la direction du lac, on passe devant. À moins d'un kilomètre. Il y a un gros tas de gravier du côté sud de la route et la maison de retraite est à peine plus loin, de l'autre côté. Je ne sais pas s'il y a un médecin à demeure, mais ce ne serait pas absurde d'imaginer qu'il y en a un.

– Imaginer qu'il y en a un, dit-elle. Ce ne serait pas absurde. »

Espérons qu'il ne croie pas qu'elle fasse exprès de répéter ses paroles comme un perroquet, pour plaisanter bêtement. Il est vrai qu'elle a envie de continuer de lui parler, plaisanteries idiotes ou pas.

Mais voilà qu'elle se heurte à un autre de ses problèmes – il faut qu'elle réfléchisse à l'endroit où elle a rangé ses clés, comme cela lui arrive souvent au moment de monter en voiture. Elle s'inquiète régulièrement à l'idée qu'elle a pu enfermer les clés à l'intérieur ou les égarer. Elle sent approcher un de ses accès de panique qu'elle connaît bien. Mais c'est alors qu'elle les retrouve, dans sa poche.

« Ça vaut le coup d'essayer », dit-il, et elle approuve.

« Il y a tout l'espace nécessaire pour quitter la route et aller jeter un coup d'œil. S'il y a un médecin qui consulte régulièrement là-bas, il n'a aucune raison d'afficher son nom en ville. Il, ou elle, si ça se trouve. »

Comme si lui non plus n'avait pas trop envie qu'ils se séparent.

« Il me reste à vous remercier.

– Ce n'est qu'une idée, comme ça. »

Il tient la portière pendant qu'elle monte, et la referme, attend qu'elle ait fait demi-tour pour partir dans la bonne direction, puis lui fait au revoir de la main.

Tandis qu'elle est en route vers la sortie de la ville, elle l'aperçoit de nouveau dans le rétroviseur. Il se penche pour s'adresser aux deux jeunes gens qui sont encore assis sur le trottoir, le dos appuyé contre le mur de la boutique. Il les avait ignorés d'une telle façon au passage qu'elle est surprise de le voir en conversation avec eux maintenant.

Peut-être s'agit-il d'une remarque qu'il leur fait, une plaisanterie sur elle, ses absences, sa sottise. Ou simplement son âge. Cette chose qui joue contre elle, même auprès du meilleur des hommes.

Elle avait envisagé de repasser par le bourg pour le remercier de nouveau et lui apprendre si c'était ou non le médecin qu'elle cherchait. Elle aurait pu se contenter de ralentir, de rire, et de lui parler par la fenêtre.

Mais à présent elle pense qu'elle prendra par la rive du lac, afin d'éviter de se retrouver sur son chemin.

On l'oublie. Elle voit le tas de gravier qui approche, il faut qu'elle se concentre sur l'endroit où elle va.

Exactement comme il a dit. Un panneau. Annonçant Maison de retraite de Lakeview. Et de là, on a réellement vue sur le lac, un mince trait bleu pâle à l'horizon.

Spacieux parking. Un bâtiment tout en longueur, qui semble compartimenté en studios plutôt vastes, avec chacun son petit jardin, ou un endroit pour s'asseoir. Une haute barrière de panneaux de bois tressé protège leur intimité, ou assure leur sécurité. Mais elle ne voit personne dans aucun de ces petits jardins.

C'est évident. On se couche tôt dans ces établissements-là.

Elle aime la touche de fantaisie que met le bois tressé. Les bâtiments publics ont subi bien des changements ces dernières années, comme les maisons d'habitation privée. L'aspect répétitif, dépourvu de charme – le seul qui était permis dans sa jeunesse – a disparu. Ici, elle se range devant un dôme lumineux, d'apparence accueillante, qui dégage une impression de profusion joyeuse. Il serait des gens pour le trouver artificiel, songe-t-elle, mais n'est-ce pas précisément ce dont on a besoin ? Tout ce verre doit remonter le moral des personnes âgées, ou même, peut-être, de quelques personnes pas si âgées mais seulement détraquées.

Elle cherche des yeux un bouton à pousser, une sonnette à actionner, en allant jusqu'à la porte. Mais c'est inutile – la porte s'ouvre d'elle-même. Et une fois qu'elle est entrée, l'impression d'espace et l'immensité du volume sont encore plus grandes, sous le dôme de verre teinté de bleu. Le sol est recouvert de carreaux argentés, du genre sur lequel les enfants adorent faire des glissades, et l'espace d'un instant elle pense aux patients s'amusant à glisser et à déraper, cette idée lui allège le cœur. À l'évidence, ça ne peut pas être aussi glissant que ça en a l'air, on ne souhaite pas que les gens s'y cassent le cou.

« Je n'ai pas osé essayer moi-même, dit-elle d'une voix charmante à quelqu'un dans sa tête, peut-être son époux. Ç'aurait été déplacé, n'est-ce pas ? J'aurais pu me retrouver devant le médecin, celui-là même qui s'apprêtait à examiner mon état mental. Et qu'est-ce que j'aurais trouvé à lui dire ? »

Pour l'instant il n'y a pas de docteur en vue.

Bah, pourquoi y en aurait-il ? Les médecins n'attendent pas assis derrière un comptoir l'arrivée de leurs patients.

D'ailleurs elle n'est même pas là pour une consultation. Il va lui falloir expliquer de nouveau qu'elle vient s'assurer de l'heure et du lieu d'un rendez-vous qu'elle a pour le lendemain. Toute cette histoire l'a bien fatiguée.

L'accueil est un comptoir arrondi qui lui arrive à peu près à la taille, dont les panneaux de bois sombre ont l'air d'être en acajou, ce qui n'est probablement pas le cas. Il n'y a personne derrière, pour le moment. Ce qui est normal, vu l'heure. Elle cherche des yeux une sonnette mais n'en voit pas. Elle cherche ensuite un panneau affichant la liste des médecins, ou le nom du médecin-chef. Elle n'en voit pas non plus. On s'attendrait à ce qu'il existe un moyen de rencontrer quelqu'un, quelle que soit l'heure, une personne de garde, dans un établissement comme celui-là.

Il n'y a pas non plus grand-chose derrière le comptoir. Ni ordinateur, ni téléphone, ni documents, ni tableau de boutons multicolores. Certes, elle n'a pas pu passer carrément derrière le comptoir, il se peut très bien qu'il soit fermé à clé, et comporte des casiers, pour elle invisibles. Des boutons à portée de la main d'une réceptionniste et qu'elle-même ne peut atteindre.

Elle renonce au comptoir pour l'instant et examine plus

attentivement le lieu dans lequel elle s'est retrouvée. Il est hexagonal, muni de portes régulièrement espacées, quatre en tout – l'une est la grande porte par laquelle entrent la lumière et les visiteurs, une autre, qui a quelque chose d'officiel et semble donner sur un espace privé, se trouve directement derrière le comptoir, où elle n'est pas très facile d'accès, et les deux autres, exactement semblables et se faisant face, ouvrent manifestement sur deux ailes symétriques et les longs corridors menant aux chambres où logent les pensionnaires. Elles sont vitrées dans leur partie supérieure et le verre des carreaux semble assez transparent pour qu'on voie à travers.

Elle gagne une de ces deux portes qui pourraient se révéler praticables et y frappe, puis essaie d'actionner la poignée sans y parvenir. Fermée à clé. Et elle n'arrive pas à voir par les carreaux. De près, on découvre qu'ils sont irréguliers et pleins d'ondulations qui distordent tout ce qui se trouve derrière.

Elle constate ensuite que la porte directement opposée est vitrée de carreaux du même verre et fermée à clé elle aussi. Le claquement de ses chaussures sur le sol, le mauvais tour que lui ont joué ces vitres, l'inutilité des poignées impeccablement astiquées lui ont fait éprouver un découragement qui va au-delà de ce qu'elle serait prête à reconnaître.

Toutefois, elle ne renonce pas. Elle essaie de nouveau d'ouvrir les portes, l'une, puis l'autre, dans le même ordre et, cette fois, secoue les deux poignées de son mieux et lance des « Houhou ? » d'une voix d'abord ordinaire et un peu sotte, puis de plus en plus chagrine, et pas moins désespérée.

Elle parvient à se glisser derrière le comptoir et tambourine du poing sur cette porte-là, presque sans espoir. Elle n'a même pas de poignée, rien qu'un trou de serrure.

Elle n'a plus rien à faire que de sortir de cet endroit pour rentrer chez elle.

Tout cela est bien guilleret et élégant, pense-t-elle, mais personne ici ne fait même semblant d'être au service du public. On fourre évidemment au lit tous les résidents ou patients ou quel que soit le nom qu'on leur donne ici, aussi tôt que possible, ça ne date pas d'hier et c'est la même chose partout, pour séduisant et prestigieux que soit le décor.

Tournant cette idée dans sa tête, elle va exercer une poussée sur la porte d'entrée. Elle est trop lourde. Elle pousse de nouveau.

Et encore une fois. La porte ne bouge pas.

Elle voit les pots de fleurs dehors, en plein air. Une voiture qui passe sur la route. La lumière adoucie du soir.

Il faut qu'elle réfléchisse.

Il n'y a pas d'éclairage artificiel allumé ici. Il va commencer à faire noir. Déjà, malgré la lumière qui s'attarde à l'extérieur, l'obscurité semble être en train de se faire. Il ne va venir personne, ils ont tous terminé leurs tâches, ou au moins les tâches qui les amenaient dans cette partie du bâtiment. Où qu'ils soient installés à présent, c'est là qu'ils resteront.

Elle ouvre la bouche pour pousser un hurlement mais on dirait qu'il lui reste dans la gorge. Elle tremble de tous ses membres et elle a beau s'y efforcer, elle ne parvient pas à aspirer l'air dans ses poumons. On dirait qu'elle a du buvard dans la gorge. Elle suffoque. Elle sait qu'il faut qu'elle adopte un comportement différent et, plus encore, une croyance différente. Du calme. Du calme. Respire. Respire.

Elle ne sait pas si cet accès de panique a duré longtemps ou pas. Son cœur bat la chamade mais le salut est proche.

Il y a une femme ici qui s'appelle Sandy. C'est écrit sur la broche qu'elle porte, et de toute façon Nancy la connaît.

« Qu'est-ce que nous allons faire de vous ? dit Sandy. Tout ce qu'on demande, c'est que vous enfiliez votre chemise de nuit. Et vous vous agitez comme un poulet qui a peur de se faire boulotter pour le dîner.

« Vous avez dû faire un mauvais rêve, poursuit-elle. De quoi avez-vous rêvé cette fois-ci ?

– De rien, dit Nancy. C'était quand mon mari était vivant et que je conduisais encore la voiture.

– Vous avez une jolie voiture ?

– Une Volvo.

– Vous voyez ? Ça tourne rond. »

Dolly

Cet automne-là nous avions un peu discuté de la mort. La nôtre. Franklin ayant quatre-vingt-trois ans et moi soixante et onze à l'époque, nous avions assez naturellement fait des projets pour nos obsèques (aucune cérémonie) et pour notre mise en terre (immédiate) dans une concession déjà achetée. Nous n'avions pas opté pour la crémation, qui avait les ſaveurs de nos amis. C'était seulement l'acte même de mourir qu'on n'avait pas abordé, l'abandonnant au hasard.

Un jour que nous nous promenions en voiture à la campagne pas très loin de là où nous habitons, nous avons découvert une route dont nous ignorions l'existence. Les arbres, érables, chênes et autres, étaient de seconde pousse, encore que d'une taille impressionnante, ce qui indiquait que cette terre avait été défrichée. Elle avait porté des exploitations, pâturages, maisons et granges. Mais il n'en subsistait aucune trace. La route n'était pas asphaltée et semblait pourtant fréquentée. Son aspect disait qu'elle voyait passer plusieurs véhicules par jour. Peut-être servait-elle de raccourci à des camions.

C'était important, dit Franklin. Il était hors de question que nous séjournions là un jour ou deux, voire une semaine, sans être découverts. Nous ne voulions pas non plus laisser sur place la voiture vide, la police devant patrouiller parmi les arbres à la recherche de restes que les coyotes auraient peut-être déjà découverts et entamés.

Il fallait éviter aussi que la journée soit trop mélancolique. Ni pluie ni première neige. Les feuilles jaunies mais presque toutes encore aux branches. Couvertes d'or, comme elles l'étaient ce jour-là. Mais peut-être que le soleil ne brillerait pas, ce qui nous éviterait l'impression de gâcher tout cet or, le charme d'un jour radieux.

Nous eûmes un petit différend au sujet du mot. C'est-à-dire sur le fait de savoir s'il convenait de laisser un mot ou pas. J'estimais que nous devions une explication aux gens. Il fallait leur dire que nous n'étions menacés par aucune maladie mortelle, le début de souffrances qui obéreraient toute perspective d'un avenir passable. Il fallait leur assurer que c'était une décision prise avec les idées claires, on pourrait presque dire d'un cœur léger.

Il faut partir à point.

Non. Je retirai ça. Désinvolture. Une insulte.

Dans l'idée de Franklin, toute explication serait une insulte. Pas pour les autres, pour nous-mêmes. Nous. C'était à nous que nous appartenions, et l'un à l'autre, et toute explication semblait pure pleurnicherie.

Je voyais ce qu'il voulait dire mais restais encline au désaccord.

Et ce fait même – notre désaccord – sembla lui ôter cette possibilité de la tête.

Il déclara que c'étaient des âneries. Passe encore pour lui, mais j'étais trop jeune. Nous en reparlerions quand j'aurais soixante-quinze ans.

Je dis que la seule chose qui m'ennuyait, un peu, était cette façon de supposer qu'il ne se produirait plus rien dans nos vies. Rien d'important pour nous, rien à gérer.

Il répondit que nous venions de nous disputer, que pouvais-je demander de plus ?

La dispute était trop polie, voilà.

Je n'ai jamais eu l'impression d'être plus jeune que Franklin, hormis peut-être les moments où la guerre surgit dans la conversation – c'est-à-dire la Seconde Guerre mondiale – et ça ne se produit que rarement désormais. D'abord parce qu'il prend beaucoup plus d'exercice fatigant que moi. Il a été régisseur d'une écurie – le genre d'établissement où les gens mettent en pension les chevaux avec lesquels ils font de l'équitation ou de la promenade, pas des chevaux de course. Il y va encore deux ou trois fois par semaine, pour monter un cheval qui lui appartient, et parler avec le responsable de l'écurie qui sollicite parfois ses conseils. Encore que le plus souvent, dit-il, il s'abstienne d'intervenir pour ne déranger personne.

En fait c'est un poète. Il est vraiment poète et vraiment dresseur de chevaux. Il a enseigné, l'espace d'un semestre, dans diverses facultés, mais jamais assez éloignées pour l'empêcher de rester en contact avec l'écurie. Il avoue qu'il lui arrive de donner des conférences mais, comme il le dit lui-même, une fois tous les 36 du mois. Il n'insiste guère sur ses activités poétiques. Il m'arrive de m'agacer de cette attitude – je l'appelle le côté bof ! de sa personnalité – mais j'en comprends le pourquoi. Quand on est en train de s'occuper de chevaux, les gens voient bien qu'on est occupé, mais quand on est en train de composer un poème, on a l'air de ne rien faire du tout et l'on se sent un peu bizarre ou gêné d'avoir à expliquer ce qui se passe.

Une autre difficulté tient peut-être à ce qu'étant un homme plutôt réservé, il est surtout connu pour un poème que les gens d'ici – où il a grandi – tendent à juger cru. Plutôt cru, ainsi que je l'ai entendu dire lui-même, pas pour s'excuser mais peut-être simplement pour mettre quelqu'un en garde. Il comprend la sensibilité des gens qu'il connaît et que certaines choses risquent de bouleverser, bien qu'il soit un grand défenseur de la liberté de parole en général.

Ça ne veut pas dire qu'il n'y ait pas eu ici de changement concernant ce qu'on peut dire à haute voix ou lire dans les livres. Les prix littéraires y ont contribué, comme le fait d'avoir son nom dans les journaux.

J'ai passé des années et des années à enseigner au lycée non la littérature, comme on pourrait s'y attendre, mais les maths. Et puis, quand je me suis retrouvée chez moi, je n'ai pas supporté l'inactivité et j'ai entrepris autre chose – écrire les biographies un peu léchées mais, je l'espère, divertissantes de romanciers canadiens injustement oubliés, voire n'ayant pas obtenu la moindre attention. Je ne crois pas que j'y aurais réussi sans Franklin et sa réputation littéraire dont nous ne parlons pas – je suis née en Écosse et n'ai pas vraiment connu d'auteur canadien.

L'idée ne me viendrait pas d'accorder à Franklin, ou à un autre poète, la compassion que m'ont inspirée les romanciers, je veux dire pour l'oubli dans lequel ils ont sombré ou le fait qu'ils n'ont jamais été connus. Je ne sais pas au juste pourquoi. Peut-être parce que je pense que la poésie est plus une fin en soi.

Le travail me plaisait, je le trouvais digne d'intérêt, et après les années passées dans les salles de classe, j'étais contente d'être maîtresse de mon temps et d'avoir la paix. Mais le moment arrivait parfois, disons autour de quatre heures de l'après-midi, où l'envie me prenait de me détendre et d'avoir de la compagnie.

Et ce fut à un moment pareil, par une journée maussade sous un ciel plombé, qu'une femme se présenta à ma porte avec une cargaison de produits de beauté. À tout autre moment je n'aurais pas été contente de la voir, mais là, au contraire. Elle s'appelait Gwen et me dit qu'elle ne m'avait pas rendu visite plus tôt parce qu'on lui avait rapporté que je n'étais pas du genre à m'intéresser à ce qu'elle vendait.

« Je ne vois pas trop ce que ça signifie, poursuivit-elle. Mais je me suis dit : De toute façon, je n'aurai qu'à la laisser parler et elle n'aura qu'à dire non. »

Je lui demandai si elle voulait une tasse du café que je venais de faire et elle accepta volontiers.

Elle dit qu'elle était sur le point de remballer pour la journée. Elle déposa son fardeau avec un grognement.

« Vous n'êtes pas maquillée. Je ne me maquillerais pas non plus si je n'exerçais pas cette profession. »

Si elle n'avait pas dit ça, j'aurais cru que son visage était aussi nu que le mien. Nu, blafard, et avec un incroyable réseau de ridules autour de la bouche. Des lunettes qui lui agrandissaient les yeux, qu'elle avait du bleu le plus pâle. Son seul trait marquant était le cuivre de ses cheveux fins, coupés en une frange qui lui barrait le front.

Peut-être l'avais-je mise mal à l'aise en l'invitant à entrer. Elle ne cessait de jeter nerveusement des coups d'œil à gauche et à droite.

« Il fait un froid féroce aujourd'hui », dit-elle.

Et puis, précipitamment : « Je ne vois aucun genre de cendrier, ici, je me trompe ? »

J'en dénichai un dans un placard. Elle sortit ses cigarettes et se radossa, soulagée, à son siège.

« Vous ne fumez pas ?

– Je fumais, autrefois.

– Comme tout le monde. »

Je lui versai le café.

« Je le bois noir, dit-elle. Ah, ça fait du bien. J'espère que je ne vous ai pas interrompue. Vous écrivez des lettres ? »

Et je me mis à lui parler des auteurs négligés, allant jusqu'à nommer celle sur laquelle je travaillais à ce moment-là. Martha Ostenso, qui avait écrit un livre intitulé *Wild Geese* et une ribambelle d'autres, tous oubliés à présent.

« Vous voulez dire que tout ça va être imprimé ? Publié, genre dans le journal ?

– Dans un livre », dis-je. Elle souffla la fumée avec une moue de doute et je me rendis compte que j'avais envie de lui raconter quelque chose de plus intéressant.

« On pense que son mari a écrit certaines parties du roman, mais ce qui est bizarre c'est que son nom n'apparaît pas.

– Peut-être qu'il n'avait pas envie que ses potes se moquent de lui, dit-elle. Genre, vous voyez : qu'est-ce qu'ils vont penser d'un type qui écrit des bouquins ?

– Ça ne m'était pas venu à l'esprit.

– Mais ça ne devait pas le déranger de toucher le fric, dit-elle. Vous connaissez les hommes. »

Puis elle ébaucha un sourire, secoua la tête et dit : « Vous devez être intelligente. Attendez un peu que je raconte à la maison que j'ai vu un livre en train d'être écrit. »

Pour la détourner d'un sujet qui avait commencé à me gêner, je lui demandai à qui elle allait le raconter à la maison.

Plusieurs personnes, dont je ne compris pas bien, ou peut-être ne pris pas la peine de comprendre, qui elles étaient par rapport à qui. Je ne suis pas sûre de l'ordre dans lequel elle les mentionna, sauf que son mari fut le dernier et qu'il était mort.

« L'année dernière. Enfin, c'était pas officiellement mon mari. Vous voyez.

– Le mien ne l'était pas non plus. Je veux dire, ne l'est pas non plus.

– Sans blague ? Ça se fait de plus en plus de nos jours, hein ? Autrefois c'était : oh mon Dieu, c'est épouvantable ; alors qu'aujourd'hui c'est juste : et puis après ? Et il y a ceux qui vivent ensemble pendant des années et des années et un jour, finalement : tiens, on va se marier. Alors on se dit : mais pourquoi, bon sang ? Pour les cadeaux, hein ? Ou simplement à l'idée d'être toute pomponnée dans la robe blanche. Y a de quoi rire, à s'en faire mal au ventre. »

Elle dit qu'elle avait une fille qui s'était appuyée tout le manège enchanté de cette façon et que tout ce que ça lui avait rapporté, c'était qu'elle avait fini en taule pour trafic. Quelle bêtise. C'était le type qu'elle avait épousé qui l'avait mise dans ce pétrin. C'est pour ça qu'il fallait qu'elle vende des produits de beauté en plus de s'occuper des deux enfants de sa fille, des petits qui n'avaient personne d'autre.

Tout au long de ce récit, elle semblait d'excellente humeur. Ce fut quand elle aborda le sujet d'une autre fille, qui avait parfaitement réussi, infirmière diplômée, retraitée et vivant à Vancouver, qu'elle perdit de son assurance et sembla un peu agitée.

Cette fille-là voulait que sa mère laisse tomber toute la bande pour aller habiter avec elle.

« Mais j'aime pas Vancouver. Tout le monde aime Vancouver, je sais. Mais pas moi, c'est tout. »

Non. Le problème, en fait, si elle allait habiter avec cette fille, c'était qu'elle devrait arrêter de fumer. Ce n'était pas Vancouver, c'était d'avoir à arrêter de fumer.

Je lui achetai je ne sais quelle lotion qui allait me rendre la jeunesse et elle promit de passer la déposer la prochaine fois qu'elle serait dans le coin.

Je racontai le tout à Franklin. Gwen, elle s'appelait.

« C'est un autre monde. Ça m'a plutôt amusée », dis-je. Et puis je n'ai pas été particulièrement fière de moi d'avoir dit ça.

Il dit que j'avais peut-être besoin de sortir un peu plus et me conseilla d'offrir mes services comme prof suppléante.

Quand elle revint bientôt avec la lotion, je fus surprise. Puisque j'avais déjà payé. Elle n'essaya même pas de me vendre autre chose, ce dont elle eut presque l'air d'être soulagée, ce n'était pas une stratégie de vente. Je fis de nouveau du café, et nous bavardâmes en toute décontraction, et même un peu précipitamment, comme la fois précédente. Je lui donnai l'exemplaire de *Wild Geese* dont je m'étais servie pour écrire sur Martha Ostenso. Je dis qu'elle pourrait le garder parce que je m'en procurerais un autre quand les biographies paraîtraient.

Elle dit qu'elle allait le lire. Quoi qu'il arrive. Elle ne se rappelait pas avoir jamais lu un livre en entier parce qu'elle était trop occupée, mais cette fois c'était promis.

Elle dit qu'elle n'avait jamais rencontré de personne comme moi, à la fois si cultivée et si ouverte. Je me sentis un peu flattée, mais sur mes gardes en même temps, le genre de sentiment qu'on éprouve quand on se rend compte qu'un élève a le béguin pour nous. Puis vint la gêne, comme si je n'avais aucun droit de me sentir si supérieure.

Il faisait noir quand elle partit vers sa voiture et elle ne parvint pas à démarrer. Elle essaya plusieurs fois de suite et le moteur faisait un bruit prometteur puis s'arrêtait. Quand Franklin entra dans le jardin et constata que le passage était bloqué, je me hâtai d'aller lui expliquer la situation. Elle sortit de la voiture en le voyant approcher et se mit en devoir de lui raconter que le moteur lui jouait toutes sortes de tours pendables ces derniers temps.

Il essaya de démarrer, tandis que nous nous tenions près de sa camionnette, pour ne pas le gêner. Il n'arriva à rien non plus. Il entra dans la maison pour appeler le garage du bourg. Elle ne voulut pas entrer de nouveau, alors qu'il faisait froid dehors. La présence de l'homme de la maison semblait la rendre plus réservée. J'attendis avec elle. Il vint sur le seuil nous annoncer que le garage était fermé.

Il ne restait rien d'autre à faire que l'inviter à dîner et à passer la nuit chez nous. Elle nous présenta et nous représenta ses plus plates excuses, puis se détendit peu à peu, une fois assise, quand elle prit une nouvelle cigarette. Je commençai les préparatifs du repas. Franklin était parti se changer. Je lui demandai si elle voulait téléphoner à quelqu'un chez elle.

Elle répondit, oui, que cela valait mieux.

Je pensais qu'il y aurait peut-être quelqu'un là-bas pour venir la chercher. Je ne goûtais pas la perspective d'avoir à bavarder toute la soirée en présence de Franklin. Certes, il pourrait toujours aller dans sa chambre – il refusait de l'appeler son bureau – mais je me sentirais responsable de son bannissement. Outre cela, nous voudrions regarder les nouvelles à la télé et elle continuerait de parler d'un bout à l'autre du journal. Même mes amies les plus malignes le faisaient, et il avait ça en horreur.

À moins qu'elle ne se taise, l'air vaguement hagard. Ce qui serait presque pire.

Apparemment, ça ne répondait pas. Elle appela donc les voisins – les enfants étaient chez eux – et il y eut une grande quantité d'excuses entrecoupées de rires, puis une conversation avec les enfants pour leur enjoindre d'être sages, et encore des protestations de gratitude, et des remerciements du fond du cœur, aux gens qui allaient les garder. Il se trouva toutefois que ces amis devaient se rendre quelque part le lendemain, de sorte qu'il faudrait que les enfants y aillent avec eux, et tout cela n'était pas très commode en définitive.

Franklin était de retour dans la cuisine quand elle raccrocha. Elle se tourna vers moi pour me dire qu'ils avaient probablement inventé cette obligation du lendemain, que c'était bien leur genre. Malgré tous les services qu'elle leur avait rendus quand ils en avaient besoin.

Ce fut alors qu'elle et Franklin sursautèrent, frappés exactement au même instant.

« Seigneur mon Dieu, dit Gwen.

– Mais non, dit Franklin, ce n'est que moi. »

Et ils restèrent figés sur place. Comment avaient-ils pu ne pas s'en rendre compte ? demandèrent-ils. Conscients, me dis-je alors, qu'il aurait été malséant d'ouvrir tout grands les bras avant de s'affaler l'un contre l'autre. Au lieu de quoi ils se lancèrent dans une série de mouvements étranges et déconnectés, comme s'ils devaient regarder tout autour d'eux afin de s'assurer que c'était bien la réalité. Et aussi répétant le nom l'un de l'autre d'un ton où se mêlaient un peu de dérision et beaucoup de désarroi. Et ce n'étaient pas les noms auxquels je m'attendais, non plus.

« Frank.

– Dolly. »

Il me fallut quelques instants pour comprendre que Gwen, Gwendolyn, pouvait effectivement se réduire au diminutif taquin de Dolly.

Et que tous les jeunes gens préféreraient être appelés Frank plutôt que Franklin.

Ils n'oublièrent pas ma présence, en tout cas pas Franklin, à l'exception de ces quelques instants.

« Je t'ai parlé de Dolly ? »

Sa voix vibrait avec insistance du désir de revenir à la normale, tandis que celle de Dolly, ou de Gwen, se cantonnait dans la plaisanterie énorme, voire surnaturelle, que constituaient leurs retrouvailles.

« Je ne pourrais pas te dire la dernière fois où je me suis entendu appeler comme ça, il n'y a absolument plus personne qui me connaisse sous ce nom, Dolly. »

Là, le truc bizarre fut que je me mis à participer à la bonne humeur générale. Car l'ébahissement devait se transformer en bonne humeur sous mes yeux et c'est bien ce qui était en train de se produire. L'ensemble de la découverte allait prendre cette tournure au plus vite. Et je tenais tant, semblait-il, à y jouer mon rôle que je sortis une bouteille de vin.

Franklin ne boit plus. Il n'a jamais beaucoup bu, puis y a entièrement renoncé en silence. Ce fut donc à Gwen et à moi qu'il revint de faire la conversation et d'expliquer les choses, dans la fraîcheur de ce nouvel enthousiasme, en émaillant nos propos de remarques bien senties sur les coïncidences.

Elle me raconta qu'elle était nurse quand elle avait connu Franklin. Elle travaillait à Toronto, s'occupant de deux petits Anglais que leurs parents avaient envoyés au Canada pour les faire échapper à la guerre. Il y avait d'autres domestiques dans cette maison, de sorte qu'elle avait la plupart de ses soirées et sortait pour en profiter – quelle jeune fille ne le ferait pas ? Elle avait connu Franklin pendant la dernière permission qu'il avait eue avant d'embarquer pour l'outre-mer. Et ils s'en étaient payé, comme on pouvait l'imaginer. Il lui avait peut-être écrit une ou deux lettres, mais elle était vraiment trop occupée pour entretenir une correspondance. Puis, quand la guerre fut finie, elle avait pris le bateau aussi vite que possible pour raccompagner les deux petits Anglais chez eux, et, à bord, avait fait la connaissance d'un homme, qu'elle avait épousé.

Mais cela n'avait pas duré. L'Angleterre était tellement sinistre après la guerre qu'elle avait pensé mourir, elle était donc revenue au pays.

C'était une partie de sa vie dont je n'avais rien su jusque-là. Mais quant à ses deux semaines avec Franklin, j'en savais déjà beaucoup, de même, ainsi que je l'ai déjà dit, que de nombreux autres. Du moins s'ils étaient lecteurs de poésie. Ils savaient avec quelle générosité elle prodiguait son amour, mais ignoraient, contrairement à moi, qu'elle croyait ne pas risquer de tomber enceinte parce qu'elle portait, dans un médaillon autour du cou, une mèche de cheveux de sa défunte sœur jumelle. Elle avait toutes sortes d'idées fantasques comme celle-ci et donna à Franklin une dent magique – il ignorait à qui elle avait appartenu – qui le protégerait quand il partirait outre-mer. Il se débrouilla pour la perdre aussitôt, mais il eut quand même la vie sauve.

Elle avait aussi un précepte selon lequel, si elle descendait d'un trottoir du mauvais pied, la journée entière serait néfaste pour elle, et il leur fallait donc retourner sur leurs pas afin de recommencer. Les préceptes de Dolly le fascinaient.

À vrai dire, en mon for intérieur, je n'avais pas été fascinée du tout quand il m'avait raconté ça. J'avais pensé à cette façon qu'ont les hommes d'être charmés par les petites manies tenaces d'une fille, si elle est suffisamment jolie. Certes, c'est passé de mode. Du moins je l'espère. La délectation de ces messieurs devant la cervelle infantile des femmes. (Quand je fis mes débuts dans le professorat, on me raconta qu'il fut un temps, pas si éloigné, où les femmes n'enseignaient jamais les maths. Leur faiblesse intellectuelle l'interdisait.)

Évidemment, cette fille, cette charmeuse dont, à force de le tanner, j'avais obtenu qu'il me parle, aurait pu être un personnage en grande partie inventé. Que le premier venu aurait pu créer. Mais je ne le pensais pas. Elle était ce qu'elle avait effrontément choisi d'être. Elle s'aimait trop.

Je ne dis naturellement pas un mot de ce qu'il m'avait raconté et de ce qui figurait dans le poème. Et Franklin garda lui aussi le silence à ce propos, sauf pour évoquer un peu le Toronto du temps de guerre, ces journées fébriles, la législation ridicule sur l'alcool, la farce de la Parade d'Église. Si j'ai pu croire à ce moment-là qu'il risquait de lui faire cadeau de l'un de ses écrits, il semblerait que je me sois trompée.

Fatigué, il alla se coucher. Gwen, ou Dolly, et moi préparâmes un lit pour elle sur le canapé. Elle s'assit au bord avec sa dernière cigarette, en me disant de ne pas m'inquiéter, qu'elle ne mettrait pas le feu à la maison, qu'elle ne se couchait jamais avant de l'avoir finie.

Il faisait froid dans notre chambre, les fenêtres étaient beaucoup plus ouvertes que d'habitude. Franklin dormait. Il dormait vraiment, je voyais toujours quand il faisait semblant.

Je déteste m'endormir en sachant qu'il y a des assiettes sales sur la table, mais je m'étais sentie soudain trop fatiguée pour les laver avec l'aide de Gwen, dont je savais qu'elle se serait proposée. J'avais l'intention de me lever tôt le lendemain matin pour tout ranger.

Mais quand je m'éveillai, il faisait déjà grand jour et un cliquetis montait de la cuisine, avec l'odeur du petit déjeuner et celle des cigarettes. Les échos d'une conversation, aussi, et c'était Franklin qui parlait, et non pas Gwen comme je m'y serais attendue. J'entendis cette dernière rire à ce qu'il lui racontait. Je me levai aussitôt, enfilai mes vêtements à la hâte et arrangeai ma coiffure, ce que je ne prends jamais la peine de faire si tôt le matin.

Le sentiment de sécurité et toute la bonne humeur de la soirée m'avaient désertée. Je fis pas mal de bruit en descendant l'escalier.

Gwen était devant l'évier, des bocaux de verre d'une propreté étincelante s'alignaient sur l'égouttoir.

« J'ai fait toute la vaisselle à la main parce que j'avais peur de ne pas savoir faire fonctionner votre lave-vaisselle, dit-elle. Puis j'ai vu ces bocaux là-haut et je me suis dit que je n'avais qu'à les laver, pendant que j'y étais.

– Ça doit faire un siècle que ça ne leur était pas arrivé, dis-je.

– Oui, c'est l'impression que j'ai eue. »

Franklin annonça qu'il était allé de nouveau essayer la voiture, mais rien à faire. Par contre il avait contacté le garage où on lui avait promis que quelqu'un passerait voir ça dans l'après-midi. Mais il avait pensé qu'au lieu d'attendre il allait remorquer la voiture lui-même pour qu'ils puissent s'y mettre tout de suite.

« Comme ça, Gwen pourra s'attaquer au reste de la cuisine », dis-je. Mais ni l'un ni l'autre ne daignèrent s'intéresser à ma plaisanterie. Franklin dit non, qu'il valait mieux que Gwen aille avec lui, le garagiste voudrait lui parler puisque c'était sa voiture.

Je remarquai qu'il avait un petit peu de mal à l'appeler Gwen, devant d'abord mettre Dolly de côté.

Je dis que j'avais plaisanté.

Il me demanda s'il pouvait me préparer un petit déjeuner et je répondis non.

Et Gwen fit : « Elle a bien su garder sa ligne ! » Et je ne sais comment, ce compliment lui-même se transforma en un objet dont tous deux pouvaient rire ensemble.

Pas plus l'un que l'autre n'avaient l'air de savoir ce que j'éprouvais, alors que mon comportement me semblait bizarre, chacune des remarques prenant au sortir de ma bouche l'aspect d'une moquerie sèche et cassante comme une brindille. Ce qu'ils peuvent être remplis d'eux-mêmes, pensais-je. C'était une expression que je tenais je ne sais d'où. Quand Franklin sortit préparer le remorquage de la voiture, elle lui emboîta le pas, comme si elle ne pouvait supporter de le perdre de vue une seconde.

En sortant elle me lança qu'elle ne pourrait jamais me remercier assez.

Pour me dire au revoir Franklin donna un coup d'avertisseur, chose qu'il ne faisait jamais en temps normal.

J'avais envie de leur courir après et de les réduire en miettes. Je me mis à faire les cent pas tandis que cette surexcitation douloureuse s'emparait de plus en plus de moi. Il n'existait pas le moindre doute quant à ce que je devais faire.

Il ne s'écoula guère de temps avant que je sorte et monte dans ma voiture, ayant glissé ma clé de la maison dans la fente de la porte d'entrée. J'avais une valise à côté de moi, mais j'avais déjà plus ou moins oublié ce que j'avais fourré dedans. J'avais rédigé un mot laconique disant que je devais vérifier certaines données au sujet de Martha Ostenso, puis je m'étais mise à en écrire un plus long que j'avais l'intention d'adresser à Franklin, mais que je ne voulais pas que Gwen voie, quand elle rentrerait avec lui, ainsi qu'elle allait assurément le faire. J'y disais qu'il devait être libre de faire ce qu'il voulait et que la seule chose insupportable à mes yeux était la tromperie, mais peut-être s'agissait-il plutôt d'aveuglement. On n'y pouvait rien, c'était à lui d'avouer ce qu'il désirait. Il était ridicule et cruel de m'y faire assister et j'allais donc débarrasser le plancher.

Je poursuivais en disant qu'aucun mensonge, en définitive, n'est aussi puissant que ceux que nous nous racontons à nous-mêmes et qu'ensuite nous devons malheureusement raconter sans cesse, pour contenir la nausée qui nous soulève l'estomac, nous dévore vivants, ainsi qu'il s'en apercevrait bien assez tôt. Et ainsi de suite, une réprimande qui ne tarda pas, même dans un espace aussi restreint, à devenir répétitive et verbeuse, et de plus en plus dépourvue de dignité ou de grâce. Je compris alors qu'il faudrait la récrire, avant de pouvoir la communiquer à Franklin, de sorte que je devais l'emporter avec moi et l'expédier par la poste.

À la fin de notre allée, je pris dans la direction opposée à celle du village et du garage, et en un rien de temps, me sembla-t-il, me retrouvai roulant vers l'est sur une grande autoroute. Où allais-je ? Si je ne me décidais pas bientôt, je filerais droit à Toronto, et il me semblait que, loin d'y trouver un refuge et une cachette, j'y serais condamnée à rencontrer des lieux et des gens tous liés à mon bonheur passé, et à Franklin.

Afin d'éviter que cela se produise, j'obliquai en direction de Cobourg. Où nous n'étions jamais allés ensemble.

Il n'était pas encore midi. Je pris une chambre dans un motel du centre. Je passai devant les chambres qui avaient été occupées la nuit précédente, où s'affairaient les femmes de ménage. Ma propre chambre, qui n'avait pas été louée, était très froide. J'allumai le chauffage et décidai d'aller me promener. Puis, quand j'ouvris la porte, m'en découvris incapable. Je frissonnais et tremblais de tous mes membres. Fermant la porte à clé, je me mis au lit tout habillée et, comme je tremblais encore, tirai les couvertures jusqu'à mes oreilles.

Quand je m'éveillai, l'après-midi radieux était déjà bien avancé et mes vêtements trempés de sueur me collaient à la peau. J'éteignis le chauffage, pris dans la valise quelques vêtements de rechange que j'enfilai, et je sortis. Je marchais très vite. J'avais faim mais sentais que je ne pourrais jamais ralentir, ou m'asseoir, pour manger.

Ce qui m'était arrivé n'était pas inhabituel, pensai-je. Ni dans les livres ni dans la vie. Il devait exister, il existait forcément, une façon éprouvée d'y faire face. Marcher comme j'étais en train de le faire, certes. Mais il fallait bien s'arrêter, même dans une bourgade de rien du tout, comme celle-ci, il faut s'arrêter à cause des voitures et des feux. Il y avait aussi des gens qui circulaient avec tant de maladresse, s'arrêtant pour repartir, et des hordes de collégiens comme ceux parmi lesquels je m'étais efforcée de maintenir un certain ordre. Pourquoi étaient-ils si nombreux ? Et si bêtes, avec leurs glapissements et leurs cris et le caractère redondant, purement contingent, de leur existence. Partout comme une insulte en pleine figure.

Comme les boutiques et leurs enseignes étaient une insulte, et le bruit des voitures, avec leurs coups de frein et leurs redémarrages. Partout cette proclamation, c'est ça la vie. Comme si c'était ce qu'il nous fallait, encore plus de vie.

Là où les commerces se faisaient plus rares et finissaient par disparaître, il y avait quelques bungalows. Vides, les fenêtres masquées de planches clouées, attendant la démolition. C'était là que descendaient les vacanciers les plus modestes, avant l'apparition des motels. Et puis je me suis rappelé y avoir séjourné moi aussi. Oui, dans un de ces pavillons lorsqu'ils en étaient réduits – c'était peut-être hors saison – réduits à accueillir les pécheurs de l'après-midi, dont j'avais fait partie. J'étais encore étudiante, promise au professorat, et je ne me serais même pas rappelé que c'était dans cette ville, sans quelque chose d'indéfinissable qui se dégageait de ces pavillons aux fenêtres masquées de planches. Un prof, plus vieux que moi. Une épouse à la maison, et sans aucun doute des enfants. Des vies à gâcher. Il ne faut pas qu'elle sache, ça lui briserait le cœur. Je m'en fichais éperdument. Qu'il se brise.

J'aurais pu retrouver plus de souvenirs si j'avais voulu, mais ça n'en valait pas la peine. Sauf que cela me fit ralentir le pas jusqu'à un rythme plus normal et me remit dans la direction du motel. Et là, sur la commode, la lettre que j'avais écrite. Cachetée mais pas timbrée. Je ressortis, trouvai la poste, achetai un timbre, mis l'enveloppe dans la boîte. J'y pensai à peine, n'éprouvai pas la moindre appréhension. J'aurais pu la laisser sur la table, quelle importance ? Tout est fini.

Sur mon parcours, j'avais remarqué un restaurant, on y accédait en descendant quelques marches. Je le retrouvai, et examinai la carte qu'il affichait.

Franklin n'aimait pas manger au restaurant. Moi, si. Je me remis à marcher, d'un pas normal cette fois, en attendant l'ouverture de l'établissement. Je vis un foulard qui me plaisait dans une vitrine et songeai que je devrais entrer pour l'acheter, que cela me ferait du bien. Mais quand je le pris en main, je dus le relâcher. Son contact soyeux me soulevait le cœur.

Au restaurant, je bus du vin et attendis longtemps ma commande. Il n'y avait presque personne – on était en train d'installer l'orchestre pour la soirée. J'allai aux toilettes et fus surprise de constater à quel point je me ressemblais. Je me demandai s'il était possible qu'un homme – un vieux – s'avise de me draguer. C'était une idée grotesque – pas à cause de son âge éventuel mais parce qu'il n'y avait place dans ma tête pour la pensée d'aucun autre que Franklin, à jamais.

Je pus à peine toucher à la nourriture quand elle arriva. Sa qualité n'y était pour rien. Seulement la bizarrerie d'être attablée seule, de manger seule, la solitude béante, l'irréalité.

J'avais pensé emporter des somnifères, alors que je n'en prends pour ainsi dire jamais. Je les avais d'ailleurs depuis si longtemps que je n'étais pas sûre qu'ils aient encore de l'effet. Mais si – je m'endormis et ne m'éveillai pas une seule fois avant qu'il soit près de six heures du matin.

Quelques poids lourds quittaient déjà leur place de stationnement devant le motel.

Je savais où j'étais, je savais ce que j'avais fait. Et je savais que j'avais commis une terrible erreur. Je m'habillai et, aussi vite que possible, sortis du motel. J'eus le plus grand mal à supporter le bavardage amical de la réceptionniste. Elle dit qu'on annonçait de la neige pour plus tard. Soyez prudente, me dit-elle.

La circulation était déjà difficile, sur l'autoroute. Et puis il y eut un accident qui ralentit encore les choses.

Je songeai à Franklin qui était peut-être en train de me chercher. Un accident pouvait lui arriver à lui aussi. Nous ne nous reverrions peut-être jamais.

Je ne pensais pas à Gwen, sinon comme à une personne qui s'était mise en travers du chemin et créait des problèmes absurdes. Ses courtes jambes épaisses, sa chevelure ridicule, son réseau de ridules. Une caricature, on aurait pu le dire, quelqu'un à qui on ne pouvait pas en vouloir, et qu'on n'aurait jamais dû prendre au sérieux non plus.

Puis je me retrouvai chez nous. Notre maison n'avait pas changé. Je m'engageai dans l'allée et je vis sa voiture. Dieu merci, il était là.

Je remarquai tout de même que la voiture n'était pas garée à sa place habituelle.

La raison étant qu'une autre voiture, la voiture de Gwen, occupait cette place-là.

Je ne comprenais pas. Pendant tout le trajet, j'avais pensé à elle, quand j'y pensais, comme à une personne qui serait déjà mise à l'écart, qui, après le premier trouble, ne pourrait pas continuer de jouer le moindre rôle dans nos vies. Je débordais encore du soulagement d'être de retour, et qu'il soit de retour, indemnes l'un et l'autre. Cette assurance m'avait emplie tout entière, de sorte que mon corps était prêt, encore prêt, à bondir hors de la voiture pour courir jusqu'à la maison. J'avais même cherché ma clé à tâtons, ayant oublié ce que j'en avais fait.

Je n'en aurais pas eu besoin, de toute façon. Franklin était en train d'ouvrir la porte de chez nous. Il ne poussa pas de cri de surprise ou de soulagement, pas même quand je fus descendue de voiture et me dirigeai vers lui. Il descendit simplement les marches de la maison, d'un pas mesuré, et ce qu'il dit me retint à l'instant où je l'atteignis. Il dit : « Attends. »

Attends. Bien sûr. Elle était là.

« Retourne dans la voiture, poursuivit-il. On ne peut pas parler ici, il fait trop froid. »

Quand nous fûmes dans la voiture, il lâcha : « La vie est totalement imprévisible. »

Sa voix était d'une douceur et d'une tristesse inhabituelles. Il ne me regardait pas mais gardait les yeux fixés droit devant lui sur le pare-brise et notre maison.

« Ça ne sert à rien de demander pardon, me dit-il.

« Tu sais, reprit-il, ce n'est même pas la personne. C'est comme une espèce d'aura. C'est un sortilège. Et bien sûr qu'en réalité c'est la personne, mais ça l'environne, et elle les incarne. Ou ils incarnent… je ne sais pas. Tu comprends ? Ça arrive d'un seul coup, comme une éclipse ou va savoir quoi. »

Il courbait la tête et la secouait. Complètement désemparé.

Il mourait d'envie de parler d'elle, ça se voyait. Mais ce genre de numéro lui aurait sûrement soulevé le cœur en temps normal. C'est ce qui me fit perdre tout espoir.

Je me mis à avoir de plus en plus froid. J'allais lui demander s'il avait déjà averti l'autre protagoniste de cette transformation. Puis je m'avisai que c'était une évidence et qu'elle était avec nous, dans la cuisine, avec les trucs qu'elle avait astiqués.

Il était enchanté, c'était sinistre. Il était absolument comme tout le monde. Sinistre.

« Ne dis plus rien, dis-je. Tais-toi, s'il te plaît. »

Il se tourna, me regarda pour la première fois, et parla sans la moindre trace de cette douceur émerveillée, si particulière, dans la voix.

« Bon Dieu, je plaisante, dit-il. Je pensais que tu pigerais. Ça va. Doucement. Oh, pour l'amour du ciel boucle-la. Écoute. »

Car je m'étais mise à hurler à présent, de colère et de soulagement.

« D'accord, j'étais un peu en rogne contre toi. J'avais envie de t'en faire baver. Qu'est-ce que j'étais censé penser quand je suis rentré et que tu avais filé ? D'accord, je suis un salaud. Arrête. Arrête. »

Je n'avais pas envie d'arrêter. Je savais que tout allait bien à présent, mais c'était un tel réconfort de gueuler. Et je trouvai une nouvelle raison de me plaindre.

« Qu'est-ce que sa voiture fiche ici, alors ?

– Ils n'ont rien pu faire. C'est une épave.

– Mais pourquoi est-elle ici ? »

Il dit qu'elle était là parce que ce qu'on pouvait encore récupérer dessus, et ce n'était pas grand-chose, lui appartenait désormais. Nous appartenait.

Parce qu'il lui avait acheté une voiture.

« Une voiture ? Neuve ? »

Suffisamment neuve en tout cas pour rouler mieux que celle qu'elle avait.

« Le truc, c'est qu'elle veut aller à North Bay. Elle a des parents ou je ne sais quoi là-bas et c'est là qu'elle veut aller quand elle aura une voiture capable de l'y emmener.

– Elle a des parents ici. Là où elle habite, en ce moment, Dieu sait où. Et des enfants de trois ans dont elle doit s'occuper.

– Eh bien, il faut croire que ceux de North Bay lui conviennent mieux. Je n'ai pas entendu parler d'enfants de trois ans. Peut-être qu'elle va les emmener.

– C'est elle qui t'a demandé de lui acheter une voiture ?

– Elle n'est pas du genre à demander quoi que ce soit.

– Alors maintenant, dis-je. Maintenant elle est entrée dans notre vie.

– Elle est à North Bay. Rentrons. Je n'ai même pas de veste. »

En chemin, je lui demandai s'il lui avait parlé de son poème. Ou peut-être même s'il le lui avait lu.

Il s'exclama : « Oh grands dieux non, pourquoi l'aurais-je fait ? »

La première chose que je vis dans la cuisine fut le verre étincelant des bocaux. Je pris une chaise et grimpai dessus et entrepris de les fourrer tout en haut du placard.

« Tu peux m'aider ? » dis-je, et il me les passa.

Je me demandai : m'aurait-il menti à propos du poème ? Se pouvait-il qu'elle en ait entendu la lecture ? Ou qu'on l'ait laissée le lire elle-même ?

Si c'était le cas, sa réaction n'avait pas été satisfaisante. Qui au monde pourrait jamais en avoir une ?

Imaginons qu'elle ait dit que c'était ravissant. Il aurait jugé ça détestable.

À moins qu'elle ne se soit demandé à haute voix comment il s'y était pris pour faire passer ce qu'il avait fait passer. Les cochonneries, aurait-elle pu dire. Ç'aurait été mieux, mais pas autant qu'on pourrait le croire.

Qui dira jamais au poète la chose parfaite à propos de sa poésie ? Et ni trop ni trop peu, juste ce qu'il faut.

Il m'entoure de ses bras, me soulève de la chaise et me repose par terre.

« Nous ne pouvons pas nous permettre les disputes », dit-il.

Vraiment pas. J'avais oublié que nous sommes si vieux, tout oublié. Cru que nous avions plus de temps qu'il n'en faudrait pour souffrir et nous plaindre.

Je voyais la clé à présent, celle que j'avais glissée dans la fente. Elle s'était logée entre le tapis-brosse marron et le seuil.

Il allait aussi me falloir guetter l'arrivée de cette lettre que j'avais écrite.

Et si je mourais avant ? On peut se croire en assez bonne forme et puis mourir, tout d'un coup, comme ça. Fallait-il laisser un mot que Franklin trouverait, au cas où ?

S'il arrive une lettre de moi pour toi, déchire-la.

Et justement, il ferait ce que je lui demandais. Moi pas, à sa place. J'éventrerais cette enveloppe quelles qu'aient pu être les promesses.

Lui, il obéirait.

Quel mélange de rage et d'admiration m'inspirait sa volonté d'agir ainsi. En remontant tout le cours de notre vie ensemble, cela ne s'était jamais démenti.

Finale

Les quatre œuvres qui concluent ce livre ne sont pas des nouvelles à proprement parler. Elles forment une unité distincte, qui donne le sentiment d'être autobiographique, encore qu'il arrive, par moments, qu'elle ne le soit pas dans le détail des faits. Je crois qu'elles sont les premières et dernières choses – et aussi les plus proches – que j'aie à dire de ma propre vie.

L'œil

Quand j'avais cinq ans mes parents produisirent de but en blanc un nourrisson, un garçon, dont ma mère dit que c'était ce que j'avais toujours désiré. D'où tirait-elle cette idée, je ne le savais pas. Elle la développa, y ajoutant une bonne petite dose de fioritures, toutes fictives mais difficiles à contredire.

Puis, un an plus tard, un nourrisson, une fille, fit son apparition, déclenchant une nouvelle effervescence mais sur un mode mineur, cette fois.

Jusqu'à l'arrivée du premier, je n'avais jamais eu conscience d'une quelconque différence entre ce que je ressentais et ce que ma mère disait que je ressentais. Et jusqu'à ce moment-là, la maison entière avait été pleine de ma mère, de ses pas, de sa voix, de son odeur de poudre de riz néanmoins menaçante, qui envahissait toutes les pièces même quand elle n'y était pas.

Pourquoi dis-je menaçante ? Je n'avais pas peur. Ce n'était pas que ma mère me dictait réellement ce que je devais ressentir à propos des choses. Elle était une autorité en ce domaine sans avoir à se poser la moindre question. Pas seulement dans le cas d'un petit frère mais au sujet des céréales Red River, qui étaient bonnes pour moi et dont je devais par conséquent être friande. Et de mon interprétation de l'image accrochée au-dessus de mon lit, où l'on voyait Jésus souffrant que les petits enfants viennent à lui. Souffrant signifiait autre chose à l'époque, mais ce n'était pas ce qui faisait l'objet de notre attention. Ma mère m'indiquait la petite fille à demi cachée dans un coin, parce qu'elle avait envie d'aller à Jésus mais était trop timide. C'était moi, disait ma mère, et je m'en convainquais, alors que je ne m'en serais jamais doutée si elle ne me l'avait pas dit, et que j'aurais préféré qu'il en aille autrement.

Ce qui me rendait vraiment malheureuse, c'était Alice au pays des merveilles quand, gigantesque, elle était coincée dans le terrier du lapin, mais je riais parce que ma mère semblait ravie.

Ce fut avec la venue de mon frère, cependant, quand elle se mit à me rebattre les oreilles de l'assertion qu'il était une espèce de cadeau qu'elle me destinait, que je commençai à comprendre qu'une bonne part des idées qu'elle se faisait de moi pouvait différer des miennes.

Je suppose que tout cela m'avait préparée à accueillir Sadie quand elle vint travailler chez nous. Le territoire de ma mère avait rétréci à celui qu'elle occupait avec les nourrissons. Délivrée de son omniprésence, je pus réfléchir à ce qui était vrai et ce qui ne l'était pas. J'étais suffisamment avisée pour n'en souffler mot à personne.

Ce que Sadie avait de plus inhabituel – mais qu'on se gardait de souligner chez nous –, c'est qu'elle était célèbre. Notre ville possédait une station de radio pour laquelle elle chantait en s'accompagnant à la guitare une chanson de sa composition qui annonçait l'ouverture des programmes.

« Bonjour, bonjour, bonjour, tout le monde... »

Et une demi-heure plus tard c'était : « Au revoir, au revoir, au revoir, tout le monde. » Entre les deux, elle interprétait les chansons demandées par les auditeurs, ainsi que d'autres qu'elle choisissait elle-même. Les gens intellectuellement les plus raffinés de notre ville avaient tendance à en rire, et à rire de la station elle-même, dont on disait qu'elle était la plus petite du Canada. Ces gens-là écoutaient une station de Toronto qui diffusait les succès du jour – trois petits poissons et la maman poisson[1] – et les braillements de Jim Hunter présentant les terribles nouvelles de la guerre. Mais les

1. « *Three little fishies / And a momma fishy too...* » Chanson enregistrée en 1939 par les Smoothies avec Hal Kemp & son orchestre.

gens des fermes aimaient la station locale et le genre de chansons que chantait Sadie. Elle avait la voix forte et triste et elle parlait de la solitude et du chagrin.

> *Accoudé à la vieille barrière,*
> *d'un grand corral.*
> *Cherchant dans le soir et la poussière*
> *au loin mon vieux poteau*[1]*...*

La plupart des fermes, dans notre région, ont été défrichées et bâties voilà cent cinquante ans à peu près, et depuis chacune d'entre elles on pouvait apercevoir la ferme voisine, à quelques champs de distance. Pourtant, les chansons que les paysans avaient envie d'entendre parlaient toutes de cow-boys solitaires, de l'appel et de la déception des terres lointaines, des crimes sanglants que les criminels expiaient dans la mort, avec sur les lèvres le nom de leur mère, ou celui de Dieu.

Voilà ce que chantait Sadie avec tant de chagrin, d'une voix puissante d'alto, mais dans son travail chez nous elle débordait d'énergie et de confiance, heureuse de parler et surtout de parler d'elle-même. Elle n'avait d'ordinaire personne à qui s'adresser en dehors de moi. Ses tâches et celles de ma mère les séparaient la plupart du temps et je n'ai d'ailleurs pas l'impression qu'elles auraient beaucoup apprécié de discuter ensemble. Ma mère était une personne sérieuse, comme je l'ai laissé entendre, elle avait été maîtresse d'école avant de se consacrer à mon éducation. Peut-être aurait-elle aimé que Sadie ait besoin de l'aide qu'elle pouvait lui prodiguer, lui apprenant par exemple à ne pas dire « vous aut' ». Mais rien chez Sadie n'indiquait qu'elle désirait l'aide de quiconque pour se mettre à parler autrement qu'elle l'avait toujours fait.

1. « *Leanin' on the old top rail / in a big corral. / Looking down the twilight trail / for my long lost pal.* » Chanson de Nick et Charles Kenny.

Après le dîner, on appelait ainsi le repas de midi, Sadie et moi étions seules à la cuisine. Ma mère prenait le temps de faire une sieste et, quand elle avait de la chance, les bébés en faisaient une aussi. Lorsqu'elle se levait, elle passait une robe différente comme si elle s'attendait à un après-midi de loisir, alors qu'il y aurait certainement encore des couches à changer et un peu de cette affaire vaguement repoussante, à la vue de laquelle je m'efforçais d'échapper, quand le plus petit lui tétait goulûment le sein.

Mon père faisait la sieste aussi – un petit quart d'heure sur la galerie, le *Saturday Evening Post* lui couvrant la figure, avant de retourner à la grange.

Sadie mettait de l'eau à chauffer sur le poêle et faisait la vaisselle avec mon aide, et les stores baissés pour empêcher la chaleur d'entrer. Quand nous avions fini, elle lavait le sol et je le séchais, avec une méthode de mon invention – en patinant d'un mur à l'autre sur des serpillières. Puis nous décrochions les spirales jaunes et gluantes du papier tue-mouches qu'on avait accrochées après le petit déjeuner et qui étaient déjà chargées de mouches noires, mortes ou bourdonnant presque mortes, et accrochions les rouleaux neufs qui seraient pleins de cadavres quand arriverait l'heure du souper. Tout cela pendant que Sadie me racontait sa vie.

Je ne jugeais pas facilement de l'âge des gens à l'époque. C'étaient soit des enfants, soit des adultes et je la rangeais, elle, dans cette dernière catégorie. Elle pouvait avoir seize ans, peut-être dix-huit ou vingt. Quel qu'ait été son âge, elle clama plus d'une fois qu'elle n'était pas pressée de se marier.

Elle allait au bal tous les week-ends mais elle y allait seule. Seule, et à son seul profit, disait-elle.

Elle me parlait des salles de bal. Il y en avait une en ville, à deux pas de la grand-rue, où s'installait la piste de curling en hiver. On payait dix cents pour une danse, puis on grimpait danser sur une estrade, tout autour de laquelle des gens vous lorgnaient d'un air bête, ce qui lui était bien égal. Elle tenait à acquitter elle-même les dix cents, pour se sentir libre. Mais de temps en temps un garçon arrivait à la devancer. Il lui demandait si elle voulait danser et la première chose qu'elle répondait était : Vous savez ? Vous savez danser ? demandait-elle carrément. Alors il la regardait d'un drôle d'air en disant oui, pourquoi serait-il venu sinon ? Et il s'avérait d'ordinaire que ce qu'il appelait danser consistait à traîner ses deux pieds çà et là en agrippant Sadie de ses grosses pattes viandues et moites. Parfois elle s'arrachait à cette étreinte et le plantait là, pour danser toute seule – c'était ce qu'elle aimait, de toute façon. Elle finissait la danse qui lui avait été offerte et si l'encaisseur soulevait une objection et essayait de la faire payer pour deux alors qu'il n'y en avait qu'une, elle lui répliquait qu'elle l'avait assez entendu. Qu'ils se moquent d'elle parce qu'elle dansait seule si ça leur chantait.

L'autre salle de bal était juste à la sortie de la ville, au bord de la route. On y payait à l'entrée et ce n'était pas pour une seule danse mais pour toute la soirée. L'établissement s'appelait le Royal-T. Elle payait elle-même son entrée là-bas aussi. Il s'y trouvait de meilleurs danseurs en général, mais elle s'efforçait de se faire une idée de leur talent avant de se laisser entraîner sur la piste. C'étaient d'ordinaire des garçons de la ville, alors que ceux de l'autre établissement étaient de la campagne. Ils avaient le pied plus léger – ceux de la ville – mais ce n'était pas toujours de leur pied qu'il fallait se méfier. Plutôt de leurs mains baladeuses. Elle devait parfois leur adresser la dernière sommation en précisant ce qu'elle leur ferait s'ils ne cessaient pas sur-le-champ. Elle ne leur envoyait pas dire qu'elle venait pour danser et payait sa propre entrée. Qu'en outre elle savait exactement où les frapper. Ça leur apprendrait à vivre. Il arrivait que ce soient de bons danseurs et qu'elle puisse s'amuser. Puis quand on attaquait la dernière danse, elle fonçait chez elle.

Elle n'était pas comme certaines, disait-elle. Elle ne se ferait pas attraper.

Attraper. Quand elle dit cela, je vis s'abattre un grand filet aux mailles de fer et quelques mauvaises petites créatures qui vous en entortillaient des tours et des tours et vous étouffaient si bien que vous ne pouviez plus en ressortir. Sadie lut sans doute quelque chose de ce genre sur mes traits parce qu'elle me dit de ne pas avoir peur.

« Il n'y a aucune raison d'avoir peur de quoi que ce soit en ce monde, il suffit de faire bien attention. »

« Vous vous parlez beaucoup, Sadie et toi », dit ma mère.

Je sus que quelque chose s'annonçait dont je devrais me garder mais je ne savais quoi.

« Tu l'aimes bien, n'est-ce pas ? »

Je dis oui.

« Mais bien sûr que tu l'aimes bien. Moi aussi. »

J'espérais que ce serait tout et l'espace d'un instant je le crus.

Puis : « Toi et moi, nous avons moins le temps, maintenant que nous avons les bébés. Ils ne nous laissent pas beaucoup de temps, hein ?

« Mais nous les aimons, n'est-ce pas ? »

Je me hâtai de dire oui.

Alors, elle : « Vraiment ? »

Elle ne s'arrêterait pas tant que je n'aurais pas dit vraiment, je le dis donc.

Quelque chose manquait gravement à ma mère. Était-ce des amies présentables ? Des dames qui jouaient au bridge et dont les maris partaient travailler en costume trois-pièces ? Pas réellement, et de toute façon aucun espoir de ce côté-là. Était-ce moi telle que j'avais été, avec mes anglaises, ma capacité à rester parfaitement immobile pendant qu'on les coiffait, et le talent avec lequel je déclamais les récitations du catéchisme ? Elle n'avait plus le temps de s'occuper de tout cela. Et quelque chose en moi dérivait peu à peu vers la trahison, mais elle ne savait pas pourquoi, et je ne le savais pas non plus. Je ne m'étais pas fait d'amies de la ville au catéchisme. Non, je ne jurais que par Sadie. J'entendis ma mère le dire à mon père. « Elle ne jure que par Sadie. »

Mon père répondit que c'était le Ciel qui nous l'avait envoyée. Qu'est-ce que cela signifiait ? Son ton était enjoué. Cela signifiait peut-être qu'il refusait de prendre parti.

« Pour elle, j'aimerais que nous ayons des trottoirs dignes de ce nom, dit ma mère. Peut-être qu'avec des trottoirs convenables elle pourrait apprendre le patin à roulettes et se faire des amies. »

J'aurais bien voulu des patins à roulettes. Mais à présent, sans avoir aucune idée du pourquoi, je savais que plus jamais je ne l'avouerais.

Puis ma mère dit que je ne sais quoi irait mieux après la rentrée scolaire. Était-ce moi qui irais mieux ou quelque chose concernant Sadie qui irait mieux ? Je ne voulais pas l'entendre.

Sadie m'apprenait quelques-unes de ses chansons et je savais que je ne chantais pas très bien. J'espérais que ce n'était pas cela qui devait aller mieux ou s'arrêter. Je ne voulais vraiment pas que ça s'arrête.

Mon père n'avait pas grand-chose à dire. C'était à ma mère de s'occuper de moi, sauf quand, par la suite, je devins réellement insolente et qu'il fallut me punir. Il attendait que mon frère grandisse et passe sous sa responsabilité. Un garçon ne serait pas aussi compliqué.

Et il faut bien dire que mon frère ne posa pas de problème. Il grandit et devint quelqu'un de bien.

Maintenant l'école a commencé. La rentrée a eu lieu voilà quelques semaines, avant que les feuilles ne virent au rouge et au jaune. À présent elles sont presque toutes tombées. Je ne porte pas mon manteau d'école mais mon manteau des dimanches, celui qui a des poignets et un col de velours sombre. Ma mère, quant à elle, porte le manteau qu'elle met pour aller à l'église, et un turban recouvre presque toute sa chevelure.

Ma mère est au volant. Nous allons je ne sais où. Elle ne conduit pas souvent et sa conduite est toujours plus majestueuse et pourtant plus incertaine que celle de mon père. Elle donne des coups d'avertisseur avant chaque virage.

« Voilà », dit-elle, mais il lui faut un petit moment pour garer la voiture.

« Nous y sommes. » Son ton de voix se veut apparemment encourageant. Elle m'effleure la main pour me donner une chance de prendre la sienne, mais je fais celle qui ne s'en aperçoit pas et elle retire sa main.

La maison n'a pas d'allée carrossable ni même de trottoir. Elle est convenable mais tout à fait quelconque. Ma mère a levé sa main gantée pour frapper mais cela s'avère inutile. La porte s'ouvre pour nous. Ma mère vient de commencer à me dire quelques mots d'encouragement – du style : Ça ira plus vite que tu ne le penses – mais elle n'a pas le temps de finir. Le ton sur lequel elle s'est adressée à moi était quelque peu sévère mais assez réconfortant. Il change quand la porte s'ouvre, se fait plus bas et adouci, comme si elle courbait la tête.

La porte s'est ouverte pour livrer passage à des gens qui sortent, pas seulement pour nous permettre d'entrer. Une des femmes qui sortaient lance par-dessus son épaule d'une voix qui ne s'efforce absolument pas à la douceur :

« C'est celle pour qui qu'elle travaillait, et la petite. »

Puis une dame qui est plutôt sur son trente et un s'approche pour parler à ma mère et l'aider à ôter son manteau. Cela fait, ma mère enlève le mien et dit à la dame que j'avais beaucoup d'affection pour Sadie, elle espère qu'elle n'a pas eu tort de m'amener.

« Oh, la gentille petite », dit la dame, et ma mère m'effleure pour m'enjoindre de dire bonjour.

« Sadie adorait les enfants, dit la dame. Positivement. »

Je remarque la présence de deux autres enfants. Des garçons. Je les connais de l'école, l'un est en première année avec moi, et l'autre est plus grand. Ils nous observent depuis ce qui a l'air d'être la cuisine. Le plus jeune se fourre un sablé entier dans la bouche d'une façon cocasse et l'autre, l'aîné, fait une grimace de dégoût. Adressée non pas au goinfre de sablé, mais à moi. Ils me détestent évidemment. Les garçons vous ignoraient quand ils vous rencontraient ailleurs qu'à l'école (où ils vous ignoraient aussi), sinon ils faisaient ce genre de grimaces et vous disaient des saletés. Quand je devais en approcher un, je me raidissais en me demandant quoi faire. Bien sûr c'était différent en présence d'adultes. Ces deux-là ne dirent rien mais je fus assez mal à l'aise jusqu'à ce que quelqu'un les tire en arrière pour les faire rentrer à la cuisine. Puis je pris conscience du ton de voix particulièrement doux et compassionnel de ma mère, avec des intonations plus aristocratiques encore que celles de la maîtresse de cérémonie à laquelle elle s'adressait, et j'en conclus que c'était peut-être à elle que la grimace était destinée. Il s'en trouvait même pour imiter sa voix quand elle m'appelait, à la sortie de l'école.

La dame à laquelle elle parlait et qui semblait diriger les choses nous conduisit à un endroit de la pièce où un monsieur et une dame étaient assis sur un canapé, avec l'air de ne pas bien comprendre ce qu'ils faisaient là. Ma mère se pencha sur eux, leur parla avec beaucoup de respect et me montra du doigt.

« Elle aimait tellement Sadie », dit-elle. Je sus que l'on attendait de moi que je dise quelque chose mais, avant même que j'aie pu, la dame assise sur le canapé poussa un hurlement. Elle ne regarda aucune d'entre nous et la sonorité de son cri ressemblait à celui qu'on pousserait, surpris par la piqûre ou la morsure d'une bête. Elle se donna de grandes claques sur les bras comme pour se débarrasser de cet agresseur mystérieux mais elle ne réussit pas à le chasser. Elle regarda alors ma mère comme si cette dernière était la personne qui devait intervenir en l'occurrence.

Le vieux monsieur lui dit de se taire.

« Elle est terriblement affectée, dit celle qui nous guidait. Elle ne sait plus ce qu'elle fait. » Elle se pencha encore un peu plus et dit : « Voyons, voyons. Vous allez faire peur à la petite.

– Faire peur à la petite », répéta docilement le vieux monsieur.

Il avait à peine fini de le dire que la dame cessa de faire ce bruit et se mit à caresser ses bras meurtris comme si elle ignorait ce qui leur était arrivé.

Ma mère dit : « Pauvre femme.

– Leur fille unique, en plus », dit celle qui nous conduisait. Puis, s'adressant à moi : « Ne t'inquiète pas. »

J'étais inquiète, mais pas à cause de ce cri.

Je savais que Sadie était quelque part et je ne voulais pas la voir. Ma mère n'avait pas dit qu'il me faudrait la voir mais elle n'avait pas dit le contraire non plus.

Sadie avait été tuée en rentrant chez elle de la salle de bal du Royal-T. Une auto l'avait renversée précisément sur la petite portion de gravier entre le parking du bal et l'endroit où commençait le trottoir de la ville. Elle devait marcher à toute vitesse, comme elle faisait toujours, certainement convaincue que les conducteurs pouvaient la voir, ou qu'elle avait autant le droit qu'eux de se trouver là, et peut-être que l'auto qui était derrière elle avait fait une embardée, ou qu'elle-même ne se trouvait pas exactement là où elle le croyait. Elle avait été heurtée par-derrière. L'auto qui l'avait renversée se rabattait pour céder le passage à celle qui la suivait, et cette dernière s'apprêtait à tourner dans la première rue perpendiculaire. On avait bu au bal, bien qu'on ne pût pas acheter d'alcool sur place. Et il y avait toujours des coups d'avertisseur et des cris et des démarrages trop rapides à la fermeture de la salle. Dans sa hâte de rentrer chez elle, Sadie, qui n'avait même pas une lampe de poche, se comportait toujours comme si c'était aux autres de lui céder le passage.

« Une jeune fille sans cavalier, qui va au bal à pied », dit la dame qui continuait de se comporter amicalement avec ma mère. Elle parlait très doucement et ma mère murmura quelques mots de regret.

C'était vraiment chercher les ennuis, reprit l'autre, baissant encore la voix.

J'avais entendu à la maison une conversation que je n'avais pas comprise. Ma mère voulait que quelque chose fût fait qui aurait pu concerner Sadie et la voiture qui l'avait renversée. Mais mon père avait dit qu'il ne fallait pas y penser. Nous n'avons rien à faire en ville, avait-il dit. Je n'avais pas cherché quant à moi à démêler les choses parce que je m'efforçais de ne pas du tout penser à Sadie, et surtout pas au fait qu'elle était morte. Quand je m'étais rendu compte que c'était chez Sadie que nous allions, j'avais souhaité de toutes mes forces y échapper, mais n'avais trouvé aucun moyen de l'éviter, à moins de me conduire d'une façon épouvantablement indigne.

Pour l'heure, après l'incident de la vieille dame, il me semblait que nous allions pouvoir tourner les talons et rentrer chez nous. Cela m'éviterait d'avoir à reconnaître la vérité, laquelle était en fait la terreur que m'inspirait le corps des morts qui qu'ils soient.

À l'instant même où je commençais à penser que ce serait possible, j'entendis ma mère et cette dame, avec laquelle elle semblait maintenant complice, parler de ce qui était pire que tout.

Voir Sadie.

Oui, était en train de dire ma mère. Bien sûr, il faut que nous voyions Sadie.

Sadie qui était morte.

J'avais gardé les yeux assez bien baissés, ne voyant pour ainsi dire que ces deux garçons à peine plus grands que moi, et les deux vieux qui étaient assis. Mais voilà que ma mère m'entraînait par la main dans une autre direction.

Le cercueil était dans la pièce depuis le début mais j'avais cru qu'il s'agissait d'autre chose. Mon manque d'expérience dans ce domaine faisait que je ne savais pas exactement à quoi ressemblait ce genre d'objet. Celui dont nous nous approchions aurait aussi bien pu être une étagère faite pour recevoir des fleurs, ou un piano fermé.

Peut-être que les gens qui l'entouraient avaient en partie déguisé ses dimensions, sa forme et sa destination réelles. Mais ces gens s'écartaient à présent respectueusement et ma mère parla d'un ton de voix nouveau et très bas.

« Allez, viens », me dit-elle. Sa douceur me parut haïssable et triomphante.

Elle se pencha pour me regarder sous le nez, et ce, j'en étais sûre, afin de m'empêcher de faire ce qui venait de me passer par la tête – garder mes yeux bien fermés. Puis son regard me quitta mais elle retint ma main serrée dans la sienne. Je parvins à baisser les paupières dès que ses yeux ne furent plus sur moi, mais je ne les fermai pas tout à fait de peur de trébucher ou de me laisser pousser par quelqu'un là où je ne voulais surtout pas aller. Je pouvais tout juste voir par cette fente l'image brouillée des fleurs raides sur leurs tiges et le lustre du bois verni.

Puis j'entendis ma mère renifler et sentis qu'elle s'écartait. Il y eut le cliquetis de son sac qu'elle ouvrait. Il fallait qu'elle y plonge la main, de sorte qu'elle desserra son étreinte et que je pus m'en libérer. Elle était en sanglots. C'était pour sécher ses larmes et se moucher qu'elle m'avait libérée.

Je regardai droit dans le cercueil et vis Sadie.

L'accident avait épargné son cou et son visage mais je n'en vis pas la totalité aussitôt. J'eus seulement l'impression générale qu'elle n'avait rien d'aussi horrible que ce que j'avais craint. Je fermai les yeux mais découvris que je ne pouvais pas m'empêcher de regarder encore une fois. D'abord, le petit coussin jaune qu'elle avait sous le cou et qui servait aussi à lui couvrir la gorge et le menton ainsi que la joue que je pouvais voir le plus facilement. Il fallait arriver à voir très vite un petit morceau d'elle puis retourner au coussin, et la fois suivante s'arranger pour en voir encore un peu plus de ce qui ne faisait pas peur. Et puis ce fut Sadie, tout entière, ou au moins tout ce que je pouvais raisonnablement voir du profil qui s'offrait à la vue.

Quelque chose bougea. Je le vis, de mon côté, sa paupière bougeait. Elle n'était pas en train de s'ouvrir ou de s'ouvrir à moitié ou rien de ce genre, mais se soulevait juste le tout, tout petit peu qui rendrait possible, si on était elle, si on était à l'intérieur d'elle, de voir à travers les cils. Juste assez pour distinguer peut-être ce qui était lumière à l'extérieur et ce qui était obscurité.

Je ne fus pas surprise sur le coup et pas le moins du monde effrayée. Cette vision prit instantanément place dans tout ce que je savais de Sadie, et aussi, je ne sais comment, dans tout ce que cette expérience bien particulière me devait à moi. Et pas un instant je n'eus l'idée d'appeler l'attention de quelqu'un d'autre sur ce qui se produisait là, parce que ça n'était destiné à aucun d'eux, c'était uniquement pour moi.

Ma mère avait repris ma main et dit que nous étions prêtes à partir. Il y eut encore quelques paroles échangées, mais avant que le temps s'écoule, me sembla-t-il, nous nous retrouvâmes dehors.

Ma mère dit : « C'est bien. » Elle étreignit ma main et fit : « Là, là. C'est fini. » Elle dut s'arrêter pour parler à quelqu'un d'autre encore qui se dirigeait vers la maison, et puis nous montâmes dans l'auto et le voyage du retour à la maison commença. J'avais dans l'idée qu'elle aurait voulu que je dise quelque chose, peut-être même que je lui raconte quelque chose, mais je n'en fis rien.

Il n'y eut jamais plus la moindre apparition de ce genre et en fait Sadie s'effaça plutôt vite de mon esprit, face au choc que fut l'école, où je ne sais comment j'appris à m'en tirer grâce à un bizarre mélange de terreur et de cabotinage. Le fait est qu'elle avait déjà perdu une partie de son importance pendant cette première semaine de septembre, quand elle avait dit qu'elle devait rester à la maison désormais, pour s'occuper de son père et de sa mère, si bien qu'elle ne pourrait plus travailler pour nous.

Et qu'ensuite ma mère avait découvert qu'elle travaillait à la laiterie.

Mais pendant longtemps, quand il m'arrivait de penser à elle, je ne remis jamais en question ce que je croyais m'avoir été montré. Longtemps, très longtemps par la suite, alors que je n'éprouvais plus le moindre intérêt pour les manifestations surnaturelles, j'avais encore présent à l'esprit le fait que cette chose s'était produite. J'y croyais sans difficulté, comme ça, de la même façon qu'on peut croire et, en fait, se rappeler, qu'on a eu jadis toute une autre denture, aujourd'hui disparue mais bien réelle malgré cela. Jusqu'au jour, un jour où il se pourrait bien que je fusse déjà entrée dans l'adolescence, où je sus avec un vague creux intérieur que désormais je n'y croyais plus.

Nuit

Quand j'étais jeune, on aurait dit qu'une naissance, une crise d'appendicite ou tout autre événement physique extrême ne pouvait se produire sans qu'il y ait simultanément une tempête de neige. Les routes étaient bloquées, il était d'ailleurs hors de question de dégager une auto enfouie sous la neige et il fallait donc atteler des chevaux pour gagner la ville et l'hôpital. Et c'était une chance qu'il y ait encore des chevaux disponibles – si les choses avaient suivi leur cours normal on y aurait déjà renoncé, mais la guerre et le rationnement de l'essence avaient changé tout cela, provisoirement en tout cas.

Lorsque je ressentis une violente douleur au côté, il fallut donc qu'elle me frappe autour de onze heures du soir et que le blizzard souffle, et que nous n'ayons justement pas de chevaux à l'écurie à ce moment-là, il fallut donc faire appel à ceux des voisins pour m'emmener à l'hôpital. Un trajet d'à peine trois kilomètres qui n'en fut pas moins une aventure. Le chirurgien attendait, et personne ne fut surpris qu'il s'apprête à m'enlever mon appendice.

Pratiquait-on plus d'appendicectomies à l'époque ? Je sais que cela arrive encore, et que c'est nécessaire – j'ai même entendu parler d'une personne qui est morte de n'avoir pas été opérée assez vite – mais dans mon souvenir c'était une espèce de rite, que bon nombre de gens de mon âge durent subir, pas des foules, loin de là, mais qui n'en étaient pas surpris outre mesure et peut-être pas si malheureux, parce que cela vous valait quelques jours de vacances hors de l'école et vous conférait une espèce de statut – vous mettait à part – brièvement, pour avoir été effleuré par l'aile de la mort, le tout à un moment de l'existence où cela vous avait un côté gratifiant.

Je passai donc au lit, soulagée de mon appendice, quelques jours à regarder par une fenêtre d'hôpital la neige tomber dans la grisaille à travers les branches des conifères. Je ne crois pas que l'idée m'ait alors traversée de me demander comment mon père allait payer cette distinction. (Je crois qu'il vendit une parcelle boisée qu'il avait gardée quand il avait liquidé la ferme paternelle. Espérant peut-être s'en servir pour le piégeage d'animaux à fourrure ou la production de sirop d'érable. À moins qu'il n'ait éprouvé une nostalgie inavouable.)

Puis je retournai à l'école, où j'eus le plaisir d'être dispensée d'éducation physique plus longtemps que nécessaire, et, un samedi matin que ma mère et moi étions seules à la cuisine, elle me dit que, contrairement à ce que je croyais, on ne m'avait pas retiré que l'appendice à l'hôpital. Le chirurgien avait jugé bon de le retirer pendant qu'il y était, mais son principal souci était une tumeur. Tumeur, dit ma mère, de la taille d'un œuf de dinde.

Mais ne t'inquiète pas, dit-elle, tout est réglé, maintenant.

L'idée du cancer ne m'effleura pas un seul instant et elle n'y fit pas la moindre allusion. Je crois qu'aujourd'hui une telle révélation soulèverait au moins quelques questions, une demande de précisions – oui, ou non ? Cancéreuse ou bénigne – nous voudrions le savoir aussitôt. La seule explication que je puisse concevoir au fait de n'en avoir pas parlé, c'est que ce mot devait être enveloppé d'un nuage opaque semblable à celui qui empêchait toute allusion à la sexualité. Et même pire. La sexualité était dégoûtante mais il devait bien exister une certaine gratification dans ce domaine – on peut même dire que nous le savions, alors que nos mères n'en avaient pas conscience – tandis que le seul mot de cancer contraignait à penser à une sombre créature pourrie et malodorante qu'on ne regarderait même pas quand on la chasserait à coups de pied.

Je ne posai donc pas de questions et on ne me dit rien, et je peux seulement supposer qu'elle était bénigne, ou que j'en fus débarrassée avec une suprême adresse, puisque je suis ici aujourd'hui. Et j'y pense si peu que, tout au long de ma vie, aux questionnaires qui me demandent la liste des interventions que j'ai subies, je réponds automatiquement, oralement ou par écrit : « Appendicite », et rien d'autre.

Cette conversation avec ma mère eut probablement lieu pendant les vacances de Pâques, quand les tempêtes de neige et les sommets enneigés avaient disparu et que les cours d'eau étaient en crue, envahissant tout ce qui était à leur portée, et qu'un été de feu s'annonçait déjà. Notre climat implacable ignorant la flânerie.

Dans la chaleur des premiers jours de juin, je quittai l'école, ayant obtenu des notes assez bonnes pour être dispensée des examens de fin d'année. J'avais bonne mine, je m'acquittais de diverses tâches ménagères, je lisais comme d'habitude, personne ne se doutait que quelque chose n'allait pas chez moi.

Il faut maintenant que je décrive la disposition de la chambre que nous occupions ma sœur et moi. C'était une petite pièce dans laquelle deux lits individuels n'auraient pas tenu l'un à côté de l'autre, nous avions donc des lits superposés, avec une échelle fixe pour grimper jusqu'au lit du dessus. C'était moi qui y dormais. Auparavant, quand j'étais plus jeune et portée à la taquinerie, je soulevais le coin de mon mince matelas et menaçais de cracher sur ma petite sœur qui était couchée, à ma merci, dans le lit du dessous. Évidemment ma sœur – elle s'appelait Catherine – n'était pas réellement à ma merci. Elle pouvait se cacher sous les couvertures, mais mon jeu consistait à monter la garde jusqu'à ce que la suffocation, ou la curiosité, la pousse à en sortir, pour aussitôt cracher, ou faire semblant de façon convaincante, sur son visage découvert, la mettant en rage.

J'avais passé l'âge de ce genre de sottises, certainement, en tout cas, au moment de ce récit. Ma sœur avait neuf ans et j'en avais quatorze. Nos relations étaient toujours agitées. Quand je ne la tourmentais pas, ne la taquinais pas de mes âneries, j'endossais le rôle de professeur de maintien ou de conteuse d'histoires à vous dresser les cheveux sur la tête. Je la déguisais à l'aide des vieux vêtements que ma mère remisait dans le tiroir du bas de sa commode, parce qu'ils étaient trop beaux pour être découpés et faire des patchworks et trop démodés pour être portés. Je lui mettais sur la figure un vieux rouge à joues et de la poudre de riz de ma mère et lui disais qu'elle était extrêmement jolie. Jolie, elle l'était, cela ne fait aucun doute, malgré mon maquillage qui lui donnait l'apparence de quelque monstrueuse poupée exotique.

Je ne voudrais pas avoir l'air de dire que je la maîtrisais entièrement, ni même que nos vies étaient perpétuellement entremêlées. Elle avait ses propres amies, ses propres jeux. Lesquels tendaient vers la vie domestique plutôt que le glamour. On promenait des poupées dans leur landau, ou parfois des chatons étaient habillés pour remplacer les poupées, cherchant toujours frénétiquement à se libérer. Il y avait aussi des séances au cours desquelles l'une des participantes devait jouer la maîtresse et pouvait assener aux autres des tapes sur les poignets à la suite desquelles elles faisaient semblant de pleurer, quand elles se rendaient coupables de quelque infraction ou de quelque sottise.

Pendant ce mois de juin, ainsi que je l'ai dit, j'étais libérée des cours et abandonnée à moi-même, comme je ne me rappelle pas l'avoir été une seule autre fois au cours de mon enfance et de mon adolescence. Je m'acquittais de deux ou trois corvées, mais ma mère devait se porter encore assez bien pour se charger du plus clair de ce travail. Ou peut-être que nous disposions d'assez d'argent, à l'époque, pour engager ce qu'elle – ma mère – appelait une bonne, alors que tous les autres disaient une employée. Je ne me rappelle pas, en tout cas, avoir eu à m'attaquer à aucun des travaux qui s'accumuleraient pour moi pendant les étés suivants, au cours desquels j'étais de mon plein gré prête à me battre pour contribuer à la bonne tenue de notre foyer. À croire que le mystérieux œuf de dinde me conférait une espèce de statut d'invalide, de sorte que je pouvais passer une partie du temps à me promener çà et là comme un visiteur.

Mais sans rien afficher de particulier. Personne dans notre famille n'aurait pu se le permettre. C'était entièrement intérieur – cette inutilité et cette étrangeté que je ressentais. Une inutilité qui n'était d'ailleurs pas permanente. Je me rappelle m'être accroupie pour éclaircir les jeunes carottes comme on doit le faire à chaque printemps, afin que la racine se développe jusqu'à une taille convenable.

C'était plutôt que chaque moment de la journée n'était pas empli de travaux, contrairement aux étés précédents et aux étés suivants.

C'est peut-être la raison pour laquelle j'avais commencé à avoir du mal à m'endormir. Au début, je crois, une fois couchée, je restais réveillée jusqu'aux environs de minuit, à me demander si j'étais vraiment bien éveillée, quand le reste de la maisonnée dormait. J'avais lu, m'étais fatiguée ainsi que j'y étais habituée, et j'avais éteint ma lampe et attendu. Personne ne m'avait enjointe plus tôt d'éteindre la lumière et de dormir. Pour la toute première fois (et cela aussi devait être la marque d'un statut spécial) on me laissait prendre moi-même ce genre de décision.

Il fallait un certain temps à la maison pour changer en passant de la lumière du jour à celle du soir, et de nouveau un certain temps tandis que l'éclairage restait allumé jusque tard dans la soirée. Laissant derrière elle le bourdonnement général des choses à faire, à étendre, à terminer, elle devenait un endroit plus étrange, dans lequel les gens, et le travail qui dictait leur existence, s'éloignaient, dans lequel l'utilité pour eux de tout ce qui les entourait s'éloignait, où tout le mobilier se retirait en soi-même et cessait d'exister uniquement du fait de l'attention qu'on lui portait.

On pourrait croire que c'était une libération. Au début, peut-être. La liberté. L'étrangeté. Mais à mesure que l'impossibilité de m'endormir se prolongeait, et tandis qu'elle finissait par s'imposer entièrement jusqu'au changement qu'apportait l'aube, j'en étais de plus en plus perturbée. Je me mettais à dire des comptines, puis de vrais poèmes, d'abord pour essayer de m'endormir mais ensuite au-delà de ma propre volonté. Cette activité semblait me tourner en dérision. Je me moquais de moi-même à mesure que les mots se changeaient en absurdité, en langage automatique particulièrement idiot.

Je n'étais plus moi-même.

J'avais entendu dire cela de temps à autre, de certaines gens, au long de ma vie, sans me demander ce que cela pouvait signifier.

Mais tu te prends pour qui ?

Cela aussi, je l'avais entendu sans y attacher une menace réelle, y voyant plutôt une espèce d'invective machinale.

Quelle erreur.

Parvenue là, ce n'était plus le sommeil que je recherchais. Je savais le simple sommeil plus qu'improbable. Peut-être même pas désirable. Quelque chose était en train de s'emparer de moi, c'était à moi de me battre pour m'en débarrasser, et j'espérais y réussir. J'avais assez de bon sens pour le faire, mais tout juste, semblait-il. Quelle qu'en soit la nature, cela essayait de m'enjoindre de faire des choses, pas pour une raison précise mais seulement pour voir si de tels actes étaient possibles. Cela m'informait que les mobiles n'étaient pas nécessaires.

L'unique nécessité était de céder. Que c'était bizarre. Pas par vengeance, ou pour une quelconque raison normale, mais tout simplement parce qu'on y avait pensé.

Et j'y pensais. Plus je chassais cette pensée de mon esprit, plus elle y revenait. Pas de vengeance, pas de haine – je l'ai dit, pas de raison, excepté qu'une chose ressemblant à une pensée profonde et excessivement froide qui n'était pas une pression, tenant plus de la contemplation, pouvait prendre possession de moi. Je ne devais même pas y penser mais j'y pensais bel et bien.

La pensée était là, suspendue dans mon esprit.

La pensée que je pouvais étrangler ma petite sœur, qui dormait dans le lit en dessous du mien, et que j'aimais plus que personne au monde.

Je risquais de le faire ni par jalousie, ni par férocité, ni par colère, mais à cause de la folie, qui était peut-être couchée là, tout contre moi, dans la nuit. Pas une folie sauvage non plus, mais qui était presque aguichante. Une suggestion à demi torpide, aguicheuse, paresseuse, qui semblait avoir attendu depuis fort longtemps.

Peut-être disait-elle : pourquoi pas ? Pourquoi pas essayer le pire ?

Le pire. Là, dans ce lieu le plus familier, la chambre où nous avions couché toute notre vie, où nous pensions être le plus en sûreté. Je risquais de le faire pour une raison que ni moi ni personne ne pourrions comprendre, sauf que je ne pouvais pas m'en empêcher.

Je n'avais qu'une chose à faire, me lever, sortir de cette chambre, sortir de la maison. Je descendis les barreaux de l'échelle, me gardant bien de tourner un seul regard vers ma sœur, là où elle dormait. Puis en silence l'escalier, personne ne bougeait, jusqu'à la cuisine où tout m'était si familier que je pouvais m'y diriger sans lumière. La porte de la cuisine n'était pas vraiment fermée à clé – je ne suis même pas sûre que nous en possédions une. Le dossier d'une chaise était coincé sous la poignée de porte, de sorte que toute tentative d'intrusion déclencherait un fracas retentissant. On pouvait, en faisant bien attention, retirer la chaise sans bruit.

Après cette première nuit, je fus capable d'enchaîner tous mes mouvements, si bien que je pouvais me retrouver à l'extérieur, semblait-il, en quelques secondes sans heurt.

Il n'y avait évidemment pas d'éclairage public – nous étions trop loin de la ville.

Tout était plus grand. Les arbres autour de la maison étaient toujours désignés par leur nom – le hêtre, l'orme, le chêne, des érables on parlait toujours au pluriel, sans les différencier, parce qu'ils étaient serrés les uns contre les autres. Pour l'heure ils étaient tous d'un noir intense. Comme l'était aussi le lilas blanc (qui n'était plus en fleur) et le lilas mauve – que l'on considérait toujours comme des arbres, parce qu'ils avaient beaucoup grandi.

Les pelouses sur le devant, l'arrière, et les côtés de la maison ne présentaient aucun obstacle, parce que je les avais tondues moi-même dans l'idée de conférer à notre famille une certaine respectabilité citadine.

Le flanc est de notre maison et son flanc ouest donnaient sur deux mondes différents, ou du moins était-ce l'impression que j'avais. L'est, c'était le côté de la ville, bien qu'on n'aperçût aucune trace de ville. À moins de trois kilomètres, s'alignaient des maisons disposant d'éclairage public et d'eau courante. Et si j'ai dit qu'on n'en apercevait aucune trace, je ne suis pas tout à fait sûre, en fait, qu'on ne distinguât pas une vague lueur en regardant assez longtemps.

À l'ouest, la longue courbe de la rivière et les champs, les arbres et les couchers de soleil n'étaient interrompus par rien. Rien à voir avec les gens, dans mon esprit, ni avec la vie ordinaire, jamais.

J'allais et venais, d'abord près de la maison, et puis m'aventurant çà et là à mesure que je pouvais m'en remettre à ma vue pour éviter d'entrer en collision avec le bras de la pompe ou l'estrade sur laquelle étaient montés les poteaux de la corde à linge. Les oiseaux commençaient à remuer, et puis à chanter – comme si chacun d'eux y avait pensé séparément, là-haut dans les arbres. Ils s'éveillaient beaucoup plus tôt que je ne l'aurais cru possible. Mais peu après ces tout premiers chants du réveil, le ciel blanchissait un peu. Et soudain j'étais accablée de sommeil. Je retournais à la maison, où c'était soudain les ténèbres partout, je replaçais en silence, très soigneusement, très correctement, la chaise inclinée sous la poignée, et je montais à l'étage sans un bruit, manipulant les portes et négociant les marches avec la prudence nécessaire, alors que je me sentais déjà à moitié endormie. Je tombais au creux de mon oreiller, et me réveillais tard – chez nous, tard, c'était aux environs de huit heures.

C'était alors que je me rappelais tout, mais c'était si absurde – le mauvais côté en était vraiment si absurde – que je pouvais m'en débarrasser plutôt facilement. Mon frère et ma sœur étaient partis en cours à l'école publique, mais leurs assiettes restaient sur la table, quelques grains de riz soufflé flottant dans le reste de lait.

Absurde.

Quand ma sœur rentrait de l'école, nous nous balancions dans le hamac, chacune à un bout.

C'était dans ce hamac que je passais le plus clair de mon temps, ce qui expliquait peut-être mes difficultés à dormir la nuit. Et comme je ne m'en ouvrais à personne, personne ne s'avisait de porter à ma connaissance cette simple information : je réagirais probablement mieux en me dépensant un peu plus pendant la journée.

Mes ennuis revenaient évidemment avec la nuit. Le démon s'emparait de moi encore une fois. J'en sus bientôt assez pour me lever et quitter mon lit sans faire semblant que les choses allaient s'améliorer et que je m'endormirais si j'essayais avec assez d'application. Je sortais de la maison avec autant de précautions que les fois précédentes. J'étais capable de trouver mon chemin plus facilement ; même l'intérieur des pièces me devenait plus visible et pourtant plus étrange. J'arrivais à distinguer le plafond de frisette de la cuisine, installé quand la maison avait été construite, un siècle peut-être auparavant, et le cadre de la fenêtre orientée au nord, qu'un chien avait en partie détruit à coups de dent quand il s'était retrouvé enfermé, une nuit, longtemps avant ma naissance. Je me rappelais ce que j'avais complètement oublié – que j'avais autrefois un bac à sable à cet endroit, situé là où ma mère pouvait me surveiller par cette fenêtre nord. Une spirée jamais taillée, formant un gros buisson touffu, fleurissait à présent là où j'avais joué et l'on ne voyait quasiment plus rien par la fenêtre.

Le mur est de la cuisine n'avait pas de fenêtre mais une porte, donnant sur un perron, où nous nous juchions pour accrocher la lourde lessive trempée, et la rentrer quand elle avait séché et sentait le frais et la satisfaction du travail bien fait, depuis les draps blancs jusqu'aux salopettes foncées.

Devant les marches de ce perron, je faisais parfois une halte au cours de mes promenades nocturnes. Je ne m'y asseyais jamais mais cela me décrispait de regarder en direction de la ville, ou simplement peut-être d'en humer l'équilibre mental. Tous ces gens qui n'allaient pas tarder à se lever, devant se rendre à leur travail, ouvrir les portes qu'ils avaient fermées à clé et rentrer les bouteilles de lait qu'on leur avait livrées, vaquer à tant d'occupations.

Une nuit – je ne puis dire si c'était la vingtième ou la douzième, ou seulement la huit ou neuvième, que je m'étais levée pour sortir marcher – j'eus la sensation, trop tard pour changer le rythme de mes pas, qu'il y avait quelqu'un à l'angle de la maison. Il y avait quelqu'un qui attendait là, et je ne pouvais rien faire d'autre que continuer de marcher. Je me ferais prendre si je tournais le dos et ce serait pire qu'un face-à-face.

Qui était-ce ? Nul autre que mon père. Lui aussi sur le perron, mais assis, regardant vers la ville et cette pâle lueur improbable. Il était vêtu pour sa journée de travail – pantalon foncé, presque une salopette mais pas tout à fait, chemise de grosse toile et godillots. Il fumait une cigarette. Qu'il avait roulée lui-même, bien sûr. Peut-être était-ce la fumée de cigarette qui m'avait alertée de cette présence, bien qu'il soit possible qu'à l'époque, l'odeur de tabac étant partout, à l'intérieur comme à l'extérieur, on ne pouvait la remarquer.

Il dit bonjour, d'une façon qui aurait pu passer pour parfaitement naturelle, alors qu'elle n'avait rien de naturelle, justement. Nous n'avions pas l'habitude de nous saluer ainsi dans la famille. Il n'y avait rien d'hostile là-dedans – on jugeait simplement que ce n'était pas nécessaire, j'imagine, puisqu'on se croisait souvent au cours de la journée.

Je lui rendis son bonjour. Le matin ne devait sûrement pas être loin pour que mon père soit ainsi habillé pour une journée de travail. Le ciel avait pu blanchir tout en restant caché derrière le feuillage de tous ces arbres. Et les oiseaux chanter aussi. Je commençais à rester éloignée de mon lit de plus en plus tard, alors même que cela avait cessé de me réconforter comme au début. Les possibilités qui n'avaient naguère envahi que la chambre, les lits superposés, s'emparaient désormais de tous les recoins.

Maintenant que j'y pense, pourquoi mon père n'était-il pas en salopette ? Il était vêtu comme s'il avait quelque affaire en ville, le matin à la première heure.

Je ne pouvais pas poursuivre ma déambulation, tout le rythme en était rompu.

« Tu as du mal à dormir ? » demanda-t-il.

Mon premier mouvement fut de dire non mais, songeant ensuite aux difficultés que j'aurais à expliquer que je me promenais tout simplement, je répondis oui.

Il répondit alors que c'était souvent le cas par les nuits d'été.

« On se couche complètement vanné et puis à l'instant où l'on croit qu'on va s'endormir, on est complètement réveillé. C'est ce que ça te fait ? »

Je dis que oui.

Je savais à présent qu'il ne m'avait pas entendue me lever et déambuler seulement cette nuit-là. La personne dont le cheptel était sur les lieux, dont toutes les perspectives de gain étaient proches, et qui avait un pistolet dans le tiroir de son bureau, sursauterait certainement au moindre craquement de l'escalier, à la plus douce rotation d'une poignée de porte.

Je ne suis pas certaine de la conversation qu'il comptait avoir ensuite, concernant le fait que j'étais réveillée. Il me semblait bien qu'il ait dit que c'était embêtant d'avoir des insomnies, mais en resterait-il là ? Je n'avais certes pas la moindre intention de lui en dire plus. S'il avait tant soit peu laissé entendre qu'il savait que ce n'était pas tout, s'il avait indiqué qu'il était venu dans l'intention de m'écouter, je crois qu'il n'aurait rien pu tirer de moi. Il fallut que je rompe ce silence de mon propre chef, en disant que je n'arrivais pas à dormir. Qu'il fallait que je me lève pour aller marcher.

Pourquoi cela ?

Je ne le savais pas.

Pas de mauvais rêves ?

Non.

« Question idiote, fit-il. Tu ne serais pas chassée de ton lit si tu avais fait de beaux rêves. »

Il me laissa attendre avant de répondre, sans poser la moindre question. J'avais l'intention de me dérober mais continuai de parler. La vérité fut dite avec seulement une infime modification.

Parlant de ma petite sœur, j'avouai que j'avais peur de lui faire du mal. Je croyais que cela suffirait, qu'il en saurait assez de ce que j'avais à dire.

« De l'étrangler », dis-je alors. Je n'avais pas pu m'arrêter, voilà tout.

Je ne pouvais plus faire que cela n'ait pas été dit. Ni revenir à la personne que j'avais été jusque-là.

Mon père avait entendu. Il avait entendu que je me croyais capable, sans aucune raison, d'étrangler la petite Catherine dans son sommeil.

Il dit : « Ma foi. »

Puis il me répondit de ne pas m'en faire : « Les gens ont des pensées de ce genre-là, parfois, ça arrive. »

Il énonça cela très sérieusement et sans aucune inquiétude, sans un sursaut de surprise. Les gens ont des pensées de ce genre-là, ou des craintes, si tu préfères, mais il n'y a pas à s'en inquiéter, pas plus que d'un rêve, on pourrait dire.

Il ne spécifia pas qu'il n'y avait aucun danger pour moi de passer à l'acte. Il semblait plutôt porté à la certitude que ça ne pourrait pas arriver. C'est un effet de l'éther, dit-il. L'éther qu'on t'a administré à l'hôpital. Ça n'a pas plus de sens qu'un rêve. Ça ne pouvait pas arriver, de la même manière qu'un météore ne pouvait pas tomber sur notre maison (bien sûr qu'il pouvait, mais le risque était si faible que ça le rangeait dans la catégorie des choses impossibles).

Il ne me reprocha pas, cependant, d'y avoir pensé. Ne se posa pas de questions sur moi, voilà tout.

Il y avait d'autres choses qu'il aurait pu dire. Il aurait pu me questionner plus avant sur mon attitude à l'égard de ma petite sœur ou sur mes insatisfactions dans la vie en général. Si cela était arrivé de nos jours, il aurait pu prendre pour moi un rendez-vous avec un psychiatre (je crois que c'est peut-être ce que j'aurais fait pour un enfant, une génération plus tard, avec de meilleurs revenus.)

Le fait est que ce qu'il fit fonctionna aussi bien. Cela me permit, sans moquerie ni inquiétude, de redescendre sur terre, dans le monde où nous vivions.

Les gens ont des pensées qu'ils préféreraient ne pas avoir. Ce sont des choses qui arrivent dans la vie.

De nos jours, quand on a des enfants et qu'on vit assez longtemps, on découvre qu'on a commis des erreurs qu'on n'a pas pris la peine de chercher à connaître, en même temps que toutes celles qu'on ne connaît que trop bien. C'est une profonde leçon d'humilité, il arrive qu'on se dégoûte soi-même. Je ne crois pas que mon père ait ressenti quoi que ce soit de la sorte. Ce que je sais, c'est que si je m'étais aventurée à lui reprocher l'usage qu'il faisait sur moi du cuir à aiguiser ou de sa ceinture, il aurait répondu quelque chose du genre : c'est à prendre ou à laisser. Ces corrections lui seraient donc restées à l'esprit, si tant est qu'elles y restaient, comme rien de plus que le dressage nécessaire et approprié d'une enfant insolente, qui s'imaginait pouvoir faire la loi.

« Tu te croyais trop maligne », voilà ce qu'il aurait pu donner comme raison des châtiments, et il est vrai qu'on entendait souvent cette phrase à l'époque, la malignité étant considérée comme une espèce de lutin maléfique dont il convenait de faire céder l'effronterie sous les coups. On risquait, sinon, de le voir grandir en se croyant trop malin. Ou trop maligne, le cas échéant.

Quoi qu'il en soit, ce jour-là, au petit matin, il me fournit précisément ce que j'avais besoin d'entendre et que j'allais d'ailleurs pouvoir oublier assez vite.

J'ai pensé depuis que s'il avait revêtu ses vêtements de travail les plus présentables, c'était peut-être pour un rendez-vous matinal à la banque, où il apprendrait, sans en être surpris, que son crédit ne serait pas prolongé. Il avait travaillé de toutes ses forces mais le marché n'allait pas s'améliorer et il lui fallait trouver une nouvelle façon d'assurer notre subsistance tout en remboursant ce qu'il devait. Ou peut-être avait-il découvert que les tremblements de ma mère avaient un nom et qu'ils n'allaient pas s'arrêter. Ou qu'il aimait une femme impossible.

Qu'importe. À partir de ce jour-là, je pus dormir.

Voix

Quand ma mère était enfant, elle allait avec toute sa famille à des danses. Celles-ci avaient lieu dans les locaux de l'école, ou parfois dans une ferme qui possédait une salle assez grande. Jeunes et vieux y assistaient. Quelqu'un jouait du piano – celui de la maisonnée ou celui de l'école – et d'ordinaire quelqu'un d'autre apportait un violon. La danse carrée était une suite de figures et de pas compliqués, qu'un homme (c'était toujours un homme) connu pour son aisance dans ce domaine annonçait en s'époumonant et avec une hâte bizarre et désespérée qui ne servait à rien, à moins qu'on ne connaisse déjà la danse. Ce qui était le cas de tout le monde car on finissait en général l'apprentissage de tous les pas et figures entre dix et douze ans.

Désormais mariée, avec trois enfants, ma mère restait d'ailleurs d'âge et de tempérament à prendre plaisir à ces danses si elle avait vécu dans la vraie campagne où on continuait de les danser. Elle aurait aussi apprécié les danses en rond, par couples, qui commençaient dans une certaine mesure à supplanter l'ancien style. Mais elle était dans une drôle de situation. Que nous partagions tous. Notre famille ne vivait pas en ville, mais pas tout à fait non plus à la campagne.

Mon père, qui était nettement plus aimé que ma mère, estimait qu'on doit accepter ce que le sort nous réserve. Tel n'était pas le point de vue de ma mère. Elle s'était élevée de son statut de fille de paysan jusqu'à celui de maîtresse d'école, mais cela ne lui suffisait pas, ne lui avait pas valu le rang auquel elle aspirait, ou les amies qu'elle aurait aimé avoir en ville. Elle ne vivait pas au bon endroit et n'avait pas assez d'argent, mais de toute manière elle était démunie. Elle savait jouer à l'euchre, pas au bridge. Elle se sentait agressée à la vue d'une femme qui fumait. On la trouvait arriviste et trop préoccupée de correction grammaticale. Elle disait des choses comme « volontiers » et « certes ». Elle donnait l'impression d'avoir grandi dans une famille bizarre qui ne s'exprimait que de cette façon. Or, c'était faux. Deux fois faux. Dans leurs fermes, mes oncles et tantes étaient des paysans qui s'exprimaient comme tout le monde. Et qui n'appréciaient guère ma mère non plus, d'ailleurs.

Je ne voudrais pas faire croire qu'elle passait tout son temps à souhaiter que les choses soient autrement qu'elles n'étaient. Comme toutes les femmes qui devaient porter des lessiveuses dans la cuisine, n'avaient pas l'eau courante et étaient contraintes de sacrifier le plus clair de l'été à préparer des conserves qu'on mangerait en hiver, elle ne manquait pas de besogne. Elle ne pouvait même pas consacrer autant de temps qu'elle aurait voulu à être déçue par moi, à se demander pourquoi je n'amenais pas à la maison de petites amies bien comme il faut, ni d'ailleurs aucune amie, de mon école en ville. Ou pourquoi je m'étais mise à refuser de déclamer les récitations apprises au catéchisme, ce que je faisais si volontiers naguère encore. Et pourquoi je rentrais avec mes anglaises complètement détruites – sacrilège que je commettais déjà avant d'arriver à l'école, car aucune autre fille n'était coiffée dans le style que ma mère imposait à ma chevelure. Et pourquoi, enfin, j'avais appris à dissimuler la prodigieuse mémoire que je possédais pour réciter de la poésie, refusant à tout jamais qu'elle me serve à cabotiner.

Mais je ne passe pas tout mon temps en bouderies et en disputes. Pas encore. Me voici, vers l'âge de dix ans, enchantée à la perspective de mettre mes plus beaux habits pour accompagner ma mère à une danse.

Elle avait lieu dans une des maisons de notre rue, convenable dans l'ensemble, mais pas très prospère d'apparence. Grande maison de bois habitée par des gens dont j'ignorais tout, sinon que le mari travaillait à la fonderie, alors qu'il avait l'âge d'être mon grand-père. On ne quittait pas la fonderie à l'époque, on y travaillait aussi longtemps qu'on pouvait. En essayant de mettre de l'argent de côté en vue du moment où on ne pourrait plus. C'était une honte, même au beau milieu de ce que j'apprendrais, par la suite, à nommer la Grande Dépression, de se trouver contraint de percevoir la retraite des vieux. C'était une honte pour vos enfants devenus adultes de le laisser faire, quelles que fussent les difficultés dans lesquelles eux-mêmes se débattaient.

Quelques questions me viennent à l'esprit qui ne se posaient pas alors.

Les habitants de cette maison donnaient-ils cette danse dans le seul but de créer quelque festivité ? Ou faisaient-ils payer l'accès ? Peut-être affrontaient-ils des difficultés, même si l'homme de la maison avait un emploi. Des notes de médecin. Je savais l'horrible façon dont elles pouvaient affecter une famille. Ma petite sœur était de santé délicate, comme on disait, et il avait déjà fallu l'opérer des amygdales. Mon frère et moi attrapions chaque hiver des bronchites spectaculaires, entraînant des visites du docteur. Les docteurs coûtent de l'argent.

Une autre question que j'aurais pu me poser était celle de savoir pourquoi j'étais choisie afin d'accompagner ma mère, à la place de mon père. Mais ce n'est pas si mystérieux. Peut-être que mon père n'aimait pas danser, contrairement à ma mère. Sans compter qu'il y avait deux enfants encore petits dont il fallait s'occuper à la maison, et je n'étais pas en âge de le faire. Je ne me rappelle pas avoir vu mes parents engager une seule fois une baby-sitter. Je ne suis même pas sûre que le terme fût très répandu à l'époque. Adolescente, je trouvai ce moyen de gagner quelque argent, mais les temps avaient déjà changé.

Nous étions sur notre trente et un. Aux danses de campagne dont ma mère se souvenait, on ne se montrait jamais aux danses carrées dans ces tenues voyantes qu'on verrait par la suite à la télévision. Tout le monde portait ses plus beaux atours et ne pas le faire – se montrer attifé de ces fanfreluches et de ces foulards qu'étaient censés porter les campagnardes – aurait été une insulte pour les hôtes et tous les participants. Je portais une robe que ma mère m'avait confectionnée, dans une douce étoffe de laine. La jupe en était rose et le corsage jaune, avec un cœur de laine rose cousu là où serait un jour mon sein gauche. Ma chevelure brillantinée était coiffée de longues anglaises, en forme de saucisses, dont je me débarrassais tous les jours sur le chemin de l'école. Je m'étais plainte de devoir les arborer à la danse en m'appuyant sur le fait que nulle autre n'était coiffée de cette façon. Ma mère avait répliqué que nulle autre n'avait autant de chance que moi. J'avais abandonné la discussion parce que j'avais terriblement envie d'y aller ou peut-être parce que je pensais qu'il n'y aurait personne de l'école, si bien que ça n'avait pas d'importance. C'étaient les moqueries de mes condisciples que je redoutais toujours.

La robe de ma mère n'avait pas été faite à la maison. C'était sa plus belle, trop élégante pour l'église et trop festive pour les enterrements, elle ne la portait donc presque jamais. Elle était en velours noir, avec des manches descendant jusqu'au coude et un col ras du cou. Ce qu'elle avait de merveilleux était une profusion de perles minuscules, d'or, d'argent et de diverses couleurs, cousues sur tout le corsage et qui reflétaient la lumière, changeant à chacun de ses mouvements et même quand elle respirait. Elle avait natté ses cheveux, qu'elle avait encore presque entièrement noirs, et épinglé cette natte en couronne autour de sa tête. Il aurait suffi qu'elle ne fût pas ma mère pour que je la trouve d'une beauté ensorcelante. Je crois que c'est ce que j'ai pensé, mais sitôt arrivée dans cette maison inconnue, il me fallut bien remarquer que sa belle robe ne ressemblait à celle d'aucune autre femme, alors que toutes devaient porter leur plus belle robe.

Ces autres femmes dont je parle étaient réunies à la cuisine. Ce fut là que nous nous arrêtâmes pour regarder ce qui était disposé sur une grande table. Toutes sortes de tartes, de tourtes, de biscuits, de gâteaux. Et ma mère déposa elle aussi une pâtisserie de sa fabrication, et se mit à minauder afin de la faire paraître encore meilleure. Elle émit le commentaire que cet étalage mettait l'eau à la bouche.

Suis-je certaine qu'elle se servit de cette expression – mettre l'eau à la bouche ? En tout cas, même si ce fut autre chose, ce qu'elle dit ne sonnait pas tout à fait juste. Je me mis à regretter alors l'absence de mon père, qui trouvait toujours les mots justes pour chaque occasion, même quand il s'exprimait avec une parfaite correction grammaticale. Ce qu'il faisait surtout chez nous, mais pas aussi volontiers à l'extérieur. Il entrait en douceur dans les échanges de la conversation – il comprenait qu'il ne fallait jamais rien dire de trop particulier. Ma mère était exactement à l'opposé. Chez elle, tout était clair, sonore, et destiné à attirer l'attention.

C'était ce qui était en train de se passer et je l'entendis rire, enchantée, comme pour compenser le fait que nulle ne lui adressait la parole. Elle demandait où nous pourrions déposer nos manteaux.

Il s'avéra que nous pouvions les déposer n'importe où mais que, si nous y tenions, dit quelqu'un, nous pouvions aller les porter sur le lit, à l'étage. On y accédait par un escalier fermé de murs, dont la cage n'était pas éclairée, jusqu'au palier. Ma mère me dit d'y aller, qu'elle me rejoindrait dans une minute, et je m'exécutai.

C'est ici que la question pourrait se poser de savoir s'il y avait vraiment un prix d'entrée à acquitter pour assister à la danse. Ma mère serait restée en arrière afin de s'en occuper. D'un autre côté, si l'on demandait aux gens de payer, auraient-ils apporté toutes ces pâtisseries ? Et le buffet était-il aussi somptueux que dans mon souvenir ? Alors que tout le monde était si pauvre ? Mais peut-être les gens avaient-ils commencé à se sentir moins pauvres, avec les emplois en temps de guerre et l'argent que les soldats envoyaient à la maison. Si j'avais vraiment dix ans, et c'est ce que je crois, ces changements étaient en cours depuis deux ans déjà.

L'escalier montait de la cuisine et aussi de la salle principale, les deux branches se rejoignant en une seule volée de marches menant aux chambres. Après m'être débarrassée de mon manteau et de mes caoutchoucs dans la chambre de maître, j'entendais encore la voix de ma mère résonner à la cuisine. Mais j'entendis aussi de la musique montant de la salle et je descendis donc de ce côté.

La pièce avait été débarrassée de tout son mobilier à l'exception du piano. Des stores d'un tissu vert foncé, du genre que je trouvais particulièrement sinistre, étaient tirés sur les fenêtres. Mais l'atmosphère de la salle n'avait rien de sinistre. De nombreux couples y dansaient, enlacés avec beaucoup de dignité, à petits pas ou en tournoyant. Deux filles, encore lycéennes, dansaient d'une façon qui commençait à avoir les faveurs du public, et consistait à remuer face à face, tantôt en se tenant par les mains, tantôt pas. Elles me saluèrent bel et bien d'un sourire quand elles me virent et je fondis de plaisir, ainsi que je tendais à le faire chaque fois qu'une fille plus âgée et pleine de confiance en soi daignait m'accorder son attention.

Il y avait dans cette salle une femme qu'on ne pouvait s'empêcher de remarquer, et dont la robe rejetterait certainement dans l'ombre celle de ma mère. Elle devait être nettement plus âgée que ma mère – elle avait les cheveux blancs, et les portait assez courts, en une coiffure raffinée faite d'un ensemble de friselis. C'était une personne imposante, noble d'épaules et large de hanches, vêtue d'une robe de taffetas orange à reflets dorés, avec un décolleté carré assez bas et une jupe qui lui descendait tout juste au-dessous du genou. Ses courtes manches étaient serrées autour de ses bras dont la chair, lourde, lisse et blanche, semblait faite de saindoux.

C'était une vision très troublante. Je n'aurais pas cru qu'on pût être à la fois vieille et pimpante, lourde et gracieuse, provocante et pourtant profondément digne. On aurait pu la traiter d'impudente, et peut-être ma mère le fit-elle par la suite – c'était un de ses mots. Quelqu'un de mieux disposé aurait pu dire : majestueuse. Elle n'avait rien de particulièrement tapageur, en dehors du style et de la couleur de sa robe. Elle et son cavalier dansaient d'un air compassé et un peu absent, comme des époux.

Je ne connaissais pas son nom. Je ne l'avais jamais vue. Je ne savais pas qu'elle jouissait d'une notoriété sulfureuse dans notre ville, et peut-être au-delà, si cela se trouvait.

Je crois que, si j'étais en train de rédiger une nouvelle et non pas le souvenir d'un événement réel, je ne lui aurais jamais fait porter une telle robe. Une espèce de publicité dont elle n'avait pas besoin.

Bien sûr, si j'avais habité en ville, au lieu d'y aller chaque jour à l'école et d'en revenir, j'aurais peut-être su que c'était une prostituée bien connue. Je l'aurais certainement vue un jour ou l'autre, mais pas vêtue de cette robe orange. Et je ne me serais pas servie de ce mot de prostituée. Mauvaise femme, plus vraisemblablement. J'aurais su qu'il y avait quelque chose de dégoûtant et de dangereux et d'excitant et d'audacieux émanant de toute sa personne, sans savoir exactement ce que c'était. Si l'on avait tenté de me l'expliquer, je ne crois pas que je l'aurais cru.

Il y avait plusieurs personnes en ville dont l'apparence était inhabituelle, et peut-être m'aurait-elle frappée comme étant l'une d'entre elles. Il y avait le bossu qui astiquait les portes de l'hôtel de ville tous les jours et à ma connaissance ne faisait rien d'autre. Et cette femme d'allure parfaitement convenable qui ne cessait jamais de parler toute seule à haute voix, invectivant des gens invisibles.

Avec le temps, j'aurais appris son nom et fini par découvrir qu'elle faisait réellement ces choses que je n'avais pu croire. Et que l'homme que je vis danser avec elle et dont je n'ai peut-être jamais su le nom était le propriétaire de la salle de billard. J'étais lycéenne quand, un jour, deux filles me mirent au défi d'entrer dans la salle de billard devant laquelle nous passions, et je le fis, et il était là, cet homme. Mais devenu plus chauve et plus gros, et assez mal vêtu. Je ne me souviens pas qu'il m'ait dit quoi que ce soit, mais il n'en eut pas besoin. Je filai rejoindre mes amies, qui n'étaient pas de vraies amies au fond, et je ne leur dis rien.

Quand je revis le propriétaire de la salle de billard, toute la scène de cette danse me revint, le rythme du piano et la musique du violoneux et la robe orange, que je jugeais à présent ridicule, et la soudaine apparition de ma mère, portant le manteau qu'elle n'avait probablement jamais ôté.

Elle était là, m'appelant à travers la musique, sur ce ton qui me déplaisait tout particulièrement, ce ton qui semblait spécialement fait pour me rappeler que c'était elle qui m'avait mise au monde.

Elle dit : « Où est ton manteau ? » comme si je l'avais égaré quelque part.

« En haut.

– Alors va le chercher. »

Elle l'y aurait vu si elle y était montée elle-même. Elle n'avait pas dû aller plus loin que la cuisine, y faire quelques simagrées autour du buffet, ayant déboutonné son manteau sans l'enlever, jusqu'à ce que, regardant dans la salle où on dansait, elle ait reconnu cette danseuse orange.

« Ne traîne pas », dit-elle.

Je n'en avais pas l'intention. J'ouvris la porte qui donnait sur la cage d'escalier et grimpai en courant les premières marches avant de découvrir que des gens étaient assis un peu plus haut, me barrant le passage. Ils ne me virent pas venir – ils étaient absorbés, semblait-il, dans quelque chose de grave. Pas précisément une discussion mais une sorte de communication urgente.

Il y avait deux hommes. Jeunes, en uniforme de l'armée de l'air. L'un était assis sur une marche, l'autre, debout en contrebas, penché en avant, une main sur le genou. Il y avait une fille assise sur la marche directement au-dessus d'eux, et celui qui était le plus proche d'elle lui tapotait la jambe pour la réconforter. Je crus qu'elle était tombée dans cet escalier étroit et s'était fait mal, car elle pleurait.

Peggy. Elle s'appelait Peggy. « Peggy, Peggy », disaient les jeunes gens, de leur voix pressante et même tendre.

Elle répondit quelque chose que je ne distinguai pas. Elle parlait d'une voix enfantine. Elle se plaignait, comme on se plaint de ce qui n'est pas juste. On répète sans cesse et on répète encore que ce n'est pas juste, mais sur le ton du désespoir, comme si on ne s'attendait pas à ce que cette injustice fût réparée. Méchant est un autre mot auquel on a recours dans ce genre de circonstances. Comme c'est méchant. Quelqu'un s'est montré tellement méchant.

En écoutant ma mère parler à mon père quand nous fûmes rentrés à la maison, je découvris certains des éléments de ce qui s'était passé mais fus incapable d'en faire un tout cohérent. Mrs. Hutchison était venue à la danse, dans l'auto du bonhomme de la salle de billard. Je ne sais pas de quoi ma mère le traita mais elle était effarée de son comportement. Le bruit s'était répandu que cette danse aurait lieu et des garçons de Port Albert – c'est-à-dire de la base aérienne – avaient décidé d'y venir aussi. Cela n'aurait évidemment pas posé de problème. Les jeunes aviateurs ne posaient aucun problème. C'était la présence de Mrs. Hutchison qui était scandaleuse. Et celle de la fille.

Elle avait amené une de ses filles avec elle.

« Elle avait peut-être envie de sortir, dit mon père. Elle aime peut-être danser tout simplement. »

Ma mère ne parut même pas l'entendre. Elle dit que c'était une honte. On se faisait un plaisir de passer un moment agréable, de danser avec des gens corrects du voisinage, et tout ça était gâché.

J'avais l'habitude de juger le physique des grandes. Je n'avais pas trouvé Peggy particulièrement jolie. Peut-être que son maquillage avait coulé avec ses larmes. Son chignon brun souris s'était défait de quelques épingles. Ses ongles étaient vernis mais donnaient quand même l'impression qu'elle les rongeait. Elle ne semblait pas beaucoup plus adulte que les grandes de ma connaissance, pleurnicheuses, sournoises, toujours en train de se plaindre. Les jeunes gens ne l'en traitaient pas moins comme si elle méritait de ne jamais connaître un seul moment difficile, comme si elle avait le droit qu'on la câline et qu'on lui fasse plaisir et qu'on la salue en s'inclinant bien bas devant elle.

L'un des deux lui avait offert une cigarette d'un paquet. Ce fait en lui-même me semblait une faveur, puisque mon père roulait ses propres cigarettes, comme tous les autres hommes que je connaissais. Mais Peggy avait secoué la tête et pleurniché de cette voix blessée qu'elle ne fumait pas. Alors l'autre lui avait offert une tablette de chewing-gum qu'elle avait acceptée.

Que se passait-il ? Je n'avais aucun moyen de le savoir. Celui qui avait offert le chewing-gum me remarqua, pendant qu'il fouillait dans sa poche, et dit : « Peggy ? Peggy, je crois que cette petite fille voudrait monter à l'étage. »

Elle avait baissé la tête de sorte que je ne voyais pas sa figure. J'avais senti son parfum en passant. Senti leurs cigarettes, aussi, et le drap viril de leurs uniformes, et leurs bottes bien cirées.

Quand j'étais redescendue, ayant enfilé mon manteau, ils étaient encore là, mais cette fois ils m'avaient attendue, si bien qu'ils se turent pendant que je passais. Sauf que Peggy avait reniflé très fort et que le jeune homme le plus proche d'elle lui avait caressé le haut de la jambe. Sa jupe était retroussée et j'avais vu la jarretelle qui tenait son bas.

Longtemps, je me suis rappelé les voix. Je me suis interrogée sur les voix. Pas celle de Peggy. Celles des hommes. Je sais aujourd'hui que certains des hommes de l'armée de l'air stationnés à Port Albert au début de la guerre étaient venus d'Angleterre, et s'entraînaient là avant d'aller combattre les Allemands. Du coup je me demande si c'était l'accent d'une région de Grande-Bretagne que je trouvais si doux et si troublant. Il est certainement vrai que jamais de ma vie je n'avais entendu un homme parler de cette façon, traiter une femme comme s'il s'agissait d'une créature si exquise et si précieuse que, quoi qu'il se fût passé, quelle que fût la petite cruauté qu'elle avait essuyée, cela constituait en quelque sorte un manquement à une loi, un péché.

À mon avis, que s'était-il passé pour faire pleurer Peggy ? La question ne m'avait pas beaucoup intéressée à l'époque. Je n'étais pas courageuse moi-même. Je pleurais quand on me courait après pour me donner des coups de bâton en rentrant de ma première école. Je pleurais quand la maîtresse d'école de la ville me choisissait moi, devant toute la classe, pour dénoncer le désordre et la saleté de mon pupitre. Et quand elle téléphonait à ma mère au sujet du même problème et que ma mère raccrochait et fondait elle-même en larmes, malheureuse que je ne lui fasse pas honneur. C'était à croire qu'il y avait des gens naturellement courageux et d'autres qui ne l'étaient pas. Quelqu'un devait avoir dit quelque chose à Peggy et la voilà qui reniflait, parce que, comme moi, elle n'avait pas le cuir épais.

Ça devait être cette femme en robe orange qui avait été méchante, pensais-je, sans raison particulière. C'était forcément une femme. Parce que si ç'avait été un homme, un de ses consolateurs de l'armée de l'air le lui aurait fait payer. Lui aurait dit de faire attention à ce qu'il disait, l'aurait peut-être traîné à l'extérieur pour lui donner une correction.

Ce n'était donc pas à Peggy que je m'intéressais, pas à ses larmes, son air pitoyable. Elle me faisait trop penser à moi-même. C'étaient ses consolateurs qui m'émerveillaient. Comme ils semblaient s'incliner et se déclarer devant elle.

Qu'avaient-ils dit ? Pas grand-chose de particulier. C'est rien, disaient-ils. C'est pas grave, Peggy, disaient-ils. Là, là, Peggy. Ça va. Tout va bien.

Une telle gentillesse. Que quelqu'un puisse être aussi gentil.

Il est vrai que ces jeunes hommes, amenés dans notre pays pour s'entraîner à des missions de bombardement au cours desquelles tant d'entre eux seraient tués, s'étaient peut-être exprimés avec l'accent ordinaire de Cornouaille ou du Kent ou de Hull ou d'Écosse. Mais pour moi, ils semblaient incapables d'ouvrir la bouche sans prononcer une espèce de bénédiction, une bénédiction de l'instant. Il ne me venait pas à l'esprit que leur avenir était entièrement ligoté à la catastrophe, ni que leurs vies ordinaires avaient été flanquées par la fenêtre et s'étaient écrasées par terre. Je pensais seulement à cette bénédiction, quelle merveille que d'être du côté où on la recevait, quelle chance imméritée avait donc bizarrement cette Peggy.

Et, pendant je ne sais combien de temps, j'ai pensé à eux. Dans l'obscurité froide de ma chambre ils me berçaient pour m'endormir. Je pouvais, comme on actionne un interrupteur, convoquer leurs visages et leurs voix – mais, oh, surtout, leurs voix s'adressaient désormais à moi, et non à une tierce personne superfétatoire. Leurs mains bénissaient mes cuisses maigrichonnes et leurs voix m'assuraient que j'étais, moi aussi, digne d'amour.

Et tandis qu'ils continuaient d'habiter mes rêveries pas encore tout à fait érotiques, ils disparurent. Certains, si nombreux, disparurent pour de bon.

Rien que la vie

Je vivais quand j'étais jeune tout au bout d'une longue route, ou du moins me semblait-elle longue, à moi. Dans mon dos, quand je rentrais à pied de l'école primaire et, par la suite, du lycée, il y avait, avec son animation et ses trottoirs et ses réverbères allumés à la nuit tombée, la vraie ville. Marquant sa limite, deux ponts enjambaient la Maitland : un étroit pont d'acier, où les automobilistes se disputaient parfois pour savoir qui devait se ranger et céder la priorité à qui, et une passerelle de bois à laquelle il arrivait qu'il manque une planche, de sorte qu'on pouvait regarder directement en contrebas filer l'eau brillante. Cela me plaisait, mais quelqu'un finissait toujours par se présenter pour remplacer la planche.

Puis il y avait, au creux d'une légère dépression, deux ou trois maisons branlantes qui étaient inondées chaque année au printemps, mais que des gens – chaque fois différents – venaient toujours réhabiter quand même. Et puis un autre pont, enjambant le bief étroit du moulin, étroit mais assez profond pour qu'on s'y noie. Après quoi, la route se divisait en deux. Une branche prenait à flanc de colline la direction du sud et enjambait de nouveau la rivière pour devenir une authentique grand-route, et l'autre, contournant l'ancien champ de foire, se dirigeait vers l'ouest.

Cette route de l'Ouest était la mienne.

Il y en avait aussi une, partant vers le nord, que bordaient brièvement un vrai trottoir et plusieurs maisons proches les unes des autres, comme elles le sont en ville. L'une d'entre elles avait un écriteau à sa fenêtre qui disait « Salada Tea », ce qui prouvait qu'on y avait autrefois fait commerce d'épicerie. Puis il y avait une école, où j'avais été élève pendant deux années de ma vie, et que je souhaitais ne jamais revoir. Au bout de ces deux années, ma mère avait fait acheter par mon père une vieille cabane en ville afin d'y payer un impôt municipal, ce qui permit de m'y inscrire à l'école. Il s'avéra qu'elle aurait pu s'épargner cette peine parce que pendant l'année, le mois même de la rentrée à l'école de la ville, la guerre fut déclarée à l'Allemagne et, comme par magie, à l'ancienne école, l'école où de petites frappes me volaient mon déjeuner et menaçaient de me casser la figure, et où, selon toute apparence, personne n'apprenait rien au milieu du chahut, le calme se fit tout à coup. Il n'y subsista bientôt plus qu'une seule salle de classe et une maîtresse qui ne fermait probablement plus la porte à clé pendant la récréation. À croire que ces mêmes gamins qui n'avaient cessé de me demander sans autre but que de me tourmenter si je voulais baiser étaient aussi pressés de trouver un emploi que leurs aînés l'étaient de s'engager dans l'armée.

Je ne sais pas si les toilettes de l'école s'étaient ou non améliorées depuis mais elles avaient représenté le pire. Chez nous pourtant ce n'était qu'une cabane dans le jardin, mais elle était propre et avait même un sol recouvert de linoléum. Dans cette école – était-ce par mépris – personne ne semblait se donner le mal de viser le trou. Par divers aspects ce ne fut pas facile pour moi en ville non plus, parce que tous les autres étaient ensemble depuis la première année et qu'il y avait bien des choses que je n'avais pas encore apprises, mais ce m'était un réconfort de voir les lunettes propres de ma nouvelle école et d'entendre le bruit éminemment civilisé des chasses d'eau.

Pendant le temps passé à la première école, je m'étais malgré tout fait une amie. Une fille que j'appellerai Diane arriva alors que ma deuxième année était déjà bien entamée. Elle avait à peu près mon âge et habitait dans une de ces maisons donnant sur un bout de trottoir. Elle me demanda un jour si je savais danser la gigue écossaise et, quand je répondis par la négative, proposa de me l'apprendre. Dans cette idée, nous allâmes chez elle après l'école. Sa mère était morte et elle était venue vivre chez ses grands-parents. Pour danser la gigue écossaise, me dit-elle, il fallait des chaussures de claquettes, qu'elle possédait et, évidemment, pas moi, mais nous faisions à peu près la même pointure de sorte que je pus les porter pendant qu'elle essayait de m'apprendre. L'exercice finit par nous donner soif et sa grand-mère nous offrit un verre d'eau, mais c'était une eau horrible, tirée d'un puits creusé à la pelle, exactement comme à l'école. J'expliquai que nous disposions chez nous d'une eau de qualité supérieure que nous tirions d'un puits artésien, et la grand-mère, sans se sentir le moins du monde offensée, dit qu'elle aurait bien voulu en avoir un aussi.

Mais ensuite, et trop tôt, ma mère arriva, étant allée à l'école où on lui avait dit où j'étais. Elle klaxonna pour me faire venir et ne répondit même pas au signe amical que lui adressa la grand-mère. Ma mère ne conduisait pas souvent, et quand elle le faisait, cela revêtait une certaine solennité inquiète. Sur le chemin du retour, je m'entendis enjoindre de ne jamais remettre les pieds dans cette maison. (Cela ne me fut guère difficile parce que Diane cessa de venir à l'école quelques jours après – on l'avait envoyée ailleurs.) Je dis à ma mère que celle de Diane était morte et elle me répondit qu'elle le savait. Je lui parlai de la gigue écossaise et elle me répondit que je l'apprendrais peut-être un jour mais pas dans cette maison.

Je ne découvris pas à l'époque – et j'ignore quand j'ai fini par découvrir – que la mère de Diane avait été une prostituée et qu'elle était morte d'une maladie qu'attrapaient apparemment ses semblables. Elle avait souhaité être enterrée dans sa ville et c'était le pasteur de notre église qui avait célébré l'office. Il y avait eu une controverse autour de la citation dont il s'était servi. Certains étaient d'avis qu'il n'aurait pas dû y avoir recours mais ma mère croyait qu'il avait agi comme il convenait.

Le salaire du péché c'est la mort.

Ma mère ne me le raconta que longtemps après, du moins me sembla-t-il que c'était longtemps, à un moment où j'en étais venue à détester une bonne part de ce qu'elle me disait, en particulier quand elle s'exprimait d'une voix vibrante de conviction et même d'exaltation.

Je croisais fréquemment la grand-mère. Elle m'adressait toujours un petit sourire. Elle me disait que c'était merveilleux que je continue d'aller à l'école et me parlait de Diane, qui poursuivit assez longtemps ses études également, là où elle se trouvait – mais pas aussi longtemps que moi. Selon sa grand-mère, elle prit un emploi dans un restaurant de Toronto, où elle portait une robe à paillettes. Quand elle me fit ce récit, j'avais déjà l'âge – et la malveillance – de supposer que c'était le genre d'établissement où l'on devait aussi retirer sa robe à paillettes.

La grand-mère de Diane n'était pas la seule à trouver que je restais longtemps à l'école. Le long de ma route, se dressait un certain nombre de maisons plus écartées les unes des autres qu'elles ne l'auraient été en ville, sans être non plus ceintes de vastes terrains. Il en était une, sur une petite éminence, qui appartenait à Waitey Streets, un ancien combattant de la Première Guerre mondiale, où il avait laissé un bras. Il élevait quelques moutons et avait une épouse que je ne vis qu'une seule fois au long des années, un jour qu'elle était occupée à remplir un seau à la pompe. Waitey aimait bien plaisanter sur mon interminable scolarité et faire mine de s'apitoyer que je n'aie jamais réussi à passer mes examens pour en finir. Et je blaguais avec lui, feignant de croire qu'il disait vrai. Que pensait-il réellement, je n'en étais pas sûre. C'était ainsi que l'on se connaissait entre voisins le long de notre route. Bonjour, bonsoir, quelques mots sur le temps qu'il faisait, et ceux qui étaient en auto quand on était à pied proposaient de vous déposer. Ce n'était pas non plus comme la campagne proprement dite, où les gens connaissaient d'ordinaire l'intérieur des maisons les uns des autres et où tout le monde avait à peu de choses près la même façon de gagner sa vie.

Je ne mettais pas plus de temps à finir le lycée que n'importe quel autre élève mais ceux qui allaient jusqu'au bout étaient peu nombreux. Personne à l'époque ne s'attendait à voir le même nombre d'élèves qui commençaient le lycée en neuvième en ressortir, tout bardés de connaissances et farcis de grammaire correcte, à la fin de la terminale. Les jeunes gens prenaient des emplois à temps partiel qui se transformaient peu à peu en pleins-temps. Des filles se mariaient et avaient des enfants, pas forcément dans cet ordre. En terminale, où ne subsistait plus qu'un quart environ des effectifs de la classe originale, régnaient un sens de l'étude, un désir d'accomplissements sérieux, ou peut-être simplement une espèce bien particulière de refus serein du pragmatisme qui vous restait attachée, quoi qu'il puisse vous arriver par la suite.

J'avais le sentiment d'être séparée par la durée de toute une vie de la plupart de ceux que j'avais connus en neuvième, pour ne rien dire de ceux de la première école.

Dans un coin de notre salle à manger, se trouvait quelque chose qui me surprenait toujours un peu quand j'y passais l'aspirateur Electrolux. Je savais ce que c'était – un sac de golf qui semblait flambant neuf, renfermant des clubs et des balles. Seulement, je me demandais ce qu'il faisait chez nous. Je ne savais pour ainsi dire rien du sport lui-même mais j'avais mon idée au sujet du genre de gens qui le pratiquaient. Ils ne portaient pas de salopettes, comme mon père, qui se donnait toutefois la peine d'enfiler un pantalon de travail propre pour se rendre en ville. Je pouvais, dans une certaine mesure, imaginer ma mère portant les vêtements de sport qui convenaient à cette activité, nouant un foulard autour de sa jolie chevelure gonflée. Mais pas occupée à expédier une balle dans un trou. C'était là un acte d'une frivolité qui la dépassait sans nul doute.

Elle devait avoir pensé différemment à un moment donné. Elle devait avoir pensé qu'elle et mon père allaient se transformer, devenir des gens différents, jouissant d'une certaine quantité de loisirs. Golf. Grands dîners. Peut-être s'était-elle convaincue que certaines frontières n'existaient pas. Elle était parvenue à s'arracher aux terres ingrates du Bouclier canadien – d'une ferme à l'avenir plus bouché que celle d'où venait mon père – et était devenue une institutrice dont la façon de s'exprimer mettait vaguement mal à l'aise les membres de sa propre famille. Peut-être s'était-elle forgé l'idée qu'une réussite si méritoire lui ouvrirait toutes les portes.

Mon père voyait les choses autrement. Il ne croyait pas que les citadins ni quiconque vaillent réellement mieux que lui. Mais il croyait que c'était peut-être ce que ces gens-là pensaient et il préférait ne jamais leur donner une chance de le montrer.

Selon toute apparence, dans le domaine du golf, c'était l'opinion de mon père qui avait prévalu.

Qu'on n'aille pas croire qu'il se soit contenté de vivre de la façon que ses parents avaient prévue pour lui, en reprenant leur ferme aux revenus modestes. Quand ma mère et lui quittèrent chacun la maison familiale et le village natal et achetèrent une parcelle tout au bout d'une route aux abords d'une ville qu'ils ne connaissaient pas, c'était dans l'idée, j'en suis presque certaine, de devenir prospères en élevant des renards argentés et, par la suite, des visons. Adolescent, mon père avait trouvé plus de satisfaction à faire le trappeur qu'à aider à la ferme ou aller au lycée – et plus d'argent, aussi, qu'il n'en avait jamais eu – et cette idée lui était donc venue et il l'avait adoptée, pour la mettre en pratique, croyait-il, tout au long de sa vie. Il y investit l'argent qu'il avait gagné et ma mère y ajouta sa contribution : ses économies d'institutrice. Il construisit tous les enclos et tous les abris dans lesquels vivraient les animaux et installa les parois de grillage qui renfermeraient leurs existences captives. D'une superficie de cinq hectares, la parcelle avait la taille qui convenait, produisait assez de foin et offrait suffisamment de pâture pour notre vache et pour les vieux chevaux, en attendant qu'ils servent à l'alimentation des renards. La pâture descendait jusqu'à la rivière et était ombragée d'une douzaine d'ormes.

Quand j'y repense, je me rends compte que les activités de l'élevage comportaient une assez grande quantité de mises à mort. Il fallait transformer en viande les vieux chevaux et abattre à l'automne l'ensemble des animaux à fourrure en ne laissant la vie sauve qu'aux reproducteurs. Mais j'y étais habituée et n'avais pas de mal à ignorer tout cela, construisant à mon propre usage un tableau expurgé de façon à ressembler à des scènes extraites des livres que j'aimais comme *Anne... La Maison aux pignons verts* ou *Pat de Silver Bush*. J'y étais aidée par les ormes dont le feuillage s'étendait au-dessus de la pâture et par la rivière chatoyante, et par la surprise de la source qui sortait d'un escarpement en surplomb de la pâture, fournissant son eau aux chevaux condamnés, à la vache et aussi à moi, qui la buvais dans un quart de fer-blanc que j'emportais là-haut. Du crottin frais traînait toujours un peu partout, mais je l'ignorais comme Anne devait l'avoir fait aux Pignons verts.

À l'époque, il me fallait quelquefois donner un coup de main à mon père parce que mon frère n'était pas encore assez grand. J'allais tirer de l'eau à la pompe puis faisais des allées et venues entre les rangées d'enclos, nettoyant les abreuvoirs et les remplissant. Je prenais plaisir à cette tâche. L'importance du travail, la solitude fréquente, voilà précisément ce qui me plaisait. Par la suite, je dus rester dans la maison pour aider ma mère et je débordais de ressentiment et de remarques agressives. On appelait cela « répondre ». Je lui faisais de la peine, disait-elle, et en conséquence elle allait trouver mon père dans la grange, afin de me dénoncer. Il devait alors interrompre ses travaux pour m'administrer une correction avec sa ceinture. (Ce châtiment n'était pas rare à l'époque.) Après, j'allais me coucher en sanglotant et j'échafaudais des plans pour m'enfuir. Mais cette phase-là aussi finit par passer et, pendant mon adolescence, je devins plus malléable, et même enjouée, appréciée pour le récit drolatique que je savais faire des choses entendues en ville ou survenues à l'école.

Notre maison était d'une taille convenable. Nous ne savions pas précisément quand elle avait été bâtie mais elle avait forcément moins de cent ans parce que c'était en 1858 que le premier colon s'était arrêté dans un endroit appelé Bodwin – un endroit disparu depuis –, et s'était construit un radeau avec lequel il avait descendu la rivière afin de défricher la terre qui devint ensuite tout un village. Lequel compta bientôt une scierie, un hôtel, trois églises et une école, cette même école qui fut ma première et que je détestais tant. Puis on jeta un pont sur la rivière et les gens commencèrent à s'aviser du fait que la vie serait tellement plus commode sur l'autre rive, sur des terres un peu plus élevées, et le hameau original se mit à régresser et se réduisit peu à peu à ce demi-village mal famé puis, par la suite, simplement bizarre dont j'ai parlé.

Notre maison ne devait pas avoir été l'une des toutes premières de ce hameau, parce qu'elle avait un habillage de brique quand toutes les autres étaient seulement en bois, mais elle avait probablement été bâtie peu après. Elle tournait le dos au village ; orientée à l'ouest, face à des champs qui descendaient en pente douce jusqu'à l'endroit, caché à la vue, où la rivière faisait ce qu'on appelait le Grand Coude. Au-delà de la rivière un petit bois de conifères mettait une tache sombre, probablement des cèdres, mais ils étaient trop éloignés pour qu'on puisse en être sûr. Et plus loin encore, au flanc d'une autre colline, se dressait une maison, très petite à cette distance, faisant face à la nôtre, que nous ne visiterions ni même n'approcherions jamais et qui me semblait être celle d'un nain dans un conte. Mais nous connaissions le nom de celui qui l'habitait, ou l'avait habitée à un moment donné, car peut-être était-il déjà mort à l'époque. Roly Grain, c'était son nom, et son rôle dans ce que j'écris à présent s'arrêtera là, malgré ce nom de troll, parce que ce n'est pas un conte que j'écris, ce n'est rien que la vie.

Ma mère avait fait deux fausses couches avant de m'avoir, de sorte que ma naissance, en 1931, dut procurer une certaine satisfaction. Mais les temps étaient de moins en moins prometteurs. À dire vrai, mon père s'était lancé dans la fourrure juste un petit peu trop tard. La réussite qu'il avait espérée aurait été plus facile à atteindre au milieu des années vingt, quand les fourrures jouissaient d'un regain de popularité et que les gens avaient de l'argent. Mais ce n'était pas l'époque à laquelle il avait commencé. Quoi qu'il en soit nous avons survécu, jusqu'à la guerre et pendant toute sa durée, et quand elle prit fin il dut même y avoir une embellie encourageante parce que ce fut cet été-là que mon père apporta un certain nombre d'améliorations à la maison, ajoutant une couche de peinture marron sur la brique rouge traditionnelle. Les joints entre la brique et les planches n'étaient pas parfaits ; ils n'empêchaient pas aussi bien qu'ils étaient censés le faire le froid de pénétrer. On pensait que cette couche de peinture serait bienfaisante mais je ne crois pas me rappeler qu'il en fut jamais ainsi. Nous installâmes en outre une salle de bains, le monte-plats qu'on n'utilisait jamais se transforma en placard pour la cuisine, et la vaste salle à manger avec sa cage d'escalier visible devint une pièce plus ordinaire avec un escalier cloisonné. Cette transformation me fut un réconfort pour des raisons que je ne cherchai pas à creuser, parce que les corrections que m'administrait mon père avaient toujours eu lieu dans l'ancienne pièce, où j'aurais voulu mourir de honte et de douleur. La nouvelle disposition des lieux faisait qu'on n'aurait même pas pu imaginer qu'une telle scène s'y produise. J'allais au lycée où mes résultats s'amélioraient d'année en année, à mesure que nous laissions derrière nous les exercices comme la confection d'ourlets ou l'écriture au porte-plume, que nous abordions l'étude de l'histoire et qu'on pouvait choisir d'apprendre le latin.

Après l'optimisme de cette saison de redécoration, nos affaires recommencèrent à péricliter et, cette fois, la situation ne se rétablit jamais. Mon père écorcha tous les renards, puis les visons, en tira l'incroyablement maigre somme d'argent qu'il put et se mit à travailler pendant la journée à démolir les enclos et les abris où son entreprise était née et avait fini par mourir, avant d'aller embaucher à dix-sept heures comme veilleur à la fonderie. Il n'en rentrait qu'aux alentours de minuit.

Sitôt rentrée du lycée, je travaillais à la préparation du déjeuner de mon père. Je faisais frire deux tranches d'épaule saumurée sur lesquelles je versais plein de ketchup. J'emplissais sa thermos de thé noir bien fort. J'y ajoutais un muffin de farine complète tartiné de confiture ou parfois une grosse part de tarte maison. De temps en temps, le samedi, je faisais moi-même une tarte, et à d'autres moments c'était ma mère, mais on pouvait de moins en moins compter sur ses talents culinaires.

Il s'était abattu sur nous un malheur encore plus inattendu, et qui allait devenir encore plus dévastateur, que la perte de nos ressources, bien que nous ne nous en soyons pas rendu compte sur le moment. Je veux parler de la maladie de Parkinson, dont les premiers signes se manifestèrent tôt chez ma mère, vers l'âge de quarante-cinq ans.

Au début ça allait encore. Ses yeux ne roulaient en arrière, lui donnant l'air égaré, qu'assez rarement, et la trace, semblable à un fin duvet, que l'hypersalivation laissait autour de ses lèvres était tout juste visible. Elle pouvait s'habiller le matin si on l'aidait un peu et s'acquittait à l'occasion de quelques tâches dans la maison. Et le temps pendant lequel elle put s'accrocher à la force qui était en elle fut surprenant.

On pourrait dire, non, c'est trop. La faillite de notre entreprise, la détérioration de la santé de ma mère. Cela ne passerait pas dans un roman. Mais étrangement, je ne garde pas de cette période un souvenir malheureux. L'humeur de la maison n'était pas particulièrement désespérée. Peut-être n'avait-on pas conscience à l'époque du fait que l'état de ma mère, loin de pouvoir s'améliorer, ne ferait qu'empirer. Quant à mon père, il avait toute sa force et la garderait encore longtemps. Il aimait bien ses collègues à la fonderie, des hommes qui, pour la plupart, étaient comme lui, ayant connu un revers de fortune, ou qui avaient vu s'abattre sur leur vie un fardeau supplémentaire. Il aimait la tâche difficile dont il s'acquittait en plus de ses fonctions de veilleur en première partie de nuit. Il s'agissait entre autres de verser du métal en fusion dans des moules. La fonderie produisait des poêles à l'ancienne vendus dans le monde entier. C'était un travail dangereux, mais on n'avait qu'à faire attention, comme disait mon père. Et le salaire était convenable – une nouveauté pour lui.

Je crois qu'il était content de s'éloigner, même pour ce travail dur et risqué. De quitter la maison pour se retrouver en compagnie d'autres hommes qui avaient tous leurs difficultés mais faisaient front avec optimisme.

Une fois qu'il était parti, je commençais la préparation du dîner. Je pouvais confectionner des choses qui me paraissaient exotiques, telles que des spaghettis ou des omelettes, du moment qu'elles ne coûtaient pas cher. Et après la vaisselle – c'était ma sœur qui devait l'essuyer et mon frère que je tannais jusqu'à ce qu'il aille vider l'eau usée dans le champ envahi par l'obscurité (j'aurais pu le faire moi-même mais j'aimais donner des ordres) – je m'asseyais les pieds dans le four tiède, qui avait perdu sa porte, pour lire les gros romans que j'empruntais à la bibliothèque de la ville : *Gens indépendants*, qui décrivait la vie en Islande, bien plus dure que la nôtre, mais à laquclle s'attachait unc grandeur désespérée, ou *À la recherche du temps perdu*, qui décrivait des choses auxquelles je ne pouvais rien comprendre du tout, ce qui n'était pas une raison pour renoncer à les lire, ou *La Montagne magique*, au sujet de la tuberculose, et qui comportait aussi une magnifique dispute entre d'un côté une conception bienveillante et progressiste de la vie et, de l'autre, un désespoir qui pour être sombre n'en était pas moins enthousiasmant. Je ne faisais jamais mes devoirs pendant ce moment privilégié, mais quand les examens arrivaient je m'attelais à la tâche, souvent des nuits entières, me fourrant dans le crâne tout ce que j'étais censée savoir. Je possédais une prodigieuse mémoire à court terme qui correspondait parfaitement à ce dont j'avais besoin.

Contre toute attente, je me trouvais réellement chanceuse.

De temps à autre nous bavardions ma mère et moi, parlant principalement de sa jeunesse. Je n'objectais plus que rarement à ses opinions.

À plusieurs reprises, elle me fit un récit qui avait à voir avec la maison appartenant désormais à l'ancien combattant nommé Waitey Streets – le bonhomme qui s'émerveillait du temps que je mettais à finir le lycée. Le récit ne se rapportait pas à ce dernier mais à une personne qui avait vécu dans cette maison longtemps avant lui, une vieille folle, Mrs. Netterfield. Mrs. Netterfield se faisait livrer ses provisions, comme nous tous, après les avoir commandées par téléphone. Un jour, racontait ma mère, l'épicier avait oublié de mettre le beurre, à moins qu'elle n'ait oublié de le commander, et, au moment où le petit livreur avait ouvert l'arrière du fourgon, elle s'était rendu compte de l'erreur et en avait été bouleversée. Or elle s'y était préparée, pour ainsi dire. Elle avait une hachette à la main et l'avait brandie comme pour châtier le commis épicier – qui n'y était évidemment pour rien – et il avait couru se remettre au volant et filé en marche arrière sans même refermer les portières.

Certains détails de ce récit laissaient perplexe mais je ne m'en avisai pas à l'époque et ma mère non plus. Comment la vieille pouvait-elle être sûre à l'avance que le beurre manquait dans sa commande ? Et pourquoi serait-elle venue armée d'une hachette avant de savoir qu'elle allait découvrir une faute ? L'emportait-elle toujours avec elle, en prévision de n'importe quelle provocation ?

On racontait que Mrs. Netterfield avait été une dame accomplie quand elle était plus jeune.

Il y avait une autre histoire concernant Mrs. Netterfield qui présentait plus d'intérêt puisque j'y jouais un rôle et qu'elle avait eu lieu autour de notre maison.

C'était par une belle journée d'automne. Je faisais la sieste installée dans mon landau sur la petite pelouse de gazon nouveau. Mon père s'était absenté pour l'après-midi – peut-être était-il allé aider son père à lui à l'ancienne ferme, ainsi que cela lui arrivait parfois – et ma mère était occupée à faire un peu de lessive dans l'évier. On célébrait toujours la naissance d'un premier bébé par une débauche de layette, rubans, toutes choses qu'il fallait laver délicatement à la main, dans de l'eau douce. Il n'y avait pas de fenêtre devant ma mère tandis qu'elle lavait puis essorait les effets devant l'évier. Pour regarder au-dehors, il fallait traverser la pièce jusqu'à la fenêtre nord. Elle donnait sur l'allée carrossable qui menait de la boîte aux lettres jusqu'à la maison.

Pourquoi ma mère décida-t-elle d'abandonner lessive et essorage pour aller regarder dans l'allée ? Elle n'attendait pas de visite. Mon père n'était pas en retard. Il est possible qu'elle lui ait demandé de passer prendre quelque chose à l'épicerie, un ingrédient dont elle avait besoin pour préparer le dîner, et qu'elle ait commencé à s'inquiéter – serait-il de retour à temps pour qu'elle puisse le faire ? Elle était adepte d'une cuisine assez recherchée, à l'époque – plus, à vrai dire, que sa belle-mère et les autres femmes de la famille de mon père l'estimaient nécessaire. Quand on pense à ce que ça coûte, comme elles disaient.

Cela pouvait aussi bien n'avoir aucun rapport avec le dîner, s'agissant de passer prendre le patron d'un vêtement ou un coupon de tissu pour une nouvelle robe qu'elle avait décidé de se faire.

Elle ne révéla jamais la raison de ce comportement.

La réprobation de sa cuisine n'était pas l'unique problème de ma mère avec la famille de mon père. Sa façon de s'habiller aussi devait faire parler. Je pense au fait qu'elle portait toujours une robe d'après-midi, même quand il s'agissait seulement de faire un peu de lessive à l'évier. Elle s'accordait une sieste d'une demi-heure après le repas de midi et passait toujours une robe différente quand elle se levait. Par la suite, en regardant des photos, je songeai que la mode de l'époque ne l'avantageait guère, ni elle ni aucune femme, d'ailleurs. Les robes étaient informes et les coiffures gonflantes ne convenaient pas au visage plein et doux de ma mère. Mais telle n'aurait pas été l'objection des parentes de mon père qui vivaient assez près pour l'avoir à l'œil. Sa faute, c'était de ne pas avoir l'air de ce qu'elle était. Elle n'avait pas l'air d'avoir été élevée à la ferme ni d'avoir l'intention d'y demeurer.

Elle ne vit pas l'auto de mon père s'avancer dans l'allée. Ce qu'elle vit, ce fut la vieille Mrs. Netterfield. Elle devait être venue à pied depuis chez elle. Depuis cette même maison où, bien des années par la suite, je verrais le manchot qui me taquinait et, une seule fois, son épouse à la coiffure gonflante, actionnant la pompe. La maison devant laquelle, longtemps avant que je sache quoi que ce soit d'elle, la folle avait poursuivi le petit livreur armée d'une hachette, pour une histoire de beurre.

Ma mère devait avoir vu Mrs. Netterfield à divers moments avant de l'apercevoir marchant dans notre allée. Peut-être ne s'étaient-elles jamais adressé la parole. Il est toutefois possible qu'elles l'aient fait. Ma mère y avait peut-être mis un point d'honneur, alors que mon père lui avait dit que ce n'était pas nécessaire. Que cela risquait même d'attirer des ennuis, voilà probablement ce qu'il aurait dit. Ma mère éprouvait de la compassion pour les semblables de Mrs. Netterfield, tant qu'ils restaient convenables.

Mais pour l'heure, elle ne pensait plus à la gentillesse ni aux convenances. Elle était trop occupée à sortir précipitamment de la cuisine pour venir m'arracher à mon landau. Elle laissa le landau et les couvertures où ils étaient et revint en courant à la maison, cherchant à fermer à clé la porte de la cuisine derrière elle. La porte principale, elle n'avait pas à s'en préoccuper – elle était toujours fermée à clé.

Mais la porte de la cuisine faisait problème. Autant que je sache, elle n'avait jamais eu de serrure digne de ce nom. On avait seulement pris l'habitude, le soir, de pousser une des chaises de cuisine contre la porte et de l'incliner avec le dossier sous la poignée de telle manière que quiconque chercherait à entrer la ferait tomber à grand fracas. Une conception assez fantaisiste de la sécurité, me semble-t-il, et d'autant plus étonnante, en outre, que mon père avait un revolver à la maison, dans un tiroir de bureau. Et aussi, comme il était naturel dans la maison d'un homme qui devait régulièrement abattre des chevaux, il y avait une carabine et deux fusils de chasse. Pas chargés, évidemment.

Ma mère songea-t-elle à l'une de ces armes, une fois qu'elle eut refermé le bouton de porte ? Avait-elle jamais tenu une arme à feu, en avait-elle chargé une, de toute sa vie ?

L'idée lui traversa-t-elle l'esprit que la vieille venait simplement lui rendre visite en voisine ? Je ne le crois pas. Il devait y avoir quelque chose de changé dans la démarche, une détermination dans la façon de s'avancer, d'une femme qui n'était pas une visiteuse, longeant l'allée, empruntant notre route dans une intention amicale.

Il est possible que ma mère ait prié, mais n'en ait jamais parlé. Elle sut qu'il y eut un examen des couvertures du landau parce que, juste avant qu'elle baisse le store de la porte de cuisine, elle vit qu'une de ces couvertures avait été jetée en l'air et retombait par terre. Après quoi, elle n'essaya pas d'abaisser le store d'une autre fenêtre mais, me serrant entre ses bras, resta debout dans un coin où elle ne pouvait être vue.

Pas de coups normalement frappés à la porte. Mais on ne poussa pas la chaise non plus. Pas de poings martelant le battant, ni secousses, ni fracas rageur. Ma mère, dans sa cachette près du monte-plats, espérait malgré tout que ce silence signifiait que la femme avait changé d'avis et était rentrée chez elle.

Mais non. Elle était en train de faire le tour de la maison, en prenant son temps, s'arrêtant à chaque fenêtre du rez-de-chaussée. Les contre-fenêtres n'étaient évidemment pas en place puisqu'on était en été. Elle pouvait coller son visage à tous les carreaux. Les stores étaient tous relevés au maximum par ce jour de beau temps. La vieille femme n'était pas très grande mais n'avait même pas besoin de se hausser sur la pointe des pieds pour regarder à l'intérieur.

Comment ma mère le savait-elle ? Elle n'avait pas couru partout avec moi dans les bras, se cachant successivement derrière chaque meuble, lorgnant vers l'extérieur, pleine de la terreur de croiser le regard fixe de ces yeux écarquillés et peut-être même un rictus dément.

Elle demeura près du monte-plats. Que pouvait-elle faire d'autre ?

Il y avait bien le cellier. Les fenêtres y étaient trop petites pour livrer passage à quelqu'un. Mais il n'y avait pas de loquet intérieur à la porte du cellier. Et ç'aurait été plus horrible encore d'être piégées là dans le noir, si la vieille finissait par forcer l'entrée de la maison pour descendre les quelques marches menant au cellier.

Il y avait aussi les chambres à l'étage, mais pour y monter ma mère aurait dû traverser la vaste pièce principale – celle où par la suite je recevrais des corrections, mais qui perdit son caractère maléfique une fois l'escalier cloisonné.

J'ignore quand ma mère me fit ce récit pour la première fois mais il me semble que c'est là que les versions primitives s'arrêtaient – sur Mrs. Netterfield, le visage et les mains collées aux carreaux, tandis que ma mère restait cachée. Mais dans celles qui suivirent, elle ne se contentait plus de regarder seulement. L'impatience ou la colère prenait le dessus et elle se mettait à cogner à la vitre, à la marteler de ses poings. Ma mère n'évoquait pas d'éclats de voix. Peut-être la vieille manquait-elle de souffle. Ou peut-être avait-elle oublié ce qu'elle était venue chercher, une fois que ses forces l'avaient trahie.

En tout cas, elle renonçait ; elle ne tentait rien d'autre. Après avoir fait le tour de toutes les portes et de toutes les fenêtres, elle s'en fut. Ma mère finit par rassembler assez de cran pour aller voir dans le silence revenu et conclure que Mrs. Netterfield était partie.

Elle n'ôta toutefois pas la chaise appuyée sous la poignée de porte jusqu'au retour de mon père.

Je ne voudrais pas donner l'impression que ma mère m'en parlait souvent. Ce récit n'entrait pas dans le répertoire que je finis par connaître et par juger, en grande partie, digne d'intérêt. Sa bataille pour aller au lycée. L'école où elle avait enseigné, dans l'Alberta, et où les enfants arrivaient à cheval. Les amies qu'elle avait à l'école normale, les tours innocents qu'on s'y jouait.

Je fus toujours capable de distinguer ce qu'elle disait, alors qu'assez souvent, quand sa voix fut devenue pâteuse, les gens n'y parvenaient pas. Je lui servais d'interprète, et me sentis parfois bien malheureuse quand il me fallait répéter des phrases compliquées ou ce qu'elle croyait être des plaisanteries, alors que je voyais comme les braves gens qui s'étaient arrêtés par gentillesse pour bavarder mouraient d'envie de s'en aller.

La visitation, comme elle l'avait baptisée, de la vieille Mrs. Netterfield ne fut jamais ce dont elle me demandait de parler. Mais je devais être au courant depuis longtemps qu'elle avait eu lieu. Je me rappelle avoir à un moment donné demandé à ma mère si elle savait ce qu'il était advenu de cette femme par la suite.

« On l'a emmenée, répondit-elle. Oui, je crois bien. On ne l'a pas laissée mourir toute seule. »

Après mon mariage et mon départ pour Vancouver, je continuais de recevoir l'hebdomadaire publié dans la ville où j'avais grandi. Je pense que quelqu'un – mon père, peut-être, ou sa deuxième femme – continuait de m'y abonner. Je n'y jetais souvent qu'un rapide coup d'œil, mais un jour que je l'avais fait, j'y lus un nom qui retint mon attention, Netterfield. Ce n'était pas celui d'une personne habitant encore la ville mais apparemment le nom de jeune fille d'une femme de Portland, dans l'Oregon, qui avait écrit au journal. Comme moi, cette dernière était encore abonnée au journal de sa ville natale, et avait rédigé un poème au sujet de son enfance là-bas.

Je sais une colline herbue
Le pied baigné d'une rivière
Un lieu de bonheur et de paix
Un souvenir qui m'est très cher…

Il y avait encore plusieurs vers et, en les lisant, je compris peu à peu qu'elle parlait des mêmes berges que j'avais crues miennes.

« Les vers que je joins ont été rédigés à partir des souvenirs que je garde de cette colline, disait-elle. Si vous les jugez dignes d'occuper un petit espace dans votre vénérable publication, soyez-en remercié. »

Le soleil joue sur la rivière
Y semant mille étincelles
Et partout sur l'autre rive
S'ouvrent des fleurs aux couleurs vives…

C'était notre rive. Ma rive. Un autre vers évoquait un bosquet d'érables, mais je crois que sa mémoire était infidèle – c'étaient des ormes, qui avaient tous péri de la maladie par la suite.

Le reste de la lettre clarifiait encore les choses. La femme disait que son père – il s'appelait Netterfield – avait acheté un lopin à l'État en 1883, dans ce qu'on avait ultérieurement baptisé la ville basse. La terre descendait jusqu'à la Maitland.

Surplombant la berge semée d'iris
Des érables s'épanouissent
Ombrageant la prairie humide,
Où s'ébattent des oies candides

Elle avait fait l'impasse, exactement comme j'aurais choisi de faire moi-même, sur le sol détrempé au printemps que le sabot des chevaux transformait en bourbier. Et bien sûr aussi l'impasse sur le crottin.

De fait, j'avais moi-même autrefois composé quelques poèmes, d'une nature très similaire, mais ils étaient depuis longtemps perdus, voire n'avaient jamais été notés sur le papier. Les vers célébrant la nature étaient assez difficiles à tourner à l'époque. Je devais les avoir composés au moment où je me montrais si impatiente avec ma mère et où mon père cherchait à m'inculquer la gentillesse à coups de ceinturon. Ou me flanquait une avoinée, comme on disait joyeusement à l'époque.

Cette femme disait être née en 1876. Elle avait passé sa jeunesse, jusqu'à son mariage, dans la maison de son père. Elle se dressait à la limite de la ville, là où commençait la campagne, et on y avait vue sur le soleil couchant.

Notre maison.

Est-il possible que ma mère ne l'ait jamais su, n'ait jamais su que notre maison avait été habitée par la famille Netterfield et que la vieille femme regardait par la fenêtre l'intérieur de son ancien foyer ?

Oui, c'est possible. Devenue vieille à mon tour, je me suis assez intéressée pour prendre la peine de consulter des archives et pour m'imposer des recherches fastidieuses, et j'ai découvert que plusieurs familles différentes ont possédé cette maison entre le moment où les Netterfield la vendirent et celui où mes parents y emménagèrent. On peut se demander pourquoi on l'avait mise en vente à un moment où cette femme avait encore devant elle des années et des années de vie. Était-elle devenue veuve, à court d'argent ? Qui sait ? Et qui était venu pour l'emmener, comme avait dit ma mère ? Peut-être sa fille, cette femme qui écrivait des poèmes et vivait dans l'Oregon. Peut-être que cette fille, vieille et lointaine, était celle qu'elle avait cherchée dans le landau. Sitôt après que ma mère m'en eut arrachée, comme elle disait, avec l'énergie du désespoir.

La fille vécut non loin de moi pendant une période de ma vie d'adulte. J'aurais pu lui écrire, lui rendre visite peut-être. Si je n'avais pas été si occupée par les soins de ma jeune famille et par mes écrits dont je n'étais jamais satisfaite. Mais la personne avec laquelle j'aurais vraiment aimé parler à l'époque était ma mère, à jamais inaccessible.

Je n'étais pas retournée chez nous pour la dernière maladie de ma mère ni pour son enterrement. J'avais deux jeunes enfants et personne à qui les confier à Vancouver. Nous n'avions guère les moyens de nous offrir le voyage et mon mari méprisait tout ce qui relevait des convenances, mais pourquoi lui faire porter la responsabilité ? Je partageais son sentiment. De certaines choses on dit qu'elles sont impardonnables, ou qu'on ne se les pardonnera jamais. Mais c'est ce qu'on fait – on le fait tout le temps.

Table

Réalisation : Nord Compo à Villeneuve-d'Ascq
Impression : CPI Firmin Didot à Mesnil-sur-l'Estrée
Dépôt légal : octobre 2014. N° 238 (124085)
Imprimé en France